Moïra Fowley-Doyle

DER ZAUBER DER VERLORENEN DINGE

Moïra Fowley-Doyle

Der Zauber der verlorenen Dinge

Aus dem Englischen
von Karen Gerwig

cbj

Dieses Buch ist auch als E-Book erhältlich

Quellennachweis:
S. (28 f): Auszüge aus »Das geraubte Kind« in der Übersetzung von Mirko Bonné, in: William Butler Yeats, »Die Gedichte«, Luchterhand Literaturverlag, München 2005, S. 23 ff.
S. (45): Auszüge aus »Die letzte Rose« in der Übersetzung von Oskar Falke, in: Thomas Moore, »Irische Melodien«, Philipp Reclam jun., Leipzig 1875, S. 24 f.
S. (88): aus Samuel Taylor Coleridge, »Die Ballade vom alten Seemann«, in der Übersetzung von Edgar Mertner, in: S. T. Coleridge, »Gedichte englisch und deutsch«, Philipp Reclam jun., Stuttgart 1973, S. 59.
S. (122): aus Jack Kerouac, »On the Road. Die Urfassung«, übersetzt von Ulrich Blumenbach, Rowohlt, Reinbek 2010, S. 115.
S. (178): aus Elizabeth Bishop, »Eine Kunst«, übersetzt von Giovanni und Ditte Bandini, in: Seamus Heaney, »Verteidigung der Poesie«, Hanser, München 1996, S. 25
S. (240): aus J. R. R. Tolkien, »Der Herr der Ringe«, Band 1 (»Erster Teil: Die Gefährten«), übersetzt von Margaret Carroux, Klett-Cotta, Stuttgart 1977, S. 212.
S. (336): aus Christina Rossetti, »Ein Ende«, übertragen von Wolfgang Breitwieser, in: Christina Georgina Rossetti, »Ausgewählte Gedichte«, L. Schneider, Heidelberg 1960, S. 176.

MIX
Papier aus verantwortungsvollen Quellen
FSC® C014496

Verlagsgruppe Random House FSC® N001967

1. Auflage 2019

Die Originalausgabe erschien 2017 unter dem Titel »Spellbook of the lost and found« bei Random House Children's Publishers UK
in der Verlagsgruppe Penguin Random House.

Aus dem Englischen von Karen Gerwig
Umschlaggestaltung: Carolin Liepins, München, unter Verwendung von Motiven von © Shutterstock (WAYHOME studio, Eduard Muzhevskyi, Boiarkina Marina)
kk · Herstellung: AJ
Satz: Buch-Werkstatt GmbH, Bad Aibling
Druck: GGP Media GmbH, Pößneck
ISBN 978-3-570-17522-4
Printed in Germany

www.cbj-verlag.de

Für Alan

Prolog

In dieser Nacht verlor jeder etwas.

Nicht alle bemerkten es.

Es war Samstagnacht zu Beginn des Sommers, und in der Luft lag der Geruch nach warmem Holz und brennendem Gummi, nach Alkohol und Erbrochenem, nach Schweiß und Tränen. Mitten auf dem Feld brannte ein Feuer und wärmte uns, genau wie die geklauten Biere, die Alkopops, mit den Ausweisen älterer Geschwister gekauft, der Wodka, heimlich aus den Barschränken von Eltern und Stiefeltern genommen. Von irgendwo hörte man einen eigenartigen Laut, den manche vielleicht für einen heulenden Hund hielten, aber die meisten entschieden, dass sie es sich wahrscheinlich nur eingebildet hatten.

Manche tranken weiter, hielten es für eine ganz normale Nacht auf einem Feld am Stadtrand, in der Nähe dieser unsichtbaren Grenze, wo die Vororte ins Umland übergingen.

Manche bemerkten es, ohne richtig zu verstehen, was sie verloren hatten. Manche küssten sich mit Kuchen auf den Lippen; Regenbogenglasur schmolz zwischen Zungen und bildete neue Farben. Manche nahmen ihre Schulbücher und warfen sie ins Feuer, ohne sich darum zu kümmern, dass es noch zwei Wochen bis zu den Sommerprüfungen waren.

Manche drehten sich um und gingen wieder nach Hause.

Manche vergaßen Dinge, die sie immer gewusst hatten. Andere strauchelten, nur kurz, ohne zu ahnen, dass sie mehr als nur eben den Halt verloren hatten.

Manche blieben noch, nervös, wussten nicht recht, ob sie näher ans Feuer rücken wollten oder ihre Eltern anrufen, damit sie sie abholen kamen. Manche legten sich kleine Pillen auf die Zungen und schluckten sie mit Softdrinks, die Bläschen kitzelten sie auf dem Weg nach unten im Hals. Manche verschluckten sich an Zigarettenrauch, obwohl sie schon seit Jahren rauchten. Manche fassten mit zitternden Fingern den Reißverschluss von jemand anderem, schoben eine Jeans herunter oder einen Rock hinauf. Andere schauten aus der Dunkelheit zu.

Als das Feuer zu glühender Asche und einem Häufchen verkohltem Holz heruntergebrannt war, als alle in ihren eigenen Betten tief träumten oder ihre Eltern mit weinfleckigen Zähnen anlogen oder sich im Badezimmer ihrer besten Freunde übergaben oder die Party im Haus von jemand anderem fortsetzten, bis auf die, die eingeschlafen waren, wo sie saßen, war nichts mehr auf dem Feld außer den Dingen, die wir verloren hatten.

Olive

Sonntag, 7. Mai

Verloren: silberne, sternförmige Haarspange;
Jacke (hellgrün, Riss in einem Ärmel); flacher, silberner Schuh
(der Rechte, an den Zehen abgestoßen)

Das Licht des Tages berührt gerade erst die Baumwipfel, als das Feuer ausgeht. Ich sitze an einen Heuballen gelehnt, auf dem jemand schläft, den ich nicht kenne.

Ich drehe den Kopf, um nach Rose zu sehen; ich war mir sicher, sie säße mit weit ausgestreckten Beinen auf dem Boden neben mir. Das Gras ist jetzt eher Matsch, zertrampelt von vielen Schuh- und Fußpaaren. Meine eigenen Füße – nackt, die Nägel schillernd metallic-grün lackiert, was in der morgendlichen Dunkelheit nicht zu erkennen ist – sind schmutzig. Und der Rest von mir auch.

Rose ist nicht da. Ich rufe sie, aber niemand antwortet. Nicht, dass ich davon ausgehe, sie wäre dazu in der Lage; irgendwann in der Nacht hat sie vom Überschreien der Musik, vom Mitsingen der echt schlechten Songs und von dem ganzen Geheule die Stimme verloren.

Als wir uns am Abend zuvor zum Ausgehen fertig machten,

sagte Rose zu mir: »Unser Plan für den Abend ist, uns total zu betrinken und dann zu heulen.« Sie überzog ihre Wimpern mit einer zweiten Schicht Mascara, was mir ziemlich unklug vorkam angesichts des besagten Plans.

»Können wir das mit dem Heulen vielleicht nicht zur festen Bedingung machen?«, fragte ich. »Mein Eyeliner ist gerade echt gut.« Es hatte mich zwanzig Minuten gekostet, sechs Wattepads und fünf Abschminktücher, um ihn gerade hinzubekommen.

»Auf keinen Fall.«

Ich warf einen verstohlenen Blick auf das Spiegelbild meiner besten Freundin. Sie blinzelte, um die Wimperntusche zu trocknen. Das verlieh ihr ein trügerisch unschuldiges Aussehen.

»Ich weiß nicht, warum du da überhaupt hingehen willst«, sagte ich.

Mit *da* meinte ich das Sommerfest der Stadt. Es findet jedes Jahr im Mai statt. Bis Mitternacht ist es voller überdrehter Kinder, die auf der Hüpfburg immer kurz davor sind, sich zu übergeben, weil sie bis obenhin mit schlecht gegrillten Burgern vollgestopft sind. Ihre Eltern wippen gehemmt zu jahrzehntealter Popmusik, die aus gemieteten Lautsprechern dudelt, während die Teenager – unsere Klassenkameraden – sich auf die nahen Felder schleichen, um zu trinken.

»Ich habe dir doch gesagt, warum ich hinwill«, sagte Rose. »Ich habe vor, mich total zu betrinken.«

»Und dann zu heulen«, ergänzte ich.

»Und dann zu heulen.«

»Na ja, du weißt ja, wie es so schön heißt«, sagte ich zu ihrem Hinterkopf. »Pass auf, was du dir wünschst.«

Wir wollten auf dem Feld schlafen, was wir in dem Moment für eine gute Idee hielten. Jetzt wird es trotz der langsam aufgehenden Sonne ziemlich kalt, und ich weiß nicht, ob das heißt, dass ein Sturm aufzieht, oder nur, dass ich mich viel zu lange nicht bewegt habe. Langsam habe ich kein Gefühl mehr in der rechten Schulter, mit der ich an dem stacheligen Heuballen lehne.

Als ich nach unten auf meinen nackten und schmutzigen Arm schaue, sehe ich die Worte: *Du musst dich verlieren oder du wirst nie gefunden*. Sie sind unscharf, weil meine Augen unscharf sind; ich muss fünfmal blinzeln, damit ich sie erkennen kann. Sie ziehen sich von der Schulter zum Handgelenk und sehen nach meiner eigenen zittrigen Handschrift aus, auch wenn ich mich nicht erinnere, sie geschrieben zu haben. Als ich mir den Finger anlecke und an einem *N* reibe, verschmiert es nicht.

So ziemlich seit wir Freundinnen sind, haben Rose und ich uns gegenseitig auf die Arme geschrieben, was wir unsere Devisen nennen. Als wir jünger waren, waren es Sachen wie *Du bist schön* oder *Carpe diem*. Heute sind es Insiderwitze oder besonders prägnante Zitate. Letztes Jahr mussten wir eine Woche nachsitzen, weil wir beide in Großbuchstaben TU KEINEM WEH, ABER LASS DIR NICHT JEDEN SCHEISS GEFALLEN auf den Armen trugen. Das hier muss ich während des Fests geschrieben haben, auch wenn ich keine Ahnung habe, wann oder warum.

Mein Kopf fühlt sich benebelt an. Mit einer Grimasse und einem Seufzen wuchte ich mich aus den letzten Resten der Trunkenheit und stehe schwankend auf.

Ich ziehe Bilanz: Mir fehlen ein Schuh (der andere liegt halb im Schlamm vergraben neben mir) und meine Jacke. Mein Kleid ist voller Grasflecken und riecht eindeutig nach Wodka.

Ich spüre den Beginn gewaltiger Kopfschmerzen anrollen und scheine meine beste Freundin verloren zu haben.

»Rose!«, rufe ich. »Rose?«

Der Junge auf dem Heuballen zuckt im Schlaf.

»Hey«, sage ich laut zu ihm. Als er nicht aufwacht, stoße ich ihn an der Schulter an. »Hey!«

Der Junge öffnet ein Auge und knurrt. Er hat schmutzig blondes Haar, ein stoppliges Kinn und ein Augenbrauenpiercing. Ich erinnere mich vage, letzte Nacht mit ihm getanzt zu haben. Er blinzelt mich an.

»Olivia?«, fragt er zögernd.

»Olive.« Ich habe absolut keine Ahnung, wie er heißt. »Hast du meine Freundin gesehen?«

»Roisín?«, fragt er im Ton von jemandem, der sich nicht sicher ist, ob er das Richtige sagt.

»Rose.«

»Olive«, sagt er und setzt sich langsam auf. »Rose.«

»Ja«, sage ich ungeduldig. Er ist eindeutig immer noch sehr betrunken. »Ja, Rose, hast du sie gesehen?«

»Sie hat geheult, oder?«

Ich hebe meinen Schuh auf und ziehe ihn mir über den Fuß, weil ich mir denke, ein Schuh ist immer noch besser als keiner. »Ich weiß. Das war unser Plan für den Abend. Hast du gesehen, wo sie hingegangen ist?«

»Euer Plan?«

Ich suche das Feld nach einer Spur von ihr ab. Nicht weit entfernt liegt eine blaue Jeansjacke zerknüllt auf dem Boden. Ich hebe sie auf, weil mir langsam sehr kalt wird.

Blassblaues Licht ergießt sich über die Bäume und aufs Feld. Mein Telefon ist tot, deshalb weiß ich nicht, wie spät es ist, aber wahrscheinlich ist es kurz vor sechs Uhr morgens.

Ich mache mich auf den Weg in Richtung Straße. Der Junge auf dem Heuballen ruft mir nach: »Krieg ich noch 'n Kuss, bevor du gehst?«

Ich schaue zu ihm zurück und verziehe das Gesicht. *Noch* einen Kuss? »Ganz bestimmt nicht.«

»Sehn wir uns?«

Ich schüttle den Kopf und gehe schnell weiter. Die meisten meiner Erinnerungen an letzte Nacht scheinen mit Rose verschwunden zu sein.

Ich gehe eine Runde auf dem Feld und gehe die schlafenden Gesichter durch (und versuche, nicht zu denen hinzusehen, die eindeutig nicht schlafen). Es dauert nicht lange; sie ist nicht hier. Ich werfe einen Blick nach hinten und sehe, dass der Junge auf dem Heuballen verschwunden ist, wahrscheinlich in den Matsch geplumpst. Ich bin die Einzige, die steht.

Ich drehe mich im Kreis, betrachte die Steinmauer und das Gestrüpp rund um das Feld, den Zaun an der leeren Straße auf der anderen Seite, die kleine Baumreihe, die dieses Feld vom nächsten trennt.

Da steht jemand, beinahe versteckt zwischen zwei schütteren Kiefern, und starrt mich an.

Es ist ein Junge. Er trägt eine Schiebermütze und einen alten, löchrigen Pulli, der grün sein könnte oder schwarz – das ist im Schatten schwer zu erkennen. Er hat viele braune Locken unter dieser fürchterlichen Mütze und trägt eine dicke Brille mit schwarzem Rahmen. Er hat hundert Sommersprossen auf der Haut und eine Gitarre quer über den Rücken gehängt. Er sieht aus wie eine Mischung aus Bauer und minderjährigem viktorianischem Schornsteinfeger. Er ist eindeutig schön.

Bevor ich Zeit habe, den Blick abzuwenden, dreht er sich um und geht weg und ich verliere ihn zwischen den Bäumen aus den Augen.

Ich schaue an mir herab, auf mein schmutziges Kleid und die geborgte Jeansjacke, auf meinen einen nackten Fuß und meine grasfleckigen Beine. Ich könnte Cinderella sein, wenn Cinderella eine kleine, moppelige, verkaterte Siebzehnjährige mit verschmiertem Make-up und wirren Haaren wäre. Ich bin zwar sehr froh, dass ich keinen toten Vater und keine böse Stiefmutter habe, aber ich weiß noch nicht so genau, wie ich meinen Eltern meinen Zustand erklären soll, wenn ich nach Hause komme. Ich versuche vergeblich, die Falten aus meinem Kleid zu streichen, und greife mir in das Vogelnest auf meinem Kopf, um die Haare mit der silbernen Sternenhaarspange zu bändigen, mit der ich sie gestern hochgesteckt habe. Aber entweder haben meine wirren Haare sie gefressen oder ich habe sie irgendwann heute Nacht verloren.

Mein Fahrrad steht noch dort, wo ich es abgestellt habe, angekettet an den Zaun am Straßenrand, aber ich brauche mehrere Versuche, es aufzuschließen, weil meine Hände nicht richtig arbeiten wollen und sich mein Gehirn immer mehr so anfühlt, als wollte es sich nach außen stülpen. Als ich aufsteige, klebt mein nackter Fuß unangenehm am Pedal.

Auf der Straße in die Stadt komme ich an insgesamt drei Autos und einem Traktor vorbei. Die Wolken über mir werden sehr grau, fast als hätte die Morgendämmerung es sich anders überlegt und wollte doch wieder zur Nacht werden. Der Wind weht mir das Kleid hoch, aber hier ist keiner, der es sehen könnte, also lasse ich beide Hände am Lenker und versuche, schön geradeaus zu fahren. Unter dem Ärmel meiner geborgten Jeansjacke sehe ich noch das Ende des Satzes auf meinem Arm: *du wirst nie gefunden.*

Wie ein Blitz ist es wieder da: Rose gestern Abend in meinem Zimmer, wie sie in meinem Kosmetikspiegel ihr Spiegelbild betrachtet, während sie großzügig billigen Wodka in eine Flasche Cola Light schüttet.

Sie sagte: »Du musst dich verlieren oder du wirst nie gefunden.«

Wir hatten schon einiges von dem Wodka getrunken, und sie klang ein bisschen undeutlich.

»Bei diesem Tempo«, sagte ich zu ihr, »wird das Einzige, was wir heute Nacht verlieren, unser Mageninhalt sein.«

Meine Vorhersage war korrekt: Noch ein Erinnerungsblitz zeigt mich über einen Heuballen gebeugt, wie ich eine unselige Mischung aus Wodka mit leichtem Cola-Geschmack und den gegrillten Würstchen herauswürge, die wir alle am Spieß gegessen und dabei mit dem phallischen Fleisch wie ungezogene Kinder für Fotos posiert haben. Beim Gedanken daran dreht sich mir der Magen um, und ich muss am Straßenrand anhalten, um noch mal zu kotzen.

Du musst dich verlieren oder du wirst nie gefunden.

Ich klammere mich an die niedrige Steinmauer am Straßenrand wie an ein Rettungsboot und seufze. Ohne Vorwarnung fängt es zu regnen an. Dicke Tropfen fallen auf meine wirren Haare, lassen meine Jacke dunkel werden, klatschen auf die Straße wie Zeichentricktränen. Ich seufze noch einmal und zerre mein Rad aus dem Graben.

Im Platzregen und mit hämmernden Kopfschmerzen fahre ich nach Hause. Vielleicht liegt es daran, dass ich zu viel getrunken habe und mich an zu wenig von letzter Nacht erinnere. Vielleicht liegt es daran, dass Rose ohne mich gegangen ist. Vielleicht liegt es daran, was der blonde Junge über noch einen Kuss gesagt hat. Vielleicht liegt es an dem schönen Jungen, den ich am Feldrand gesehen habe, der aussah, als hätte er etwas verloren. Aber ich fühle mich, als hätte ich selbst etwas verloren, und ich habe keine Ahnung, was es ist.

Laurel

Sonntag, 7. Mai

Gefunden: altes, ledergebundenes Notizbuch, dünn und abgegriffen, zusammengehalten durch ein schwarzes Gummiband; herausgerissene Seiten aus drei verlorenen Tagebüchern

Wir gingen zu dem Fest, weil unsere Tagebücher verschwunden waren.

Hollys verschwand als Erstes. Dann das von Ash. Ich dachte erst daran, meines zu suchen, als am Montagmorgen fünf herausgerissene Seiten aus Hollys Tagebuch in Trina McEowns Händen auftauchten. Und wenn es einen Ort gibt, wo man sein Tagebuch nicht finden will, dann ist es in Trina McEowns Händen.

Man möchte meinen, in unserem Alter wären wir zu alt für Tratsch und Gekicher. Aber Trina stellte sich auf einen Tisch in der Mitte des Klassenzimmers, während wir nach dem Matheunterricht zusammenpackten, und las der Klasse Auszüge daraus vor. Sie hörte erst auf, als Ash mit fliegenden roten Locken zu ihr auf den Tisch sprang und ihr die Nase blutig schlug.

Holly und ich versuchten zu erklären, dass eine blutige

Nase gar nichts ist im Vergleich dazu, dass alle deine Geheimnisse einfach in den Raum bluten wie eine geplatzte Arterie, gesprochen mit einer anderen Stimme, aber Mr Murphy hasst sowohl Metaphern als auch Gefühle, deshalb wurde Ash vom Unterricht suspendiert und Trina wurden die Hausaufgaben des Tages erlassen.

Da fing es an.

Wir saßen in Hollys Zimmer, und ich streichelte ihr das Haar, während sie weinte, und Ash untersuchte ihre abgeschürften Fingerknöchel. Sie trägt sie jetzt stolz wie ein Abzeichen.

»Ich verstehe nicht, warum du dir das so zu Herzen nimmst, Holly«, sagte Ash. »*Mir* an deiner Stelle wäre es egal.«

Ich streichelte ihr immer weiter das Haar, lang und blond, blond und lang und sanft unter meinen Fingern wie mein geflüstertes *Schsch*. Ich wollte sagen: »Ist schon gut«, aber das war es nicht, wirklich nicht. Man sagt einem Tagebuch Dinge, die niemand anderes wissen soll. Nicht deine besten Freundinnen. Nicht deine Lieblingsschwester. Nicht ein Klassenzimmer voller starrender Augen und anzüglich grinsender Münder.

»Die tun so, als würden sie selbst nie so was denken«, sagte Ash voller Verachtung. »Als hätten sie nie Sexträume. Als hätten sie keine Körper, die sich aufblähen und bluten. Als würden sie die Welt um sich herum oder ihren eigenen Verstand nie infrage stellen.«

Holly weinte so sehr, dass ihre Steppdecke durchweichte, Salzwasser in jeder Naht.

»Ich wette, die Hälfte von den Mädchen aus unserer Klasse masturbiert. Und alle Jungs.« Ash schnaubte. »Die sind nur ein Haufen verklemmter Heuchler.«

Holly schluchzte in ihre Hände, und Flüsse rannen zwischen ihren Händen hervor. Tränen tropften vom Bett auf den Boden. *Platsch, platsch, platsch* in den Teppich.

»Alle Eltern streiten. Jeder lügt. Niemand weiß, was er mit diesem Scheißleben anfangen soll.« Ash ballte die Fäuste.

Ich flüsterte: »Schsch, schsch.« Der Teppich war durchnässt von Hollys Tränen. Die Kraft ihres Weinens hob das Bett an und ließ es dümpeln. Das Zimmer wurde zu einem kleinen See. Ordner voller Schulmitschriften, Stifte und Haarspangen, Bücher und Taschentücher und Teddys aus der Kindheit schwammen darin. Ich hielt ihr die Haare, damit sie nicht hineinfielen. Blond und lang, lang und blond und besetzt mit Perlen aus salzigen Tränen.

»Ich würde sie noch mal schlagen, wenn ich könnte«, sagte Ash. »Das mache ich auch. Nächstes Mal, wenn ich ihr widerliches Gesicht sehe. Nächstes Mal breche ich der blöden Kuh die Nase.«

»Schsch«, sagte ich zu Holly. »Gar nichts wirst du tun«, sagte ich zu Ash. »Wenn du von der Schule fliegst, sind wir nur noch zu zweit gegen alle anderen.« Gemeinsam sind wir ein dreiköpfiger Hund, der sich einer Armee von Hunderten von starrenden Augen und anzüglich grinsenden Mündern stellt. Ohne Ash haben wir keine Reißzähne mehr. »Es ist auch so schon schwer genug in der Schule.«

Ash besaß den Anstand, betreten dreinzuschauen. Sie lehnte sich auf Hollys Bett auf die Ellbogen zurück und sagte: »Dann müsst ihr mich auf dem Fest am Samstag zurückhalten, denn wer weiß, was ich erst tue, wenn ich ein paar Bier intus habe.«

»Ich will nicht zu dem Fest, Laurel«, flüsterte mir Holly zu. »Ich will nirgendwohin, wo die sind.«

»Die sind überall, fürchte ich«, sage ich sanft, flocht ihr die

Haare, wob dabei die Tränen in die Zöpfe wie Perlen. »An einem Ort wie hier kann man sich nicht verstecken.«

»Also verstecken wir uns nicht«, verkündete Ash laut und stand auf dem Bett auf, ihre Schulschuhe wetzten über die Tagesdecke. Sie stampfte auf und sagte: »Wir verstecken uns nicht, verdammt noch mal! Egal! Wir gehen zum Fest wie alle anderen, Cinderella; wir werden die Schönsten auf dem ganzen beschissenen Ball sein.«

Das Sommerfest der Stadt kann man wohl kaum als Ball bezeichnen. Es ist eher peinlich. Aber es gibt immer ziemlich wenig Aufpasser und oft unbeaufsichtigte Kühlboxen voller Bier. Die Erwachsenen schauen entweder weg oder bemerken es erst gar nicht.

Hollys Tränen versiegten bis auf ein Rinnsal.

»Denk drüber nach«, sagte ich. Holly hatte bis Samstag Zeit, um sich zu entscheiden. »Wir sind ja dabei.«

Ich sagte nicht, dass ich aus einem sehr ähnlichen Grund hingehen wollte wie Ash. Ich wollte Trina nicht verprügeln, versteht mich nicht falsch. Aber ich wollte wissen, wie sie an Hollys Tagebuch gekommen war. Ich wollte wissen, was sie mit den Seiten gemacht hatte, die sie nicht herausgerissen hatte. Und wenn sie sie nicht wieder hergab, na ja, vielleicht konnte ich dann auch ein oder zwei aufgeschürfte Fingerknöchel vertragen.

In dieser Nacht nahm ich mein Zimmer auseinander. Gegen elf rief ich Ash an. »Mein Tagebuch ist auch verschwunden«, sagte ich.

Sie schwieg kurz. »Ich suche meines seit letztem Wochenende«, sagte sie.

Zu Hause stellte jede von uns ihre Eltern zur Rede, schrie

ihre Geschwister an, aber niemand gestand. Ich kann mir immer noch nicht recht vorstellen, wie Trina McEown oder eine aus ihrer Clique sich in unsere Häuser schleichen und unsere Sachen stehlen sollten, aber ich wüsste auch keine andere Erklärung. Wir wissen nur, dass unsere Tagebücher verschwunden sind und Seiten aus dem von Holly in feindlichen Händen aufgetaucht sind, dass Trina und ihre Freundinnen oder jemand anderes die fehlenden Seiten gelesen haben, ganze Wochen aus unseren Leben gerissen haben und sie irgendwo wie an die Wand gepinnte Schmetterlinge aufbewahren.

Ich will wissen, wo.

Dann fanden wir das Zauberbuch. Es war, als hätte es auf uns gewartet. Als wüsste es, dass wir es brauchen.

Ich sage, *wir* fanden es, aber eigentlich war es Holly. Wir waren am Freitag nach der Schule auf dem Weg zum See. Ash, immer noch vom Unterricht ausgeschlossen, stieß am Stadtrand dazu, und wir gingen an ihrem Haus vorbei dorthin, wo der Wald dicht und dunkel wird. Es war warm – sogar heiß –, aber die Luft roch ein bisschen nach Regen. An einer Straßenseite standen zerzauste Bäume, verfallene Mauern mit Lücken zwischen den Steinen wie ausgefallene Zähne, grüne Wiesen wurden gelb unter dieser untypischen Hitze.

Wir schwangen unsere Pullis wie Springseile, hielten die Enden der Ärmel fest und sprangen über die Mitte, sangen dabei blödsinnige Kinderlieder. Ash rollte ihr T-Shirt zu einem Bikini-Top hoch, und Holly und ich taten es ihr sofort nach, knöpften unsere Schulblusen unten auf und verknoteten die Zipfel unter den Brüsten. Unsere Bäuche waren weiß wie die von Fischen, blendend im Sonnenlicht, das sie seit dem letzten Sommer nicht gesehen hatten. Wir stellten uns vor, was die Lehrer sagen würden, wenn sie uns jetzt sähen, mit nackten

Bäuchen und seilspringend mit unseren hässlichen Schulpullis, die Kniestrümpfe abgestreift und in unsere Schultaschen gestopft.

Holly war an diesem Nachmittag wieder fröhlicher. Mit Ash an unserer Seite waren wir wieder ein dreiköpfiger Hund. Wir gingen so dicht beieinander, dass unsere Haare anfingen, sich ineinander zu verwirren. Braun, blond und rot.

Holly wollte auf Bäume klettern. Sie hat schon immer ein bisschen jünger gewirkt als ich und Ash, auch wenn wir alle gleich alt sind. Vielleicht hat sie das Seilspringen an ihre Kindheit erinnert. Oder vielleicht wollte sie wieder zum Kind werden, laut ausgesprochene Worte über Regelschmerzen und streitende Eltern bannen, und darüber, wie sie den Strahl aus dem Duschkopf so ausrichtet, dass er genau zwischen ihre Beine trifft.

An der riesigen Eiche an der Weggabelung blieben wir stehen. Wir stopften die Schulröcke in die Unterhose und kletterten von Ast zu Ast, zerkratzten uns Arme und Beine und holten uns Harzflecken an den Bäuchen. Ash ist wohl die Mutigste von uns, aber Holly kletterte am höchsten. Dort fand sie das Zauberbuch: Es steckte zwischen zwei Ästen, als hätte ein Vogel es dort zurückgelassen.

»Laurel! Ash!«, rief sie und ließ es zu uns herunterfallen: ein kleines, schmales Notizbuch mit rotem Ledereinband, zusammengehalten durch ein Gummiband. Holly kam herunter und wir setzten uns unter den Baum, um es zu lesen. Auf der ersten Seite stand nur ZAUBERBUCH VOM VERLIEREN UND WIEDERFINDEN, wie ein Titel.

Bei so einem Titel muss man einfach weiterlesen.

Wir erkannten die Handschrift nicht, aber Holly war der Meinung, sie käme ihr irgendwie bekannt vor. Auf jeder zweiten Seite standen Gebete an den Heiligen Antonius, Vorschläge für Opfergaben an die Göttin Mnemosyne, eine Karte des Flusses Lethe: Funde und Vergessenes. Auf den leeren Seiten dazwischen waren Dinge eingeklebt, die das Zauberbuch fast aus den Nähten platzen ließen. Gebetsbilder und Bonbonpapierchen mit seltsamen Symbolen. Ausländische Münzen. Gepresste Blätter und Rindenstreifen mit geraden Schnitten darauf wie auf Oghamsteinen. Oder wie Narben.

Der Zauberspruch stand auf der allerersten Seite: eine Beschwörung, um Verlorenes wiederzufinden.

Wir wollten unsere Tagebücher finden. Also schlug Holly vor, es zu versuchen.

Der erste Teil war wie ein Rezept: Moos und Äste sammeln, Olivenöl aus unseren Schränken schmuggeln, Heiligenmedaillen aus dem Portemonnaie unserer Oma klauen, die Weihnachtskisten auf dem Speicher nach Silberschnüren durchwühlen. Es war albern und abgefahren und wir kamen uns vor wie kleine Kinder beim Matschkuchenbacken. Keine von uns nahm es ernst, nicht einmal Holly.

Samstag hatten wir alle Zutaten bis auf die Wasser der Lethe zusammen.

Ash war enttäuscht. »Was soll das überhaupt heißen?«

»Das haben wir in Altphilologie gelernt«, erklärte ihr Holly. »Weißt du nicht mehr? Die Lethe ist einer der fünf Flüsse der griechischen Unterwelt.«

»Also finden wir wohl eher kein Wasser davon in Balmallen im County Mayo«, sagte ich.

Doch dann fanden wir etwas von Mags' schwarzgebranntem Whiskey, einen Kanister, der aus Versehen an der Hintertür von Maguires Pub stehen geblieben war (auch wenn Ash, die das gerade über meine Schulter liest, gern hinzufügen möchte, dass Mags selten etwas aus Versehen tut; Ash sieht überall Verschwörungen).

»Den können wir auch benutzen«, hauchte Holly und zeigte uns den Zauberspruch noch einmal. »Seht ihr? Hier steht, man kann als Ersatz auch *Poteen* nehmen. Er muss handdestilliert sein – und das ist Mags' Zeug ja –, und *wenn* jemand seinen Schwarzgebrannten mit alter Magie versetzt, dann Mags.«

Also nahmen wir etwas von Mags' Whiskey zum Sommerfest mit. Wir schlichen uns von den Leuten weg in den Wald. Dort schnitten wir uns in die Finger und tranken den brennenden Alkohol und schrieben unsere Verluste auf Äste.

Und dann fing es an, merkwürdig zu werden.

Moos wurde zu Fell wurde zu toten Tieren auf dem Waldboden. Die Bäume wurden die Lücken zwischen den Bäumen. Wir drei hielten uns an den Händen und gaben Laute von uns, die keine Worte waren, sondern eine Anrufung, sagte Holly später. Eine Anrufung, um Verlorenes wiederzufinden.

Am nächsten Morgen kamen wir unter der Rieseneiche an der Weggabelung wieder zu uns, jede von uns mit zerschrammten Knien und blutiger Nase, alle mit Silberschnur aneinandergebunden.

Und überall um uns herum lagen unsere fehlenden Tagebuchseiten, bedeckten den Boden wie eine Schneedecke. Auf der Wiese in der Ferne brannte immer noch das Feuer.

Der Zauber der verlorenen Dinge

Du brauchst:
Ein Amulett oder einen Talisman. (Eine Medaille oder ein Heiligenbild des Heiligen Antonius oder des Heiligen Thaddäus, eine Wünschelrute, ein Kristallpendel oder ein Hühnergott in Form eines Pfeils funktionieren am besten.)

Eine Glasflasche mit den Wassern der Lethe, des unterirdischen Flusses des Hades, der den Trinker vergessen lässt. (Selbst gebrannter Whiskey ist ein brauchbarer Ersatz. Muss handdestilliert in einem Krug sein und mit alter Magie versetzt.)

Ein Stück Silberschnur.
Rote Tinte.
Olivenöl.
Eine Handvoll Vogelbeeren.
Ein Haselnusszweig.
Eine Efeuranke.
So viele Rosendornen, wie du Verluste hast.
Unter einer Eiche gesammeltes Moos.
Menschenblut.

Die verlorenen Dinge zurückrufen:
Sammle frisches Moos unter einer Eiche.
Tränke es mit Olivenöl und zerdrückten Vogelbeeren.
Reibe es mit Menschenblut ein.

Brich einen Haselzweig in zwei Teile und bilde daraus ein gleichseitiges Kreuz.
Binde das Blutmoos mit einer Efeuranke in die Kreuzmitte.

Binde ein Stück Silberschnur fest darum.
Befestige das Kreuz am Ast eines Baumes.

Schreibe mit roter Tinte um das Kreuz an die Äste, was du verloren hast.
Befestige jedes Wort mit einem Rosendorn.
Schlinge die Schnur um jeden Dorn.

Am anderen Ende der Schnur befestigst du den Talisman.
Weder das Kreuz noch der Talisman dürfen den Boden berühren.

Warte auf ein Zeichen.
Wenn die Lichter ausgehen, weißt du, dass das, was du verloren hast, dir zuhört.
Wenn du Hunde bellen hörst, weißt du, was du verloren hast, hat deinen Ruf gehört.
Wenn du das Heulen hörst, weißt du, dass das, was du verloren hast, geantwortet hat.

Überleg dir deinen Handel gut:
Jeder verlorene Gegenstand erfordert ein Opfer –
für jeden Fund geht etwas anderes verloren.

Was willst du loslassen?
Was kannst du dir nicht leisten zu verlieren?
Denk sorgfältig nach, bevor du die Anrufung sprichst:
Es könnte sein, dass die Wahl nicht bei dir liegt.

Pass auf, was du dir wünschst:
Nicht alles Verlorene soll gefunden werden.

Olive

Sonntag, 7. Mai

Verloren: Vertrauen der Eltern (nicht zum ersten Mal)

Meine Eltern sind Frühaufsteher. Jeden Morgen schleicht sich der Duft nach frischem Kaffee in meine Träume, bevor die Stimme meines Dads durchs Haus schallt. Er reißt die Türen zu unseren Zimmern auf, stellt sich auf den Treppenabsatz und rezitiert sein Lieblingsgedicht der Woche.

Als ich grasfleckig und verkatert durch die Küchentür komme, ist er bei der dritten Strophe von »Das gestohlene Kind« von W.B. Yeats. Meine Mum sitzt am Tisch und liest die Zeitung. Als ich hereinkomme, zieht sie die Augenbrauen hoch. Die Uhr über der Küchentür sagt mir, dass es zehn nach sieben ist. Ich hatte tatsächlich zu hoffen gewagt, sie würden an diesem Morgen ausschlafen.

»Wo die wilden Bäche schießen / Aus Hängen oberhalb Glen-Car / Und Teiche Schilf umfließen, / Wo Sternenlicht nie war, / Erspähn wir die Forelle / Und flüstern in ihr Ohr / Den ruhelosen Traum«, intoniert Dad.

»Ich fand das schon immer ziemlich deprimierend«, kommentiere ich.

Mum nippt an ihrem Kaffee. »Sind sie das nicht alle?«

Ich ziehe die geliehene Jacke enger um mich, um den Zustand meines Kleides zu verbergen. Dabei hoffe ich, ich rieche nach dem Erdbeerkaugummi, den ich in einer der Jackentaschen gefunden habe, aber in Wahrheit stinke ich wahrscheinlich einfach nach Wodka.

»Also, auf einer Skala von eins bis damals, als Rose nach einer Party in euer Auto gekotzt hat – wie viel Ärger bekomme ich?«

Mum blättert die Zeitung um. »Wir nähern uns rapide dem Rose-Kotz-Territorium«, teilt sie mir mit.

»Alles klar.«

Dad taucht aus dem Flur auf. Seine Stimme wird unheilvoller, je näher er kommt. »*Komm hinfort, o Menschenkind / Auf zu Wassern, Wildnis, Wind / Mit einer Fee an deiner Hand, / Denn auf der Welt gibt es mehr Tränen, als je ein Kind verstand*. Aha. Wie ich sehe, bist du heil wieder nach Hause gekommen, wenn auch relativ verwahrlost«, sagt er. »Und mit verwahrlost meine ich müde, dreckig, betrunken und unter Hausarrest.«

Ich gebe meine Maskerade auf und lasse mich auf einen Stuhl fallen. »Nicht betrunken«, murmle ich. »Verkatert.«

»Ach, na, in dem Fall vergiss, dass ich irgendetwas gesagt habe, und einen schönen Tag noch.«

Ich lasse den Kopf zwischen den verschränkten Armen auf den Küchentisch sinken. Irgendwann auf dem Fest habe ich mein Hörgerät ausgeschaltet, denn die Lautsprecher haben ein blechernes Dauerkreischen in meinem tauben Ohr erzeugt. Mit meinem guten Ohr auf dem Tisch und Stille im anderen wird jedes Geräusch eigenartig verstärkt: Dads schwere Schritte in Richtung Herd, das Getrampel meiner Geschwister auf der Treppe, Mums Kaffeetasse, die leise gegen ihren Teller klirrt, als sie sie an die Lippen hebt, das Scharren meines eigenen Atems zwischen meinen Zähnen.

Dann rumst etwas vor mir auf den Tisch. »Das wird helfen«, höre ich die laute Stimme meines Dads. Ich hebe den Kopf und sehe eine Riesentasse schwarzen Kaffee. »Schwarz wie meine Seele, wenn ich dir Hausarrest erteile«, sagt Dad. Er kichert vor sich hin.

Als ich den ersten vorsichtigen Schluck nehme, platzt meine Schwester Emily herein. Sie starrt mich an.

»Wow«, sagt sie. »Du siehst scheiße aus.«

»Emily!«, weist Mum sie scharf zurecht.

»Sorry, Mum. Olive, du siehst wie Fäkalien aus.«

Dad versteckt sein Lachen hinter seinem Bart. Mums Mundwinkel zucken. »Etwas besser«, sagt sie. Dann richtet sie den Blick auf mich, und irgendetwas an den Linien um ihre Augen sagt mir, ich könnte sogar noch mehr Ärger kriegen, als ich dachte.

Mein Bruder Max erscheint verschlafen in der Tür, während ich gerade mein Handy an das Gewirr von Ladekabeln auf der Arbeitsplatte neben dem Kühlschrank anschließe. Er hat Kissenfalten auf der Wange und schleppt Bunny, seinen abgeliebten Teddy, am Ohr hinter sich her.

»Krieg ich einen Keks?«, fragt er Mum. Er ist fünf. Er will immer einen Keks. Cornflakes (ein Hund) streckt neben ihm die Zunge heraus. Er will auch einen Keks. Gibt es einen großen Unterschied zwischen einem Hund und einem fünfjährigen Jungen?

»Du kannst keine Kekse zum Frühstück essen«, sagt Emily, die langsam von dem Küchenschrank zurückweicht, den sie gerade öffnen wollte, offensichtlich selbst auch auf der Suche nach Keksen. Emily ist dreizehn, dünn wie eine Schlange und doppelt so hinterlistig. Die Hälfte ihrer DNA hat sie vermutlich von irgendeinem Reptil.

Fruit Loops (ein Hund) himmelt sie an. Weetabix (auch ein Hund) schnüffelt unter dem Tisch nach Krümeln herum. Die Katze Bacon kratzt an der Hintertür.

Als mein Akku wieder auf fünf Prozent ist, rufe ich Rose an. Sie geht nicht ran. Ich nehme an, es muss eine Gleichung geben, mit der ich die Wahrscheinlichkeit von Roses Kater in Relation zu meinem hoch n ausrechnen könnte, wenn ich davon ausgehe, dass sie gestern Nacht sehr viel betrunkener wirkte als ich, aber ich glaube, solche Dinge kann man nicht messen. So oder so bin ich mir sicher, dass sie ihn irgendwo ausschläft. Ich musste nicht zum ersten Mal allein nach Hause radeln. Trotzdem würde es mir viel besser gehen, wenn sie ranginge. Ich hinterlasse keine Nachricht, weil Rose sie sowieso nie abhört. Stattdessen schreibe ich ihr, sie soll mich anrufen.

Ich will gerade aufstehen und meinen Kaffee in mein Zimmer mitnehmen, als Mum mich anschaut.

»Hast du einen Jungen kennengelernt?«, fragt sie mich plötzlich und blättert dabei mit gespielter Lässigkeit ihre Zeitung um. Emily spürt, dass ich gleich einen Rüffel bekomme, und macht lange Ohren.

»Irgendwann in meinem Leben?«, frage ich zurück. Ein Bild des lockigen, sommersprossigen Jungen, den ich am Morgen zwischen den Bäumen gesehen habe, blitzt in meinem Kopf auf. Alte Schiebermütze und die Gitarre auf dem Rücken. Er war sicher jemandes Cousin oder ein Freund aus einer anderen Stadt. Ich habe ihn nicht erkannt, und er war viel zu schön, um von hier zu sein.

»Gestern Nacht«, stellt sie klar.

»Wie nicht anders zu erwarten waren die städtischen Sommerfestivitäten ein gemischtgeschlechtliches Ereignis«, sage ich zur Decke. »Wie du dich erinnern wirst. Es waren sogar einige Jungen da.«

Emily prustet.

»Ich bin auch ein Junge«, meldet sich Max von der anderen Tischseite zu Wort.

»Du bist ein Alien«, gibt Emily zurück.

»Wenn ich ein Alien bin, musst du auch ein Alien sein«, sagt Max. »So ist das bei Geschwistern.«

»Also hast du keinen Jungen kennengelernt?« Dass Mum ihre Erkundigung wiederholt, straft ihre Möchtegern-Lässigkeit Lügen.

»Warum?«, fragt Emily.

»Das geht dich nichts an«, fauche ich. »Würdet ihr mich bitte entschuldigen?« Ich nehme meine Kaffeetasse und stelle mich auf leicht wacklige Beine.

»Du wirst eine Woche lang Haus und Garten nicht verlassen, außer für die Schule«, erinnert mich Dad. Ich nicke und wende mich zum Gehen.

»Er bringt nur Ärger«, sagt Mum. Sie sagt es sehr leise, fast geflüstert, aber ich höre sie trotz des Lärms meiner Familie und der Hunde. Außer mir scheint sie niemand zu hören. »Er hat viel verloren, und dir wird es genauso gehen.« Ihr Blick ist in weite Ferne gerichtet. Ihre Augen sind nicht ihre Augen. Sie sieht mich an, und es ist, als würde jemand anderes durch sie schauen. »Halte dich von ihm fern«, sagt sie, »sonst verlierst du alles.«

Dann dreht sie sich um und macht Frühstück, als wäre nichts passiert, als hätte sie gar nicht mit mir gesprochen. Die Zeitung flattert auf den Boden.

Hazel

Sonntag, 7. Mai

Verloren: Jacke (Jeans, der dritte Knopf fehlt),
Scherben einer zerbrochenen Teetasse

Mags kommt um zwölf ins Pub. Wir öffnen um halb eins. Ich habe schon alles vorbereitet: die Hocker von den Tischen geholt, den Tresen abgewischt, die Gläser poliert, die Klappe aufgeschlossen, damit Cian und die Jungs die Fässer für die Woche in den Keller rollen können.

Die Fenster sind einen Spalt geöffnet, ich kann noch den Lagerfeuerrauch vom Sommerfest gestern Nacht riechen. Jetzt ist er fast verweht, nur noch dieser vage Geruch nach Asche liegt in der Luft. Man fragt sich, was sie verbrannt haben.

Ich bin gegangen, als die Flammen hochschlugen und irgendein Junge, der selbst völlig dicht war, mir ein winziges Quadrat aus Papier auf die Zunge legte und versuchte, seine hinterherzuschieben.

»Ich küsse keine Jungs«, habe ich zu ihm gesagt und bin allein nach Hause gegangen.

Es war eine lange Nacht aus Träumen und Visionen, aber der Morgen war heute klarer, blechern und durstig.

Ivy und Rowan waren immer noch nicht zu Hause, als ich zur Arbeit gegangen bin.

»Na so was«, sagt Mags, während sie das Licht einschaltet. Die Lampen erhellen den düsteren Raum kaum. »Du bist früh dran.«

Eine uralte braune Labradorhündin kommt hinter ihr hereingetrottet und lässt sich schwer auf ihren üblichen Platz vor dem Kamin plumpsen. Sie ist die letzte in Mags' langer Reihe von Hunden, die alle paar Jahre weglaufen oder überfahren werden oder eingeschläfert werden müssen. Wenn einer geht, holt sie sich einen neuen. Sie sind immer groß und immer braun und sie gibt ihnen immer denselben Namen: Lucky. Mags mag Ironie.

Ich zucke die Achseln und puste auf das Papier vor mir. Die aktuelle Lucky gähnt. Mags kommt herüber und schaut, was ich gezeichnet habe. Sie sagt, sie kann es nicht leiden, dass ich Kohle auf allen Tischen verteile, beschwert sich, dass sie aufgewirbelt wird und in ihren Lungen hängen bleibt, aber sie raucht zwei Schachteln Zigaretten am Tag, also höre ich nicht darauf.

Mags hievt einen großen Blechkanister auf die Bank neben mir. Das Zeug darin schwappt herum. »Warum zeichnest du nie Menschen?«, fragt sie, während sie mein Skizzenbuch durchblättert. Ein silberner Schuh, an den Zehen abgestoßen. Ein Flachmann aus Metall. Die Uhr auf dem Kaminsims des Pubs. Ein großer, rostiger Schlüssel. »Menschen sind interessanter als Gegenstände.«

»Sagst *du*.«

»Ja, sage ich.« Sie zieht eine Linie durch den Kohlestaub auf dem Tisch. »Du könntest mich zeichnen, die königliche Schönheit.« Ich versuche, nicht zu prusten. Mags ist ungefähr fünfhundert Jahre alt und gebaut wie ein drahthaariges Bierfass. Sie mag königlich sein, aber sie ist keine Schönheit. »Du könntest Cian oder Alicja zeichnen«, fährt sie fort, ohne auf meinen Blick zu achten.

Ich verwische die Kohle zu Schatten. Cian ist der Koch und Alicja serviert mit mir. Sie sind so ungefähr die einzigen Menschen, die ich in dieser Stadt kenne. Ausreißer sind nicht gesellig.

»Du könntest deinen Bruder oder Ivy zeichnen.« Ich fühle, wie ich rot werde, aber im Raum ist es dunkel genug, dass man es nicht sieht.

»Du könntest deine Eltern zeichnen«, fährt Mags fort, und ich kann nur stur den Blick auf meinen Block richten.

»Hast du jemals wieder was von ihnen gehört?«, frage ich und sammle die Kohlestifte zusammen, die ich vor ein paar Wochen im Künstlerbedarf weiter unten in der Straße geklaut habe. Ich stopfe sie in meine Leinentasche.

»Noch nicht, Schatz«, sagt Mags.

Es überrascht mich nicht, in meiner Kehle bildet sich trotzdem ein Kloß.

Sie spart sich die Mühe, mir vorzuschlagen, Granny oder Grandpa zu zeichnen. Sie weiß, die Trauer ist noch zu frisch.

»Hier«, sagt Mags rau, als ich von meinem kleinen Hocker aufstehe. »Geh das im Keller verstecken, ja?« Sie stemmt mir den riesigen Blechkanister in die Arme und dreht mich an den Schultern zur Treppe.

Mags brennt selbst Whiskey, natürlich schwarz: alten irischen *Moonshine.* Sie destilliert ihn in ihrer Garage und verkauft ihn manchmal an Eingeweihte in ihrem Pub, wenn sie sicher ist, dass die örtliche Polizei nicht hinschaut. Es geht das Gerücht, man werde blind davon, aber hinter geschlossenen Lidern sähe man die Zukunft. Es geht das Gerücht, davon würden einem die Zähne verrotten, aber das kommt wahrscheinlich nur von dem vielen Zucker. Ich schleppe den Kanister die Treppe hinunter in den Keller und verstecke ihn hinter einem Haufen alter Fässer und Körbe.

Als ich wieder oben bin, sind die anderen auch da. Sie kommen durch die Seitentür neben der Küche, und ich höre, wie Mags Rowan sofort wieder rausschickt, um eine fehlende Bestellung ausfindig zu machen. Das ist auch gut so. Ich bin mir nicht sicher, ob ich meinen Bruder jetzt schon sehen könnte. Ich weiß nicht sicher, dass er gestern Nacht mit Ivy zusammen war, aber solange er mir nichts anderes sagt, gehe ich mal davon aus.

Ivy ist im Moment, abgesehen von Mags, unsere einzige Freundin, und Mags ist unsere Chefin, also zählt sie nicht. Ivy ist der einzige Mensch, der unsere ganze traurige Geschichte kennt. Sie ist die Einzige, die uns angerufen hat, als unsere Granny starb und unser Grandpa uns nicht mehr erkannte. Sie ist die Einzige, die sich Sorgen gemacht hat, als sie hörte, dass wir zu unseren kaputten Eltern zurückgeschickt werden sollten. Als wir von zu Hause weggelaufen sind, war sie die Einzige, der wir es gesagt haben. Also hat sie ihre Sachen gepackt und ist auch weggerannt, um mit uns zu kommen. Ihre eigene Mutter hat kaum mit der Wimper gezuckt. Ivy sagt, ihre Mum hält es für einen Initiationsritus, als wäre es völlig normal, dass ihre siebzehnjährige Tochter von zu Hause wegläuft, um sich mit zwei halbwüchsigen Alkoholikern auf einem verlassenen Grundstück zu verkriechen. Aber bei Ivy und ihrer Mum ist nichts wie bei allen anderen.

Kaum habe ich an Ivy gedacht, sehe ich sie schon. Sie muss mit Rowan gekommen sein. Sie sitzt am Fenster. Um die Augen hat sie dunkle Schatten und in den Haaren kein Gel. Sie wehen wie weiche, blaue Puschel um ihr Gesicht, die blonden Ansätze schauen gerade so durch. Aber auch wenn Ivy müde ist und ihre Haare durcheinander, ist sie der hellste Punkt im Raum. Sie besteht nur aus fließendem Kleid und derben Stiefeln und Augen, die zu ihren leuchtend blauen Haaren passen, und sie kann wahrscheinlich direkt in einen reinschauen. Sie strahlt so, dass alles um sie herum hübscher aussieht, weil sie da ist.

Rowan und ich kennen Ivy seit unserer Kindheit. Sie lebt mit ihrer Mum in Sligo, und Rowan und ich haben fast unser ganzes Leben bei unseren Großeltern in Dublin gewohnt. Aber ab und zu zoffte sich unsere Mutter – die Trinkerin, die unabwendbare Katastrophe, die ihre Kinder verlassen hat – mal wieder mit Dad, und dann wollte sie ihre Kinder wiederhaben und ihre älteste Freundin zur Unterstützung. Also kam sie und schnappte mich und Rowan und schleppte uns durchs halbe Land, und Granny und Grandpa konnten nichts dagegen tun.

Sie tauchte mit uns im Schlepptau und Tränen auf den Wangen auf der Türschwelle von Ivys Mum auf. Ivys Mum versuchte zu helfen, aber Mum war ziemlich schnell wieder weg, jagte zum tausendsten Mal unserem Vater hinterher, und wir waren wieder in Dublin bei Granny und Grandpa und sahen Ivy – und ihre Mutter – so ungefähr ein Jahr lang nicht wieder.

Ich weiß nicht mehr so genau, wann ich mich in Ivy verliebt habe, aber ich erinnere mich lebhaft an den Tag vor zwei Jahren, als mir klar wurde, dass es Rowan genauso ging. Wahrscheinlich, weil er die Zunge in ihrem Mund hatte.

»Was tust du hier?«, sage ich zu Ivy. Im Gegensatz zu Rowan und mir arbeitet sie nicht im *Maguire's*.

»Wir haben keinen Tee mehr«, sagt sie mit ihrer leisen

Stimme. Man kann sie kaum hören, weil Alicja eine Kiste Gläser schleppt und Mags Scheite in den Kamin wirft. »Und ich wollte noch die Zeitung holen.«

Mags schnappt sich eine Sonntagszeitung von einem der Tische und wirft sie Ivy zu. Sie flattert wie ein riesiger, schwarzweiß geflügelter Vogel. Ivy fängt sie sauber auf und öffnet sie auf der Seite mit den Kreuzworträtseln.

Mags ist über ein paar Ecken auf eine Art mit Ivy verwandt, die niemand von uns, nicht mal Ivy, so richtig versteht. Sie ist so was wie eine Großtante oder Cousine fünften Grades auf Ivys mütterlicher Seite (Ivy hat ihren Vater nie kennengelernt). Und Mags lebt schon ewig hier in der Stadt.

Granny und Grandpa haben früher auch hier gewohnt, vom *Maguire's* aus nur die Straße runter. Nachdem sie nach Dublin gezogen waren, kamen sie manchmal zu Besuch mit uns hierher.

Als Rowan und ich weggelaufen sind, sind wir hier gelandet. Es fühlte sich richtig an. Wir konnten nicht nach Dublin zurück; das hier war der einzige andere Ort, an dem wir uns irgendwie zu Hause fühlten. Wir fragten Mags, ob wir eine Weile bei ihr übernachten könnten, aber sie grunzte nur und sagte: »Ich nehme keine Streuner auf«, als wären wir zwei Straßenhunde. Doch dann tauchte Ivy auf, und sie führte uns in die Oak Road, zu dem Haus, das wir jetzt besetzen. Ich weiß immer noch nicht, woher sie davon wusste, aber ich bin froh, dass es so war.

Ich suche unter der Kaffeemaschine nach dem schicken losen Tee, den Ivy gern mag. Ivy wacht immer als Erste auf. Jeden Morgen komme ich nach unten und sie sitzt mit der Morgenzeitung und einer Tasse Tee an dem wackligen alten Klapptisch.

Nur heute Morgen nicht, denn sie war immer noch auf dem Fest. Mit Rowan.

Ich habe sie irgendwann zwischen dem Ende des Barbecues und dem dritten Bier verloren, das ich aus der Kühlbox hinter der zusammengesunkenen Hüpfburg stibitzt hatte. Eine Gruppe Mädchen mit geglätteten Haaren hatte Kuchen, also ging ich hin und bat um ein Stück, und sie gaben mir eine Scheibe aus der zweiten Schicht – es waren sieben, und jede hatte eine Glasur in einer anderen Farbe. Eines der Mädchen war süß – schulterlange Haare, die zu den Spitzen hin blonder wurden, und glänzenden rosa Gloss auf den Lippen. Aber bis ich mir die Reste der grünen Glasur von den Fingern geleckt hatte, war sie schon wie ein Lasso um irgendeinen Typen geknotet. Mein Problem ist, ich verliebe mich zu leicht.

Das Pub ist für einen Sonntag ziemlich leer; vermutlich kuriert fast die ganze Stadt noch ihren Kater aus. In meiner ersten Pause mache ich mir eine Tasse Kaffee und setze mich zu Ivy an ihren Tisch. Sie sitzt jetzt direkt am Feuer und ihre Wangen sind gerötet. Das Kreuzworträtsel vor ihr ist fast ausgefüllt – es fehlen nur noch zwei Begriffe. Ich weiß, ohne hinzuschauen, dass es die sind, die auf dem Post-it neben Ivys Teetasse stehen.

Jeden Tag legt Mags die Zeitung auf unsere Veranda, darin eingerollt eine Packung Schokovollkornkekse – Ivys Lieblingskekse. Auf die Zeitung klebt sie ein Post-it mit ein oder zwei Lösungshinweisen darauf.

»Zwölf waagerecht.« Ivy zeigt sie mir. »Und zwei senkrecht.«

Die Antworten auf diese Rätselfragen sind immer ein Zeichen für etwas, das an diesem Tag passieren wird oder irgendetwas über uns drei. Da steht zum Beispiel *Panne* an dem Morgen, bevor unserem Generator das Heizöl ausgeht. Oder

Überfluss an einem Tag mit besonders gutem Trinkgeld. Es ist ziemlich abgefahren, aber wir haben uns alle daran gewöhnt.

»Na«, sage ich eilig zu Ivy, bevor ich kneifen kann. »Wie kommt es, dass du und Rowan so spät nach Hause …?«

Aber Ivy schaut auf die Rätselfragen im Kreuzworträtsel und springt so plötzlich von ihrem Hocker auf, als wäre sie gerade getreten worden. Ihre Teetasse knallt auf die Fliesen vor dem Kamin.

Ich springe auch auf, verschütte Kaffee über mich und frage: »Was? Was steht da?« Ein paar von den Leuten um uns herum starren herüber.

Tonlos sagt Ivy etwas. Es klingt so ähnlich wie: »Es hat nicht funktioniert.«

»Was hat nicht funktioniert?«, frage ich, immer noch durcheinander und voller Kaffee.

»Was?«

»Du hast gerade gesagt …«

»Was? Oh, nein, nichts«, sagt Ivy schnell. Sie setzt sich wieder hin und dreht sich leicht auf ihrem Hocker. Er knarrt unter ihr. Hin und her, hin und her. »Tut mir leid wegen der Tasse«, fügt sie unbestimmt hinzu, den Blick immer noch auf die Zeitung gerichtet.

Mags erscheint mit einem Kehrblech und einem Mopp an unserem Tisch. Sie reicht mir beides, zieht ihre beiden dicken Augenbrauen hoch und sieht Ivy an.

»Gibt es einen Grund dafür, dass du heute mein Geschirr zerschlägst?«, fragt sie.

Ivy greift über den Tisch und nimmt einen Schluck von meinem Kaffee. Sie verzieht das Gesicht. »Zwölf waagerecht, zwei senkrecht?«, fragt sie.

»Hmpf«, sagt Mags.

Ich drehe das Kreuzworträtsel zu mir um und überfliege die Seite, hoffe, die Antwort hilft mir weiter, wenn Ivy es schon nicht tut. Ich mache mir Sorgen, was da wohl stehen wird.

Zwölf waagerecht. *Pain of a hidden French breakfast (5).* Zwei senkrecht: *A beetle saint (4).*

»Hast du gestern Nacht etwas verloren?«, fragt mich Ivy plötzlich.

»Ja, meine Jeansjacke.« Dann frage ich mit schmalen Augen: »Also, du meinst, *abgesehen* von dir und Rowan?«

Ivy weicht meinem Blick aus. »Du hast uns nicht verloren«, sagt sie. »Du bist früh nach Hause gegangen, schon vergessen?«

»Und ihr seid gar nicht nach Hause gekommen.«

»Wir waren nur am Feuer«, sagt Ivy, aber ihr kriecht langsam die Röte über die Wangen. Sie räuspert sich. »Und ich habe gerade gemerkt, dass ich eine von meinen Halsketten verloren habe. Sie muss mir auf dem Fest heruntergefallen sein. Und Rowan ist ohne seine Mütze nach Hause gekommen.«

»Gott sei Dank«, murmle ich. Die war eine Augenkrankheit. »Also *bist* du mit Rowan nach Hause gekommen.«

Ivy seufzt. »Und Mags sagt, ein paar Biere sind außerdem verschwunden«, sagt sie, als hätte sie mich nicht gehört.

»Also was, gibt es so etwas wie einen Stadtdieb?« Mit Mags in Hörweite erwähne ich nichts davon, dass ich genau weiß, wohin die Biere verschwunden sind.

»Ich weiß nicht«, sagt Ivy.

Mein Blick geht wieder zu den beiden leeren Stellen im Kreuzworträtsel. Zwölf waagerecht, zwei senkrecht.

Pain of a hidden French breakfast.

Ivy hat an zwei Fingern Pflaster. Die Hand, in der sie den Stift hält, ist verbunden.

»Was ist passiert?«, frage ich mit einem Nicken zu ihrer Hand, während ich versuche, das Rätsel zu lösen.

Was ist ein französisches Frühstück? Crêpe? Brot?

»Hab mich gestern Nacht an Glasscherben geschnitten«, sagt Ivy.

Dann kapiere ich es. *»Perdu«*, sage ich und zeige auf die Zeitung. *Pain of a hidden French breakfast. Pain* ist Brot und *pain perdu* sind *Arme Ritter*, so hat man früher trockenes Brot verwertet. Wörtlich übersetzt heißt es *verlorenes Brot.*

Auf dem Boden schimmern die Teeblätter.

Ivy nickt mich bedeutungsvoll an. Sie hat es schon herausgefunden. Ich war immer gut in Kreuzworträtseln, aber Ivy ist wie der Blitz. Sie kann einen Hinweis in glatt dreißig Sekunden lösen. »*Perdu*. Verloren.«

»Dann sind eben auf dem Fest ein paar Dinge verloren gegangen«, sage ich und zucke wieder mit den Achseln, obwohl Mags sagt, davon bekomme ich einen Buckel, wenn ich alt bin. »Ist doch nichts Besonderes. Das andere Rätsel verstehe ich aber nicht«, füge ich hinzu. »Zwei waagerecht. *A beetle saint.* Vier Buchstaben. Ich kapier's nicht.«

Mags sagt wieder »Hmpf«, und Ivy sagt: *»Jude.«*

Ich brauche einen Moment. »*Hey Jude*. Mit *a beetle* ist die Band gemeint, die Beatles, und *saint* ist der Heilige …«

Ivys Stimme ist sehr leise. »Der Schutzpatron der hoffnungslosen Fälle: der Heilige Judas Thaddäus.«

»Also, was? Sind wir hoffnungslose Fälle, oder wie?«, frage ich.

»Das sage ich doch schon seit Jahren«, knurrt Mags, aber ihre Augen funkeln.

»So langsam nehme ich dein Kreuzworträtsel persönlich«, verkünde ich ihr.

»Ach, ich bin mir sicher, du bist damit nicht gemeint«, sagt Ivy. Und sie sieht besorgt aus.

Aber ich glaube ihr nicht. Jeden Morgen, seit Rowan und ich hier sind, warte ich darauf, dass sie mich ertappt. Dass die Hinweise aus den Kreuzworträtseln meinen Namen ergeben und ihr sagen, was ich getan habe. Das Problem ist, ich habe zu viele Geheimnisse, und manchmal fällt es einem schwer, den Überblick über die eigenen Lügen zu behalten.

Ich kann mir vorstellen, was die Hinweise aus dem Kreuzworträtsel von heute bedeuten. Rowan und ich haben unsere Granny schon verloren. Unseren Grandpa auch, auf eine andere Art. Er erkennt uns nicht mehr. Er kann kaum noch sprechen. Wenn wir ihn anrufen, geht immer die Hospizschwester ran.

Aber Ivy weiß auch, wie sehr wir darauf warten, dass unsere Mum uns abholen kommt, sich entschuldigt, versucht, alles wiedergutzumachen. Ivy weiß, wir haben über einen Monat nichts von ihr gehört. Ich habe versucht, sie anzurufen, aber ihre Nummer ist abgeschaltet.

Ivy denkt wahrscheinlich, das Kreuzworträtsel bedeutet, dass wir jetzt auch noch unsere Eltern verloren haben.

Die Sache ist die, auch wenn sie und Rowan es nicht wissen, bin ich mir ziemlich sicher, dass sie recht hat.

Olive

Montag, 8. Mai

Verloren: eine halbe Stunde Schlaf, Konzentration, zartes goldenes Bettelarmband mit winzigen Charms

Rose schlich sich am Montagmorgen irgendwann gegen zwei in mein Zimmer. Meine Mum muss die Hintertür offen gelassen haben. Rose kletterte über mich drüber und machte es sich zwischen mir und der Wand gemütlich, nur Ellbogen und Knie und Haare, die über mein Gesicht krochen. Ich knurrte und schubste sie fest, mein Ellbogen bohrte sich in ihre Rippen. Sie roch, als wäre sie seit dem Sommerfest nicht mehr zu Hause gewesen.

Noch kaum wach, drehte ich mich auf den Rücken und starrte an die Decke. Rose scharrte weiter herum wie ein Hund auf einer neuen Decke. Sie zappelte, seufzte, zog an der Decke. Ich wollte sie fragen, wo sie war, aber der Schlaf zog mich wie ein Zauber wieder in seine Tiefen.

»Es tut mir leid«, flüsterte sie – oder vielleicht flüsterte sie das: Mein Hörgerät lag nutzlos auf dem Nachttisch und sie lag an meinem tauben Ohr.

»Schon okay«, antwortete ich, nicht unfreundlich. »Ist ja

nicht so, als hätte ich gedacht, ich hätte dich für immer verloren.«

Rose machte einen Hmm-Laut, der vielleicht ein Lächeln war oder ein Seufzen.

Als die Tür aufgerissen wird und Dad schallend Thomas Moore rezitiert, ist Rose weg. Sie hat eine Blume auf dem Kissen neben mir zurückgelassen – ihre Namensschwester. Fürsorglicherweise hat sie vorher die Dornen entfernt.

Unten sind die anderen schon auf. Emily hängt wie immer am Handy und Mum macht für Max zum Frühstück ein Clownsgesicht aus Bananenmus.

»Dann will ich dir folgen, wenn die Freundschaft vergeht / und wenn wie der Windhauch die Liebe verweht.« Dad folgt mir weiterzitierend in die Küche.

»Willst du was davon?«, fragt mich Max, während Mum eine Himbeere als Nase in die Mitte der widerlich aussehenden Pampe drückt. Der Rosinenmund grinst unheilvoll.

»Nein, danke.« Ich verziehe das Gesicht und entscheide mich für Toast und den Kaffee, der vor sich hin köchelt, seit Mum aufgestanden ist. Er ist schwarz wie die Nacht und sein Geruch trifft mich wie eine schallende Ohrfeige.

»Wenn das Herz, das ich liebe, im Unglück zerschellt«, muss Dad das Gedicht unbedingt zu Ende bringen, obwohl wir alle wach und aus dem Bett sind. Für die letzte Zeile legt er noch eine Schippe drauf und täuscht einen Ohnmachtsanfall vor: *»Dann scheide auch ich von verdunkelter Welt.«*

»Nice«, murmle ich.

»Darf ich später zu Chloe?«, fragt Emily, die wie üblich Dads Albernheiten ignoriert. Chloe ist ihre beste Freundin, könnte aber auch ihr eineiiger Zwilling sein. Sie kaufen sich die gleichen pastellfarbenen Skinny-Jeans und bauchfreie Tops von Topshop, von denen Dad pflichtbewusst schockiert ist, und man findet die eine normalerweise nicht ohne die andere. Rose und ich tauschen auch Schmuck und verbringen unsere ganze Zeit zusammen, aber ich hätte Schwierigkeiten, wie eine Kopie von Rose auszusehen. Außerdem würden mir ihre Klamotten niemals passen, denn sie ist zwanzig Zentimeter größer als ich und drei Kleidergrößen schmaler.

Mum erlaubt Emily, nach der Schule zu Chloe zu gehen, und ich versuche mein Glück, indem ich beiläufig frage: »Kann ich auch zu Rose gehen?«, aber sie durchschaut mich sofort.

»Du hast Hausarrest, wie du dich sicherlich erinnerst. Du kannst direkt nach Hause kommen«, sagt sie. »Und so sehr ich Roses Gesellschaft schätze, tut sie auch gut daran, direkt nach Hause zu gehen.«

Bevor ich gehe, lege ich Roses Rose auf das Bücherregal über meinem Bett und überlege wieder, wo sie gestern nach dem Fest war.

Emily und ich radeln hintereinander auf der kurvenreichen Strecke zur Schule, die Uniformpullis haben wir um die Taille geknotet, sie flattern hinter uns her wie große, blaue Schwanenflügel. Meine Hemdsärmel habe ich so weit wie möglich die Arme hochgeschoben. Von dem, was ich mir auf den Arm geschrieben habe, ist nur noch übrig: *du wirst nie gefunden* – das Wort *du* blassgrau in meiner Armbeuge, *gefunden* schwarz auslaufend bis zu meinem Handgelenk.

Dass mein Bettelarmband fehlt, merke ich erst, als es zur ersten Stunde klingelt und ich den Flur entlanghetze. Es muss mir auf dem Schulweg vom Handgelenk gerutscht sein. Ich habe seine Abwesenheit an meinem Arm getragen, seit ich es verloren habe. Ein Geisterarmband, an dem unsichtbare Charms singen.

Alle anderen Mädchen haben Pandora-Armbänder mit schweren, runden Silberperlen, die wie Geburtstagskuchen oder Teetassen geformt sind, aber ich habe eine zierliche Goldgliederkette, an der winzige Sterne, Katzen und Berge baumeln – und mein Lieblingsanhänger, ein zarter kleiner Olivenbaum –, federleicht und melodisch klingelnd, wenn sie zusammenstoßen. Das Kettchen hat meiner Mum gehört, als sie ein Mädchen war. Sie hat es mir zum sechzehnten Geburtstag geschenkt und ich habe es seitdem nicht abgenommen.

Ich rutsche auf meinen Platz und zerre meine Schultasche auf den Schoß. Ich hole die Schulbücher und das Mäppchen heraus, Dads Ausgabe der gesammelten Gedichte von Sylvia Plath, die losen Stifte und Tempopackungen und leere Hörgerätbatterien und Haarnadeln und zerknüllte Papierfetzen ganz unten in der Tasche. Ich öffne jedes Seitenfach. Ich stülpe das Futter nach außen. Das Klassenzimmer füllt sich nach und nach, es hat schon lange geklingelt. Meine Suche wird hektischer. Ich kremple meine Pulloverärmel hoch, rolle die Socken herunter; ich durchsuche sämtliche Falten meines Rocks, bis Cathal Murdock sich umdreht und laut fragt: »Wie viel willst du für den Striptease?« Er wackelt anzüglich mit der Zunge.

Zum Glück schreitet Ms Walsh, die Cathals reizende Frage gehört hat, ein, bevor ich ihm das gesammelte Durcheinander aus meiner Schultasche über den Kopf stülpen kann.

»Mr Murdock, bitte setzen Sie sich vorn in die erste Reihe«, sagt sie. »Ich dulde keine sexuelle Belästigung in meinem Klassenzimmer.«

Finster vor sich hin murmelnd und unter dem Applaus der meisten meiner Mitschülerinnen setzt sich Cathal direkt vor die Lehrerin. Ich nutze die Ablenkung, um meine Suche fortzusetzen.

Rose kommt hereingeschlurft und setzt sich neben mich. »Was ist los mit dir?«, fragt sie. »Hat Weetabix wieder Flöhe?«

Ich werfe ihr einen finsteren Blick zu und schaue unter meinem Tisch nach, ob ich das Armband bei der ganzen Sucherei vielleicht fallen gelassen habe. »Ich habe mein Armband verloren.«

»Das von deiner Mum?«

»Ja.«

»Shit.«

»Ja.« Ich schaufle den Müll wieder in meine Schultasche zurück. Mitten in dem ganzen Kram habe ich meinen Bleistiftspitzer in Form einer Weltkugel wiedergefunden, einen zerknitterten Fünfer und eine silberne Haarspange in Sternform aus demselben Set wie die, die ich auf dem Sommerfest verloren habe. Ich bin froh, dass ich wenigstens noch eine habe.

Rose ist perfekt gestylt wie immer, ihre schwarzen Haare glänzen und ihr Uniformrock ist eine Handbreit kürzer als erlaubt nach oben getackert. Sie ist das glatte Gegenteil von gestern Nacht.

»Ooh, süß!« Rose schnappt sich die Haarspange und steckt sich damit ihre wasserfallartige Mähne zurück. Das funktioniert ungefähr so gut, als wollte man einen echten Wasserfall damit aufhalten.

Ms Walsh hat mit dem Unterricht begonnen, aber ich beuge mich zu Rose hinüber und frage leise: »Erzählst du mir, wo du nach dem Fest warst?«

Ihr Blick wird einen Moment lang ausdruckslos und sie erwidert: »Und du?«

»Und ich, was?«

»Sagst du mir, wo du warst?«

»Zu Hause«, erkläre ich ihr. »So um sechs. Ohne dich.«

»*Ich* bin nach Hause gegangen«, sagt sie. »So um sechs. Ohne *dich*.«

Misstrauisch verziehe ich den Mund. Es könnte schon sein, dass wir uns verpasst haben. Dass sie kurz vor mir aufgewacht und zum Pinkeln in den Wald gegangen ist. Dass ich auf war und sie gesucht habe, als sie zurückkam, um mit mir heimzugehen.

»Es sah nicht aus, als wärst du zu Hause gewesen, als du gestern Nacht bei mir warst«, sage ich und versetze ihr einen spielerischen Schubs an die Schulter. »Wo warst du wirklich? Warst du irgendwo mit einem *Kerl*?« Ich sage Kerl, weil es unwahrscheinlich ist, dass sie ein Mädchen gefunden hat, mit dem sie irgendwo hätte hingehen können. Wir wohnen in Balmallen im County Mayo, 2400 Einwohner. Es gibt nur eine weiterführende Schule; wenn es in der Gegend irgendwelche annehmbaren Mädchen gäbe, wüssten wir es. Letztes Jahr haben Rose und ich betrunken beschlossen, dass wir als die einzigen beiden offen bisexuellen Mädchen in unserem Alter in der Stadt es wohl mal miteinander versuchen sollten. Wie sich herausstellte, sollten manche Leute wirklich einfach nur Freunde sein.

»Keine Ahnung, wovon du sprichst«, sagt Rose.

»Du musst immer noch ziemlich dicht gewesen sein«, stelle ich fest.

Rose lacht. »Ich war nicht die Einzige.«

Krieg ich noch 'n Kuss, bevor du gehst?

»Da hast du nicht unrecht«, gebe ich zu.

Nach Englisch gehen Rose und ich noch einmal den ganzen Weg durch die Schule bis hinaus zum Fahrradständer ab, aber mein Armband ist nicht da. Ich hoffe, es liegt zu Hause und nicht irgendwo in einem Graben.

Den ganzen Tag ertappe ich mich immer wieder dabei, wie ich die Worte auf meiner Haut reibe – mein rechter Daumenballen stößt an die winzigen Knochen meines Handgelenks, die blauen und lila Adern, das *nie gefunden*. Wie das Blut an Lady Macbeth will es einfach nicht abgehen.

»Olive«, ermahnt mich Mr O'Neill zum zweiten Mal in den ersten zehn Minuten des Geografie-Unterrichts.

»Entschuldigung.« Ich nehme meinen Stift, obwohl ich keine Ahnung habe, was ich schreiben soll. Rose zuckt neben mir kaum merklich mit den Schultern.

Mr O'Neill sagt in einem verblüffenden Anfall von Telepathie: »Du sollst über die drei Fs der wichtigsten Wirtschaftsaktivitäten unserer Region schreiben.«

Ich starre ihn verständnislos an. »Ähm.«

»Kann irgendjemand weiterhelfen? Die drei Fs?« Mr O'Neill wendet sich an die ganze Klasse. Rose kritzelt drei Worte auf das Heft zwischen uns: *Fröhlichsein, Fliegen, Ficken*. Ich decke es schnell mit der Hand zu, bevor er es sehen kann.

Ich beuge mich hinüber und flüstere: »Ich will nicht darüber nachdenken, dass Mr O'Neill womöglich *auch nur eines* davon macht.«

Roses darauffolgendes »HA!« ist so laut, dass wir beide aus dem Unterricht geworfen werden. Wir beschließen, das als Zeichen des Universums zu deuten, dass wir einen so schönen, warmen Tag nicht in einem heißen, stickigen Schulgebäude verbringen und stattdessen für den Rest des Vormittags an den See fahren sollten. Wir haben vor der Mittagspause zwei Freistunden, und wenn ich bis zum Matheunterricht wieder da bin, werden weder unsere Lehrer noch meine Eltern je erfahren, dass ich mich ihrem Hausarrest widersetzt habe.

In der Stille des Schulhofs schließen wir unsere Räder auf und machen uns auf den Weg zum Stadtrand. Es gibt nicht viel zu sehen in Balmallen und am Stadtrand auch nicht. Wir radeln am Supermarkt und am Industriegebiet vorbei und biegen direkt hinter der Hauptstraße scharf rechts ab. Ich werfe einen Blick zurück zu dem Feld, auf dem das Sommerfest stattgefunden hat. Ich weiß nicht, wonach ich suche. Vielleicht nach dem Jungen mit der Brille und den dunklen Locken, an den ich ständig denken muss. Rose radelt geradeaus voran zu dem Wald am See und dem verlassenen Wohnviertel dort. Oak Road.

Es wurde in den Boomjahren gebaut: ein hübsches, modernes Bauprojekt, moderne und komfortable Häuser mit identischen Gärten in einem sauberen kleinen Halbkreis der Zufriedenheit des »Keltischer Tiger« genannten Wirtschaftswunders. Aber dann schlug die Rezession zu und die Wirtschaft crashte, und in den letzten Jahren standen all diese perfekten kleinen Flecken ländlicher Idylle leer, die Zimmer wurden nie möbliert, der Rasen nie gemäht.

Die Stadtverwaltung ließ die Fenster vernageln und Schilder mit halbherzigen Warnungen aufstellen wie: *Widerrechtliches Betreten wird strafrechtlich verfolgt*, aber wir betreten es ständig widerrechtlich und nie hat uns jemand strafrechtlich verfolgt. Wir können nicht richtig in die Häuser rein – nur zum Spaß durch die brettervernagelten Türen einzubrechen haben wir nicht vor –, aber am Wochenende betrinken wir uns abends im Regenkanal, und unter der Woche, wenn der Unterricht langweilig und stressig ist, hängen wir gern auf dem wild wuchernden Rasen herum, rauchen, lesen Zeitschriften, hören auf unseren Handys mit blechernen Lautsprechern Musik, lackieren uns die Nägel. Niemand kommt uns je suchen.

Wir waren schon ein paar Monate nicht mehr da, und schon ist das Unkraut – im Winterfrost erfroren – wieder über Kniehöhe gewachsen. »Das ist ein bisschen wie Nimmerland«, sage ich, während wir unsere Pullis auf dem Gras ausbreiten, um uns daraufzusetzen.

»Also was, macht uns das zu den verlorenen Jungs?«, fragt Rose.

Wenn es jemanden auf der Welt gibt, der am wenigsten wie ein verlorener Junge aussieht, dann ist das Rose. Aggressiv kaut sie Kaugummi – Rose kann gar nicht anders als alles aggressiv tun, höchstens noch theatralisch –, zieht sich die Kniestrümpfe aus und knüllt sie ins lange Gras neben sich, zieht den Rock hoch und öffnet die oberen drei Blusenknöpfe.

Meine beste Freundin ist die Tochter eines stämmigen Rotschopfs aus Cork, dessen Dialekt ich nie verstanden habe, und einer schönen, gertenschlanken, halb indischen Dublinerin. Sie ist von den Spitzen ihrer lackierten Zehennägel bis zu den Spitzen ihrer langen schwarzen Haare ihre Mutter. Von ihrem Vater hat sie nur die beeindruckende Menge an Schimpfwörtern geerbt. Ihre Augen sind immer *smokey* geschminkt, die Augenbrauen perfekte Bögen und die Nägel lackiert. Rose ist für Modezeitschriften gemacht, nicht für Kinderbücher.

»Aber ich weiß schon, was du meinst«, sagt sie. »Keine Lehrer oder Eltern, die uns das Rauchen verbieten …«

»Ich habe noch nie geraucht«, erinnere ich sie. »Und du rauchst auch nicht mehr, schon vergessen?«

»Oder Alkohol oder laute Musik.«

»Zweiter Stern rechts«, sage ich mit Genuss, während ich

eine Packung Chips aufreiße. »Und dann immer der Nase nach bis zur Morgendämmerung.«

Vom Aussehen her hat Oak Road so wenig mit einer verwunschenen Insel gemeinsam, wie es nur geht. Die Häuser sind in einem hässlichen, verblassten Senfgelb gestrichen, genau wie die Mauer darum herum, und das Gras ist mit Gänseblümchen und Löwenzahn gesprenkelt. Die Straße durch das Gelände wurde nie fertiggebaut und endet an der einen Seite an einem Schutthaufen und an der anderen an einem frei liegenden Regenkanal. Das ganze Viertel passt so gar nicht zu dem Wald daneben, zwischen dessen Bäumen der See blau schimmert.

»Wer will hier schon wohnen?«, fragte Rose das erste Mal, als wir herkamen, und beobachtete mit einer Art andächtigem Grauen zwei kämpfende Ratten in dem Bauschutt hinten auf dem Gelände.

»Viele Leute«, erklärte ich ihr. »Ich meine, abgesehen von der Farbe wären das hübsche Häuser geworden. Groß. Modern.« In meinem eigenen Zuhause sind die Fenster einfach verglast und lassen jedes Molekül kalter Luft durch. Die Rohrleitungen sind vorsintflutlich, und wenn jemand einen Wasserhahn aufdreht, während man duscht, bleibt das heiße Wasser komplett weg. Meine Eltern wollten das authentische Leben auf dem Land, und sie haben es bekommen, inklusive schlecht verlegter Stromkabel und allem. Außerdem fressen die Rehe alle ihre Fuchsien.

Rose und ich sitzen im hohen Gras und sonnen unsere Beine, die Röcke so weit hochgezogen, dass man die Unterhosen sieht. Nicht, dass jemand in der Nähe wäre, der sie sehen könnte. (Nicht, dass es uns stören würde, wenn es so wäre; ich bin selbst zwar anfällig für Verlegenheit, aber meine

Befangenheit wird normalerweise von Roses unerschütterlicher Ungezwungenheit überstrahlt.)

Als Rose ein kleines gelbes Fläschchen herauszieht, verdrehe ich die Augen. Sie hat vor einem Vierteljahr aufgehört zu rauchen und nach mehreren Wochen, in denen sie auf den Enden der hölzernen Kaffeerührstäbchen, auf Strohhalmen oder rohen Spaghetti herumgekaut hat, trägt sie jetzt immer ein Seifenblasenfläschchen mit sich herum. Sie pustet sie, als würde sie Rauch ausatmen, den Stab hält sie dabei zwischen zwei Fingern wie eine Zigarette. Seifenblasen zerplatzen auf Autositzen und an Küchenfenstern, hinterlassen nasse Kreise auf Fußwegen und hölzernen Schultischen.

Sie sitzt mit dem Ellbogen auf dem Knie eines ihrer langen Beine da, und ich bin immer wieder überrascht, wie sie so etwas Unschuldiges so lasziv aussehen lassen kann. Es ist ein verstörendes Talent.

»Du läufst echt Gefahr, deine eigene Parodie zu werden, weißt du das?«, sage ich.

»Das hilft gegen den Schmacht«, erwidert sie unbekümmert.

»Ein Nikotinpflaster würde auch helfen.«

Rose pustet mir eine ganze Ladung Seifenblasen direkt ins Gesicht. »Erzähl mir noch mal von der Sache mit dem Heiligen«, sagt sie.

Die Sache mit dem Heiligen. Ich wühle meine Schultasche nach dem kleinen Metallmedaillon durch, das ich zusammen mit dem Kaugummi in der Jeansjacke gefunden habe, die ich auf dem Heimweg vom Fest trug. »Der Heilige Antonius«, sage ich und zeige es ihm. »Der Schutzheilige der verlorenen Dinge.«

Rose reibt die Medaille zwischen zwei Fingern wie die Lampe eines Flaschengeistes, von dem sie sich etwas wünschen könnte. Sie hält sie sich dicht vor die kurzsichtigen Augen (sie weigert sich, eine Brille zu tragen, obwohl sie eines von diesen Retro-Dingern mit breitem Rahmen besitzt, mit dem sie aussieht wie eine Sekretärin in einem Pornofilm). Mit dem Fingernagel kratzt sie über einen Fleck, der aussieht wie brauner Rost. Dann beißt sie wie eine Piratin auf die Kante.

»Katzengold«, murmle ich.

»Es ist Blech.« Sie schnalzt das Medaillon mit dem Daumen in die Luft, wo es sich dreht, dann fängt sie es auf und klatscht es sich auf den Handrücken. »Kopf oder Zahl?«

Ich nehme die Seifenblasenflasche und puste. »Zahl.«

»Kopf«, sagt sie. Noch einmal untersucht sie die Medaille. Dann nimmt sie mir den Seifenblasenstab aus der Hand und gibt mir stattdessen den Heiligen.

»Meine Nana spricht jedes Mal, wenn sie ihren Autoschlüssel nicht findet, ein Gebet zum Heiligen Antonius.«

»Verstecken ihn nicht deine Tanten vor ihr?«, fragt Rose.

»Das ist wahrscheinlich der Grund, warum sie ihn nie findet.«

Meine Großmutter ist sehr alt und übellaunig und so fährt sie auch Auto. Ich bezweifle, dass der Heilige Antonius ihr je mit ihrem Schlüssel hilft, es sei denn, er ist auch der Schutzheilige für das Finden von Dingen, die wohlmeinende Verwandte vor einem versteckt haben.

Rose beugt sich zu mir und nimmt mir das Medaillon wieder ab. »Wer ist das Baby?«

Der Heilige Antonius, gekrönt mit Blechsternen, scheint ein leicht angerostetes Kind in den Armen zu halten. Ich zucke die Achseln. »Jesus?«, rate ich. »Peter Pan? Wer weiß?«

Rose streckt sich träge auf dem Rücken aus. »Die verlorenen Jungs«, sagt sie und steckt die Medaille ein. »Ich hab's verstanden.« Ein Seifenblasengestöber steigt in die Luft.

Roses Handy klingelt. Das hat es in der letzten halben Stunde schon ungefähr zwölf Mal getan. Sie ignoriert es. Sie hat es auch die letzten elf Male ignoriert. Meine Selbstbeherrschung hängt langsam am seidenen Faden.

»Ignorierst du deine Nachrichten?«

»Mir schreibt niemand«, erwidert sie fröhlich. »Bis auf dich, und du bist ja hier.«

»Ja, ich bin hier. Also kann ich hören, wie dein Handy da drüben den monotonsten Song der Welt vor sich hin spielt.«

»Ach, das sind nur Erinnerungen.« Sie wedelt abschätzig mit der Hand und die metallicgrün lackierten Nägel glänzen.

»Erinnerungen woran – dass du dich nicht von deiner besten Freundin wegen des ständigen Pling-Plings umbringen lässt?« Ich werfe einen Kartoffelchip auf sie. »Ich gebe auf. Ich muss mal.«

Das Problem dieses verlassenen Viertels ist, wenn man mal muss, kann man nirgends hin als in den Wald.

Ich halte die Augen nach Ratten im Schutt offen und kauere mich auf der Waldseite hinter die Mauer, den Schuluniformrock mit den Armen hochgerafft. Drüben in der Mitte des Grundstücks glaube ich, Roses erhobene Stimme zu hören, aber es könnte auch einfach ein Video sein oder die Musik, die sie abspielt.

Als ich wieder über die Mauer gesprungen bin, bemerke ich etwas Seltsames: Direkt vor mir, aus den Schlitzen zwischen den Holzbrettern der zugenagelten Fenster des nächsten Hauses, dringt Licht. Es ist nur ein schmaler Streifen in dem Spalt zwischen zwei Brettern, wo eigentlich Dunkelheit sein sollte. Das Licht flackert wie eine Kerze oder ein Fernseher. Leise schleiche ich auf das Haus zu.

Es ist das am weitesten von der Straße entfernte und am

nächsten beim See. Je näher ich komme, desto weniger höre ich, was Rose tut. Stattdessen höre ich Stimmen.

Mit dem Fingernagel lege ich den winzigen Lautstärkeregler an meinem Hörgerät um, aber die Stimmen sind immer noch nur ein Flüstern, also schleiche ich hinten ums Haus herum zu den Holzbrettern vor den Verandatüren. Eines von ihnen ist leicht aufgeklappt.

Da wird mir bewusst, dass ich mich vermutlich gerade in einer nicht ganz ungefährlichen Lage befinde. Die Wahrscheinlichkeit, dass Hausbesetzer in einem Geisterhaus etwas Mustergültiges und Gesetzestreues treiben, ist ziemlich gering. Plötzlich schlägt mein Herz schneller, ich drehe mich um, will weglaufen – da fällt mir etwas neben dem Schutt zu meiner Rechten ins Auge. Eine graubraune Schiebermütze. Sie liegt da, als wäre sie gerade jemandem vom Kopf geweht worden. Als hätte jemand sie auf dem Heimweg von einer Party in den frühen Morgenstunden verloren und nicht mehr daran gedacht, sie aufzuheben.

Ich höre Rose meinen Namen rufen. Ich schaue auf die Uhr auf meinem Handy. Wir haben weniger als zwanzig Minuten, um zur Schule zurückzufahren, bis die Mathestunde anfängt. Ich werfe noch einen letzten Blick auf das Haus und laufe so leise, wie ich kann, zurück auf die Wiese.

Laurel

Montag, 8. Mai

Gefunden: ein Junge

Wir waren immer zu dritt: ein enger Kreis, eine Clique, ein dreiköpfiger Hund. Wir haben Namen, die uns unsere Eltern gegeben haben, Namen, mit denen uns die Lehrer im Unterricht rufen, Namen, die die Mädchen in der Schule boshaft über die Flure rufen, Namen, die auf unseren Schulbüchern stehen und die in unsere Turnhosen eingenäht sind, aber das sind nicht die Namen, die wir uns selbst geben. Laurel, Ash und Holly – lauter Bäume: Lorbeer, Esche und Stechpalme. Zusammen wären wir ein Wald. Ein Wald aus Teenager-Mädchen.

Es gibt nichts, was zwei von uns wissen und die Dritte nicht. Es kommt nicht vor, dass zwei von uns irgendwo hingehen, ohne dass die Dritte uns folgt. Auch wenn manches von dem, was Holly in ihr Tagebuch geschrieben hat, neu für Ash war. Holly trägt so viel wässrige Traurigkeit in sich. Ash so viel Wut und Feuer. Es ist gut, dass ich da bin und sie beide erden kann. Aber wer erdet mich? Vielleicht ist das das Problem, wenn man zu dritt ist.

Wir waren immer zu dritt, aber dann tauchte gestern Jude auf, und jetzt sind wir zu viert.

Eigenartig, wie man nach einem Tag jemanden schon total verstehen kann. Eigenartig, wie schnell einem bewusst werden kann, dass sich wegen eines einzigen Menschen das eigene Leben total verändern wird.

Nach der Schule gingen wir ans andere Ende der Stadt zu Ash nach Hause. Dort werden Bäume gefällt, um Bauland zu schaffen, also stellten wir uns bei ihr auf die Mauer und schauten zu. Ash jubelte, als der erste Baum fiel.

»BAUM FÄÄÄÄLLT!«

Aber so war das überhaupt nicht. Kein Baumstamm, der in Zeitlupe dumpf auf dem Boden aufprallte. Nur Brocken sterbender Bäume, wie wenn Mam die Karotten für den Eintopf schneidet, abgehackt, ein ächzendes Stück nach dem anderen.

Ash krähte noch ein bisschen weiter: »Ha-HAAAA!« Sie liebt die meisten Arten von Zerstörung; man kann es daran erkennen, wie sie mit den Zähnen Streifen von ihren Fingernägeln abreißt.

Ashs Dad kam mit einem Tablett voller Schokovollkornkekse und Tee in den Garten. Ashs Mam telefonierte an der offenen Haustür im Flur. Ich mag Ashs Eltern, denn jedes Mal, wenn Holly und ich rüberkommen, fragen sie uns, was wir gerade lesen, und bei unserem nächsten Besuch haben sie das gleiche Buch schon zur Hälfte durch.

»Wie gefällt Ihnen *Schall und Wahn*?«, fragte ich Ashs Dad, als er das Tablett auf die Mauer zwischen uns stellte. Holly grinste. Wir hatten beschlossen, etwas ein bisschen Gewagteres als sonst vorzuschlagen, nur um zu sehen, ob Ashs Eltern mitmachten.

Ash zog ein finsteres Gesicht. Sie interessierte sich nicht für Faulkner. Oder dafür, mit ihren Eltern über Bücher zu reden. Die Leserinnen, Tagträumerinnen und Denkerinnen waren schon immer Holly und ich. Ash ist das Lauffeuer in Bewegung, das uns beide wachhält.

»Schaut, wie sie verschwinden«, rief sie zu den Bäumen hinüber.

Ashs Mam, immer noch im Flur am Telefon, winkte ihr, leiser zu sein, und ihr Dad lächelte. »Schöne Sprache«, sagte er. »Schönes, gehaltvolles Meisterwerk.«

»Gehaltvoll?«, schnaubte Ash. »Das ist ein dickes, altes Buch, das vor zweihundert Jahren geschrieben wurde.«

»Es wurde in den Zwanzigern geschrieben«, sagte Holly überrascht.

Ash verdrehte die Augen.

»Mach dir keine Sorgen, Caroline«, sagte Ashs Mam gerade. »Er ist achtzehn – er schläft wahrscheinlich nur das viele Bier vom Wochenende aus. Er ist bestimmt schneller wieder da, als du denkst.«

Sie verabschiedete sich und legte mit gerunzelter Stirn das Telefon weg. Dann kam sie zu uns in den Garten heraus und sagte zu Ashs Dad: »Carolines Junge ist nach dem Sommerfest am Samstag nicht nach Hause gekommen. Du hast ihn nicht zufällig gesehen?«

Ashs Dad schüttelte den Kopf und Ashs Mam seufzte, dann lächelte sie zu Holly und mir herüber. »Hat eine von euch James Joyce gelesen?«, fragte sie. »Faulkners innerer Monolog erinnert mich daran. Es ist schön und gleichzeitig verwirrend.«

Ashs Dad nickte. »Ich bin eindeutig nicht schlau genug für Joyce«, sagte er. »Aber ihr beide wärt es sicher.«

»Kommt, wir gehen spazieren«, sagte Ash plötzlich laut. Sie

riss das Gartentor auf und ging. Holly und ich winkten ihren Eltern zum Abschied zu und bedankten uns für die Kekse.

Ash ging voraus, wie immer, eine Fahne Zigarettenrauch hinter sich herziehend wie eine Flitzwolke in einem Comic. Damit sah sie aus, als stünden ihre roten Locken in Flammen. Ich ging dicht neben Holly, berührte ihren Handrücken mit meinem. Sie war seit dem Fest stiller als sonst, unruhig. Ich dachte, sie wäre erleichtert, ihr Tagebuch wieder zu haben, aber etwas schien ihr immer noch Sorgen zu machen.

»Alles okay?«, fragte ich sie nicht zum ersten Mal.

Holly zuckte die Achseln. Sie beugte sich zu mir. »War es echt?«, flüsterte sie, sodass Ash es nicht hören konnte.

»War was echt?«

»Der Zauber«, sagte Holly. »Die Seiten aus unseren Tagebüchern sind wiedergekommen. Wir haben sie gerufen und gefunden. Wegen des Zaubers.«

»Vielleicht hatten wir sie einfach die ganze Zeit in unseren Taschen. Vielleicht hat sie derjenige, der sie geklaut hat, wieder dort reingelegt.« Ich schwieg. »Ich frage mich aber schon, woher das Zauberbuch kam.«

»Es sieht alt aus.« Holly nickte.

»Altmodische Handschrift«, sagte ich.

»Ich weiß nicht.« Holly runzelte die Stirn. »Ich hab dir gesagt, ich hatte das Gefühl, ich würde sie von irgendwoher kennen.«

»Das bezweifle ich.« Ich schüttelte den Kopf. »es sei denn, du kennst eine Menge alte Leute mit spektakulärer Handschrift.«

Holly zögerte kurz, dann sagte sie: »Wer auch immer das geschrieben hat, hielt es für echt.«

»Wer auch immer es geschrieben hat, hat sich geirrt«, erklärte ich ihr geduldig.

»Aber die Seiten aus unseren Tagebüchern«, flüsterte Holly. Ihr Handrücken war von meinem verschwunden. Vor uns hatte Ash den Baum erreicht.

Da fanden wir Jude. Oder er fand uns.

Er kam von der riesigen Eiche herunter, als hätte er dort gewohnt. Er sagte zu unseren aufgerissenen Augen, unseren offenen Mündern: »Wusstet ihr, dass die Dryaden in der griechischen Mythologie die Geister der Bäume sind? Das Wort *drys* bedeutet eigentlich Eiche, also waren die Dryaden ursprünglich die Geister der Eichen.« Er legte die Handfläche an den Stamm des Baumes, auf dem er gesessen hatte. »Tut mir leid«, sagte er. »Ich hasse Small Talk. Ich wüsste lieber, ob ihr an Gott glaubt, als übers Wetter zu reden. Also, tut ihr's?«

»Tun wir was?«, fragte Ash.

»Glaubt ihr an Gott?«

»Ich dachte, du hättest von Dryaden geredet«, sagte ich.

»Also glaubt ihr an Dryaden?«, fragte er.

»Ja«, flüsterte Holly. »O ja.«

Die Jungs in der Schule interessieren sich nur für Fußball und Gerüchte, Sex, Computerspiele und Filme. Jude hat lange Haare und bastelt Armbänder aus Holzperlen, die er uns geschenkt hat und auch selbst trägt. Er liest Bücher, die an unserer Schule verboten sind und die wir in der Bücherei nicht finden können, von denen er aber sagt, er habe sie in Buchhandlungen in der Stadt geklaut. Er spielt nicht Fußball, kann aber besser auf Bäume klettern als ein Eichhörnchen. Er ist nicht aus der Gegend hier. Er ist anders als alle, die wir kennen. Holly ist schon in ihn verliebt und Ash vielleicht auch, obwohl sie das hier wahrscheinlich ausradieren wird, falls sie es liest. Vielleicht sind wir alle ein bisschen in Jude verliebt. Ich sollte das hier selbst ausradieren.

Wir verbrachten den Abend zusammen und sprachen über alles, was auf der Welt je wichtig sein könnte. Wir zeigten ihm das Zauberbuch und es war wie eine Opfergabe: *Schau, wir kennen uns auch mit Magie aus. Schau, wir hassen Small Talk auch; wir sind anders und interessant; wir sind genau wie du.*

Jude weiß alles über verlorene Dinge. Und Magie. Er sagt, es gibt ein Gleichgewicht zwischen Gut und Böse, Umwelt und Konsum, Licht und Dunkel, Verloren und Gefunden. Liebe und Tod. Ich weiß nicht genau, warum wir ihm zuhörten, aber ich habe den Verdacht, es hatte etwas mit seinen hellen Augen, seinen langen Haaren, seinen Lippen zu tun.

Lust. Ich frage mich, was die im Gleichgewicht hält.

Olive

Montag, 8. Mai

Verloren: Schminktäschchen (groß, rot, goldener Reißverschluss)

Kurz vor unserer vorletzten Stunde bekomme ich eine SMS von Rose, ich soll zu ihr in die Mädchentoilette neben den Naturwissenschaftsräumen kommen. Wir sind gerade rechtzeitig für Mathe von der Oak Road zurückgekommen, aber ich habe Rose über eine Stunde nicht gesehen, und es ist eindeutig etwas passiert.

> TREFFEN AUF DER TOILETTE ASAP STOPP, steht in ihrer SMS. HABE MEIN GANZES MAKE-UP WEGGEHEULT STOPP HABE MEIN SCHMINKTÄSCHCHEN VERLOREN STOPP KANN MICH SO NICHT SEHEN LASSEN STOPP BRING EYELINER MIT STOPP ROSE.

Rose und ich hatten vor ein paar Jahren eine *Sound of Music*-Phase und schreiben seitdem alle unsere Textnachrichten im Telegrammstil. Ich schnappe mir mein Kosmetiktäschchen (das im Vergleich zu dem von Rose extrem dürftig ausgestattet ist) und mache mich auf den Weg die Treppe hinauf. Dabei überlege ich, was passiert sein könnte, das Rose zum Weinen gebracht hat.

Ich dränge mich an einer Gruppe unserer Klassenkameradinnen vorbei, die vor der Toilette herumlungern. »Und ich schwöre, es war beim Barbecue noch in meiner Tasche«, sagt Chrissy Jones gerade. »Aber am nächsten Morgen war es weg und ich habe es seitdem nicht wiedergesehen.«

»Vielleicht gibt es so was wie einen heimlichen Kleptomanen in der Stadt«, sagt Julia Mullochney.

»Vielleicht ist es jemand aus der Schule«, sagt Shannon Ryan.

Alle drei verstummen und schauen sich um, als könnten sie plötzlich einen Dieb auf frischer Tat ertappen. Julia fängt meinen Blick auf.

»Was hast *du* am Samstag auf dem Fest verloren?«, fragt sie mich.

»Die Frage stellen sich gerade alle«, ergänzt Chrissy.

Ich zucke die Achseln. »Ich habe nichts verloren«, antworte ich. Ich erwähne meinen Schuh nicht, auch nicht meine Jacke und meine sternförmige Haarspange. Ich erwähne nicht, dass ich ohne Rose aufgewacht bin. Meine Hand umfasst mein linkes Handgelenk. Ich dachte, ich hätte mein Armband heute Morgen auf dem Weg zur Schule verloren, aber habe ich es seit Samstagnacht noch gesehen?

Rose hört uns eindeutig hinter der Toilettentür. »Mir geht langsam die Geduld aus«, knurrt sie von innen, und die Mädchen lassen mich durch. Sie fließen hinter mir wieder zusammen und fahren mit ihren Spekulationen über verlorene Gegenstände und Stadtdiebe fort. Ich lasse die Tür klappernd zufallen.

Rose sitzt zwischen zwei Waschbecken auf dem Boden, an die schmutzigen Fliesen der Toilettenwand gelehnt. Ihre Haare, die vor zwei Stunden in der Oak Road noch wellig und glänzend waren, sind jetzt verheddert und kraus und ihre Haut fleckig von den Tränen. Ich setze mich vor sie auf den Boden und reiche ihr mein Schminktäschchen.

»Lebensretterin«, murmelt Rose und wühlt darin nach etwas, das sie gebrauchen kann. »Ich hatte mein Kosmetiktäschchen heute Morgen noch, aber es ist verschwunden, was für ein beschissen perfektes Timing«, sagt sie und flucht noch einmal, leise aber eloquent, über das magere Angebot in meiner Tasche.

Auf gewisse Dinge kann man sich bei Rose in mittelschweren Krisen (eine Trennung, eine Vier in einer Klassenarbeit, ein Streit mit ihrer Mutter) verlassen: theatralisches Türenknallen, heftiges Augenverdrehen, entnervte Schreie, begleitet von wildem Gestikulieren und gelegentlichem Tellerzerschlagen. Sie ist nicht der Typ, der sich still in der Schultoilette verkriecht und sich das ganze sorgfältig aufgetragene Make-up wegheult. Ich weiß nicht, was ich sagen soll.

»Was ist los?«

Rose verzichtet auf meinen zu blassen Puder und macht sich direkt an ihre Augen. Sie atmet immer noch abgehackt und tuscht sich die Wimpern mit mehr Vehemenz als sonst. Es klingelt zur nächsten Stunde, aber wir rühren uns nicht.

Als Rose endlich das Wort ergreift, ist ihre Stimme wütend, woran ich gewöhnt bin, aber auch kleinlaut, was ich nicht kenne. »Ich hab sie verloren«, krächzt sie, dann räuspert sie sich und schaut sich ärgerlich im Spiegel an, weil sie überhaupt etwas gesagt hat.

»Was verloren?«

Sie atmet schnaubend aus. »Deine blöde Heiligenmedaille«, sagt sie. »Ich habe sie in der Oak Road in meine Tasche gesteckt, aber sie muss auf dem Rückweg zur Schule herausgefallen sein.«

»*Deshalb* hast du geweint? Die gehört noch nicht mal mir. Ich habe sie nur in dieser blöden Jacke gefunden.«

»Ja, aber was, wenn sie dich beschützt hat und jetzt ist alles verloren?«

Ich kann nicht sagen, ob sie es ernst meint. »Rose, es ist nur ein Stück Blech. Es hat niemanden beschützt. Abgesehen davon dachte ich, du glaubst nicht an so ein Zeug.«

»Tu ich auch nicht«, sagt sie schmollend zu ihrem Spiegelbild im Spiegel meiner Puderdose. »Aber es stimmt schon irgendwie, was Chrissy und die anderen gesagt haben.«

»Hast du auf dem Fest auch was verloren?«, frage ich.

»Nein. Na ja, die Erinnerung daran vermutlich«, sagt sie. »So wie du.« In ihrem Mundwinkel zuckt es leicht. Ich bin mir nicht sicher, ob es ein Lächeln oder ein Knurren ist.

Ich verschränke die Beine und stütze die Ellbogen auf die Knie. »Wo warst du?« frage ich. »Samstagnacht. Sonntagmorgen, meine ich. Nach dem Fest.«

Ich habe auf dem ganzen Feld nachgeschaut. Ich kaufe ihr nicht ab, dass sie da war und wir uns nur verpasst haben. Rose ist meine beste Freundin, seit wir zwölf waren, und dass sie mich auf einem Fest stehen lässt und dann um zwei Uhr morgens in mein Bett steigt, lässt bei mir keine Alarmglocken mehr schrillen – aber so habe ich Rose noch nie gesehen.

Sie zuckt die Achseln. »Ich war auf dem Fest.«

»Warst du nicht. Ich hab dich gesucht. Ich habe ein paar Dinge gesehen, die ich vermutlich *nicht* hätte sehen sollen, aber ich habe dich gesucht.«

Etwas blitzt in ihren Augen auf. »Was hast du gesehen?«

»Keine Ahnung, Nackte, Drogen, nichts Besonderes.«

»Wer war nackt?«, fragt sie. »Männlich oder weiblich?«

Ich runzle die Stirn. »Wen interessiert das? Ich hab schließlich versucht, nicht zu genau hinzuschauen. Gerade genug, um zu wissen, dass keiner von diesen Körpern du warst.«

»Körper«, wiederholt sie und lässt es klingen, als meinte sie Leichen.

»Du weißt, was ich meine. Rose.« Ich drücke die Hände auf die Knie. »Ernsthaft. Was ist auf dem Fest passiert?«

Rose lehnt den Kopf nach hinten an die Fliesen unter dem Waschbecken, ihre Haarspitzen streifen den schmuddeligen Boden.

»Ich erinnere mich nicht«, sagt sie schließlich.

»Das liegt wohl an der halben Flasche Wodka.«

»Ja. Tja.«

»Woran erinnerst du dich nicht?« Ich schürze die Lippen. Es ist eine dumme Frage.

Rose versteht mich aber. »Wir haben getanzt«, beginnt sie und lädt mich ein, die Lücken mit ihr zu füllen.

»Die Musik war grauenvoll, aber wir haben trotzdem mitgesungen.«

»Wir hingen am Feuer rum.«

»Da war ein blonder Typ.«

»Ich erinnere mich nicht an einen blonden Typen.«

»Ein bisschen zerzaust? Augenbrauenpiercing? Er erinnert sich an dich.« Ich erwähne nicht, dass er etwas von noch einem Kuss gesagt hat.

»Ich erinnere mich noch, dass ich geweint habe.« Rose holt ihre Seifenblasen heraus und schraubt den Deckel auf.

»Das war unser Plan für den Abend«, erinnere ich sie.

»Daran erinnere ich mich auch noch.«

Das Wort *Erinnern* verliert langsam alle Bedeutung. Rose ist überhaupt nicht wie Rose; sie ist zu still, fast zögerlich. Sie hat nicht einmal gefragt, was mit dem blonden Typ war.

Wir tauschen Erinnerungen an das Fest aus, bis keine mehr übrig ist, über die wir noch reden können. Wir haben getrunken, getanzt, gesungen, Rose hat geweint, ich bin allein aufgewacht. Aber irgendetwas fehlt.

Rose schraubt den Deckel wieder auf die Seifenblasen und steckt sie ein. Mit Smokey-Eyes und Katzenaugen-Lidstrich sehen Roses Augen wieder mehr wie ihre aus, auch wenn sie immer noch rot sind. Sie steht auf und wischt sich die Hände ein paarmal am Rock ab, um sie zu trocknen, dann beugt sie sich herunter und gibt mir einen schnellen Kuss auf den Kopf. »Danke für das Schminkzeug, Olive«, sagt sie. Sie schlingt sich ihre Schultasche über eine Schulter, und es ist, als würde sie damit Rose wieder an Ort und Stelle packen – eine dunkle Augenbraue hochgezogen, den Mund schief gezogen, was nicht ganz ein Lächeln ist.

»Ich muss hier weg«, verkündet sie. »Sag Mr Murphy, ich bin krank und gehe nach Hause.«

Sie stapft aus der Toilette, als gehörte ihr hier alles, mäht beinahe eine Gruppe von den Kleinen direkt vor der Tür nieder. Sie drehen sich um und starren ihr voller Ehrfurcht hinterher, bis sie um die Ecke verschwunden ist. Rose der Wirbelsturm hat oft diese Wirkung. Ich hebe mein Schminktäschchen auf und schleiche unbemerkt aus der Toilette, um ohne Rose in meine letzte Unterrichtsstunde zu schlüpfen.

Hazel

Montag, 8. Mai

Verloren: ein Portemonnaie, ein Handy, einmal die Beherrschung, eine Zigarettenschachtel (nur noch zwei drin)

Ich muss den Heiligen Judas Thaddäus aus dem Kreuzworträtsel nicht nachschauen. Ich habe die Zeitung von gestern wie ein Beweisstück behalten, sie liegt deutlich sichtbar auf dem Küchen-Campingtisch vor mir. *Perdu*, verloren. Der Heilige Judas.

Wenn du auf einer irischen Klosterschule warst, weißt du alles über Heilige. Es gibt zwei für verlorene Dinge. Der Heilige Antonius von Padua ist der auf den Heiligenbildchen und den Medaillons. Er hilft kleinen alten Damen, ihre Schlüssel wiederzufinden, und Kindern ihre weggelaufenen Hunde. Mags hatte ein Medaillon mit dem Heiligen Antonius darauf seitlich an der Kasse im *Maguire's* stecken, bis ich es geklaut habe, um es in meiner Jeansjacke aufzubewahren. Es passt irgendwie, dass ich es jetzt nicht mehr finde.

Der Heilige Judas Thaddäus ist eine andere Geschichte. Er verlor den Kopf durch eine Axt und ist jetzt der Schutzheilige der hoffnungslosen Fälle. Also wohl so was wie Rowan und ich.

Dieser Morgen ist der dreiundzwanzigste, seit wir hier sind, und der vierte Montag. Sechsundzwanzig Tage, seit ich meine Eltern zum letzten Mal gesehen habe. Sechsundzwanzig Tage, seit ich weiß, dass diese Zahl einfach immer noch größer werden wird.

Ich habe mich immer noch nicht daran gewöhnt, nicht zur Schule gehen zu müssen, obwohl ich die Schule immer gehasst habe. Ivy sitzt am Tisch und hat gerade das heutige Kreuzworträtsel gelöst. Ich musste ihr das Ding mit dem Heiligen gestern nicht erklären, obwohl sie zu Hause unterrichtet wurde und mehr über Familienaufstellungen, Pflanzenvermehrung und die Fibonacci-Folge weiß als über die Kirche.

Rowan sitzt im leeren Wohnzimmer und zupft auf seiner Gitarre. Weil es außer in der Küche keine Möbel gibt (bis auf die Matratzen oben), hat das restliche Haus eine ziemlich gute Akustik. Wir bleiben aber nur in der Küche auch mal länger, denn sie ist der einzige Raum mit natürlichem Licht; die Fenster im restlichen Haus sind alle mit Brettern vernagelt.

Ich stelle die Espressokanne auf den kleinen Campingherd mit den zwei Platten in der Ecke des Raums und warte, bis mein Kaffee fertig ist. Ivy stellt den Kessel für Tee auf. Der Duft nach Kaffee erfüllt das Haus, ruft Rowan aus dem anderen Zimmer zu uns in die Küche. Der Kaffee ist der gute, der fair gehandelte, italienische Bio-Kaffee, der einzige, den unsere Mum trinkt – das heißt, wenn sie nicht gerade alles andere trinkt. Ich habe ein fließendes Oberteil, in dessen Ärmel jeweils eine Packung von diesem Kaffee und eine von Ivys hippem Tee passen. Wenn ich beim Rausgehen so tue, als würde ich mir die Haare zusammenbinden, merkt der Security-Typ gar nichts.

»Wir haben keine Milch mehr«, sage ich und ziehe den Kopf aus der Kühle des Kühlschranks zurück.

Rowan fährt sich seufzend mit den Händen durch die Haare. »Wir haben überhaupt nichts mehr«, sagt er.

Bei uns ist immer alles leer.

»Kein Glück, keine Zeit, keinen Verstand«, schaltet sich Ivy ein.

»Ich dachte eher an Klopapier«, sage ich. »Teebeutel. Nudelsoße.«

Ivy lacht kurz auf. »Das auch.«

»Okay«, sagt Rowan. »Das lässt sich nur auf eine Art regeln.« Er krempelt den rechten Ärmel seines alten Strickpullis hoch und stellt entschlossen den nackten Ellbogen auf den Tisch. Mit der anderen Hand rammt er sich seine dumme Schiebermütze auf den Kopf. Ich hatte gehofft, er hätte sie ein für alle Mal verloren, aber Ivy hat sie heute Morgen auf dem Schutthaufen hinterm Haus gefunden.

»Nö«, sage ich und lehne mich rückwärts an den Tresen. »Auf keinen Fall. Du bist dran mit Einkaufen.«

Ivy geht grinsend zu dem Aufzieh-Campingradio hinüber, das Mags eines Tages herübergebracht hat.

»Komm schon, Hazel«, sagt Rowan. Er stemmt weiterhin den Ellbogen auf den Tisch und lädt mich mit einer hochgezogenen Augenbraue ein. »Möge der Beste gewinnen.«

»Du hast keine Chance.«

Ivy findet in dem statischen Rauschen einen Radiosender. Der *Walkürenritt* erfüllt das Haus. Er baut sich auf und stürzt herab, und Ivy und Rowan schauen einander an und lachen, und sie schauen mich an und laden mich ein, mit ihnen zu lachen, aber plötzlich sehe ich ihre aneinandergepressten Gesichter, wie sie über denselben Song lachen, ihre aneinandergepressten Gesichter, wie sich die Flammen des Lagerfeuers darauf spiegeln, ihre aneinandergepressten Gesichter, wie sie sich küssen, während ich allein nach Hause stolpere.

Rowan hat gestern Nacht Stein und Bein geschworen, dass er nicht mit Ivy auf dem Fest war, dass er die Nacht mit ein paar Kids von hier auf dem Feld nebenan abgehangen hat, aber warum sollte ich ihm glauben? Wir sind hier alle Diebe und Lügner. Ich schnappe mir ein paar Einkaufstüten von dem Haufen neben der Spüle und werfe das Glas mit dem Kleingeld in meine Stofftasche. »Ich gehe«, sage ich zu meinem Bruder. »Aber wenn ich deshalb zu spät zur Arbeit komme, ist es deine Schuld.«

In meinem Kopf herrscht ein Durcheinander von beweglichen Bildern wie bei einer Diashow. Ivy und Rowan lachend. Rowan und Ivy, die um ein Feuer tanzen. Ivy und Rowan, die sich mit grüner Zuckerglasur auf den Zungen küssen. Ich gehe unter dem Blick des Security-Typs durch den *Tesco* und stecke mir Tee und Kekse in die Ärmel, sobald ich außerhalb seiner Sichtweite bin.

Noch mehr Diashow-Bilder: Granny, reglos und wächsern in ihrem Sarg. Wochen, in denen Grandpa uns entgleitet. Seine leeren Augen, als wir ihn das letzte Mal gesehen haben.

Das Gesicht meiner Mum, mit hängendem Kiefer und geschlossenen Augen, weil sie betrunken auf dem Sofa eingeschlafen ist.

Die alte Dame hinter mir in der Kassenschlange bohrt mir einen scharfen Finger in den Rücken. »Geh weiter«, sagt sie. »Du bist dran. Wir haben hier nicht den ganzen Tag Zeit.«

»Sie können mich mal, Lady«, sage ich laut zu ihr. Sie macht ein schockiertes Gesicht und geht zur Kasse nebenan.

Ich könnte früh zur Arbeit gehen, aber ich stehe unter

Strom und brauche dringend etwas zu trinken. Das passiert, wenn ich an meine Mum denke. Ivy – die auch nicht gerade Abstinenzlerin ist – sagt, Rowan und ich trinken zu viel. Na ja, sie hat es einmal gesagt, und dabei war sie ziemlich *stoned*, was schon irgendwie lustig ist, wenn ihr mich fragt. Aber ich habe zwischen den Worten gehört. Ich weiß, wie es aussieht. Es sieht aus, als würde ich immer mehr wie meine Mum, und darüber werde ich nicht nachdenken. Außer dass es ziemlich viele Arten gibt, jemand anderen zu versauen. Auch wenn sie nicht hier ist, ist sie trotzdem in meinem Kopf. Ich werde nicht an sie denken.

Ich hole ihre Kreditkarte heraus und bezahle die Einkäufe, die ich mir nicht in die Klamotten gestopft habe. Als ich den Supermarkt verlasse, werfe ich noch einen Blick auf die Karte, ihren Namen als Relief in dem Plastik. Statt zur Arbeit gehe ich zum Tattoostudio ein Stück weiter die Straße entlang.

Später an diesem Nachmittag gehe ich mit neuer Tinte unter der Haut zu Fuß zur Arbeit. In der Pub-Küche höre ich laute Stimmen. Ich verstaue meine Einkäufe in dem kleinen Schrank, in den wir unsere Taschen hängen, und reibe mit dem Daumen über meine älteren Tattoos, die auf meinen Unterarmen. Das neue brennt zu sehr, um es berühren zu können. In Filmen sind die Handgelenke von Mädchen so schmal, dass Männerhände sie mit Daumen und Zeigefinger locker umschließen können. Meine Handgelenke sind nicht schmal. *Schwere Knochen*, sagte meine Granny immer, aber es sind nicht nur die Knochen. Schwere Knochen, viel Fleisch, ich bin eine ganze Mahlzeit von einem Mädchen. Und groß. Und zur Krönung des Ganzen dann auch noch mit einem dicken braunen Lockenschopf. Aber ich habe das Mundwerk eines Seemanns und schwarze Tattoos auf der sommersprossigen Haut, und ich weiß, dass meine Beine tagelang gehen können. Ein Mädchen wie eine ganze Mahlzeit, und man müsste nicht hungern.

Der Tätowierer war arrogant. Einer von denen, die ein Mädchen im Teenageralter sehen und das Geld nehmen, obwohl es illegal ist, jemanden unter achtzehn zu tätowieren, und dabei die ganze Zeit grinsen, weil sie sich chinesische Symbole für Liebe oder lila Wirbel am unteren Rücken vorstellen, einen Schmetterling am Knöchel.

Ich krempelte die Ärmel hoch und er begutachtete interessiert das Schlüsselloch, das ich schon auf dem einen Arm habe und den dazu passenden Schlüssel auf dem anderen.

Der Typ kniff die Augen zusammen. Wahrscheinlich hatte er gedacht, ich käme nach einem Streit mit meinen Eltern oder so für mein erstes Tattoo. Ein Tattoo, ein Piercing, eine Möglichkeit zur Rebellion. Ihm war anzusehen, dass er versuchte, mein Alter zu schätzen.

»Ich bin siebzehn«, sagte ich. »Aber falls jemand fragt, bin ich zwanzig.«

Dann zog ich das T-Shirt aus. Sein Gesichtsausdruck war unbezahlbar.

»Ich will diese Worte hier«, sagte ich und reichte ihm ein Stück Papier. »Hier.«

Ich fuhr mit der Hand an den Rippen entlang. Ganz oben, direkt unter der BH-Linie. Sein Adamsapfel hüpfte und ich machte ein finsteres Gesicht. Am Ende berechnete er mir weniger.

Rowans Stimme trägt von der Küche bis hier heraus. »Ich hab doch gesagt, ich hab das verdammte Ding nicht gesehen, Cian. Du hat es bestimmt verloren.«

Cian entgegnet murmelnd etwas.

»Wenn er sagt, er hat es nicht gesehen, dann hat er es auch nicht gesehen, Cian«, sagt Alicja friedfertig.

Ich wühle in meinen Einkaufstaschen nach meinen Zigaretten.

»Alicja fragst du wohl nicht, ob sie dein Handy gesehen hat?«, durchschneidet Rowans Stimme vorwurfsvoll die Luft. Cians Antwort geht im Klappern von Geschirr in der Spüle unter.

»Und warum?« Rowan schreit jetzt beinahe. »Ich bin nicht von hier, also bin ich automatisch ein Dieb?«

»Das habe ich nicht gesagt.«

»Es klang aber ganz danach«, sagt Rowan zu Cian, der eine Antwort brummelt.

Ich war mir sicher, ich hätte noch eine Packung mit ein paar Zigaretten in dieser Tasche.

»Dreh dich um und sag es mir ins Gesicht.« Rowans Stimme klingt drohend.

Es klingt, als würde sich Rowan ein Beispiel an mir nehmen. Er war eigentlich nie der kämpferische Typ. Er hat ein sorgloses Grinsen, das alle Beleidigungen wegwischt, und tendiert dazu, Dinge achselzuckend abzutun. Anders als ich. *Genau wie deine Mutter*, sagte Granny immer, wenn sie besonders enttäuscht von mir war. Sie meinte es aber eigentlich nicht so. Sie wusste, es war das Einzige, was wirklich bei mir funktionierte – wenn ich das hörte, beruhigte ich mich immer ziemlich schnell. Ich vermisse sie so sehr, es fühlt sich an wie eine brennende Wunde. Sie und Grandpa, beide. Wieder stehe ich unter Strom, das Blut rauscht in meinen Adern im Takt mit dem Geschrei aus der Pub-Küche. Mein Bruder kann anscheinend auch unter Strom stehen.

Schnell betrete ich die Küche, um Rowan von einer Dummheit abzuhalten. Da drin ist es wie in der Sauna, falls Saunas nach Kneipenfraß riechen und voller Typen sind, die gleich anfangen, sich zu prügeln. Ich schnappe meinen Bruder am Ellbogen und ziehe ihn von Cian weg. Rowan schüttelt mich ab, bleibt aber stehen.

»Vielleicht solltest du dir überlegen, einen Maulkorb für deinen Bruder anzuschaffen«, höhnt Cian.

Ich ziehe eine Augenbraue hoch. »Worauf immer du auch stehst, Mann, das geht mich nichts an.« Und ich schiebe Rowan aus der Küche.

»Was ist eigentlich los mit dir?«, frage ich mit zusammengebissenen Zähnen.

»Er ist ein Arschloch«, fängt Rowan an, unterbricht sich aber, als plötzlich Mags auf dem Weg nach draußen für ihre ungefähr zwölfte Raucherpause des Tages erscheint.

»Wir brauchen ein neues Cola-Dings«, sagt sie auf dem Weg nach draußen. »Die sind im Keller. Und achte darauf, dass der Kanister, den du gestern runtergetragen hast, weiter schön unsichtbar bleibt.«

Der Kanister mit Schwarzgebranntem. Nicht im Bestand.

Etwas, bei dem niemand bemerken wird, wenn es fehlt.

Ich betrete den Lagerraum und wühle mich durch ein paar Kisten, während Rowan an der Tür weiterhin düster murmelnd auf Cian schimpft.

»Hier«, sage ich und halte ihm eine leere Limoflasche hin, eine von denen mit dem Bügelverschluss. »Mags hat einen frischen Kanister *Poteen* hinter den Guinnessfässern von letzter Woche. Ich glaube nicht, dass sie ein paar Tropfen vermissen wird.«

Rowan wirft mir einen seltsamen Blick zu. *»Poteen?«*, fragt er.

»Das ist schwarzgebrannter Whiskey, besteht so ungefähr zu neunzig Prozent aus Alkohol«, erkläre ich ihm. »Schmeckt wahrscheinlich scheiße, aber ich habe gehört, man bekommt Halluzinationen davon. Ich finde, wir sollten ihn probieren.«

Er hat die Augen immer noch zusammengekniffen.

»Was denn?«, frage ich.

Er zuckt die Achseln. »Ich habe gehört, davon verfaulen einem die Zähne und man wird blind.«

»Kann schon sein.« Ich drücke ihm die Flasche in die Hand. »Das Risiko gehe ich ein.«

Als der Abend zu Ende geht, sind Rowan und Cian fünf Mal fast handgreiflich geworden, und Mags wird langsam sauer. Ich warte, bis Cian gegangen ist, bevor ich meinen Bruder anfahre.

»Entspann dich mal, ja?«, fauche ich. »Kannst du vielleicht wenigstens *versuchen*, dir keinen Ärger einzuhandeln?« Er weist mich nicht darauf hin, dass normalerweise ich mir den Ärger einhandle. »Wir wollen so lange hierbleiben, wie wir können.«

Rowan wirft mir einen finsteren Blick zu. »Ich weiß«, sagt er.

»Ernsthaft, wenn die Polizei rausfindet, dass wir …«

»Ich *weiß*, Hazel!«

»Und wenn du weiter was mit Ivy haben willst, was auch immer es ist, können wir keinen Streit vom Zaun brechen …«

»Ich sagte, ich *weiß! Herrgott!*« Er poltert den Flur entlang und versetzt dem Türpfosten auf dem Weg nach draußen einen Hieb.

Er hat nicht gesagt, da sei nichts mit Ivy.

Er hat aber auch nicht gesagt, da sei was.

Als wir ihr eine Nachricht schrieben, dass wir in die Stadt kämen, haben er und ich einen Pakt geschlossen. Wenn wir hier immer noch beide in sie verliebt wären, dürfte keiner von uns etwas mit ihr anfangen. Falls auf dem Fest etwas zwischen ihnen passiert ist, hat er den Pakt gebrochen. Er hat mein Vertrauen verloren.

Nach meiner Schicht durchsuche ich meine Taschen nach meinen Zigaretten. Lebensmittel, Geldbörse, Skizzenbuch, Handy, Schachtel mit Kohlestiften, ein halber Riegel *Dairy Milk*, keine Zigaretten. Vielleicht hat Cian recht: Vielleicht ist hier ein Dieb unterwegs. Oder vielleicht sind sie mir auch einfach nur unterwegs aus der Tasche gefallen.

Ich schnorre eine Zigarette von Mags und setze mich auf die Hintertreppe zum Parkplatz, um sie zu rauchen. Mein Handy klingelt, es vibriert schrill in meiner hinteren Hosentasche auf dem Beton, auf dem ich sitze. Es ist Ivy.

»Hat Mags etwas zu dir über das Kreuzworträtsel von heute gesagt?«, fragt sie, sobald ich rangehe.

»Häh? Oh. Nein, nichts. Warum? Bricht der Generator wieder zusammen?« Ich sage es leichthin, aber eigentlich mache ich mir sofort Sorgen. Sorgen, dass die Hinweise von Mags – die unsere unmittelbare Zukunft voraussagen können, wie sie aus irgendeinem Grund weiß – schließlich doch *Polizei* ergeben haben oder *Hazel* oder *Monster*. Dass Ivy jetzt doch weiß, was ich getan habe.

»Nein«, sagt Ivy, und ihre Stimme klingt irgendwie besorgt. »Ich dachte nur, sie könnte mir vielleicht etwas erklären.«

»Als würde Mags je etwas erklären.« Mags weigert sich, überhaupt zuzugeben, dass sie die Wahrsage-Hinweise schickt. »Was kam raus?«

Ich höre Papier rascheln.

»Jemand kommt«, sagt Ivy. »Die Hinweise waren *erwarten* und *Gäste*.«

Mein Herz schlägt höher. »Glaubst du, damit ist die Polizei gemeint?«

»Das wären aber keine Gäste«, sagt sie unsicher. »Oder?«

In mir steigt etwas auf. Etwas Ängstliches und Verdrehtes und Hoffnungsvolles. »Ivy«, sage ich. »Hast du von meinen Eltern gehört?«

»Oh. Nein. Aber sie könnten es sein. Ich meine, wer sollte es sonst sein?«

»Keine Ahnung. Deine Mum vielleicht. Hast du ihr gesagt, wo wir wohnen?«

»Oh, nein«, sagt Ivy. »Es ist am besten, wenn sie es nicht weiß.«

»Da hast du wahrscheinlich recht.« Selbst für Ivys Mum könnte es zu viel sein, dass wir in einem brettervernagelten Haus auf einem verlassenen Grundstück wohnen.

»Also könnten sie es sein«, sagt Ivy noch einmal. »Das wäre nicht so schlimm, oder?«

Wäre es nicht, aber das sage ich Ivy nicht. Ich nehme einen tiefen Zug von meiner Zigarette. »Ivy, du kennst meine Eltern«, sage ich und bin überrascht, dass meine Stimme ruhig klingt. »Und ich dachte, du wärst sicher, die Kreuzworträtsel hätten gesagt, wir hätten sie verloren.«

»Wenn jemand verloren ist«, erwidert Ivy leise, »bedeutet das, man kann ihn wiederfinden.«

Nicht immer, denke ich bei mir und lege nach Ivys leisem Abschied auf.

Ich habe gelogen – ich stehe nicht unter Strom. Meine Adern sind flüssige Lava. Feuer. Ich weiß nicht, was ich tun würde, wenn meine Mum vor der Tür des Hauses in der Oak Road auftauchen würde. Hoffnung und Angst blubbern in meinem Körper auf wie etwas Greifbares. Es ist wie Öl auf die Flammen in meinen Adern, bis mir die echten Flammen wieder einfallen. Das echte Feuer. Der wahre Grund, warum ich nicht glaube, dass meine Mum vor unserer Tür auftauchen würde. Ivy und Rowan wissen es nicht, aber es gibt einen Grund, warum ich nicht glaube, dass meine Mum jemals wieder irgendwo auftauchen wird.

Olive

Montag, 8. Mai, Dienstag, 9. Mai

Verloren: Handtasche (lila, mit Spiegelstickerei)

Ohne Rose und mein Armband bin ich verloren. Ich schiebe mein Fahrrad den ganzen Weg von der Schule nach Hause, den Blick auf die Straße gerichtet. Es dauert zwei Stunden, und als ich ankomme, bin ich schlecht gelaunt und halb verhungert und immer noch ohne Armband.

Ich durchsuche das ganze Haus. Zwischen den Bettlaken, im Abfluss der Dusche, unter Sofas, hinten im Kühlschrank. Die Hunde folgen mir und schnüffeln herum, als wüssten sie, wonach ich suche.

Mein Dad sitzt im Arbeitszimmer, korrigiert Aufsätze und hört dabei unmelodiösen Modern Jazz. Er nimmt seine Rolle als Klischee des exzentrischen Professors sehr ernst.

Um den Schreibtisch stapeln sich Kisten voll mit alten Sachen meiner Mum. Sie standen auf Nanas Speicher, seit Mum mit neunzehn ausgezogen ist. Nana bewahrte sie widerwillig auf, solange wir in Dublin wohnten, hat aber versucht, Mum dazu zu bringen, sie auf unseren eigenen Speicher zu stellen, seit wir vor fünf Jahren nach Balmallen gezogen sind. Nana hat wohl endlich ihren Willen bekommen. Ich schaue kurz in die offenen Kartons, aber mein Armband ist auch da nicht hineingefallen. Ein paar alte Fotos und ein Stapel loser Blätter fallen heraus.

»Hättest du nicht vor zwei Stunden von der Schule wieder zu Hause sein müssen?«, fragt Dad.

»Ich bin zu Fuß nach Hause gegangen; deshalb bin ich erst jetzt da.«

Dad zieht die Augenbrauen hoch.

»Ich schwöre. Ich habe mein Armband gesucht. Ich hatte Angst, ich hätte es heute Morgen auf dem Weg zur Schule verloren.«

»Und jetzt glaubst du, es könnte in einer Kiste sein, die in den letzten zwanzig Jahren auf dem Speicher deiner Nana stand?«

»Ich will nur sichergehen, dass ich nichts übersehen habe«, erwidere ich.

»Hast du da nachgeschaut, wo du es zuletzt hingelegt hast?«, fragt Dad gelassen.

Ich schlage mir mit der flachen Hand an die Stirn. »Natürlich!«, rufe ich sarkastisch aus. »Auf die Idee bin ich überhaupt nicht gekommen!«

Die Sache ist, ich bin mir immer noch nicht sicher, wo *da* ist. Wo hatte ich es als Letztes? Allmählich frage ich mich, ob die Mädchen in der Schule recht hatten.

Was hast du am Samstag auf dem Fest verloren?
Alle haben etwas verloren.

Am nächsten Morgen radle ich langsam zur Schule – zum Teil, weil ich die halbe Strecke lang Rose schreibe, zum Teil, weil ich immer noch hoffe, unterwegs mein Armband zu entdecken – und komme fast zu spät zur ersten Stunde. Ich setze mich in Chemie hinter Julia und Chrissy, und als die Lehrerin nicht hinschaut, tippe ich ihnen von hinten auf die Schulter.

»Habt ihr eure Sachen wiedergefunden?«, frage ich, als sie sich umdrehen. »Die Sachen, die ihr auf dem Fest verloren habt.«

Chrissy schüttelt den Kopf. »Warum? Hast du nicht gesagt, du hättest *nichts* verloren?«

»Doch, hab ich«, gebe ich zu. »Ein Armband. Es gehörte meiner Mum. Ein Bettelarmband.«

Julia zieht ein mitleidiges Gesicht. »Falls wir es sehen, sagen wir es dir«, sagt sie.

Rose kommt nicht zur nächsten Stunde, die wir normalerweise zusammen haben. Und auch nicht zu den restlichen Stunden an diesem Tag. Sie bittet mich nicht, unseren Lehrern zu sagen, sie sei krank. Sie bittet mich um gar nichts. Sie feuert nur nach Beginn unserer nächsten Stunde eine kurze SMS ab, um mir zu sagen, dass sie früher nach Hause geht.

Ich schicke ihr regelmäßig Nachrichten und bringe sie auf den neuesten Stand, obwohl sie auf keine davon antwortet.

NICHT VIEL VERPASST STOPP CHRISSY J UND CATHAL M WURDEN SCHON ZWEIMAL DIE HANDYS ABGENOMMEN STOPP CHRISSY FÜR DEN FREVEL VON SELFIES IM UNTERRICHT STOPP CATHAL HAT VERMUTLICH PORNOS GEGUCKT STOPP FALLS ICH BEIM CHATTEN ERWISCHT WERDE RÄCHE MEINEN TOD STOPP OLIVE

Erst am Ende des Tages höre ich, was passiert ist. Rose ist am Morgen aus dem Deutschunterricht geflogen.

Mr Fallon kommt nach meiner letzten Stunde im Korridor auf mich zu und will wissen, wo sie ist. »Ich habe sie heute Morgen ins Rektorat geschickt, aber das heißt nicht, dass sie gleich den ganzen Tag schwänzen kann.«

Ich zucke hilflos mit den Schultern und benutzte wörtlich eine Entschuldigung, die ich mal bei Rose gehört habe: »Sie musste nach Hause, weil es ihr nicht gut ging, Sir. Echt schlimme Regelschmerzen. Konnte nicht gerade stehen. Ich hab das auch manchmal, wenn meine Periode besonders stark ist. Es ist echt die Hölle.« Ich werde kaum rot dabei.

»Ah ja«, sagt Mr Fallon ein bisschen unbehaglich. »Das könnte eine Erklärung sein ... Aber hör mal, Olive, sag Rose, dass ich solch ein Benehmen nicht noch einmal in meinem Unterricht dulden werde, ob sie nun ... Frauenprobleme hat oder nicht.«

Frauenprobleme, allerdings. Ich verspreche, es ihr auszurichten, und Mr Fallon geht seiner Wege.

HABE GEHÖRT DU HAST OHNE MICH
REBELLIERT STOPP, schreibe ich Rose.

Da Rose nicht antwortet, um ihr Benehmen näher zu erklären, muss ich davon ausgehen, dass sie einfach mal wieder anzügliche Bilder in ihr Heft gezeichnet hat oder so. Aber dann gehe ich zufällig auf dem Weg zum Parkplatz hinter Chrissy, Julia und Shannon, und höre sie Roses Namen sagen.

»Ich habe gehört, sie hat jemanden geschlagen«, sagt Chrissy in ihrem Chrissy-Flüstern, das wahrscheinlich die ganze Schule hören kann. Julia antwortet etwas, aber so leise, dass ich es nicht hören kann.

Sean Moran, einer ihrer Freunde, ich weiß nur nie, mit welcher von ihnen er zusammen ist – wahrscheinlich, weil sie ihre Typen untereinander durchreichen, um uns im Ungewissen zu lassen – sagt: »Ich habe gehört, sie hat mitten im Unterricht zu schreien und zu fluchen angefangen und ein Buch zerrissen oder so und es irgendjemand ins Gesicht geschleudert.«

Ich gehe etwas schneller, um in Hörweite zu bleiben.

»Ich habe gehört, sie hat ihre Hausaufgaben zerrissen und *aufgegessen*«, sagt Shannon genüsslich, und Julia verdreht die Augen.

»Ach, ich bitte dich!«

Da sehen sie mich. »Olive«, sagt Chrissy leicht peinlich berührt. »Du weißt es doch bestimmt. Was hat Rose wirklich gemacht, dass sie bei Mr Fallon rausgeflogen ist?«

»Ich habe gehört, sie ist von der Schule geflogen«, wirft Shannon hilfsbereit ein, woraufhin Julia schnaubt.

»Schwachsinn – es war nur eine Stunde.«

Ich eile an ihnen vorbei und schließe mein Fahrrad auf.

Das klingt nicht gut. Ich dachte, ich würde Rose so gut kennen wie mich selbst, aber seit dem Fest ist etwas anders. Ich habe das Gefühl, sie entgleitet mir. Bevor ich nach Hause fahre, schicke ich ihr eine Nachricht.

ERNSTHAFTE FRAGE STOPP
GEHT ES DIR GUT STOPP
BITTE REDE MIT MIR STOPP
OLIVE

Als ich zu Hause durchs Tor fahre, piepst mein Handy endlich.

HAB HAUSARREST STOPP
HANDYVERBOT STOPP
MUM BESTEHT AUF QUALITY TIME STOPP
WERDE MIT SCONES UND ARZTSERIEN
ZWANGSGEFÜTTERT STOPP
BITTE BRING MICH AUF DER STELLE UM STOPP
ROSE

Ich lehne mein Fahrrad an unseren überquellenden Mülleimer und antworte, ohne auf die Briefe, Rechnungen und Quittungen zu achten, die aus dem Mülleimer gefallen sind und durch den Garten wehen.

DAS ERKLÄRT NICHT, WIESO DU DEN GANZEN
TAG NICHT DA WARST STOPP WILL WISSEN,
WAS IN FALLONS UNTERRICHT PASSIERT IST
STOPP HEB MIR EINEN SCONE AUF ODER
UNSERE FREUNDSCHAFT IST BEENDET STOPP
OLIVE

Als ich nach Hause komme, machen Emily und Chloe ihre Hausaufgaben am Küchentisch. Dad spült das Geschirr. Sie bemerken mich nicht. Sonst hätte Chloe vielleicht aufgehört, über Rose zu reden.

»... gehört, dass Rose Driscoll heute Morgen ausgetickt ist?«, sagt sie gerade zu Emily. Ich bleibe auf der Schwelle stehen. Emily schaut zu Dad hinüber und beugt sich zu Chloe, um so leise zu antworten, dass ich es nicht verstehen kann.

»Ja, genau, oder?«, sagt Chloe laut. »Und dann, keine Ahnung, ist sie einfach voll ausgeflippt«, fährt sie fort. »Hat das

Geld zerrissen und« – eine kurze effektvolle Pause – »hat es sich in den *Mund* gesteckt.«

»Na ja, wenn sie so eine große Klappe hätte wie ihr, hätte vielleicht noch mehr reingepasst.« Ich sage es, bevor ich es merke.

Chloe erstarrt und sieht mich erschrocken an. Emily besitzt den Anstand, beschämt auszusehen.

»Habt ihr keine anderen hohlen Gerüchte zu verbreiten?«, frage ich bissig.

»Ich habe nur erzählt, was ich gehört habe«, sagt Chloe. »Es klingt, als wäre sie echt komplett von der Rolle. Ich an deiner Stelle würde mir Sorgen machen. Ich habe gehört, sie hätte sich einen Zehner in den Mund gesteckt und ihn komplett zerkaut und dann *aufs Lehrerpult gespuckt.*«

Dad, der demonstrativ nicht zuhört, dreht sich mit einem übertriebenen Luftschnappen vom Spülbecken weg und ruft: »Schließ die Hintertür ab!«

Chloe erschrickt; offensichtlich hat sie vollkommen vergessen, dass mein Dad auch da ist. Sie wirft Emily einen kurzen Blick zu, der deutlich sagt: *Dein Dad ist ein Spinner*. Emily meidet gezielt meinen Blick.

»Was du eigentlich sagen wolltest«, erkläre ich meinem Dad ruhig, »ist: *Mach die Haustür zu.*«

»Ach ja«, sagt Dad. »Das war's.« Er zwinkert mir fast unmerklich zu und wendet sich wieder seinem Geschirr zu. Emily und Chloe fliehen aus der Küche, als wäre seine Peinlichkeit ansteckend.

Mein Dad ist sehr raffiniert im Entschärfen von Situationen.

Als Dad mit dem Spülen fertig ist, legt er mir die nasse, schaumige Hand auf den Kopf. *»Wasser, Wasser überall, und keinen Tropfen zu trinken«*, sagt er feierlich.

Ich wische seine Hand weg und schüttle mir das Wasser vom Kopf. »Coleridge«, sage ich. »Samuel Taylor. Geboren 1772. Ihm werden einige bedeutende Redensarten zugeschrieben. Ein Zeitgenosse von William Wordsworth. Hat wahrscheinlich nie seiner Tochter die Haare krisselig gemacht, nachdem sie es geschafft hatte, sie den ganzen Tag über perfekt geglättet zu tragen.«

Dad nickt anerkennend. »So einem Mann werde ich nie das Wasser reichen können.«

»Coleridge verließ seine Familie, nachdem seine Tochter geboren wurde«, sagt Mum, die in die Küche gekommen ist, ohne dass ich es gehört habe. »Er war außerdem opiumsüchtig und furchtbar zu seiner Frau. Da gibt es nicht viel Wasser zu reichen.«

Irgendeine Art von enthusiastischer Popmusik plärrt von Emilys Zimmer oben durch die Küchentür herein. Ich schalte mein Hörgerät ab und die Lautstärke der Welt wird barmherzig gemindert. Manchmal ist es ein echter Vorteil, auf einem Ohr taub zu sein. Den Bass fühle ich immer noch in der Decke vibrieren.

»Können wir Emily bitte irgendwo aussetzen?«, murmle ich. Keiner meiner Eltern hört mich.

Mum schaut sich in der Küche um. »Wo ist Rose?«, fragt sie.

»Ich hab Hausarrest, schon vergessen?«

»Na ja, schon, aber ich hätte nicht gedacht, dass Rose wirklich nicht vorbeikommt.«

»Es gibt für alles ein erstes Mal«, sagt Dad fröhlich und verschwindet im Flur. Sekunden später hören wir ihn laut und begeistert auf dem Treppenabsatz zu Emilys Musik mitsingen. Emily schaltet sie mitten im Song aus.

Mum seufzt erleichtert. Ich schalte mein Hörgerät gerade

rechtzeitig wieder ein, dass ich sie murmeln höre: »Den Song hört sie vermutlich nie wieder.«

»Das wird ihr Leben schöner machen.«

»Meines auch.« Mum schließt die Augen. »Ich fahre deine Großmutter zu ihrem Termin bei Dr. Driscoll. Bin in etwa einer Stunde wieder da.«

Ich bleibe in der Küchentür stehen. »Ich dachte, Roses Mum arbeitet heute nicht«, sage ich.

»Doch, sie arbeitet. Nana hat in einer halben Stunde einen Termin bei ihr.«

Rose lügt mich an. Sie verbringt keine Quality Time zu Hause mit ihrer Mutter und wird nicht mit Scones zwangsgefüttert. Warum lügt Rose?

»Es wird nur noch schlimmer«, sagt Mum leise. Ich bekomme Gänsehaut auf den Armen.

»Was?«

»Ich habe gefragt, ob du meine Handtasche gesehen hast«, kehrt Mum plötzlich ins Hier und Jetzt zurück. »Ich bin schon genauso schlimm wie deine Nana, ich schwöre es – irgendwie finde ich in letzter Zeit überhaupt nichts mehr.«

Aber da ist etwas an ihr – ein leichter Zug um den Mund, eine winzige Falte an den Augen –, was mich schaudern lässt. *Irgendwie finde ich in letzter Zeit überhaupt nichts mehr.*

Hazel

Mittwoch, 10. Mai

Verloren: schwarz-weißes Kätzchen,
zwei Mandarinen mit Druckstellen

Am Mittwoch radle ich mit ein paar Lebensmitteln, die Mags uns geschenkt hat, spät von der Arbeit nach Hause, als ich an einem Wunschbaum vorbeikomme, der mit bunten Bändern und kleinen Opfergaben behängt ist. Man sagt, diese Bäume entsprängen heiligen Quellen. Die Wurzeln trinken das Wasser und segnen die Äste. Wenn die Opfergaben weggeweht werden, gehen die Wünsche in Erfüllung.

Ich habe so viele Wünsche, ich wüsste gar nicht, wo ich anfangen soll. Ich würde ja anhalten und mir etwas wünschen, aber es regnet in Strömen und ich möchte nach Hause, mich abtrocknen, den Whiskey trinken, den ich mir heute Morgen im Geschäft in den Schuh gestopft habe. Im Moment sind das meine einzigen Wünsche. Abgesehen von Ivy. Und vielleicht durchschaut Ivy mich schon.

Ich habe Geheimnisse. Ich lüge. Ich trinke zu viel und stehle manchmal Dinge. Eines Tages wird meine Haut ganz schuppig werden, und alle werden sehen, was für ein Monster ich bin.

Es regnet wirklich heftig, die Tropfen auf meiner Brille lassen die Welt verschwimmen. Vor mir kann ich gerade so erkennen, wie etwas über die holprige Straße und durch den Matsch flitzt. Dann rutschen mir die Reifen weg, und ich muss bremsen, indem ich beide Füße in den Boden ramme. Mitten auf der Straße kauert eine kleine Katze.

Ich lasse das Fahrrad fallen, wo ich stehe, und gehe das winzige Wesen streicheln, doch da donnert es ohrenbetäubend, und die Katze schießt davon, unter einem Zaun hindurch und in die Wiese auf der anderen Straßenseite.

Ich murmle einen Fluch und untersuche mein Fahrrad, ob es bei der Rutschpartie Schäden davongetragen hat. Da bemerke ich etwas zwischen den Speichen meines Hinterrads. Ich ziehe es heraus. Es ist ein Schuh – flach, schmal und silbern; einer von diesen billigen Ballerinas, die man zusammenrollen kann. Er ist an den Zehen abgestoßen. Vor ein paar Tagen habe ich ihn in Kohle gezeichnet, als hätte ich ihn gekannt. Das ergibt keinen Sinn. *Hast du gestern Nacht etwas verloren?*, hat Ivy an dem Tag gefragt. Es sieht so aus, als hätten eine Menge Leute etwas verloren. Ich stecke den Schuh in eine meiner Einkaufstaschen, damit ich ihn Ivy zeigen kann, oder vielleicht frage ich Mags, ob sie sich vorstellen kann, dass irgendetwas Seltsames vor sich geht.

Ein paar von den Lebensmitteln sind herausgefallen, und ich muss im Matsch herumwaten, um sie wieder einzusammeln. Eine Dose Baked Beans, zwei herausgekullerte Mandarinen, ein jetzt durchweichter Laib Brot. Sie führen mich wie eine Spur aus Brotkrumen zu dem Tor am Rand der nächsten Wiese.

Ich hebe das Brot auf und springe übers Tor, um nach dem Kätzchen zu suchen. Dabei mache ich leise Kätzchen-Kussgeräusche. Es gießt. Es stürmt. Wenn ich eine Katze wäre, hätte ich mich jetzt tief in einem Gebüsch verkrochen, wo ich geschützt bin, und würde mich trockenlecken. Drei Elstern auf einem Baum in der Nähe beobachten mich. Ich krächze laut, um sie zu verscheuchen, doch als ich das Mädchen sehe, mache ich den Mund zu.

Schemenhaft steht sie neben dem größten Baum beim Zaun am Rand der Wiese. Ich kann ihr Gesicht nicht sehen, weil es leicht von mir abgewandt ist. Sie trägt ein enges Sommerkleidchen, dessen Farben – lila vielleicht, oder blutrot – im trüben Licht des regnerischen Abends zu Grau verblasst sind. Ihre Haare sind lang, rot und wirr, lockiger als meine. Sie hält eine Zigarette in der Hand. Etwas daran, wie sie dasteht, macht den Eindruck, dass sie nicht gestört werden will.

Sie bemerkt nicht, dass ich sie anstarre, dreht sich um und geht. Sie folgt dem Zaun zum Ende der Wiese und verschwindet weiter vorn um eine Wegbiegung.

Als ich mir sicher bin, dass sie weg ist, gehe ich zu der Stelle, wo sie stand. Das schlammige Gras ist voll von ihren Fußabdrücken, und als ich genauer hinschaue, bemerke ich etwas. Ich ziehe daran. Es ist ein Notizbuch. Klein und rot, matschbedeckt, tropfnass. Es wird von einem dicken, schwarzen Gummiband zusammengehalten, als würden Dinge zwischen den Seiten stecken. Das Lesebändchen in der Mitte hängt an der gekennzeichneten Stelle heraus wie eine Zunge.

Ich ziehe das Gummiband ab und öffne das Notizbuch mit dem Bändchen, da fällt etwas heraus. Ich hebe es aus dem Matsch auf und lege es mit zitternden Fingern auf den Zaunpfosten.

Es ist ein großer Bronzeschlüssel. Ich erkenne ihn sofort, und mein Herz setzt drei Schläge aus, während ich die Luft anhalte. Ich sehe diesen Schlüssel achtzig Mal am Tag. Er ist seit drei Jahren in meine Haut tätowiert.

Ich kremple den Ärmel meines Pullovers hoch und halte das Handgelenk mit dem Schlüssel neben den Zaunpfosten. Er sieht rostig aus, ist aber nicht verrostet; der Griff, den man zwischen Daumen und Zeigefinger nimmt, ist groß und rund, fast herzförmig, wenn man genau genug hinschaut, das Innere mit Schnörkeln und Kreisen ausgefüllt. Ich zeichne die Muster mit dem Finger nach, ohne den Schlüssel zu berühren. Ich kenne das Muster auswendig.

Den echten Schlüssel habe ich drei Jahre nicht gesehen. Ich dachte, ich würde ihn nie wiedersehen.

Als ich ihn in die Hand nehme, glaube ich fast, dass etwas passieren wird. Ein Donnern, ein Erdbeben, ein Omen. Aber es ist nur ein Schlüssel und ich stehe allein auf einem leeren Feld.

Olive

Mittwoch, 10. Mai

Verloren: Handynetz

Rose kommt am Mittwoch nicht zur Schule. Sie schreibt im Telegrammstil irgendetwas von Prüfungsstress, aber alle machen sich Gedanken wegen der Prüfungen, und nicht zur Schule zu kommen hilft bestimmt nichts. Ich weiß, dass es nicht darum geht. Ich weiß nur nicht, was wirklich los ist.

Nach der Schule sage ich Emily, sie soll ohne mich nach Hause gehen, damit ich zu Rose hinüberradeln kann.

»Mum bringt dich um«, sagt Emily, als ich wegfahre. »Du hast schließlich immer noch Hausarrest.«

»Wenn du wüsstest, dass es deiner besten Freundin so schlecht geht, dass sie nicht zur Schule kommen kann, würdest du sie auch besuchen. Selbst wenn du Hausarrest hättest.«

Emily wirft mir einen bedächtigen Blick zu. Schließlich verdreht sie die Augen und sagt: »Also gut. Ich sage Mum, du hättest heute noch eine zusätzliche Mathestunde. Aber halt dich heute Abend an die Geschichte, sonst bekomme ich auch noch Ärger.«

»Du bist ein Schatz.« Ich schenke ihr ein erleichtertes Lächeln.

Bei Rose macht niemand auf. Sie geht auch nicht ans Handy. Ich stecke einen Zettel in den Briefkasten, auf dem steht:

HOFFE, DU BIST OKAY STOPP RUF MICH AN
STOPP OLIVE.

Da ich schon ein Alibi habe, beschließe ich, auf dem Heimweg nach meinem Armband zu suchen, und fange bei der Wiese an, auf der das Lagerfeuer brannte. Ich muss es dort verloren haben; es ist sonst nirgends aufgetaucht. Aber da ist nichts auf dem Haufen Asche und verkohltem Holz und auch nicht auf den zerbröselnden Heuballen und im Gras, wo ich aufgewacht bin und wo der strubblige blonde Junge geschlafen hat.

Die Wolken werden dunkler und es fängt an zu nieseln.

Meine Suche führt mich in einem langsamen Bogen ganz um die Wiese herum, von dem kleinen Wäldchen, wo ich den hübschen lockigen Jungen gesehen habe, zu dem Zaun am anderen Ende der Wiese, wo ich Rose an dem Morgen gesucht habe.

In der hintersten Ecke stolpere ich fast über einen Rosenstrauch, der vorher nicht da war, da bin ich mir sicher. Ich bleibe stehen und starre ihn an. Samstagnacht gab es keine Rosen auf dieser Wiese. Ich ziehe an einem Zweig, aber der Busch ist fest verwurzelt. Nicht zum ersten Mal in dieser Woche frage ich mich, ob ich vielleicht ein kleines bisschen den Verstand verliere.

Hauptsächlich drehen sich meine Gedanken aber um Rose und ihr plötzliches Schweigen. Vielleicht zerlege ich deshalb Rosensträucher. So langsam frage ich mich, ob ich etwas falsch gemacht habe. Vielleicht habe ich auf dem Fest etwas zu Rose gesagt und kann mich nur nicht mehr daran erinnern, wie an den Rest dieser Nacht. Vielleicht habe ich etwas Dummes getan, und sie tut nur so, als wüsste sie es nicht mehr, weil sie es mir nicht sagen will. Ich habe ihre Freundschaft schon einmal fast verloren, nur wegen ein paar unbedachter Küsse, und wir haben uns geschworen, dass das nie wieder passieren darf, aber wie sich herausstellt, kann man noch auf viele andere Arten eine Freundin verlieren.

Als der Regen stärker wird, schnappe ich mir mein Rad und fahre nach Hause. Ich bin gerade losgefahren, als meine Räder über etwas Scharfes auf der Straße rumpeln und ich die Kontrolle verliere und in den Zaun neben der Straße schlingere. Ich springe vom Sattel und fluche. Mein Hinterrad ist platt. Zu allem Übel öffnet sich auch noch der Himmel und es fängt an zu schütten. Ich knöpfe die Jeansjacke zu, die ich nach dem Fest mehr oder weniger geklaut habe, und schaudere.

Der Regen fällt in dicken, kalten Tropfen. Ich hole mein Handy heraus. Da steht: *Kein Netz.*

Etwas auf der anderen Straßenseite springt mir ins Auge, und während ich darauf warte, dass mein Handy wieder Netz hat, gehe ich hinüber, um es mir genauer anzuschauen. Es ist ein Wunschbaum. Eigentlich mehr ein Busch als ein Baum, aber um die Blätter sind Stofffetzen, Bänder und Rosenkränze gewunden und Münzen und Heiligenbildchen zwischen die Äste geklemmt. Es gibt auch noch ein paar andere Dinge: eine winzige Buddha-Statue, ein Armband mit Plastikperlen, einen Kinderschuh, ein verblasstes Foto. Der Regen tropft auf die Sachen und spielt gruslige Musik auf der leeren Straße. Ich weiß nicht, wie jemand ernsthaft daran glauben kann, dass wirklich Wünsche wahr werden, wenn man Opfergaben an einen Ast bindet.

Wieder schaue ich auf mein Handy. Immer noch kein Netz. Ich brauche einfach einen Unterstand, bis es aufhört zu regnen. Oak Road ist in der Nähe. Dort gibt es massenhaft Unterstände hinter den Kesselhäusern oder im Regenkanal am Rand des Geländes. Ich schaue ein letztes Mal auf mein Handy und laufe in die andere Richtung los.

Fünf Minuten später lehne ich mein Fahrrad an die Mauer um Oak Road, als ich einen Jungen sehe. Er steht in der unkrautüberwucherten Auffahrt des Hauses direkt vor mir und starrt mich an wie ein Reh im Scheinwerferlicht. Nicht irgendein Junge. Ausgefranster Pulli, Röhrenjeans, Brille mit schwarzem Gestell, braune Locken unter einer Schiebermütze. Es ist der Junge, den ich am Morgen nach dem Sommerfest gesehen habe.

Der Wind wird stärker, weht Blätter und Steinchen zwischen uns über den Boden. Der Regen peitscht. Irgendwo in gar nicht so weiter Ferne grollt Donner. Der Junge schaut in den dunkler werdenden Himmel auf. Ich hebe den Kopf dem Regen entgegen und blicke ebenfalls auf, da sehe ich einen mehrfach verzweigten Blitz – einen Dreizack, dünn und blendend, genau über uns. Automatisch fange ich an zu zählen. Dieser Junge und ich allein mitten in einem verlassenen Wohnviertel im aufziehenden Sturm, ein stiller Countdown in meinem Kopf.

Beim nächsten Donnerschlag – war er diesmal näher? – sage ich endlich etwas. »Wie war das noch mal, eine Meile pro Sekunde zwischen Blitz und Donner?«, frage ich. »Auch wenn das nicht sehr wissenschaftlich klingt.«

Der Junge lacht, aber seine Antwort geht im nächsten Donnern unter. Ich halte mir die Hand übers linke Ohr, damit mein Hörgerät nicht nass wird.

»Was suchst du?«, fragt er.

Woher weiß er, dass ich etwas gesucht habe? »Mein Fahrrad hat einen Platten«, überschreie ich das Gewitter. »Und dann hat der Himmel beschlossen, dass er jetzt die Niagarafälle sein will. Heute ist nicht mein Tag.«

Der Junge sieht mich prüfend an.

»Ich wollte mich gerade im Regenkanal unterstellen«, fahre ich fort. »Bis es aufhört zu regnen. Was tust *du* hier?«

»Ich wohne hier«, sagt der Junge.

»Du tust *was*?«

Er zuckt die Achseln und sagt lächelnd: »Ungewöhnlich, ich weiß.«

Ich blinzle. Ich weiß, in welchem Haus er wohnt. Es muss seine Stimme gewesen sein, die ich am Montag gehört habe, sein Licht in den Schlitzen zwischen den Holzbrettern.

»Möchtest du eine Weile reinkommen?« Er macht eine Geste hinter sich. »Bis der Regen aufhört? Ich verspreche auch, dass ich kein Axtmörder bin oder so was.«

»Genau so etwas würde ein Axtmörder auch sagen.«

»Meine Schwester wohnt auch hier«, erwidert er. »Und unsere Freundin. Du musst nicht reinkommen. Ich meine, du kannst dich auch im Kanal unterstellen, wie du gesagt hast, wenn dir das lieber ist. Ich nehme es nicht persönlich.«

Mit geschürzten Lippen denke ich an den Betontunnel. Der Wind peitscht mir die Haare ums Gesicht. »Okay«, sage ich. »Ich versuche es mit euch. Aber keine Dummheiten.«

Er lacht überrascht auf und ich werde rot bis zu den Fußsohlen.

»Ich meine, keine Axtmorde«, erkläre ich rasch. »Oder sonstige Arten von Mord.«

Er macht mir ein Zeichen, ihm zu folgen. »Du bist bei mir

völlig sicher«, sagt er, und aus irgendeinem Grund blitzt das Gesicht meiner Mum vor meinem inneren Auge auf. Ihr leerer Blick am Frühstückstisch, als ich von dem Fest kam. *Er bringt nur Ärger. Er hat viel verloren, und dir wird es genauso gehen. Halte dich von ihm fern, sonst verlierst du alles.*

Ich schüttle den Kopf, um den Gedanken zu verjagen, und folge dem Jungen durch den Matsch und das nasse Gras zu dem verlassenen Haus. Ich weiß nicht mehr, wann ich das letzte Mal so etwas ohne Rose gemacht habe. Ich kann mich nicht erinnern, wann ich zum letzten Mal allein jemanden kennengelernt habe.

»Ich bin übrigens Olive«, sage ich zu dem Jungen.

Er grinst und antwortet: »Olive. Wie der Baum.«

»Das stimmt«, sage ich, auch wenn die meisten Leute zuerst an die Früchte denken.

»Ich bin Rowan«, sagt er dann.

Ich grinse zurück. »Wie der Baum.« *Rowan*, Vogelbeerbaum.

»Genau.«

Ich folge Rowan zu dem leeren Haus, an dem eine verrostete Hausnummer fünf hängt. Er schiebt die Bretter zur Seite und drückt mit der Schulter die Tür auf.

Im Haus läuft das Radio oder vielleicht ein Fernseher, aber ich kann im Dämmerlicht keines von beiden sehen. Der Boden ist schmutzig, mit schlammigen Spuren, und unsere Schritte hallen von den Wänden wider. Über uns klingt es, als würde jemand singen. Ich drehe den Kopf und versuche, die Treppe hinaufzuschauen. Das Geländer ist dick und glänzend, die Stufen rohes Holz. Alles ist leer, voller Hall, neu und doch schon alt.

Ich folge Rowan in die Küche, wo es ein klein wenig heller

ist als im Flur, weil keine Bretter vor den Fenstern sind und die Verandatüren das bisschen Licht hereinlassen, was bei dem Gewitter noch übrig ist. Was zugegebenermaßen nicht viel ist.

Rowan geht in der Küche herum und macht überall, wo Platz ist, Kerzen und Taschenlampen an. Ich nehme mal an, in einem Viertel voller leer stehender Häuser gibt es keinen Strom. Die Musik kommt aus einem kleinen Aufziehradio, so eines, wie man es als Kind auf Campingausflüge mitnimmt.

Hier zu wohnen ist bestimmt auch ein bisschen wie Camping. Die eingebauten Marmor-Arbeitsplatten an drei der vier Wände des Raumes stehen voller Dosen und Lebensmittelpackungen, und dazu ein paar Teller, Schüsselchen und nicht zusammenpassende Tassen – alle angeschlagen, ein paar davon eindeutig nur durch Kleber und viel Glück zusammengehalten. Ein winziger Kühlschrank, wie man sie aus Collegeschlafsälen in Filmen kennt, steht in einer Lücke, die für einen richtigen Kühlschrank gedacht ist. Er ist mit einem Kabel an einen kleinen Generator angeschlossen. Auf einer der Arbeitsplatten steht ein Gaskocher. Darauf, in krassem Kontrast zur Umgebung, ein riesiger, schwerer Wasserkessel aus Gusseisen. Das Spülbecken neben der Hintertür ist voll mit schmutzigem Geschirr.

Mitten im Raum steht ein großer, alter Campingtisch, darum Stühle in verschiedenen Stufen des Verfalls. Eine offene Pralinenschachtel steht mitten auf dem Tisch, darum lauter leere Papierchen. In der Schachtel sind nur noch die orangefarbenen und die roten übrig.

Rowan lehnt sich an die Küchentür und schaut mir zu, wie ich sein unkonventionelles Zuhause anstarre. Er hält ein silbernes Zippo-Feuerzeug in der rechten Hand und schnalzt es auf und zu, auf und zu, die Bewegung ist so routiniert, das tut er sicher mehrere Hundert Mal am Tag. In seinem Blick liegt so etwas wie Wiedererkennen.

»Ich kenne dich irgendwoher, oder?«, fragt er.

»Oh«, antworte ich und werde aus irgendeinem Grund rot. »Ja. Nein, eigentlich nicht. Ich habe dich am Samstag auf dem Fest gesehen. Oder besser am Sonntagmorgen. Nur kurz. Ich habe meine Freundin gesucht und du hast am Rand der Wiese gestanden.« Natürlich erwähne ich nicht, wie oft ich seitdem an diese kurze Begegnung gedacht habe.

»Nein«, sagt er nachdenklich. »Das ist es nicht. Bist du sicher, dass wir uns nicht schon mal begegnet sind?«

Ich lache und schaue mich wieder in der kerzen- und taschenlampenbeleuchteten Küche um. »Auf keinen Fall«, erkläre ich ihm. »Ich würde mich definitiv an dich erinnern.«

Dann mache ich den Mund zu und werde wieder rot, denn natürlich musste ich von allen lächerlichen Dingen, die man tun könnte, ausgerechnet einem Jungen sagen, dass er unvergesslich ist. Warum werfe ich mich ihm nicht einfach gleich an den Hals, wenn ich schon dabei bin?

»Nein, ich könnte schwören …«, beginnt Rowan, wird aber von der Haustür unterbrochen, die mit einem Knall aufgerissen wird.

Weil er die Küchentür nicht hinter uns geschlossen hat, als wir hereinkamen, habe ich freien Blick den Flur entlang auf das große Mädchen mit den Locken, das völlig durchnässt hereinstürmt. Sie knallt die Tür hinter sich zu und lässt ihre schwer aussehenden Einkaufstaschen kurzerhand an der Treppe fallen. Dann schleudert sie die Schuhe von den Füßen, zerrt sich den tropfnassen Pulli und die durchweichten Socken vom Körper, gefolgt von ihrem feuchten schwarzen Shirt und der Hose, die bis zu den Knien nass und schlammig ist. Sie lässt alles vor der

Tür auf einen Haufen fallen. Dann schüttelt sie sich die Haare aus dem Gesicht, nimmt die Einkaufstaschen wieder hoch und stapft in Unterwäsche in die Küche. Ich muss mich kneifen, damit ich aufhöre, sie anzustarren.

Rowan verschluckt sich fast.

»Meine Güte, Hazel, zieh dir was an!«, sagt er. »Den Anblick brauche ich zu keiner Tageszeit.«

Hazel stellt lässig die Einkaufstaschen auf den Küchentisch und zeigt Rowan den Mittelfinger, bevor sie sich die nassen Haare mit einem Haargummi von ihrem Handgelenk aus dem Gesicht bindet. Mit einem schmutzigen Geschirrtuch wischt sie ihre Brille trocken. »Es regnet«, sagt sie unnötigerweise.

»Ja. Und die meisten Leute ziehen sich normalerweise in solchen Fällen *mehr* an.«

Hazel dreht sich um und sieht mich.

»Wer ist das?«, fragt sie.

»Ich habe sie gefunden«, sagt Rowan. »Vorn am Tor.«

»Ich wollte mich nur unterstellen«, erkläre ich ihnen.

Ich stehe in meiner eigenen kleinen Pfütze. Von meinen Haarspitzen tropft es mir auf die Schultern: *tropf, tropf, tropf*. Ich wende den Blick nicht von der Pfütze ab, damit ich nicht auf das Tattoo starre, das Hazel direkt unter dem BH-Körbchen trägt.

Hazel schaut von mir zu Rowan und wieder zurück. »Du hast meine Jacke an«, sagt sie.

Ich blicke auf den durchweichten Jeansstoff hinab. »Das ist deine?« Seltsamer Zufall. »Ich habe sie am Morgen nach dem Sommerfest gefunden.« Ich streife sie ab und reiche sie ihr. »Ich habe alle deine Kaugummis gegessen«, füge ich hinzu. »Tut mir leid.«

Hazel lacht. »Ist schon in Ordnung.«

Rowan starrt mich immer noch an, als versuchte er, schlau aus mir zu werden. »Ich bin mir aber *sicher*, von dem Fest kenne ich dich nicht«, sagt er.

Er hat die Mütze abgenommen und zieht sich den Pulli über den Kopf, versucht, sich die Haare mit der nassen Wolle abzutrocknen. Sein T-Shirt rutscht leicht hoch, und ich erhasche einen Blick auf etwas, das aussieht wie ein Tattoo über seiner Hüfte, bevor er die Arme senkt und das T-Shirt es wieder verdeckt.

Tätowierte Teenager, die in einem verlassenen Haus wohnen. Ich weiß nicht, ob ich damit leben könnte, wenn ich nicht mehr über diese beiden herausfände. Ich kann es kaum erwarten, Rose davon zu erzählen. Mir geht auf, wenn ich heute Nachmittag mit Rose zusammen gewesen wäre, wäre ich gar nicht erst in diese Lage geraten.

»Soll ich dir trockene Klamotten leihen?«, bietet Hazel an.

»Okay«, sage ich, und sie nimmt mich am Ellbogen und führt mich hinaus in den Flur und die Treppe hinauf. Das Haus riecht nach Kerzenwachs und Zigarettenrauch.

»Also«, frage ich, während wir in die Beinahe-Dunkelheit hinaufgehen, »warum wohnt ihr hier?«

Auf dem Treppenabsatz ist das Licht ein bisschen besser, obwohl es draußen immer grauer zu werden scheint. Die zwei großen Fenster an den beiden Enden des Flurs sind zwar mit Brettern vernagelt wie unten, aber es gibt ein Oberlicht am Ende der Treppe.

Hazel beantwortet meine Frage nicht. Stattdessen ruft sie in eines der Schlafzimmer: »Ivy, du hattest recht. Wir haben wirklich einen Gast. Das ist …«

»Olive«, sage ich zu dem Mädchen, das aus dem Zimmer tritt. Sie ist umwerfend – und nicht nur wegen ihrer Haare, die kurz, igelig und leuchtend blau sind. Sie ist klein und sehr dünn – auf eine Märchenprinzessinnen-Art schön – und ihre Augen muss man einfach bemerken, was außergewöhnlich ist, denn eigentlich werden die Augen von Leuten nur in Büchern bemerkt. Sie sind sehr hellblau, ein bisschen wie Kristalle. Sie trägt zusammengewürfelte Wollklamotten, wodurch sie aussieht wie ein punkiges Bauernmädchen aus dem neunzehnten Jahrhundert. Sie ist eigenartig und schön.

Zu meiner Überraschung kommt sie herüber und umarmt mich, fest und schnell, als würden wir uns kennen. Sie sagt: »Hi, Olive«, als wäre sie nicht im Mindesten überrascht, eine Fremde in ihrem sonderbaren, leeren Haus anzutreffen. Dann sagt sie zu Hazel: »Warum hast du nichts an?«

»Ich hab Unterwäsche an.« Hazel hakt den Daumen unter ihren linken BH-Träger und zieht ihn kokett über die Schulter herunter.

Ivy zuckt nicht mit der Wimper. »Das stimmt.«

Hazel führt mich gebieterisch in ein anderes Zimmer. Wie der Rest des Hauses ist es dunkel und fast leer. Eine durchgelegene Matratze an der gegenüberliegenden Wand dient als Bett. Hazel schaltet eine Taschenlampe ein und wühlt sich durch eine der Tesco-Tüten, die sich unter dem zugenagelten Fenster stapeln. Sie zieht einen Haufen Klamotten und Toilettenartikel und wahllose andere Dinge heraus und verteilt sie auf dem Boden.

»Das ist alles so ein … Scheiß … Chaos. Hier, nimm das hier – die sind einigermaßen sauber.«

Sie reicht mir ein weißes seidiges Kleid, das eher wie ein Unterkleid aussieht als nach einem richtigen Kleid, und einen großen Pulli mit dem typischen Grobstrick der Insel Aran. Dann zwängt sie sich in eine sehr enge, abgeschnittene Jeans-

Shorts und ein übergroßes T-Shirt. Sie besteht nur aus Kurven aus blasser, sommersprossiger Haut und langen, starken Beinen. Auf dem einen Arm hat sie einen Schlüssel tätowiert und auf dem anderen ein Schlüsselloch, das aussieht, als wäre es mit Galaxien schattiert – kein Negativbild, nur winzige weiße Punkte wie Sternenhaufen. Das andere Tattoo – das ich die ganze Zeit schon versuche, nicht anzustarren, das quer über ihren Rippen, direkt unter den Brüsten – ist neu und mit einem durchsichtigen Plastikverband abgedeckt. Es ist eine Textzeile, aber so gern ich auch wüsste, was da steht, es ist mir zu peinlich, genauer hinzuschauen.

Als Hazel sich wieder zu mir umdreht, merke ich, dass ich sie trotzdem angestarrt habe. Ich ziehe mir den feuchten Pulli und das Schulhemd über den Kopf und ziehe stattdessen Hazels Kleider an. Dabei gebe ich mir größte Mühe, nicht befangen zu wirken, und kämpfe gegen den Drang, mich wegzudrehen oder die Arme vor der Körpermitte zu verschränken. Die Kleider passen, obwohl ich etwa fünfzehn Zentimeter kleiner bin als sie. Ich ertappe mich bei dem Gedanken: *Rose würde diese Frau lieben*. Rose beherrscht immer noch nicht die Kunst, sich unter dem Top aus dem BH zu winden, und strippt stattdessen großspurig, fordert Blicke einfach heraus. Hazel scheint ähnlich gestrickt zu sein.

Als ich wieder zu Hazel aufblicke, ist sie vollends angezogen und betrachtet mich anerkennend. Sie kommt herüber, stellt sich vor mich und zieht mir die Haare unter dem Pullokragen hervor. »Süß«, sagt sie.

»Danke.« Ich zupfe am Saum des Kleides. »Für die Klamotten.« Meine Beine sind schlammig und meine Haare immer noch nass, aber mir ist schon deutlich wärmer. »Und für das Kompliment.«

Hazel lächelt verschmitzt. »Davon hab ich noch mehr.« Ich weiß nicht, ob sie die Kleider oder das Kompliment meint.

Hazel führt mich zurück in den Flur, wo Ivy wartet. Als hätte sie meine Gedanken gelesen, dreht sie sich um und fügt hinzu: »Beides.«

Hazel

Mittwoch, 10. Mai

Verloren: zwei angelaufene Teelöffel; eine kleine Kerze

Olive geht in den Flur, um ihre Schwester anzurufen, und ich schreibe Mags, ob sie sie abholen und nach Hause fahren kann. Nachdem ich auf Senden getippt habe und weil Olive nicht in Hörweite ist, wende ich mich an Rowan.

»Also bringen wir jetzt Mädchen mit nach Hause?«, frage ich. »Komisch, das Memo habe ich gar nicht bekommen.«

Rowans Wangen färben sich rosa. »So ist das nicht. Sie stand da plötzlich mitten im Gewitter – was hätte ich denn tun sollen?«

»Im Kreuzworträtsel stand, wir sollen mit Gästen rechnen«, sagt Ivy leise. »Und das Mädchen hat sich im Sturm verirrt.«

Rowans Mund öffnet sich leicht.

»Sie ist wichtig«, sagt Ivy. »Bestimmt.«

»Wie, wichtig?«, fragt Rowan.

»Ich weiß nicht«, antwortet Ivy. »Ich glaube nur, dass es so ist.«

Da dämmert es mir. Das Kreuzworträtsel hat nicht meine Mum gemeint.

Mein Mund fühlt sich trocken an und ich kann nicht schlucken. Ivy hat gesagt: *Wer sollte es sonst sein?*, und ich wollte es glauben. Es ist schon fast vier Wochen her, seit wir das letzte Mal etwas von unserer Mutter gehört haben. Was, wenn sie wirklich nicht mehr da ist? Wenn ich die Augen schließe, sehe ich Flammen.

Als Olive wieder hereinkommt, trinkt sie Tee mit uns und isst Kekse und stellt einen Haufen Fragen, wie lange wir schon hier wohnen und warum, und wie es kommt, dass Ivy auch hier ist, und auch wenn ich Olive mag – sie ist lustig und ein bisschen sarkastisch, man kann sich gut mit ihr unterhalten – habe ich das Gefühl, ich bekomme schlecht Luft. Rauch und Flammen. Meine Mum, die nicht wieder nach Hause kommt. Rowan plaudert und lacht mit Olive, und er weiß es nicht, und ich weiß nicht, wie ich es ihm sagen soll. Und ich will auch nicht, dass es wahr ist. Aber ich weiß es seit dem Tag, als wir gegangen sind. Der Tag, an dem wir weggelaufen sind. Ich wusste, wir würden sie nie wiedersehen.

Ich kehre erst wieder in meine Umgebung zurück, als Ivy den Schuh entdeckt, der zwischen meinen Speichen steckte, als ich von der Arbeit nach Hause fuhr, und der jetzt in der Einkaufstasche liegt, in die ich ihn gestopft habe. Den hatte ich schon ganz vergessen.

»Hast du Cinderella bei der Arbeit getroffen?«, fragt mich Ivy und hält den abgewetzten Ballerina am hinteren Ende zwischen Daumen und Zeigefinger hoch.

Sofort reißt Olive ihn ihr aus der Hand. »Woher hast du den?«, fragt sie.

»Ich habe ihn gefunden«, erkläre ich. »Als ich nach Hause geradelt bin. Er steckte zwischen meinen Speichen.«

»Lass mich raten«, sagt Ivy mit ihrer melodischen Stimme

zu Olive, es klingt wie ein Lied. »Du hast ihn auf dem Fest verloren.« Sie legt den Kopf schief wie ein blauhaariger Vogel.

»Du hattest meine Jacke«, sage ich langsam. »Und ich hatte deinen Schuh.«

»Das ist echt schräg«, sagt Olive, aber dann zuckt sie die Achseln und stopft den Schuh in ihre Schultasche. »Dann sind wir wohl quitt.«

Es ist *wirklich* irgendwie schräg. »Ja, das sind wir wohl.«

Ich ziehe aus meiner eigenen Schultasche das Notizbuch. »Das hier habe ich auch gefunden.« Ich halte es ins Licht der Taschenlampe und der gestohlenen Kerzen. »Es lag auf der ersten Wiese, wo letzten Samstag das Fest war. Jemand muss es dort verloren haben.«

Ich erwähne nicht den Schlüssel, der herausgefallen ist. Er steckt immer noch in der Tasche der Arbeitshose, die ich an der Tür ausgezogen habe. Das rothaarige Mädchen erwähne ich auch nicht. Ich weiß nicht so recht, warum.

Dann nehme ich das Gummiband ab und öffne das Notizbuch und es ist wie die Antwort auf meine Gebete.

Da steht: *Zauberbuch vom Verlieren und Wiederfinden.*

»Was ist das?«, fragt Rowan von der gegenüberliegenden Tischseite aus.

»Es ist ein Zauberbuch«, sage ich zu ihm, während ich vorsichtig umblättere. Von außen sieht es nicht aus wie ein Zauberbuch. Wirklich nicht. Als ich es aufhob, dachte ich, es sei vielleicht ein Tagebuch. Es ist aus rotem Leder und ziemlich klein, wie die Moleskines, die Dichter in Filmen mit sich herumtragen. Aber innen sieht das Papier alt aus. Gelb. Die Seiten sind durchnässt und ein paar fallen schon heraus. Auf manchen ist die Tinte so verschwommen, dass man nichts mehr lesen kann.

Aber die Seite, auf der der Zauberspruch steht, ist noch ganz da. Ich kann ihn perfekt lesen.

»Ein Zauberbuch?«, fragt Olive.

»Zauber und Heilige«, flüstert Ivy. »Eine Liste der Götter und Opfergaben.« Ich habe nicht bemerkt, dass sie über meine Schulter mitliest.

Zu jeder beschriebenen Seite gibt es eine, auf der Dinge eingeklebt sind. Als ich umblättere, faltet sich eine Feder auseinander, die durch das Buch zurückgebogen war. Ein Herbstblatt voller fremder Symbole. Eine alte Münze schimmert im Küchenlicht.

»Da hast du echt was Seltsames gefunden«, sagt Olive.

Die Handschrift kommt mir irgendwie bekannt vor.

»Ich frage mich, wer das geschrieben hat«, sagt Ivy, als hätte sie meine Gedanken gelesen.

Ich gehe zurück zu der Seite mit dem Zauber und lese ihn noch einmal. Und noch einmal. Und noch einmal.

Der Zauber der verlorenen Dinge

Du brauchst: Ein Amulett oder einen Talisman … Eine Glasflasche mit den Wassern der Lethe, des unterirdischen Flusses im Hades, der den Trinker vergessen lässt. … Ein Stück Silberschnur. Rote Tinte. Olivenöl. Eine Handvoll Vogelbeeren. Einen Haselnusszweig. Eine Efeuranke. So viele Rosendornen, wie du Verluste hast. Unter einer Eiche gesammeltes Moos. Menschenblut …

Rowan und ich haben unsere Eltern verloren. In meiner Hand liegt ein Zauberspruch, mit dem man Verlorenes zurückrufen kann.

Olive stellt sich hinter mich und liest über meine Schulter hinweg. Sie greift um mich herum und blättert weiter. Sie sagt »Abgefahren« und »Wow« und »Was glaubt ihr, wie alt das Ding ist?«

Aber ich stelle mir andere Fragen. »Wem gehört es?«, denke ich laut. »Wer verliert ein Zauberbuch?«

Olive lacht. »Wer bringt ein Zauberbuch zu einem Fest mit?«, fragt sie.

»Was?«, fragt Rowan zurück.

Olive schaut mich an. »Du hast gesagt, du hättest es auf der Wiese gefunden, auf der das Fest letzten Samstag stattfand«, sagt sie.

Das Fest. Meine Jacke, Rowans Mütze, Ivys Halskette, Olives Schuh. Alle haben etwas verloren.

»Jemand hat auf dem Fest einen Zauber gesprochen«, sage ich langsam. Ich weiß nicht, woher ich weiß, dass das stimmt, aber es ist wie Ivys Kreuzworträtsel. Es stimmt immer. »Seitdem scheinen alle etwas verloren zu haben.«

»Ach, sei nicht albern«, sagt Olive, dann rudert sie zurück. »Entschuldige. Ich meine nur, Leute verlieren ständig Sachen auf Festen. Es ist bestimmt nicht das erste Mal, dass einer von uns nach ein paar Drinks was verloren hat.«

Aber Ivy nickt und blättert zum Ende des Zauberspruchs. *»Überleg dir deinen Handel gut: Jeder verlorene Gegenstand erfordert ein Opfer – für jeden Fund geht etwas anderes verloren.«* Sie schließt die Augen. »Deshalb haben wir alle Dinge verloren. Jemand hat diesen Zauber gewirkt, um etwas zu finden, aber er hat nichts dafür geopfert. Also verlieren alle, die auf dem Fest waren, etwas zum Ausgleich.«

»Ernsthaft?« Olive lacht kurz auf. »Glaubt ihr das wirklich alles?« Sie sieht Rowan an, der nur unsicher mit den Schultern zuckt.

»Ich meine, es erklärt vieles«, sagt er.

»Was, vieles? Ich habe einen Schuh verloren: Hazel hat eine Jacke verloren. Das klingt für mich alles ziemlich normal.«

Aber dann hält Olive inne und ihr Gesichtsausdruck verändert sich. Als wäre ihr gerade etwas eingefallen. Etwas, was sie verloren hat. Mehr als einen abgewetzten silbernen Schuh.

»Ein Haselnusszweig«, lese ich laut. »Olivenöl. Vogelbeeren und eine Efeuranke. Hazel, Olive, Rowan und Ivy. Für uns alle gibt es eine Zutat.«

Olive beugt sich weiter vor. »Und Rosendornen«, fügt sie leise hinzu.

Ivy nimmt mir das Buch ab und sagt staunend: »Du hast recht – wir spielen alle eine Rolle darin.«

Plötzlich summt Olives Handy in die Stille. Sie checkt die Nachricht und steht eilig auf. »Mist«, sagt sie. »Das ist meine Schwester. Meine Eltern suchen mich. Ich muss gehen.«

Wie aufs Stichwort hören wir draußen das Knirschen von Reifen. Mags. Olive geht und hält sich auf dem Weg gegen den Regen die Schultasche über den Kopf.

Wir schauen ihr nach, sitzen schweigend um einen Tisch, den wir bei einem Garagenflohmarkt gefunden haben, auf Stühlen, die wir vom Straßenrand gerettet haben, trinken aus gestohlenen Tassen. Rowan weiß nicht, dass das hier nicht vorübergehend ist. Er weiß nicht, dass unsere Mum nicht nach Hause kommt. Dass sie wahrscheinlich in diesem Feuer gestorben ist. Aber er sieht aus, als wüsste er etwas. Sein Gesicht ist verhärmt, und er starrt zur Küchentür hinaus, durch die Olive gegangen ist, aber eigentlich schaut er nirgendwohin. Ivy kaut mit gerunzelter Stirn auf ihrer Unterlippe. *Wir spielen alle eine Rolle darin*, hat sie gesagt. Ein Zauber, mit dem man Verlorenes wiederfinden kann.

Das einzige Problem ist: Wie bekomme ich sie dazu, diesen Zauber mit mir zusammen anzuwenden, ohne ihnen zu sagen, warum?

Olive

Mittwoch, 10. Mai

Verloren: Gedankengang; kleiner Schirm (rot mit weißen Punkten)

Mags Maguire fährt mich nach Hause. Rowan hat mir erzählt, sie sei irgendwie mit Ivy verwandt, deshalb habe sie ein Auge auf die drei. Ich beobachte sie heimlich, suche ohne großen Erfolg nach einer Familienähnlichkeit zwischen ihrem breiten, faltigen Gesicht und Ivys zarten Zügen. Aber sie haben beide diese sehr hellen blauen Augen.

Unbequem an meine Füße gedrückt liegt ein großer, alter, brauner Labrador mit wässrigen Augen vor mir im Fußraum. (*Lucky. Das ist ihr Platz, wenn du also nicht hinten sitzen willst, teilst du den Beifahrersitz mit ihr.*) Ich hätte mich ja nach hinten gesetzt, nur wird die gesamte Rückbank von einer Reihe Metallkanistern eingenommen, die während der Fahrt unheilvoll scheppern. Sie sind fester angeschnallt als ich. Im ganzen Auto riecht es nach Zigarettenrauch und nassem Hund. Trotzdem tut es gut, nicht mehr draußen im Regen zu stehen.

»Und wie lange kennen Sie die Zwillinge?«, frage ich im Plauderton. Ich verstehe, warum sie auf ihre Urgroßnichte oder was auch immer Ivy ist, aufpassen möchte, aber ich verstehe ihre Verbindung zu Hazel und Rowan immer noch nicht so ganz und warum sie scheinbar nur ihr ihre momentane Wohnsituation anvertrauen.

Mags schaut zu mir herüber. »Ich kenne die Mam der Zwillinge schon ihr ganzes Leben. Ich bin im Moment der einzige Mensch, der annähernd so etwas wie Familie für sie ist.«

»Und es ist okay für Sie, dass sie in Oak Road wohnen?«, frage ich und hoffe, das ist nicht zu indiskret. »Warum wohnen sie nicht bei Ihnen?«

»Ich nehme keine Streuner auf«, sagt Mags rundheraus.

»Ach so.«

Als ich nicke, schaut sie endlich wieder auf die Straße, aber bevor ich mich entspannen kann, beugt sie sich vornüber und angelt mit beiden Armen nach etwas unter ihrem Sitz. Ich mache mich auf meinen unvermeidlichen Tod gefasst, aber als ich die Augen wieder öffne, zündet sich Mags seelenruhig eine Zigarette an – eine Hand ist zurück am Lenkrad.

»Und, ähm«, frage ich, als ich wieder Luft bekomme, »was ist mit Ivy?« Rowan hat sie *unsere Freundin* genannt. Halb hoffe ich, dass Mags klären wird, ob das nur *eine* Freundin bedeutet oder mehr. Ich drücke heimlich die Daumen.

»Sie behält sie im Auge.«

»Also ist sie nicht … mit … einem von beiden zusammen?«

Mags blinzelt mich mit ihren Adleraugen an. »Das solltest du sie fragen, nicht mich«, sagt sie knapp.

»Ja, klar.« Der Regen peitscht gegen die Windschutzscheibe. Auf meine Bitte hin hält Mags weit genug von meinem Haus an, dass mich niemand sehen kann, selbst wenn sie zufällig aus dem Fenster schauen. Ich bedanke mich und binde mein Fahrrad vom Autodach los.

»Es geht ihnen gut, weißt du?«, sagt sie mit einem barschen Nicken. Sie dreht das Lenkrad, als würde sie bei Olympia einen Diskus werfen, und ich zucke bei dem lauten Reifenquietschen auf der nassen Straße zusammen. Erst als sie weg ist, wird mir bewusst, dass ich weder Rowan noch Hazel meine Nummer gegeben habe. Und jetzt ist es zu spät, um Mags zu bitten, ihnen meine zu geben.

Emily schreibt mir, dass die Luft rein ist, und ich klettere auf das Küchendach und von dort in ihr Fenster. Als ich hereinkomme, begrüßt sie mich mit einem breiten Grinsen. »Ich hab dir doch gesagt, du sollst schnell wiederkommen. Aber keine Sorge. Ich habe Mum gerade gesagt, du wärst vor einer Viertelstunde heimgekommen. Die Dusche läuft, weil ich ihr erzählt habe, du bist da drin. Also, was kriege ich diesmal dafür, dass ich dich gedeckt habe?«

Ich steige vom Fensterbrett auf ihren Schreibtischstuhl.

»Pass auf meine Sachen auf!«, ruft sie und streckt die Hände aus, wie um ihren Schreibtisch vor meinen nassen Klamotten abzuschirmen.

»Ich geb dir ’n Zehner?«, versuche ich es.

»Zwanzig.«

»Hör mal«, argumentiere ich. »Ich musste mein Armband suchen. Ich bin mir ziemlich sicher, dass ich es am Samstag auf dem Fest verloren habe, also bin ich zur Wiese zurückgegangen, um es zu suchen.«

»Ach, dann hat Rose vielleicht *danach* gesucht, als ich sie auf dem Fest gesehen habe«, sagt Emily.

»Wo gesucht?«, frage ich.

Emily zuckt mit den Schultern. »Sie hat mit Chloes Bruder geredet und sich umgeschaut, ich weiß nicht. Vielleicht hat sie nach deinem Armband gesucht.«

»Ehrlich gesagt haben eine ganze Menge Leute auf dem Fest Sachen verloren«, erkläre ich ihr. »Oder ihnen wurden Sachen geklaut.« Ich spreche in gedämpftem Ton, von dem ich weiß, dass die dramatische Ader meiner Schwester darauf anspringt. »Die Mädchen in der Schule glauben, es gäbe so etwas wie einen Kleptomanen in der Stadt.«

»O mein Gott, ehrlich?« Emily reißt die Augen auf. »Das muss ich Chloe erzählen.« Sie schnappt sich ihr Handy und fängt an, wie wild zu tippen.

Ich tropfe quer durch ihr Zimmer, und sie rümpft die Nase über den Geruch nach Rauch und nassem Hund, der immer noch an mir klebt, ich rieche es auch.

»Eines noch.« Sie springt vom Bett und versperrt mir den Weg aus ihrem Zimmer, hauptsächlich mit den Ellbogen. Bei einem Mädchen, das so dünn ist wie sie, sind es praktisch Waffen.

»Was?«

»Du schuldest mir noch den Zwanziger.« Sie streckt die Hand aus.

Ich klatsche einen Zwanzig-Euro-Schein hinein und will an ihr vorbei, aber ihre Ellbogen sind mir immer noch im Weg.

»Was denn jetzt noch?«

»Mit wem warst du heute Nacht auf dem Fest?«

Ich schaffe es, mich an ihr vorbeizuschieben. »Mit Rose«, sage ich. »Mit wem sonst?«

Emily folgt mir aus ihrem Zimmer auf den Treppenabsatz. »Was hast du da überhaupt an?«

»Ich bin nass geworden. Rose hat mir Klamotten geliehen.«

»Der Pulli ist nicht von Rose«, sagt sie. »Und Rose hat aufgehört zu rauchen. Du riechst nach Rauch.«

»Hör mal, ich muss noch was lernen.« Ich schließe meine

Zimmertür und lasse Emily mit geschürzten Lippen draußen stehen.

Beim Abendessen schaue ich immer wieder verstohlen die Augen meiner Mum an und denke darüber nach, was sie am Morgen nach dem Fest gesagt hat. *Er hat viel verloren, und dir wird es genauso gehen.* Mein Schuh in Hazels Tasche. Ivys scharfsinniger Gesichtsausdruck. Verlorene Dinge. Fundstücke.

Nach dem Abendessen kommt Rose rüber. Wir setzen uns auf mein Bett, und ich stecke die Lichterkette ein, die an der Wand darüber hängt. Die Lichtpunkte funkeln auf den Fotos von mir und Rose, den gepressten Blumen, den Konzerttickets, den winzigen Porzellankatzen, die ich sammle, seit ich klein war.

Rose liegt rücklings auf meinen Kissen, und als sie spricht, rieche ich den Alkohol in ihrem Atem. »Hast du das Armband von deiner Mum gefunden?«

Ich schüttle den Kopf. »Ich bin sogar noch mal zu der Wiese gegangen, wo das Fest war, falls ich es dort verloren habe, aber falls ja, ist es längst weg. Apropos, wo warst du eigentlich und warum hast du nicht auf meine Anrufe reagiert?«

»Es tut mir leid. Ich musste einfach einen Tag für meine psychische Gesundheit einlegen.«

Normalerweise legen wir unsere Tage für psychische Gesundheit gemeinsam ein. »Und auf irgendeine meiner Nachrichten zu antworten wäre deiner psychischen Gesundheit abträglich gewesen?«, frage ich.

»Meine Mum hat immer noch mein Handy konfisziert.«

»Deine Mum war den ganzen Tag bei der Arbeit, Rose. Und gestern auch. Geht es darum, was gestern in Deutsch passiert ist?«

Rose seufzt. »Keine Ahnung.«

»Erzählst du mir irgendwann, was passiert ist?«

Rose will gerade »Nichts« sagen, aber ich verziehe warnend das Gesicht, und sie sagt stattdessen: »Ich hab ein bisschen die Krise gekriegt«.

»Ach!«, entfährt es mir gefrustet. *»Rose!«*

»Olive!« Sie imitiert meinen Tonfall. »Ein paar von den Jungs waren besonders nervig, also habe ich ihre Blätter zerrissen.«

»Mit den Zähnen?«

Rose grinst. »Du solltest nicht auf Gerüchte hören, Olive«, sagt sie.

Sie beugt sich herüber, um mir die Haare zu verwuscheln, aber ich weiche zurück und sage: »Vielleicht müsste ich das nicht, wenn du tatsächlich mit mir reden würdest, weißt du? Oder ans Telefon gehen.«

Rose seufzt und zieht den Mund schief. Schließlich sagt sie: »Tut mir leid. Ich musste einfach ein bisschen allein sein.«

»Habe ich …« Ich reihe die Worte im Kopf auf, bevor ich sie ausspreche. *Warum bist du sauer auf mich?* klingt, als würde ich klammern. *Was habe ich falsch gemacht?* schreit nach Schuldgefühlen. »Habe ich auf dem Fest etwas Dummes gemacht?«, frage ich am Ende.

»Olive, wir haben anderthalb Flaschen Wodka zu zweit ausgetrunken, sind an einem Heuballen eingeschlafen und erst um sechs Uhr morgens nach Hause gekommen«, sagt Rose. »Das könnte man schon dumm nennen.«

Vielleicht interpretiere ich zu viel hinein.

»Versprichst du mir, dass zwischen uns alles okay ist?«, frage ich.

»Ich verspreche dir, zwischen uns ist immer alles okay.«

Wir stoßen mit unseren Teetassen an und ich schiebe meine Sorgen beiseite. Viel mehr als ein Versprechen kann ich nicht verlangen.

»Na dann«, sage ich, um das Thema zu wechseln, »warte, bis du hörst, wo ich den ganzen Nachmittag war.«

Rose hört aufmerksam zu, als ich ihr von Rowan, Hazel und Ivy erzähle.

»Und sie *wohnen* dort? In Oak Road?«, fragt sie, nachdem ich ihr die ganze surreale Begegnung erklärt habe. *»Warum?«*

»Familienkram, schätze ich.«

»Ich habe gehört, diese Häuser sind voller Asbest. Und Geister. Überall Geister«, sagt sie. »Und Hazel hatte deinen *Schuh*? Das klingt echt nach Märchen, sag ich dir.«

»Das hat Ivy auch gesagt. Ich habe fast erwartet, dass Rowan ihn mich anprobieren lässt, um zu sehen, ob er passt.«

Rose grinst. »War ja klar, dass du dich auf den ersten Blick in einen zwielichtigen Hausbesetzer verknallst.«

»Ich bin in niemanden verknallt!«, protestiere ich. »Er ist nur wirklich sehr hübsch.«

Als sich Rose schließlich von meinem Bett wälzt und auf den Heimweg macht, liege ich noch lange unter der Lichterkette und horche auf den Regen. Er trommelt aufs Dach und gegen das Fenster, das ich zum Lüften einen Spalt aufgemacht habe. Als ich aufstehe, um es zu schließen, stolpere ich beinahe über meine Schultasche. Sie fällt um und erbricht einen Stapel Bücher auf den Teppich.

Ich fange an, mit dem Fuß alles wieder reinzuschieben, halte aber inne, als ich etwas sehe, was nicht mir gehört. Ein schmales rotes Notizbuch, in Leder gebunden und mit einem schwarzen Gummiband zusammengehalten. *Zauberbuch vom Verlieren und Wiederfinden.*

Laurel

Mittwoch, 10. Mai. Donnerstag, 11, Mai.

Gefunden: Fernbedienung Fernseher (grau, kaputt), Portemonnaie (schwarzes Leder), Schminktäschchen (groß, rot, goldener Reißverschluss), Autoschlüssel (Hund als Schlüsselanhänger), Lesebrille (lila), Fußball (grün-weiß), Haarnadeln (ungefähr fünfzehn), blaues Plastik-Feuerzeug, zwei angelaufene Teelöffel, eine Socke (bunt gestreift), silberne Haarspange in Sternform, zartes Goldarmband mit winzigen Anhängern

Am Mittwoch überfuhr ich auf dem Weg in den Wald mitten auf der Straße eine TV-Fernbedienung. Sie knirschte unter meinen Reifen und ich hielt schleudernd an; Ash und Holly waren mir dicht auf den Fersen. Ich kickte die Fernbedienung in den Graben, ohne auf die Idee zu kommen, dass mit einem kleinen Plastikrechteck eine Geschichte beginnen könnte.

Wir schwänzten die Schule, um Zeit mit Jude zu verbringen. Wir saßen im Schatten von Birken und lernten für unsere Sommerklausuren. Jude lachte über unsere Bücher, unsere Hausaufgabenhefte. Er gab uns seine eigene Liste der wichtigen Bücher: Keats und Coleridge, Kerouac und Vonnegut. Er zog seine zerfledderten Taschenbuchausgaben aus seiner Umhängetasche und las Stellen daraus laut vor.

Seine Stimme ist wie Musik – habe ich das schon erwähnt? Er hat einen anderen Akzent als wir; diese Stadt hat sich in alle unsere Vokale eingeprägt. Er spricht fast völlig akzentfrei, wie ein Fernsehsprecher, als wäre er nie lang genug an einem Ort geblieben, um wie ein Einheimischer zu sprechen. Als wäre er nur immer in unseren Träumen heimisch gewesen.

Zumindest möchte er, dass wir das glauben. Ash und Holly lauschten gebannt, aber ich ertappte mich dabei, wie ich ungeduldig über seine schöne Stimme seufzte. Er möchte nur immer über »wichtige Dinge« sprechen, aber mir kommt alles an ihm zunehmend wie eine wohlüberlegte Fassade vor. Als er Luft holen musste, fragte ich ihn, wo er wohne, wo seine Eltern seien.

»Small Talk«, wischte er meine Fragen mit einem Abwinken seines Handgelenks mit den Perlenarmbändern beiseite. »Ich ertrage keinen Small Talk. Ich will euch den Ikarus-Mythos erzählen. Ich will euch erzählen, wie er beinahe in die Sonne geflogen wäre.«

Ich sagte ihm nicht, dass ich die Ikarus-Geschichte kannte, dass ich Kerouac schon gelesen hatte und das alles ziemlich langweilig fand, dass Small Talk manchmal gut ist, um jemanden besser kennenzulernen. Aber so langsam habe ich den Verdacht, dass Jude gar nicht will, dass wir ihn kennenlernen.

»Die einzigen Menschen, die mich interessieren, sind die Verrückten«, las Jude, *»die verrückt leben, verrückt reden und alles auf einmal wollen, die nie gähnen oder Phrasen dreschen, sondern wie römische Lichter die ganze Nacht lang brennen, brennen, brennen.«*

Ash nickte wild. »Yeah«, sagte sie. *»Yeah.«*

Holly hatte die Augen geschlossen. Frustriert radierte ich die Gleichung aus, an der ich arbeitete, und fing von vorn an. *Brenn, brenn, brenn.*

Ash ging zwischen die Bäume zum Pinkeln. Wir hörten Blätter rascheln und kleine Zweige knicken, und es erinnerte mich aus irgendeinem Grund an den Zauberspruch, an das Moos, das wir gesammelt hatten, das Taschenmesser, mit dem wir uns in die Fingerkuppen geschnitten haben. Ich kann die Narbe noch fühlen, sauber und weiß. Sie verläuft direkt über die Windungen meiner Fingerabdrücke, bezeichnet sie, ändert meine Identität. Ich bin nicht mehr die Person, die ich vorher war.

Als Ash zurückkam, hielt sie ein Portemonnaie in der Hand.

»Ich habe es gefunden«, sagte sie. »Es lag auf einem Stein, als wäre es vom Himmel gefallen. Mit einem Zwanziger, aber kein Ausweis drin.«

Wir ließen unsere Sachen bei Jude zurück und radelten in die Stadt. Dort warteten wir, bis eine meiner Schwestern in der Bäckerei Pause hatte und zum Rauchen rauskam, und winkten sie zu uns.

»Müsstet ihr nicht in der Schule sein?«, fragte sie.

»Wir haben den Unterricht sausen lassen. Wir lernen im Wald.« Dann gab ich ihr das Geld und bat sie, uns zwei Sixpacks zu kaufen.

»Du kleine Rebellin«, sagte sie bewundernd zu mir. *»Na, endlich!«*

Mit dem Bier in unseren Schultaschen radelten wir zurück in den Wald, die Flaschen klimperten jedes Mal, wenn wir auf der holprigen Straße durch ein Schlagloch fuhren. Hätten wir auf der Straße nicht nach Steinen und Löchern Ausschau gehalten, hätten wir den nächsten Gegenstand nicht gefunden.

Eine Puderdose, rot und glänzend, das Puder mehrere

Schattierungen dunkler als unser aller Haut. Sie ragte aus einem großen, roten Schminktäschchen heraus, das nach der Abzweigung direkt am Waldrand auf dem Boden lag. Wir nahmen es mit. Das Bier verstauten wir in der Aushöhlung zwischen den Ästen der alten Eiche an der Weggabelung, wo Holly das Zauberbuch gefunden hatte. Jetzt kommt es mir vor, als sei es eine Ewigkeit her, dass wir den Zauber gesprochen haben, um unsere Tagebücher zurückzubekommen.

Wir saßen zwischen unseren Schulbüchern und bewunderten uns abwechselnd im Spiegel der Puderdose, zeichneten mit dem Eyeliner Bilder auf unsere Hände, probierten den Lippenstift aus. Ich ging zurück und suchte die Fernbedienung, die ich in den Graben gekickt hatte, und wir packten alles zusammen: das Schminkzeug, das Portemonnaie, die kaputte Fernbedienung. Wir türmten die Sachen auf wie einen Schrein.

»Der Zauber wirkt«, sagte Jude. »Schaut: Die verlorenen Dinge kommen nach Hause, um gefunden zu werden.«

Ash und Holly nickten, aber ich wusste, das war nicht das, was wir wollten. Wir hatten jede nur zwei Wörter auf die Äste der Eiche geschrieben, als wir den Zauber sprachen. *Mein Tagebuch*. Drei Mal.

»Warum sollten wir jetzt dieses Zeug finden«, fragte ich, »wenn wir schon gefunden haben, was wir verloren hatten?«

»Die Macht der Magie«, erwiderte Jude, aber Holly biss sich auf die Unterlippe. Ich wusste, Holly glaubte an all das, auch wenn *ich* nicht so ganz überzeugt war. Ich wusste, sie hatte den Zauberspruch auswendig gelernt. Die Stelle mit dem Gleichgewicht. Die Stelle mit dem Opfer. Falls er wirklich echt war und wir so viel mehr fanden als wir verloren hatten, hieß das, andere verloren unseretwegen Dinge? Oder waren unsere Funde nur Zufall?

Mit den Bieren fingen wir am Nachmittag auf den Ästen des Baumes an, und als wir einen Schwips hatten, stolperten wir zum See hinunter und wateten ins Wasser. Es fing an zu regnen und wir sangen und lachten im Nieselregen, die Tropfen sammelten sich auf unseren Haaren. Jude und Holly küssten sich im flachen Wasser. Ash und ich klatschten und pfiffen, aber ich meinte, kurz Schmerz in Ashs Gesicht aufblitzen zu sehen. Wir stolperten übereinander und über die Felsen am Ufer. Ich trat auf etwas Scharfes und sah, dass ein Schlüsselbund mit Autoschlüsseln zwischen meinen Zehen herausschaute. Ich steckte ihn ein und trank noch mehr.

Der Regen wurde zum Sturm: Gewitterschauer ließen die Welt um uns herum verschwimmen. Da wir schon nass waren, zogen wir alle die Kleider aus und schwammen weiter hinaus. Holly wandte den Blick ab, als wir uns auszogen, und Ash und ich taten so, als würden wir nicht hinsehen, aber wir erwischten einander beim Schauen und grinsten zögernd. Holly ist dünn und sehr weiß, unter der durchscheinenden Haut ihrer Brust kann man blaue Adern sehen, Adern wie Blitze verbinden ihre Hüftknochen und ziehen sich bis zu den weichen, blonden Härchen darunter hin. Sie sah aus, als könnte sie im Wasser verschwinden und nie wieder rauskommen. Ash ist mehr wie ich: Unsere Schenkel berühren sich und unsere Brüste sind rund; die Haare zwischen unseren Beinen rau und drahtig – meine schwarz und ihre rot wie ihre feuerroten Locken.

Jude stand nackt im Regen auf dem größten Felsen und reckte die Bierflasche in die Luft. Jungenkörper sind eigenartig für mich, nicht richtig menschlich. Aber vielleicht liegt das daran, dass ich so wenige gesehen habe. Ich bin daran gewöhnt, wie ich aussehe, an Mädchenkörper in Umkleidekabinen, an die Haare, Beulen, Kurven und Farben, aber Jungs sind anders. Sie sind etwas ganz anderes. Mir stockte der Atem, aber ich versuchte, es mir nicht anmerken zu lassen. Ich glaube, wir atmeten alle befreiter, als Jude zu uns ins Wasser kam.

Wir kicherten und zitterten, hielten die Bierflaschen über die Wasseroberfläche und nahmen immer wieder große Schlucke daraus. Platsch, platsch, wir tauchten einander unter und schluckten Seewasser. Kuss, Kuss, Holly und Jude schlangen sich umeinander, und Ash und ich sahen zu. Eine Lesebrille schwamm vorbei und Ash fing sie ein. Als wir tropfend aus dem See kamen, rollte ein Fußball den Hügel herab auf uns zu. Haarnadeln glitzerten in den regennassen Bäumen. Ich streckte die Hand aus und pflückte eine wie eine silberne, sternförmige Frucht.

Wir radelten spät und zitternd nach Hause, kippelig auf der überfluteten Straße. Ich hatte Glück; meine Schwestern hielten dicht. Sie schmuggelten mich nach oben und stellten mich in voller Montur unter die heiße Dusche, bis mir warm und ich wieder nüchtern war. Sie erzählten Mam, ich hätte etwas Falsches gegessen, und steckten mich ins Bett. Hollys Eltern waren weniger nachsichtig. Sie verbrachte den Abend weinend in ihrem Zimmer, mit Hausarrest bis nach den Klausuren. Ashs Eltern versuchten es mit demselben Trick, ernteten aber nur einen lautstarken Wutanfall. Ash ist nicht der Typ für Tränen.

»Mam und Dad machen sich Sorgen«, flüsterte Holly uns am nächsten Tag übers Telefon zu. Ash hatte die Beine auf dem Boden meines Zimmers quer über meine gelegt, das Ohr an den Hörer unseres Telefons gedrückt. »Habt ihr es nicht gehört? Seit dem Fest ist ein Junge aus der Stadt verschwunden.«

»Wer?«, fragte ich.

»Meinst du den Dingens aus der Oberstufe?«, fragte Ash.

»Ich hab meine Mam heute Morgen wieder mit ihrer Freundin Caroline drüber reden hören.«

»Dingens?«, fragte ich. Ich erinnere mich vage, wie Ashs Mum neulich am Telefon etwas von einem Jungen erzählte, der nicht nach Hause gekommen war. *Er schläft wahrscheinlich nur das viele Bier vom Wochenende aus. Er ist bestimmt schneller wieder da, als du denkst.*

Ash zuckte die Achseln. »Wenn du ihn siehst, weißt du, wen ich meine. Er ist blond, sieht ein bisschen zerzaust aus und hat ein Augenbrauenpiercing.«

»Seit Samstagnacht hat ihn keiner mehr gesehen«, sagte Holly; ihre Stimme klang so leise durchs Telefon. »Ich habe Angst, dass wir ... Dass das wegen uns ist.«

Überleg dir deinen Handel gut:
Jeder verlorene Gegenstand erfordert ein Opfer –
für jeden Fund geht etwas anderes verloren.

Das konnte nicht sein. Ich schüttelte den Kopf und hörte Holly nervös Luft holen.

»Wir waren das nicht«, versuchte ich sie zu beruhigen. »Wir haben nichts gemacht, Holly. Zaubersprüche und Magie sind nicht das echte Leben.« Doch ich war mir nicht mehr so sicher. »Jedenfalls sagt keiner, dass der Junge wirklich verschwunden ist. Wie Ashs Mam sagte, er ist wahrscheinlich noch unterwegs und macht Party oder schläft irgendwo seinen Rausch aus.«

An diesem Nachmittag schwänzten Ash und ich den Unterricht, setzten uns in den Wald und versuchten zu lernen, um uns von unseren Schuldgefühlen wegen des verschwundenen Jungen abzulenken. Wir erzählten Jude nichts davon und er schien nichts davon zu wissen. Vielleicht hört er nicht auf den

Tratsch der Stadt; vielleicht ist ihm das zu sehr Small Talk. Vielleicht ist es ihm aber auch einfach egal.

Und den ganzen Tag fanden wir Dinge im Wald. Ein paar davon brachten wir hinterher Holly mit, die sich in ihrem Zimmer vergraben hatte. Wir legten sie wie Opfergaben auf ihrer Bettdecke aus: zwei angelaufene Teelöffel, ein blaues Plastikfeuerzeug, eine Ringelsocke und – mein Favorit – ein Armband mit zarten, kleinen goldenen Anhängern: Katzen, Sterne und Bäume, so detailgetreu, dass jeder Ast einzeln eingraviert ist. Holly stieß die Anhänger mit dem Fingernagel an, um sie klimpern zu hören.

»Schade, dass es kein Lorbeerbaum ist«, sagte sie.

»Was für ein Baum ist es denn?«, fragte ich. Er sah anders aus als die Bäume im Wald hier in der Gegend.

Holly schaute genauer hin. »Ich glaube, es ist ein Olivenbaum«, sagte sie. »Schau dir diese winzigen Kerben an. Das sind bestimmt die Früchte.«

Wir blieben auf ihrem Bett sitzen, bis ihre Mam uns bat zu gehen, wir redeten über Jude, über Magie, über Funde und verlorene Dinge. Der blonde Junge war immer noch verschwunden, aber darüber sprachen wir nicht.

»Jude ist das Größte, was wir gefunden haben«, sagte Ash.

Holly nickte strahlend. »Mein Herz ist das Größte, was ich verloren habe.«

Ich mied Ashs Blick. Ich sollte das hier nicht einmal schreiben, aber ich nehme mein Tagebuch jetzt vorsichtshalber überallhin mit; ich lasse es nicht mehr aus den Augen.

Also das hier: Judes Arm, um Ash geschlungen, auf dem Baum, während Holly nicht da ist und es also nicht sehen kann. Jude und Ash, die gemeinsam weggehen und mich alleine zurücklassen. Laubgesprenkeltes Gelächter.

Olive

Donnerstag, 11. Mai

Verloren: Lesebrille (lila),
rosa Kunstleder-Handtasche (goldene Schnallen)

Am Donnerstagmorgen werde ich davon geweckt, dass meine Zimmertür aufgerissen wird und mein Vater von draußen dröhnend Seamus Heaney deklamiert. Ich erdulde *»A Hazel Stick for Catherine Ann«* bis zu der Stelle mit den Kühen, dann schließe ich die Tür und lasse mit einem dumpfen Aufprall den schläfrigen Kopf dagegensinken.

»Wenigstens ist er von den Klageliedern weg«, bemerkt Mum, als ich zum Frühstück nach unten schlurfe. Sie ist bei ihrem zweiten Kaffee (das erkenne ich an den runden Flecken auf der Zeitung von heute) und sieht einen hohen Stapel Notizbücher und alte Papiere auf dem Küchentresen durch.

Ihre Hände sind gebräunt und schwielig, die Finger voller großer Silberringe: keltische Wirbel und dicke Blattmuster, große Türkise. Ein *Claddagh-Ring* mit einem winzigen Saphir in der Mitte ist ihr Ehering.

»Man soll auch für die kleinen Dinge dankbar sein«, murmle ich.

Sie verschwindet im Arbeitszimmer und kommt mit einem weiteren Papierstapel wieder heraus, den sie auf dem Tisch verteilt, um Texte durchzusehen. Sie hat ein paar von den Kartons mit ihren alten Sachen aus dem Arbeitszimmer geholt, im Moment stapeln sie sich neben dem Tisch und drohen umzukippen und die Hunde unter sich zu begraben. Ich schiebe Fruit Loops' Kopf von meinem Teller weg.

Dad kommt mit einem schläfrigen Max auf dem Arm in die Küche und setzt ihn nicht einmal ab, bevor er Mum küsst.

»Iih«, flüstert Max. Dad setzt ihn auf einen Stuhl und küsst Mum noch fester.

»Geht nach draußen, Leute«, sage ich. Max macht eigene Kussgeräusche für die Hunde und füttert sie heimlich unter dem Tisch mit Toast. Dad und Mum tun so, als würden sie es nicht merken. Ich mache mir Sorgen, meine Eltern könnten einen schlechten Einfluss auf einen Fünfjährigen haben.

»Nein, *du* gehst nach draußen«, sagt Dad. »Und dabei kannst du auch gleich den Recyclingmüll mitnehmen.«

Ich verdrehe die Augen über seinen müden Witz und schleppe den Müll zu der grünen Tonne neben der Garage. Mein Fahrrad lehnt neben dem von Emily an der Hauswand. Ich weiß nicht, warum ich in meinen Fahrradkorb schaue, aber ich finde ein paar lose Blätter Papier darin.

Sie kleben matschig an den Maschen des Korbs, die diamantförmige Dellen ins Papier gedrückt haben. Als ich die Blätter herausziehe, rascheln sie. Ich gehe davon aus, dass es Schularbeitsblätter sind oder meine eigenen Mitschriften, die mir irgendwann aus dem Ordner gefallen sind.

Schnell überfliege ich die erste Seite. Sie sieht wie eine Tagebuchseite aus, in zierlicher Handschrift, die mir irgendwie bekannt vorkommt, aber ich komme nicht drauf, woher. In der oberen rechten Ecke steht: *Sonntag, 7. Mai.* Vor vier Tagen. Ich stecke die Blätter in die Tasche und gehe wieder hinein.

Emily hält mich auf, als ich am Badezimmer vorbeikomme. »Hast du meine Glückssocken gesehen?«, fragt sie mich.

»Deine was?«

»Meine Glückssocken.« So etwas wie Trotz liegt in ihrem Ausdruck, aber als sie merkt, dass ich mich nicht über sie lustig machen will, fährt sie fort: »Die mit dem Paisley-Muster. Morgen fangen meine Prüfungen an und da will ich sie anziehen.«

»Was?« Ich schneide eine Grimasse. »Du bist im zweiten Jahr – Sommerklausuren zählen doch überhaupt nichts.«

Emily schenkt mir ihren schönsten *Du bist so dumm*-Blick. »Hör mal«, sagt sie dann unerwartet. »Tut mir leid, was Chloe neulich über Rose gesagt hat.«

Ich kneife die Augen zusammen. »Du müsstest es eigentlich besser wissen und nicht auf Chloes Gerede hören.«

»Ich versuche hier gerade, mich zu *entschuldigen*, mein Gott!«

»Tut mir leid. Red weiter.«

»Das war alles«, sagt Emily, immer noch leicht genervt. »Es tut mir leid, dass ich nichts dagegen gesagt habe, aber man muss ihr zugutehalten, dass sie das nur gesagt hat, weil Rose ihren Bruder auf dem Fest angemacht hat oder so.«

»Rose hat *ihn* angemacht? Wohl kaum.«

»Ich *weiß*, okay?«, sagt Emily. »Das habe ich ihr auch gesagt. Chloe weiß, dass es nicht stimmt.«

»Okay«, sage ich. »Danke.« An meiner Zimmertür bleibe ich stehen. »Und ich habe deine Socken nirgends gesehen«, füge ich hinzu. »Aber ich habe genau die gleichen. Die kannst du haben, wenn du willst.«

»Ehrlich?« Emily wirkt überrascht. »Danke.«

Nachdem ich die Socken geholt habe, finde ich Emily vor ihrem Zimmer. »Hier, bitte schön, Dobby«, sage ich. »Du bist frei.«

Emily zieht sie noch direkt auf dem Treppenabsatz an.

»Ich dachte, deine Klausuren fangen erst morgen an?«, frage ich.

»Ich nehme jede Hilfe, die ich kriegen kann.«

Aus dem Schlafzimmer unserer Eltern höre ich immer noch Dads Stimme dröhnen. Er rezitiert schon wieder ein Gedicht, so wie normale Väter in der Dusche singen. Als sie ihn hört, schüttelt Emily den Kopf. »Ist dir mal aufgefallen, dass er eine Schwäche für alte Männer hat?«, fragt sie.

»Was?«

»Na ja, wann wurden wir das letzte Mal mit Sylvia Plath oder Emily Dickinson geweckt? Oder mit, sagen wir, Adrienne Rich oder Margaret Atwood?«

»Du kennst Adrienne Rich?«

Emily wirft mir noch einen ihrer herausfordernden Blicke mit erhobenem Kinn zu.

»Entschuldige«, sage ich schnell. »Du hast recht. Ich habe noch nie so wirklich darüber nachgedacht, aber seine Auswahl ist meistens eher männlich.« Unser Dad mag Shakespeares Sonette viel zu sehr, außerdem alles von Blake mit Tieren drin und Keats. Ich weiß gar nicht, wann er uns zum letzten Mal mit einer Dichterin geweckt hat.

Und ich weiß auch nicht, wann ich das letzte Mal mit meiner Schwester über so etwas geredet habe. Vielleicht sollte ich mich nicht wundern, dass sie dieselben Gedichte liest wie ich. Vielleicht sollte es mich nicht wundern, dass sie einen kritischen Verstand besitzt. Ich verbringe so viel Zeit mit Rose, dass ich Emily normalerweise völlig übergehe. Aber jetzt, wo Rose sich gerade aus irgendeinem Grund zurückzieht, wird mir langsam bewusst, dass ich meine kleine Schwester womöglich die ganze Zeit unterschätzt habe.

Emily zuckt die Achseln und stapft in meinen Socken die Treppe hinunter. »Ach, hast du Mums Lesebrille gesehen?«, ruft sie noch zu mir herauf. »Sie hat vorhin danach gesucht.«

Ich schüttle den Kopf.

Als ich nach unten komme – angezogen, geschminkt und bereit für die Schule – steht die Hintertür offen und eine warme Brise zaust die Kräuter über dem Herd. Mum kämpft immer noch mit ihren Briefen und Rechnungen.

»Hast du zufällig …?«, fängt sie an.

»Deine Brille? Nein, tut mir leid. Emily hat mir gesagt, dass sie verschwunden ist.«

»In letzter Zeit verschwinden viele Dinge«, sagt Mum.

»Hab ich immer noch Hausarrest?«, frage ich sie, während ich die Schuhe anziehe.

»Hmmm?« Sie sieht von den Papieren auf, ihr Blick ist nicht ganz scharfgestellt.

Es ist ziemlich untypisch für meine Mutter, so abgelenkt zu sein, aber das könnte mir zugutekommen. »Kann ich heute Abend zu Rose gehen?«

Meine Mum reibt sich mit dem Handgelenk mit den Lederarmbändern daran über die Stirn. »Heute ist Donnerstag. Du hast morgen eine Klausur«, sagt sie zu mir. »Und wir haben gesagt, du hast eine Woche Hausarrest. Du kannst am Samstag zu Rose gehen.« *Verdammt. Ich war mir sicher, es würde funktionieren.* »Und schau, ob du irgendwo meine Brille siehst, ja?«, bittet Mum. »Hoffentlich habe ich sie irgendwo hier im Haus liegen lassen.«

»Eine Menge Sachen verschwinden zurzeit«, sagt Emily, während wir zur Schule radeln. »Mums Brille zum Beispiel. Und Chloe hat neulich ihre Tasche verloren. Es ist schon komisch.«

Ich denke an das Zauberbuch, das Hazel gefunden hat. An den Zauber, mit dem man verlorene Dinge zurückrufen kann. Ivy, wie sie über Opfer und Funde spricht. Ich schüttle den Kopf. Das ist alles Unsinn, sage ich mir. Das ist alles nur Zufall.

»Ach, Leute verlieren doch ständig irgendwas«, sage ich zu Emily. »Aber man merkt es erst, wenn man nach etwas sucht. Wie wenn man ein neues Wort lernt, das man noch nie gehört hat, und plötzlich begegnet es einem überall.«

»Ja, vielleicht. Egal, wahrscheinlich hat Chloes Bruder einfach ihre Tasche geklaut, nur um sie zu ärgern.«

»Uah!« Ich schüttle mich. »Ich kann mir nicht vorstellen, Cathal Murdock als Bruder zu haben.« Wir steigen von den Rädern und schließen sie nebeneinander am Fahrradständer an.

»Sie hasst ihn«, sagt Emily nüchtern. »Er sagt ihr ständig, dass sie hässlich ist. Einmal hat er ihre Mum eine fette Kuh genannt.«

Ich stoße einen leisen Pfiff aus. »Charmant.«

»Und er ist echt sexistisch«, fährt Emily fort. »Nicht die Art ›nur Zitate von männlichen Dichtern‹. Sondern mehr so die Richtung Mädchenkörper von eins bis zehn bewerten und so.«

»Uah!«, sage ich noch einmal, denn das passt am besten zu solchen Typen wie Cathal Murdock. »Den braucht echt kein Mensch. Du solltest dich von ihm fernhalten.«

Plötzlich blitzen zwei Gedanken in mir auf.

Erstens: Ich klinge wie meine Mutter. *Halte dich von ihm fern.*

Zweitens: Emily hat gesagt, Chloe hätte Rose mit Cathal gesehen.

Man muss es mir angesehen haben, denn Emily sagt: »Was ist?«

Rose und Cathal? Das ergibt so gar keinen Sinn. Chloe hat wahrscheinlich gesehen, wie Rose ihn vom Wodka beflügelt ordentlich dafür zusammengestaucht hat, dass er einem Mädchen aus der Unterstufe hinterhergepfiffen oder versucht hat, sie beim Tanzen anzugrapschen. Irgendwie flitzen blaue Funken der Sorge am Rand meines Sichtfelds herum, aber ich weiß noch nicht so genau, was ich damit anfangen soll. Ich möchte Rose danach fragen, ich weiß nur nicht, wie ich diese Sorgenblitze in einen Telegrammtext verpacken soll, also lasse ich sie herumschwirren, gehe in meine erste Stunde und nehme mir vor, Rose persönlich darauf anzusprechen.

Rose taucht nicht auf und meine Sorge wächst. Mitten in Wirtschaftslehre schreibe ich ihr.

WÜSSTE ES ZU SCHÄTZEN WENN ICH NICHT IN
JEDER STUNDE ALLEIN SITZEN MÜSSTE STOPP
SCHWING DEINEN FAULEN HINTERN AUS DEM
BETT STOPP OLIVE

Unter dem Tisch leuchtet mein Handy auf meinem Schoß auf.

KOMME ZUR DEUTSCHKLAUSUR MORGEN STOPP
WUSSTEST DU, DASS NIPPEL IM DEUTSCHEN
BRUSTWARZEN HEISSEN STOPP ROSE

WAGE ES JA NICHT, DAS WORT IN DER KLAUSUR ZU SCHREIBEN STOPP OLIVE

Ich lasse mein Handy wieder in die Rocktasche gleiten und hole die Tagebuchseiten heraus, die ich in meinem Fahrradkorb gefunden habe. Leise falte ich sie auf meinem Schoß auseinander.

Sonntag, 7. Mai, steht da. Der Tag nach dem Sommerfest.

Es fängt an mit: *Wir gingen zu dem Fest, weil unsere Tagebücher verschwunden waren.*

Die Seiten stammen aus einem Tagebuch, aber es liest sich wie eine Geschichte. Eine Geschichte über drei Mädchen namens Laurel, Ash und Holly. Drei Mädchen, die sich anscheinend so nahestehen wie Rose und ich. Drei Mädchen, die ihre Tagebücher verlieren; die von ihren Mitschülern gemobbt werden, die die Seiten gefunden haben, und die geloben, sie sich wiederzuholen. Ich lese, als würde mein Blick an den Seiten kleben.

Und dann kommt eine Zeile, die ich zweimal lesen muss.

Dann fanden wir das Zauberbuch – am Tag vor dem Sommerfest.

Das Zauberbuch, das Hazel Tage später auf der Wiese gefunden hat.

Ich höre auf zu lesen und schaue mich um. Das Klassenzimmer ist voller gebeugter Köpfe und kratzender Stifte. Ich kenne niemanden namens Laurel, Ash oder Holly, aber es gibt hier in der Stadt nur eine Schule. Sie müssen hier sein.

Ich lese weiter. Die Mädchen finden das Zauberbuch in einer Eiche. Sie bringen es zum Fest mit. Sie schleichen sich vom Lagerfeuer weg und führen den Zauber aus.

Ivy hatte recht. Ich kann es kaum glauben, aber Ivy hatte recht.

Die Mädchen schlafen ein – höchstwahrscheinlich von dem *Poteen* –, und als sie aufwachen, sind ihre Tagebücher wieder da.

Ihr Zauber hat gewirkt.

Und wenn man Ivy glauben will, hat jeder auf dem Fest wegen dieser Mädchen etwas verloren. Ich mein Armband. Meinen Schuh. Meine Erinnerungen an die Nacht.

Rose.

Laurel, Ash und Holly. Ich frage mich, wer sie sind, wo sie jetzt sind, ob sie wissen, was sie getan haben. Laurel erwähnt, dass sie Mags Maguire kennt. Vielleicht kann Mags es mir sagen.

Kurz schimpfe ich mit mir, weil ich diesen Unsinn glaube. Und dennoch. Fragen und Geheimnisse und Mädchen mit Baumnamen und Rose, die auf dem Fest mit Cathal Murdock redet. Alles fing Samstagnacht an.

Und alles fing mit diesem Zauberbuch an.

Hazel

Donnerstag, 11. Mai

Verloren: ein Herz (schon wieder)

Das Zauberbuch ist verschwunden. Ich habe es gefunden, ich brauche es, und jetzt ist es weg. Als Olive gestern nach Hause ging, lag es auf dem Tisch. Wir schauten es uns noch mal an, Rowan, Ivy und ich. Wir lasen alle Listen der Opfergaben, die Gebete an den Heiligen Antonius und an den Heiligen Judas Thaddäus, wir berührten die eingeklebten Dinge. Dann standen wir auf, um Abendessen zu machen, und jetzt sieht es aus, als wäre es verschwunden. Ivy und Rowan sagen, sie hätten es nicht genommen, aber einer von ihnen muss es gewesen sein. Es kann nicht von selbst verschwunden sein.

Ich kann an nichts anderes mehr denken und ich hätte heute fast fünf Gläser zerschmissen. Mags schnauzt mich an und schickt mich früher in die Pause. Ich schnappe mir meine Zigaretten und nehme mir auf dem Weg nach draußen eine Flasche Bier. Keiner wird es je erfahren.

Als ich nach draußen komme, weint jemand in der Ecke des Parkplatzes, mit dem Rücken am Zaun, an den ich mein Rad angeschlossen habe. Erst halte ich Abstand. Wenn jemand weint, ist mir das irgendwie unangenehm. Vor allem weinende Mädchen. Und es ist ein Mädchen – das sehe ich, als ich näher komme. Sie kniet nach vorn gebeugt und heult verzweifelt. Ihre Haare sind lang, wild und schwarz. Die Haarspitzen schleifen auf dem Betonboden. Sie trägt eine blaue Schuluniform, den Rock bestimmt zehn Zentimeter kürzer als es in meiner alten Schule erlaubt gewesen wäre, aber das passt zu der seltsamen stickigen Hitze und der Tatsache, dass sie tolle Beine hat. Die Hemdsärmel sind hochgekrempelt, und als sie sich bewegt, um sich die Augen zu reiben, sehe ich, dass sie sich etwas mit Filzstift auf den Arm geschrieben hat.

Das bringt mich dazu, anzuhalten und mit ihr zu reden. Ich stelle mich unbeholfen vor sie und sage: »Alles in Ordnung?« Dann wechsle ich zu: »Offensichtlich nicht, sonst würdest du nicht weinen, aber es ist gesellschaftlich nicht akzeptiert, auf eine völlig Fremde zuzugehen und zu sagen: *Hey, erzähl mir, warum du weinst*, oder?«

Zu meiner Erleichterung muss sie lachen, den Kopf immer noch in den Armen auf den Knien. Dann blickt sie auf und mir wird bewusst wie ein Schlag ins Gesicht, dass sie wirklich, wirklich schön ist.

»Scheiß drauf, was gesellschaftlich akzeptiert ist«, sagt sie, und das war's – ich bin verliebt.

Uneingeladen setze ich mich auf den Bordstein neben sie und hole meine Zigaretten heraus. Ich biete ihr eine an, aber sie winkt ab, also stecke ich die Packung wieder in die Tasche.

»Also, hey«, sage ich. »Erzähl mir, warum du weinst.«

Sie holt Luft und wischt sich mit dem Handrücken die Tränen weg. Wässrige schwarze Streifen auf ihren Wangen. »Wasserfester Eyeliner«, sagt sie. »Ein Königreich für wasserfesten Eyeliner.«

»Du weinst, weil du keinen wasserfesten Eyeliner hast?«, frage ich, nur um sie noch einmal lachen zu hören. »Scheint mir ein ziemlicher Widerspruch zu sein.«

Ihr Lachen macht süchtig. Als würde ich auf der Stelle sterben, wenn ich es nicht noch einmal höre.

»Na ja, wenn ich nicht jeden Eyeliner wegheule, wie soll ich dann wissen, welcher wasserfest ist?«

»Gutes Argument«, sage ich. »Dann ist das also alles nur ein Make-up-Test?«

»Im Grunde ja. Meine Beauty-Produkte sind mir ziemlich wichtig.«

»Na, dann bewundere ich deine Hingabe.«

Sie zieht ein Plastikfläschchen aus der Rocktasche, schraubt es auf, hebt den kleinen Stab mit dem Ring und pustet ein paar Seifenblasen über den Parkplatz. Während sie ausatmet, sinken ihre Schultern leicht herab, als wäre sie erleichtert.

»Ich hab mit dem Rauchen aufgehört«, erklärt sie, als sie meinen Blick bemerkt. »Das hilft gegen den Schmacht.«

»Verstehe.«

»Du kannst aber gerne, wenn du willst. Ich mag den Geruch.«

Während sie sich die Nase putzt, zünde ich mir eine Zigarette an. Sie holt einen kleinen Spiegel heraus und reibt sich das Make-up unter den Augen weg.

Wenn ich weine, sehe ich scheiße aus. Meine Haut sieht aus, als hätte man sie mit einem Stein geschrubbt, und ich bekomme rote Flecken um die Nasenflügel. Dieses Mädchen schafft es, so auszusehen wie weinende Mädchen in Filmen: rote Augen und geschwollene Lippen und keine Flecken.

»Wie heißt du?«

Die Frage klingt persönlicher, als ich wollte.

»Rose.« Sie klappt ihren Spiegel zu und wirft einen Blick auf die Tattoos auf meinen Armen. »Du bist Hazel.«

»Bin ich«, sage ich und versuche, nicht verblüfft zu klingen.

Rose lächelt schelmisch. Sie sagt: »Dein Bruder heißt Rowan, ihr seid von zu Hause abgehauen, ihr wohnt in einem brettervernagelten Haus auf einem verlassenen Grundstück, zusammen mit einem blauhaarigen Mädchen.«

»Woher weißt du …?«

»Es ist wie im Film: Tätowierte jugendliche Ausreißer besetzen ein verlassenes Grundstück. Olive hat es mir erzählt. Sie ist meine beste Freundin.«

»Oh«, sage ich. »Okay.«

»Wir sagen es keinem«, sagt Rose. »Ich meine, Olive hat es mir erzählt, aber wir sagen es sonst niemandem.«

»Danke.« Ich asche auf den Betonboden. Rose pustet Seifenblasen in die Luft.

»Und warum seid ihr von zu Hause abgehauen?«, fragt Rose.

»Ich teste die Wasserfestigkeit von verlassenen Grundstücken«, erkläre ich ihr.

Rose nickt. »Okay, den habe ich wohl verdient.« Dann schaut sie mich an, direkt in die Augen. Das tun die Leute nicht oft, und es fühlt sich komisch an und gut und komisch. Ich räuspere mich. Ihre Augen haben ein sanftes Dunkelbraun, umrandet von verschmiertem Eyeliner, wie bei einem Fotoshooting in einem Hotelbett. Ihre Wimpern sind unendlich lang.

»Okay«, sagt Rose noch einmal, sie scheint sich Mut zuzusprechen. »Ich habe auf dem Sommerfest meine Jungfräulichkeit verloren, deshalb weine ich. Mehr oder weniger.«

Ich weiß nicht so recht, was ich dazu sagen soll. »Mehr oder weniger?«

»Na ja.« Sie klopft den Seifenblasenstab, als würde sie abaschen. »Ich erinnere mich nicht so wirklich daran. Mehr oder weniger.« Sie steckt den Stab zurück in die Flasche, zieht ihn wieder heraus und schüttelt ihn heftig. »Und mir war erst gar nicht klar, was passiert ist. Aber der Typ, der ... auch da war ... weiß es noch.« Ihr Handgelenk peitscht, schnell und wild. Ein paar Seifenblasen entstehen plopp-plopp-plopp-plopp wie ein Kugelhagel um uns herum. »Und er schickt mir.« Schnapp. »Ständig.« Schnapp. »Beschissene.« Schnapp. »Nachrichten.«

Vorsichtig nehme ich ihr den Stab aus der Hand. Sie zittert weiter.

»Okay«, flüstere ich. »Okay.« Ich lege den Stab auf den Boden. »Kennst du den Typ?«, frage ich.

»Er hat so ungefähr die Hälfte aller Unterrichtsstunden mit mir.« Es klingt, als versuchte sie zu sprechen, obwohl ein ganzer Apfel in ihrem Hals steckt.

»Was für Nachrichten?«

Sie antwortet nicht, sondern reicht mir ihr Handy. Ich scrolle die Nachrichten schnell durch, aber sie schaut nicht hin. Stattdessen hebt sie den Stab auf, der neben ihrem Fuß lag, und pustet Seifenblasen über den Parkplatz.

Die ersten Nachrichten sind von Sonntag – dem Tag nach dem Fest.

Hi Rose hast du meine Freundschaftsanfrage bekommen. Hatte Spaß gestern Nacht iwie. Willst mal ausgehen.

»Wer schreibt denn noch *iwie*?«, murmle ich, und Rose lächelt schwach.

Du bist so schön. Willst du noch mal treffen.

Ich schnaube. Rose verzieht das Gesicht und wartet, bis ich weiterlese. Es ist über die letzte Woche verteilt eine lange Reihe von Nachrichten. Die meisten von Sonntag und Montagmorgen, so ungefähr jede halbe Stunde.

Du bist doch Rose oder????

Hoffe du hattest Spaß haha lass uns das noch mal machen

Hi Rose wie geht's

Wie läufts

Hab dir ne Freundschaftsanfrage geschickt ka ob du sie gekriegt hast

Willst du nä we weggehen

Rose antwortet nie, aber der Typ kapiert es nicht. Dann, am Montagnachmittag, ändert sich der Ton.

Du bist ne hässliche schlampe

Hässliche lesbe

Fandest den lächerlichen fick wahrscheinlich gut würde nie mit so ner hure wie dir ausgehen

Was kostets wenn du meinen kumpels einen bläst ich geb dir nen zehner

Du machst es gern kostenlos dreckige schlampe

Und so geht es weiter. Ein paar davon sind mit Bildern. Ich gebe Rose ihr Handy zurück, halte es, als würde darin etwas Fauliges stecken. »Warum blockst du ihn nicht einfach?«

»Hab ich. Jetzt schickt er Nachrichten vom Handy seines Freundes.«

»Oh Mann.«

»Ich hab ihm gesagt, ich hätte kein Interesse«, sagt Rose. »Dass ich mich nicht daran erinnere und nicht wollte …« Sie unterbricht sich und schüttelt den Kopf. »Das kam nicht so gut an.«

»Lass mich raten, das war irgendwann am Montag?« Ich deute auf die erste der ekligen Nachrichten.

Rose bringt noch ein schwaches Lächeln zustande. »Hundert Punkte.« Mit dem Fuß stupst sie ihre Seifenblasenflasche an und sie kippt und läuft aus. Der Fleck breitet sich auf dem Betonboden aus. Ich strecke das Bein und ziehe mit dem Schuh eine Spur durch das seifige Wasser. Ich zeichne eine Blume. Rose schreibt mit ihrem Fuß daneben: *Scheiß drauf.*

»Was hast du jetzt vor?«, frage ich sie. Sie schüttelt den Kopf.

»Mich betrinken«, sagt sie. »Erst im September wieder in die Schule gehen, wenn Gras über die Sache gewachsen ist. Meinen Eltern erzählen, ich hätte PMS.«

»Kommt mir bekannt vor«, sage ich gedämpft. Rose wirft mir einen wissenden Blick zu.

»Mein Dad war eigentlich nie da, als ich klein war«, sage ich schnell. »Aber wenn doch, dann war meine Mum anders. Er war immer ... irgendwie so.« Ich mache eine Handbewegung zu ihrem Handy. »Launisch, hat aber immer ihr die Schuld dafür gegeben. Ich würde dir ja sagen, du sollst zur Polizei gehen, ich weiß nur aus Erfahrung, dass sie sowieso nichts tun können. Selbst wenn sie nett sind, sagen sie dir nur, dass es keine Beweise gibt.«

Irgendwie erwarte ich, dass Rose sich aufregt, aber sie nickt nur, als wüsste sie das schon. »Bist du deshalb abgehauen?«

Ich seufze. »Nein. Sie. Meine Mum. Sie ist abgehauen, meine ich.« Rose zieht fragend die Augenbrauen hoch. »Sie hat uns bei unseren Großeltern gelassen und ist zu unserem Dad abgehauen. Verrückt, ja – dass sie trotzdem mit ihm zusammen sein wollte, obwohl er sie so behandelt? Meine Großeltern haben uns großgezogen, bis meine Granny vor ein paar Monaten gestorben ist. Grandpa ist jetzt im Hospiz, weil's ihm nicht so gut geht. Deshalb. Meine Eltern sind gekommen, um uns zu holen. Es hat nicht funktioniert. Rowan und ich kommen allein besser klar.«

Rose nickt wieder. »Das tut mir leid«, sagt sie. »Das mit deinen Großeltern.«

»Danke«, erwidere ich. »Und mir tut ...« Ich mache wieder eine Handbewegung zu ihrem Handy, zu ihrem verschmierten, nicht wasserfesten Augen-Make-up. »... das alles leid.«

Wir schauen gemeinsam über den Parkplatz. Nach ungefähr einer Minute nimmt Rose meine Hand.

»Du bist der einzige Mensch, dem ich das erzählt habe«, sagt sie.

Ich lache kurz auf und sage: »Mir geht's genauso.« Ich erzähle ihr nicht, dass es noch viel mehr gibt, was ich ihr verschweige. »Ich bin wahrscheinlich die Letzte, der du es erzählen solltest«, gebe ich zu. »Wir kennen uns nicht und ich kann dir absolut keinen Rat geben.«

»Du kennst meine beste Freundin; du bist keine völlig Fremde. Auch wenn du ziemlich befremdlich bist.«

Diesmal lache ich richtig und antworte: »Du hast ja keine Ahnung.«

Dann sagt sie: »Ich mag befremdlich«, und ich frage mich, ob sie mit mir flirtet. Ich senke den Blick auf ihre Hand in meiner. Sie ist durcheinander. Ach was, *durcheinander* – sie ist völlig durch. Sie braucht wahrscheinlich nur jemanden, der ihr zuhört. Der ihr einen Rat gibt. Eine Lösung anbietet.

Ich kann gerade so ein paar Buchstaben eines Wortes lesen, das mit Edding auf ihrem Handgelenk steht. Genau wie gestern bei Olive. Schreiben sich alle in dieser Stadt Sachen auf den Arm?

Plötzlich blicke ich zu ihr auf.

»Ich habe keine Lösung für dich«, sage ich. »Aber ich habe einen Zauberspruch.«

»Einen Zauberspruch?«

»Ja. Da war so ein Buch. Ein Zauberbuch. Ich habe es gestern auf dem Heimweg gefunden, auf der Wiese, auf der letztes Wochenende das Fest war. Jemand muss es dort verloren haben. *Zauberbuch vom Verlieren und Wiederfinden* heißt es. Darin steht ein Zauberspruch, mit dem man verlorene Dinge wiederfinden kann. Wenn du deine Jungfräulichkeit verlieren kannst, kannst du sie vielleicht auch wiederfinden.«

Ich erzähle ihr nicht, dass ich das Buch nicht mehr habe. Es ist nicht wichtig. Ich habe den Zauber so oft gelesen, dass ich ihn auswendig kann.

Dann erinnere ich mich blitzartig an etwas. Etwas, was

Olive gemurmelt hat, als sie es las. Es gab für jeden von uns eine Zutat. Und Rosendornen. Es gibt eine Zutat für Rose.

Noch ein Erinnerungsblitz: Für den Zauberspruch braucht man *Poteen*. Es war irgendwas mit den Wassern der Lethe. Ivy sagte, das sei ein Fluss aus der griechischen Sagenwelt, aber da stand auch, man könne stattdessen Selbstgebrannten verwenden. Das passt alles zusammen.

Wir bekommen Gäste, hat Ivy gesagt, als sie das Kreuzworträtsel löste. Als gestern Olive auftauchte, dachten wir alle, damit wäre sie gemeint. Aber was, wenn es um zwei Gäste ging?

Sie ist wichtig, hat Ivy gesagt. Vielleicht ist Rose auch wichtig. Olive und Rose, das Zauberbuch, der *Poteen*. Ich weiß jetzt schon, dass Rose und Olive ihn mit uns trinken werden. Ich weiß jetzt schon, dass sie uns bei dem Zauber helfen werden.

Da erscheint Mags an der Hintertür des Pubs. Sie hält die Hand über die Augen und lässt den Blick über den Parkplatz schweifen. Ich habe meine Pause überzogen.

»Olive hat mir von dem Zauber erzählt«, sagt Rose mit zusammengezogenen Augenbrauen. »Aber ich hätte nicht gedacht, dass er … echt ist.«

Ich zucke die Achseln. »Ich wohne mit einem Mädchen zusammen, das an Magie glaubt, und arbeite für eine Frau, die wahrscheinlich eine Hexe ist. Echt ist ein ziemlich schwammiger Ausdruck.«

»Das kann ich mir vorstellen«, sagt Rose. Ihr Lächeln ist wie das reine Sonnenlicht.

Ich stehe auf und klopfe mir den Hosenboden ab. »Komm am Wochenende bei uns vorbei«, sage ich und trete meine Zigarette aus. Mein Magen ist voller Schmetterlinge. »Echt oder nicht, es kann nicht schaden, es auszuprobieren.«

Olive

Freitag, 12. Mai

Verloren: Glauben an die Welt

Am Freitagmorgen weckt mich unerwartet die Stimme meiner Mum. Sie durchdringt Träume von Dornen, die Haut durchstechen. Ich bin froh, dass mich jemand aufweckt.

Ohne mein Hörgerät verstehe ich nicht, was Mum sagt. Ich hebe mein gutes Ohr vom Kissen und ihre Stimme wird allmählich hörbar.

Sie sagt etwas vom Wühlen nach ihrer Vergangenheit im Schutt. Ich brauche einen Moment, bis ich verstehe, was es ist: die ersten Zeilen von »Delta« von Adrienne Rich. Heute Morgen zitiert Mum Gedichte.

Ich meine, vor meiner Zimmertür meinen Vater lachen zu hören. »Usurpatorin!«, ruft er in gespieltem Entsetzen, aber er reißt trotzdem meine Tür auf, als sei er derjenige, der rezitiert. Dann höre ich Emilys Tür aufgehen, dann die von Max.

Ich lege das Hörgerät an und treffe Emily auf dem Treppenabsatz.

»Liefern sich unsere Eltern einen Gedicht-Battle?«, frage ich sie mit gerunzelter Stirn.

»Klingt so«, sagt sie fröhlich. »Sie hat wahrscheinlich gehört, wie wir über Adrienne Rich gesprochen haben.« Dann ruft sie Mum die Treppe hinunter hinterher: »Feminismus vor!«

Ich bin nicht annähernd diskret genug, um meinen verblüfften Blick zu verbergen. Es ist eine Sache, herauszufinden, dass meine Schwester Gedichte liest; es ist noch mal etwas ganz anderes, dass sie sich als Feministin sieht. Vielleicht habe ich mehr mit meiner kleinen Schwester gemeinsam, als ich dachte.

Hinter mir erscheint Max, er umklammert Bunny mit beiden Händen. »Wenn du den Mund nicht zumachst, fliegt noch eine Fliege rein«, bemerkt er. Ich schließe meinen Mund. Er geht an mir vorbei die Treppe hinunter, fast wäre er über die Hosenbeine seines Batman-Pyjamas gestolpert. »Und dann musst du eine Spinne schlucken, damit sie die Fliege fängt, und dann eine Katze, damit sie die Spinne fängt, und dann einen Hund, damit er die Katze fängt …«

Ich schüttle den Kopf. Ich lebe in einem Irrenhaus.

»… und dann ein Pferd, damit es die Kuh fängt, und dann eine verlorene Seele, damit sie das Pferd fängt …«

»Warte mal, was?«, rufe ich hinterher, aber Max ist unten angekommen und läuft zum Frühstück in die Küche. Ich nehme mir vor, die Batterie meines Hörgeräts auszutauschen, bevor ich rausgehe, schnappe mir ein Handtuch und renne in die Dusche, bevor mir jemand zuvorkommt.

Rose kommt erst mitten in der Mittagspause in die Schule, vor unserer ersten Klausur. Inzwischen erwarte ich sie schon gar nicht mehr im Unterricht. Wir setzen uns in dem gezackten Mittagsschatten des Fahrradständers und ich gebe ihr eine Lakritzstange aus meiner Schultasche.

»Emily hat gestern etwas zu mir gesagt, und da wollte ich dich fragen –«, sage ich, aber Rose unterbricht mich.

»Ich habe gestern Abend Hazel kennengelernt«, erzählt sie mir.

Das lenkt mich kurz ab. »Ach ja? Wo?«

»Hab sie zufällig getroffen. Ich habe sie deiner Beschreibung nach erkannt«, sagt sie. »Obwohl sie deutlich mehr anhatte.«

»Und?«, frage ich.

Rose sieht ein bisschen wehmütig aus. »Sie ist irgendwie überlebensgroß, oder? Selbstbewusst, bildschön, flirtet mit allem, was sich bewegt.«

Ich lache kurz auf und erinnere mich an ihre Kleider und Komplimente. *Davon hab ich noch mehr.* »Ja«, sage ich. »Also, ich habe mit Emily über das Fest letzten Samstag gesprochen …«

»Ach, da fällt mir was ein«, unterbricht mich Rose schon wieder, holt irgendwelche Papiere aus ihrer Schultasche und wedelt damit vor meinem Gesicht herum.

»Die hab ich gefunden«, sagt sie. »Sie waren heute Morgen in meiner Schultasche, als hätte ich sie zufällig mit erwischt, als ich meine Bücher reingetan habe.«

Ich nehme ihr die Papiere aus der Hand. »Die stammen aus irgendeinem Tagebuch«, sagt sie, aber das weiß ich schon, sobald ich die Handschrift sehe. Ich weiß, es ist dasselbe Mädchen. Laurel.

Montag, 8. Mai, steht da.

»Scheiße«, flüstere ich. »Das ist echt abgefahren.«

»Lies es einfach«, sagt Rose mit eindringlichem Blick. »Du hast ja keine Ahnung.«

Ich lese es. Laurel, Ash und Holly. Das sind nicht ihre

echten Namen, erfahre ich jetzt. Ich schaue mich um – überall uniformierte Kids. Es könnte jeder sein.

Die drei Mädchen schauen zu, wie Bäume fallen, sie sprechen über Faulkner, sie machen sich Sorgen wegen des Zaubers. Sie finden einen Jungen. Sie verlieben sich in ihn. *Eigenartig, wie man nach einem Tag jemanden schon total verstehen kann. Eigenartig, wie schnell einem bewusst werden kann, dass sich wegen einem Menschen das eigene Leben total verändern wird.*

Ich blicke zu Rose auf.

»Bist du fertig?«, fragt sie. »Irre, oder?«

»Es ist wirklich irre«, sage ich und öffne meine Tasche. »Denn ich habe gestern auch Seiten aus ihrem Tagebuch gefunden. Das fand ich so komisch daran. Sie sind vom Tag davor.«

»Was?«

Ich ziehe die Tagebuchseiten heraus. Rose packt sie und liest schnell, mit halb offenem Mund. Ich schaue mir die Leute an, die im Hof durcheinanderlaufen, auf den Stufen des Schulgebäudes ihr Mittagessen essen, hinter den geparkten Autos rauchen. Laurel, Ash und Holly. Sie könnten genau hier sein und wir wüssten es nicht. Wie abgefahren ist es, dass wir auf demselben Fest waren, dass wir offenbar so eng miteinander verbunden sind, obwohl wir keine Ahnung haben, wer sie sind?

Das Fest. *Alle haben etwas verloren.* Rose sagt, wie seltsam das alles ist, und mir wird etwas klar. Etwas, was Emily gesagt hat. Worüber Rose eindeutig nicht reden will. Kleine Details ergeben endlich ein Bild. Haut und Dornen. »Du hast mir nie erzählt, was du verloren hast«, sage ich zu Rose. »*Hast* du auf dem Fest etwas verloren?«

»Eigentlich nicht«, sagt Rose. »Kann ich die Seiten noch mal sehen, die ich dir gegeben habe?«

Ich gebe sie ihr und frage sie schließlich: »War auf dem Fest was mit Cathal Murdock?«

Rose liest Laurels Worte noch einmal und ignoriert meine.

»Schade, dass sie nicht ihre echten Namen geschrieben hat«, sagt sie. »Wie sollen wir herausfinden, wer sie sind?«

»Keine Ahnung, aber noch mal zu dem Fest ...«

Rose stemmt die Beine an den Fahrradständer vor uns und sticht mit ihrer Lakritzstange nach mir. »Unterbrich mich nicht, ich lese.«

Ich lasse mich nicht ablenken. »Lass mich zusammenfassen«, beginne ich. »Alles, was wir über sie wissen, ist, dass sie auf dem Sommerfest waren, also müssen sie in dieser Stadt wohnen, Trina McEown geht in ihre Klasse und Ash trägt roten Nagellack. War auf dem Fest was mit Cathal?«

»Alle tragen roten Nagellack«, erwidert Rose. »Wir können schlecht alle Mädchen in Balmallen mit rotem Nagellack ansprechen und fragen, ob ihre Freundinnen sie Ash nennen.«

»Das ist ein Argument«, sage ich. »War auf dem Fest was mit Cathal?«

Rose holt ihr Handy heraus und fängt an, nach Trina McEown zu suchen. »Das sind Tausende«, sagt sie. »Was ist mit Jude? Hat er einen Nachnamen?«

Ich schüttle ungeduldig den Kopf. »Ich glaube nicht. Wegen Cathal ...«

»Er klingt nach Ärger«, sagt Rose.

»Wir wissen, dass er Ärger bedeutet. Er bewertet die Körper unserer Mitschülerinnen von eins bis zehn und begrabbelt Mädchen in der Mensa.«

»Jude, meine ich.«

»Oh. Ach so. Der wahrscheinlich auch.«

Rose reicht mir die Tagebuchseiten, und ich falte sie und

stecke sie zusammen mit den Seiten, die Rose gefunden hat, wieder in den Gedichtband, in dem ich sie aufbewahrt habe.

»Ja«, sagt sie schließlich. »Es ist etwas passiert. Auf dem Fest.«

»Mit Cathal?«

»Nein, mit Santa Claus«, gibt Rose sarkastisch zurück.

»Also, ich fand seine Allwissenheit schon immer ein bisschen suspekt. Außerdem: Wer trägt schon Rot, wenn er durch einen Kamin klettert?« Ich beiße in die Lakritzstange. »Was ist passiert?«

Rose schürzt die Lippen.

»Ich habe meine Jungfräulichkeit verloren«, sagt sie.

Mein Kopf ist leer. »Du hast *was* verloren?«

Sie macht eine komische Bewegung zwischen Achselzucken und Handwedeln. »Da hast du's«, sagt sie.

»Warte. Noch mal von vorn. Erklär mir das.«

Noch mehr Gesten. »Ich … ich kann mich nicht so wirklich erinnern, ich war ziemlich dicht. Ich glaube, ich bin eingeschlafen …? Oder eher ohnmächtig geworden. Du hast ja schon gesagt, wir haben viel getrunken.« Sie steckt die Hände unter die Oberschenkel. »Und dann haben anscheinend ein paar Mädchen einen Zauber gesprochen und alle haben Sachen verloren und ich habe meine Jungfräulichkeit verloren und …«

Mein Kopf begreift, was in meinen Ohren angekommen ist, wie bei einem Zugunglück, es ist ein Aufprall von epischen Ausmaßen. Bremsen quietschen, Loks entgleisen, Bahnwaggons schieben sich ineinander, Metall knirscht.

»Rose.«

»Olive.«

»Hat Cathal … War es …« Ich versuche, meine Worte zu ordnen, damit sie nicht als Durcheinander herauskommen.

Oder beleidigend. Oder verstörend. Oder komplett falsch. Oder vielleicht richtig. »Einvernehmlich?«

Rose schweigt so lange, dass sich alle diese Möglichkeiten überlappen und ineinander verdrehen, übereinanderkraxeln, um aus dem Chaos zu entkommen. *Mag* sie Cathal? Hat sie Cathal immer gemocht? Sind meine Andeutungen beleidigend für sie? Oder hält sie ihn doch genau wie ich für einen Idioten? Hat sie, betrunken, wie sie war, trotzdem mit ihm geschlafen? Roses tränenüberströmtes Gesicht in der Toilette, meine unbeantworteten Anrufe, ihr Fehlen in der Schule. Nein. Ich habe recht. Es kann nicht anders sein. (Ich will nicht recht haben.)

(O Gott, ich will nicht recht haben.)

»Ich … erinnere mich nicht«, sagt Rose schließlich. »Ich meine, ich dachte, ich sei völlig weg gewesen, aber ich habe solche vagen Erinnerungen. Also war es vielleicht nicht … *nicht* so.«

Ich starre sie an.

»Ich weiß, was du denkst«, sagt sie, als hätte sie es geübt. »Ich habe alle deine feministischen Webseiten gelesen und mir deine wöchentlichen Reden angehört, und ich weiß, was du denkst, aber so war es nicht. Ich war echt betrunken, aber er auch. Er dachte wahrscheinlich nur, ich würde die Spröde spielen. Und selbst wenn nicht – selbst wenn ihm egal war, dass ich nicht … wollte – kann ich nichts … Ich meine, es ist passiert, oder? So wichtig ist das nicht.«

Nicht so wichtig.

»Du sagtest, du wolltest nicht. Du sagtest, du wärst ohnmächtig gewesen.«

»Ja, aber er hinterher auch.«

»Rose.« Mir ist nach Heulen zumute. Ich verstehe nicht, warum es ihr nicht so geht.

»Ist schon okay«, sagt sie. »Es ist passiert. Ich will es einfach vergessen und weitermachen.«

Sie holt ihr Handy heraus und öffnet einen Chat. Dann reicht sie mir das Handy und wartet schweigend, während ich lese. Mir wird schlecht.

Ich kann nicht fassen, dass ich es nicht früher kapiert habe oder genauer nachgefragt oder überhaupt zugehört. Ich bin so eine schlechte Freundin.

»Komm, wir gehen zur Polizei«, sage ich.

Rose wirft mir einen genervten Blick zu. »Und was sollen wir ihnen sagen? Ein Typ, mit dem ich mich betrunken eingelassen habe, hat nicht gecheckt, dass ich nicht wollte? Das bringt doch nichts, es gibt keinen Beweis. Ich weiß noch nicht einmal genau, ob es so überhaupt passiert ist, außerdem hat er eine Weile nette Sachen geschrieben, bis ihm klar wurde, dass ich ihn ignoriere … Ich weiß nicht. Ich weiß nur, dass ich ihn nie wiedersehen will.«

Ich lasse den Rest meiner Lakritzstange auf den Boden fallen. Ich weiß nicht, was ich sonst noch sagen soll.

Rose schlingt die Arme um die Knie und legt den Kopf auf die Worte, die sie mit Filzstift darauf geschrieben hat.

Alle haben etwas verloren.

Als hätte sie meine Gedanken gehört, sagt Rose: »Die Jungfräulichkeit ist etwas, das man verlieren kann.«

»Ich … Ich glaube ehrlich nicht, dass das etwas mit den Mädchen und ihrem Zauber zu tun hat.«

»Aber …«

»Echt nicht«, sage ich und versuche, um Roses willen ruhig zu bleiben, scheitere aber vermutlich grandios. »Was in dieser Nacht passiert ist, hat nichts mit irgendeinem Zauber zu tun, sondern nur mit Cathal Murdock. Also haben die Mädchen, die den Zauber gesprochen haben – *falls* er überhaupt echt war, was ich nicht behaupte – keine Schuld daran, was passiert ist. Und du auch nicht. Das war eine Person, und nur diese eine Person. Und ich werde sein Scheißleben zerstören für das, was er dir angetan hat.«

Da bricht Rose in Tränen aus.

»Oh, Scheiße«, sage ich. »Oh, Scheiße, es tut mir leid.«

Ihre Schultern beben. Sie atmet zitternd. Ich schlinge die Arme um sie, als könnte ich sie vor dem beschützen, was passiert ist, vor dem, was sie verloren hat, vor dem totalen Crash ihrer Gefühle.

Als ihr Schluchzen abgeebbt ist, sage ich leise: »Ich glaube wirklich, es würde helfen, wenn wir es meiner Tante Gillian erzählen.«

Gillian ist die Schwester meiner Mutter. Außerdem ist sie Polizistin hier in der Stadt. Sie wird wissen, was zu tun ist.

Rose schnieft und schüttelt den Kopf. »Es nützt wirklich nichts«, sagt sie. »Sie kann nichts tun.«

»Aber …«

»Ich hab's dir gesagt, Olive, ich habe alle feministischen Blogs gelesen, die du verlinkt hast. Ich habe die ganzen Artikel und Nachrichten gelesen. Ich weiß, sie kann nichts tun.«

Mein Gesicht fühlt sich schwer an. Alles an mir fühlt sich schwer an. »Ich hasse die Welt«, flüstere ich so leise, dass ich weiß, niemand kann es hören.

Ich streiche Rose über die Haare. Wir schweigen sehr, sehr lange.

Dann sagt Rose etwas unter ihren Armen. »Hazel meint, wir sollten den Zauber ausprobieren.« Es ist kaum lauter als ein Murmeln.

»Was?«

»Hazel?« Rose hebt den Kopf. »Sie sagte, wir sollen den Zauber ausprobieren.«

»Wozu?«, frage ich.

»Wegen … dem, was passiert ist. Um zurückzuholen, was ich verloren habe.«

Ich möchte ihr noch einmal sagen, dass wir mit Tante Gillian sprechen sollten, aber auf dem Gesicht meiner besten Freundin sind Mascaraflecken und ihre Augen leuchten bei diesem lächerlichen Vorschlag auf. »Okay«, sage ich. »Ich habe das Zauberbuch. Sie … es ist in meinem Zimmer. Irgendwie ist es neulich in meiner Tasche gelandet. Wir können den Zauber ausprobieren.«

»Du hast es?« Roses Augenbrauen schießen in die Höhe, dann wirft sie mir einen bedeutungsvollen Blick zu. »Olive, ich glaube, das war Schicksal.«

Zu jeder anderen Zeit würde ich ihren plötzlichen Glauben an das Schicksal infrage stellen, aber im Moment schließe ich schnell die Augen, damit die Tränen, die sich darin sammeln, nicht herauskönnen, und schenke Rose mein tapferstes Lächeln.

»Vielleicht«, sage ich. In der Zwischenzeit denke ich fieberhaft darüber nach, wie ich Tante Gillian bei unserem Familienmittagessen am Sonntag hypothetische Fragen über eine hypothetische Freundin stellen könnte.

»Also tun wir es«, sagt sie und steht auf. »Gehen wir.«

»Rose.« Ich deute aufs Schulgebäude. »Du hast die Mündliche in Deutsch in … fünf Minuten.« Allein der Gedanke, nach alledem in einer Prüfung sitzen zu müssen, ist grotesk. Aber die Vorstellung, dass Rose wegen diesem Vollidioten Cathal Murdock durch eine Prüfung rasselt, ist undenkbar. In meinem Magen bilden sich schmerzhafte Knoten.

»Also hinterher«, sagt Rose. »Lass uns heute Abend nach Oak Road gehen.«

Vor meinem inneren Auge blitzt Rowans Gesicht auf.

»Ich kann nicht, Rose, ich habe immer noch Hausarrest.«

»*Bitte*, Olive.«

»Meine Eltern bringen mich um …«

»Wann hast du mal *keinen* Hausarrest?«, unterbricht mich Rose. »Ich brauche den Zauber.«

Ich schüttle den Kopf. Unsere Sommerklausuren fangen gerade an und ich habe zu wenig gelernt und zu vielen Tagträumen über das Trio in Oak Road nachgehangen. Ich muss lernen. Ich muss meinen Hausarrest loswerden. Ich muss meiner besten Freundin helfen.

Außerdem weiß ich nicht so genau warum, aber etwas an diesem Zauber behagt mir nicht. Ich denke daran zurück, als ich ihn in Oak Road gelesen habe. Vielleicht die Stelle mit dem menschlichen Blut. Der Teil über Opfer. Oder dass man aufpassen soll, was man sich wünscht. Denn im Moment wünsche ich mir mehr als alles, Cathal Murdock wäre nie geboren worden.

Ich greife nach Roses Hand und meine Entschlossenheit wird stärker. »Morgen. Morgen gehen wir hin.«

Hazel

Freitag, 12. Mai

Verloren: blaues Plastikfeuerzeug, Tasse (braun, angeschlagen)

Es ist früher Morgen, als der Wind die Bretter vor meinem Fenster wegreißt und sie unten auf den Boden klappern. Ich bin in der letzten Phase dieses leichten Schlafes, der ein bisschen wie ein Acid-Trip ist, und die Welt noch nicht so ganz real. Ich sehe meinen Dad am Fenster. Mein Zimmer ist im ersten Stock. Vielleicht schwebt er wie in diesen alten Vampirfilmen, wo man praktisch die Schnüre sehen kann. Frei schwebend. Ich gehe zum Fenster und der Boden neigt sich nach unten. Irgendetwas stimmt nicht mit den Wänden. Wahrscheinlich träume ich noch. Wahrscheinlich verschlafe ich das alles.

Als ich am Fenster ankomme, bin ich einigermaßen wach. Die Wände sind normal. Mein Dad schwebt nicht vor meinem Zimmerfenster. Natürlich nicht. Gerade will ich das Fenster schließen, da sehe ich, wie sich an der Wand eines der anderen Häuser ein Schatten bewegt. Ich erstarre. Der Schatten löst sich von dem flächigen Schwarz der Lücke zwischen zwei Häusern und geht – Mist –, er geht wie der Schatten eines Menschen vor dem Haus gegenüber entlang, nur ein paar Meter von mir entfernt. Mein Fenster ist offen und die Bretter sind weg. Jetzt ist offensichtlich, dass in unserem Haus jemand ist.

Das einzige Licht draußen kommt vom Mond und den Sternen, und man möchte meinen, das würde nicht ausreichen, um etwas zu sehen, aber man sieht etwas. Die Gestalt in der Dunkelheit verwandelt sich in einen Jungen. Er tritt aus dem Schatten des Hauses und lächelt zu mir herauf. Er könnte ungefähr in meinem Alter sein. Seine Haare sind lang und um den Hals trägt er eine Kette, deren Perlen aussehen wie Zähne.

Ich drücke mich an die Wand, das Herz schlägt mir bis zum Hals. Ich meine, durch das offene Fenster Musikfetzen hereinschweben zu hören. Ein kleiner Refrain. Als würde der Junge ihn pfeifen, laut genug, dass ich es deutlich hören kann. Dunkelheit und Zittern. Als ich kurz darauf einen weiteren Blick durchs Fenster wage, ist der Junge weg. Ich schließe das Fenster, indem ich meine dicksten Klamotten als Vorhänge in die Spalten klemme. Lange Zeit kann ich nicht wieder einschlafen.

Am Morgen rufe ich Mags an und sage ihr, ich brauche eine Leiter.

»Ich bring sie später vorbei«, brummt sie. »Du hättest mir auch, bevor ich heute Morgen mit der Zeitung vorbeigekommen bin, sagen können, dass bei dir die Bretter ab sind.«

Ich runzle die Stirn. »Ich hab dir nicht gesagt, dass die Bretter abgebrochen sind.«

»War auch nich' nötig«, erwidert Mags. »Ich bin vielleicht alt, aber nicht blind.«

»Ach so.«

»Deine Mam …«, beginnt sie, doch dann wird sie gerufen, ich kann die Stimme durch die schlechte Verbindung gerade so hören.

»Was ist mit meiner Mum?«

»Moment«, sagt Mags, zu mir oder zu der anderen Person bei ihr. »Ich ruf dich zurück, Süße.« Sie legt auf.

Wahrscheinlich ist es gar nichts. Sie kann schließlich nicht von meinen Eltern gehört haben. Aber ich fühle, wie sich die Nerven um meine Kehle wieder zusammenziehen. *Jemand kommt*, hat Ivy gesagt. *Gäste erwarten.* Ich glaube immer noch, dass das Kreuzworträtsel Olive und Rose meint – um den Zauber zu wirken, um zurückzuholen, was wir verloren haben.

Ich schiebe die Kleider vor dem Fenster auseinander und schaue hinaus. Es ist hell und ruhig. Das Gelände ist leer. Der Junge ist weg. Mein Dad war nie da. Ich lasse die Kleider trotzdem vor dem Fenster.

Als ich nach unten komme, stehen Blumen auf dem Tisch. Als hätten wir Gesellschaft bekommen. Die Küche zieht ihr schönstes Kleid an, legt frischen Lippenstift auf. Jemand hat sogar die Arbeitsflächen geputzt. Die Blumen sind Rosen, dornig und schön, vielleicht aus irgendeinem Garten geklaut. Wahrscheinlich hat Ivy sie da hingestellt. Jetzt, wo die Kreditkarte unserer Eltern nicht mehr funktioniert, können Rowan und ich uns keine Blumen mehr leisten.

Ich sollte ihm wirklich davon erzählen. Es sind jetzt schon drei Tage.

Mit meiner Tasse Tee schlüpfe ich zur Hintertür hinaus und gehe zum Rand des Grundstücks, wo der Wald anfängt. Rowan sitzt mit seiner Gitarre auf dem Schutthaufen. Ein paar Töne des Liedes, das er singt, wehen in der Brise zu mir herüber.

Auf Händen und Knien klettere ich vorsichtig zu ihm hinauf, meine Tasse klappert gegen Zement und Steine. Wir sind weit genug vom Waldrand entfernt, dass die Sonne uns direkt bescheinen kann, und ich wende mich ihr zu und schließe die Augen. Rowan hört auf zu singen und legt die Gitarre hin.

Mit geschlossenen Augen, alles ist orange, rieche ich den Rauch einer Zigarette. Ich öffne die Augen zu Schlitzen und blinzle meinen Bruder von der Seite an.

»Seit wann rauchst du?«, frage ich, dann schließe ich die Augen gegen die blendende Sonne wieder. »Erzähl mir nicht, dass du dich wegen deines Alkoholproblems jetzt auch noch auf Zigaretten verlegt hast.«

»Musst du gerade sagen«, gibt Rowan zurück. »Danke für die herzerwärmende Sorge, aber mir geht's gut. Ich habe direkt hier eine Packung gefunden, in der noch zwei Zigaretten drin waren.« Er lässt sein Feuerzeug aufschnappen und schließt es wieder. »Dachte mir, es sei mein Schicksal, eine davon zu rauchen. Sie waren komplett trocken und alles.«

»Du willst also sagen, du hattest keine Wahl.«

»Genau.«

Wieder werfe ich Rowan einen Seitenblick zu, aber er sieht heute Morgen ziemlich fröhlich aus, nüchtern im Sonnenschein mit seiner Gitarre und einer gefundenen Zigarette, die Mütze lässig schräg auf dem Kopf, der König des Schutthaufens. Ich bekomme Lust, ihn zu zeichnen. Vielleicht hatte Mags recht. Vielleicht sind Menschen manchmal interessanter als Gegenstände.

»Du hast gesagt, es waren zwei Zigaretten?«, frage ich, als mir wieder einfällt, dass ich neulich meine letzten zwei Zigaretten verloren habe. »Komisch. Vielleicht sind es meine.«

Er reicht mir eine und sein Feuerzeug. Das Silber reflektiert das Sonnenlicht auf meine Brille und blendet mich fast. Es fühlt sich schwer an.

»Neulich wurde die Kreditkarte nicht angenommen«, sage ich schnell, damit ich die Worte nicht zurücknehmen kann.

Rowan wird sehr still. »Defektes Gerät«, erwidert er.

»Ich habe sie in jedem Geschäft an der Straße ausprobiert.« Ich puste auf meinen Tee und lasse den Dampf wegwehen wie Pusteblumensamen. »Sie funktioniert nicht mehr.«

Rowan zieht tief an seiner Zigarette und hustet.

»Na gut«, sagt er. »Es war ja nur eine Frage der Zeit, bis sie spitzkriegen, dass wir sie geklaut haben. Ich wette, deshalb haben sie sie sperren lassen. Sie wollen uns nur zwingen, dass wir zurückkommen.«

Ich schüttle den Kopf.

»Glaubst du, wir sollten vielleicht?«, fragt Rowan langsam.

»Was?«

»Wieder nach Hause gehen.«

Ich höre meinen Herzschlag in den Ohren rauschen und erkenne den Rhythmus nicht.

»Wir können nicht ewig hierbleiben«, fährt Rowan fort.

»Wir müssen nicht ewig hierbleiben. Nur bis wir achtzehn sind. Dann kann Mags uns legal einstellen und wir können irgendwo ein Zimmer mieten und …«

»Und was? Grandpa nie wiedersehen? Mum nie wiedersehen?« Dad erwähnt er nicht mal.

Bumm, macht mein Herz. *Bumm, bumm.*

»Was, wenn …«, sage ich sehr, sehr langsam. »Was, wenn die Karte aus einem anderen Grund gesperrt wurde?«

»Was meinst du damit?«

»Ich meine, was, wenn etwas passiert ist? Wenn Mum und Dad was passiert ist?«

Bumm. Bumm, bumm. Bumm.

»Ach, komm schon«, sagt er. »Das hätte uns doch jemand

gesagt, wenn man sie bei einem Autounfall schwer verletzt gefunden hätte oder so.«

Es sei denn, sagt eine leise Stimme in meinem Hinterkopf, *es sei denn, dass es uns niemand sagen konnte, weil wir schon fast einen Monat untergetaucht sind.*

»Es verschwinden ständig Leute«, sage ich leise. »Leute gehen verloren.«

Ich erinnere mich an Rose, wie sie in ihre Knie weinte und Seifenblasen über den Parkplatz vor dem Pub pustete. »Ich glaube, Ivy hat recht. Jemand muss den Zauber gesprochen haben. Auf dem Fest letzte Woche.«

Rowan nickt. Wir haben ein paarmal darüber gesprochen, seit wir das Zauberbuch gefunden haben. Gefunden und dann wieder verloren. Wir haben überall gesucht. Es ist weg.

»Ich habe am Donnerstag jemanden getroffen. Eine, die diesen Zauber braucht.« Ich sage nicht, dass ich ihn auch brauche. Dass ich ihn genauso brauche wie sie. Ihr habe ich es auch nicht erzählt. »Sie ist eine Freundin von Olive«, füge ich hinzu, und Rowan hört ein bisschen aufmerksamer zu. Wahrscheinlich merkt er es nicht einmal. Aber ich. Also erzähle ich ihm alles über Rose. Ich erzähle ihm, dass mit dem Kreuzworträtsel letzte Woche, mit den Gästen, sicher Rose und Olive gemeint waren. Ich erzähle ihm, dass es meiner Meinung nach bedeutet, dass wir den Zauber wirken müssen.

Er schaut lange auf seine Hände. Ich kenne meinen Bruder. Ich weiß, wie er aussieht, wenn er etwas sagen will, aber nicht recht weiß, wie.

»Was?«, frage ich ihn. »Heißt das, du glaubst nicht daran? Denn du hast es selbst gesagt – alle haben seit Samstag etwas verloren. Du kannst nicht auf der einen Seite glauben, dass Mags mit dem morgendlichen Kreuzworträtsel die Zukunft vorhersagen kann, aber dann nicht an einen Zauber glauben.«

»Das ist es nicht«, sagt er. »Es ist nur … Du hast es doch gelesen, oder? Das ganze Zauberbuch? Du weißt es noch.« Ich nicke. Ich erinnere mich an alles. »Da ist nur so viel … Dunkelheit, irgendwie. Das ganze Gerede von Reue und von Opfern und Blut. Ich bin mir einfach … nicht sicher, ob es so eine tolle Idee ist, unser ganzes Vertrauen in etwas zu setzen, was auch böse sein könnte.«

»Böse?«

»Du weißt nicht – wir wissen nicht –, was für eine Magie das ist. Was man verlieren muss, um etwas anderes zu finden.«

»Rowan«, sage ich. »Rose braucht den Zauber.«

Ich brauche diesen Zauber. Und er auch. Er weiß es nur nicht.

Ich lösche meine Zigarette im Bodensatz meines inzwischen kalten Tees. Direkt unter uns, hinter der Steinmauer, die das Gelände vom Wald abgrenzt, fällt mir etwas Weißes ins Auge.

Eilig klettere ich von dem Schutthaufen und springe über die Mauer.

»Was ist los?«, ruft Rowan hinter mir her.

Es ist ein Blatt Papier, das sich in den Ästen verfangen hat. Oben steht ein Datum. *Mittwoch, 10. Mai.* Vor zwei Tagen.

»Hazel?«, fragt Rowan von dem Schutt hinter mir.

»Ich habe etwas gefunden«, rufe ich. »Ich glaube, es sind Seiten aus einem Tagebuch.«

Ich habe nie Tagebuch geführt. Zu viel, von dem ich nicht will, dass es irgendwer erfährt. Sie sollen zwar geheim sein, aber hier stehe ich jetzt und halte einen ganzen Haufen persönlicher Gedanken von irgendjemandem in der Hand. Wenn sie erst einmal niedergeschrieben sind, kann man Dinge zu leicht verlieren.

Ich klettere über die Mauer zurück, und Rowan steht auf und hält mir die Hand hin, um mir herüberzuhelfen. »Gehört das Ivy?«, fragt er, und seine Stimme klingt irgendwie komisch. Wahrscheinlich macht er sich Sorgen, sie könnte etwas darüber, was auch immer zwischen den beiden los ist, in ihr Tagebuch schreiben. Was auch immer auf dem Fest passiert ist. Er macht sich vermutlich Sorgen, ich könnte es lesen und das herausfinden. Aber es ist seltsam: Beim Gedanken daran zieht sich mir gar nicht mehr der Magen aus vertrauter Eifersucht zusammen. Aus irgendeinem Grund denke ich stattdessen an Rose.

»Es ist nicht von Ivy«, beruhige ich ihn und schaue noch mal auf die Handschrift. »Und wenn es so wäre, würde ich es nicht lesen.«

»Ich auch nicht«, sagt er defensiv.

Dann fällt mir wieder ein, wie ich mitten in der Nacht aufgewacht bin. Der pfeifende Junge. Sein Lächeln. Seine langen Haare. Die Zähne um seinen Hals.

»Ich glaube, ich habe jemanden gesehen«, sage ich zu Rowan. »Gestern Nacht. Auf dem Grundstück.«

Rowan sieht mich an. »Scheiße«, flüstert er erschrocken.

»Ich dachte, ich hätte vielleicht nur geträumt«, erzähle ich weiter. »Er sah aus wie ein Typ in unserem Alter. Wahrscheinlich hat er das hier fallen gelassen.« Ich erwähne nicht, wie ich beim Gedanken an ihn Gänsehaut bekomme. »Halt einfach die Augen offen, ja?«, sage ich stattdessen. Rowan nickt. »Wir können es uns nicht leisten, dass hier Leute herumschnüffeln oder es der Polizei erzählen.«

Als wir wieder hereinkommen, sitzt Ivy in der Küche. Der

Wasserkessel pfeift. Die Zeitung liegt offen auf dem Tisch und das Kreuzworträtsel starrt leer an die Decke. Ivy hat das Ende eines halb geschmolzenen Kulis im Mund und grinst, als sie uns sieht.

»Schau, was ich gefunden habe.« Ich trete zu Ivy an den Tisch, zeige ihr die Tagebuchseiten und fange an, laut vorzulesen.

»Am Mittwoch überfuhr ich auf dem Weg in den Wald mitten auf der Straße eine TV-Fernbedienung. Sie knirschte unter meinen Reifen und ich hielt schleudernd an; Ash und Holly waren mir dicht auf den Fersen. Ich kickte die Fernbedienung in den Graben, ohne auf die Idee zu kommen, dass mit einem kleinen Plastikrechteck eine Geschichte beginnen könnte.«

»Klingt wie ein Roman«, sagt Rowan. Er nickt mir zu, damit ich weiterlese.

Wie in jedem Teenager-Tagebuch geht es hauptsächlich um Liebe. Oder eher um Lust, würde ich sagen. Leicht grinsend lese ich Teile daraus vor. »*Seine Stimme ist wie Musik – habe ich das schon erwähnt?* Die hat's böse erwischt.«

»Ernsthaft?«, sagt Rowan. »Du liest die intimsten Gedanken von jemand und machst dich darüber lustig?«

»Du hörst schließlich auch zu«, gebe ich beleidigt zurück. Aber ich höre auf zu stänkern und lese weiter. Irgendetwas ist fesselnd an der Geschichte dieses Mädchens, auch wenn es nur um das Verliebtsein in irgendeinen Angeber geht.

Rowan isst die Hälfte der Pralinen in der Dose auf dem Tisch, und Ivy füllt abwesend das Kreuzworträtsel aus, während sie zuhört. Dann ist in dem Tagebuch von dem Zauberbuch die Rede.

»Es erinnerte mich aus irgendeinem Grund an den Zauberspruch, an das Moos, das wir gesammelt hatten, das Taschen-

messer, mit dem wir uns in die Fingerkuppen geschnitten haben.«

Rowan und Ivy richten sich auf.

»Gib her«, sagt Rowan und versucht, mir das Blatt aus den Händen zu reißen, damit er schneller lesen kann.

»Lass das!« Ich halte es fest und lese weiter.

»Das Bier verstauten wir in der Aushöhlung zwischen den Ästen der alten Eiche an der Weggabelung, wo Holly das Zauberbuch gefunden hatte. Jetzt kommt es mir vor, als sei es eine Ewigkeit her, dass wir den Zauber gesprochen haben, *um unsere Tagebücher zurückzubekommen.«*

»Sie haben das Zauberbuch gefunden«, flüstert Ivy.

»Sie sind diejenigen, die den Zauber gesprochen haben«, sage ich.

»Der Zauber wirkt«, sagte Jude. »Schaut: Die verlorenen Dinge kommen nach Hause, um gefunden zu werden.«

Ivys Mund steht offen, ihr Kreuzworträtsel ist vergessen. »Jude«, sagt sie.

»Was?«, fragt Rowan.

Iva schaut auf das Kreuzworträtsel hinab. »Der Schutzheilige der Hoffnungslosen. Judas Thaddäus. Wisst ihr noch?«

Ich erinnere mich. Und mir fällt auch noch etwas anderes ein. Das Pfeifen, das ich letzte Nacht gehört habe. Der Song ging mir den ganzen Morgen im Kopf herum, aber ich habe eben erst kapiert, welcher es ist: »Hey Jude«.

»Scheiiiiße«, sage ich mit zusammengebissenen Zähnen. »Das ist echt abgefahren.«

Rowan zerrt wieder an dem Blatt und diesmal überlasse ich es ihm. Er dreht die Seite um und liest weiter. Die Mädchen bitten eine ältere Schwester, ihnen Bier zu kaufen. Sie gehen nackt im See baden.

Es muss unser See sein – direkt hinter der Grundstücksmauer, den Abhang im Wald hinunter und über die Felsen.

Rowan liest weiter. Bei der Beschreibung der nackten Körper der Mädchen wird er rot. Über die Liste der verlorenen Dinge, die sie finden, schüttelt er den Kopf.

Lesebrille, Schminktäschchen, Haarnadeln. Ein Bettelarmband.

»Zwei angelaufene Teelöffel«, liest er. Er steht auf und öffnet die Schublade, in der wir unser Besteck aufbewahren, nimmt einen einzelnen rostigen Löffel heraus.

»Wir hatten drei«, sagt er.

Ivy atmet leise keuchend aus.

Ich lese weiter, und wir erfahren, dass ein Junge aus der Stadt verschwunden ist.

Ich erinnere mich an die warnenden Worte in dem Zauberbuch: *Überleg dir deinen Handel gut: Jeder verlorene Gegenstand erfordert ein Opfer – für jeden Fund geht etwas anderes verloren. Denk sorgfältig nach, bevor du die Anrufung sprichst: Es könnte sein, dass die Wahl nicht bei dir liegt.*

Ivys Gesicht ist kreideweiß. Rowan sieht ein bisschen geschockt aus. Ich weiß nicht, was ich denken soll.

Auf eine verrückte Art frage ich mich, ob jemand das Zauberbuch dort liegen lassen hat, damit ich es finde. Von alledem tut mir der Kopf weh.

»Wir müssen den Zauber sprechen«, sage ich. »Ich meine, wenn wir alle Zeug verlieren, weil diese Mädchen letzten Samstag gezaubert haben, müssen wir selbst es auch tun, damit wir unsere Sachen zurückbekommen.«

»Hazel«, sagt Rowan warnend.

»Was denn? Ich habe es dir doch gesagt – Rose braucht den Zauber. Und es sieht aus, als bräuchten wir ihn vielleicht auch.

Oder willst du, dass wegen dieser Mädchen noch mehr von unseren Sachen verschwinden? Ist ja nicht so, als könnten wir auf viel davon verzichten.«

»Wer ist Rose?«, fragt Ivy, also erzähle ich ihr, dass ich sie für einen der Gäste halte, mit denen wir rechnen sollen. Ich erzähle ihr, dass ich glaube, sie und Olive seien dazu bestimmt, uns bei dem Zauber zu helfen.

»Da bin ich mir nicht so sicher«, wirft Rowan ein.

»Was meinst du?« Ich wende mich Ivy zu.

Ivys Blick wandert von meinem Bruder zu mir. »Ich glaube … du hast recht. Ich will nicht verlieren, was ich habe. Wenn wir rückgängig machen können, was der Zauber dieser Mädchen angerichtet hat, finde ich, es ist den Versuch wert.«

»Also ist es entschieden«, sage ich fest, und diesmal widerspricht Rowan nicht. »Jetzt müssen wir nur noch Olive und Rose finden.«

Laurel

Freitag, 12. Mai & Samstag, 13. Mai

Gefunden: fünf streunende Hunde, zwölf Scrabblesteine, ein paar verstreute Milchzähne

Holly hatte nur ein paar Tage Hausarrest. Als sie am Freitag mit uns in den Wald kam, stand Jude oben auf unserem Schrein der verlorenen Dinge und breitete weit die Arme aus. Großartig verkündete er: »Schaut euch das an! Schaut euch uns an! Wir sind die Finder, wir sind die Bewahrer, wir sind die Wächter des Verlorenen und Gefundenen!«

Holly klatschte und Ash jubelte. Jude starrte mich an und wartete auf meinen Applaus, aber ich blieb nur stehen und schaute ihm zu. Merkten die anderen nicht, wie angeberisch er klang? Verstanden sie nicht, dass wir nicht die Wächter von irgendwas waren, und zwar deshalb, weil wir eindeutig etwas Schlimmes gemacht hatten, wenn diese verlorenen Dinge wirklich unseretwegen auftauchten?

Ich denke, wir alle glaubten jetzt daran, dass es wegen des Zaubers passierte. Als wäre unser plötzlicher Glaube an die Magie ein weiterer Fund. Jedes Mal, wenn wir in den Wald gingen, fanden wir etwas Neues. Wir hatten angefangen, die

Sachen in Gläsern zu sammeln. Vasen mit Puzzleteilen. Körbe voller einzelner Socken. Biergläser voller Haarnadeln. Jude hatte auch angefangen, Dinge zu finden. Er stand im Wald; die gefundenen Dinge, die wir gesammelt hatten, umgaben ihn wie ein Drachenschatz und er war die Bestie in der Mitte. Wir waren Waldnymphen, die ihn umringten. Als hätten wir vergessen, dass wir diejenigen waren, die den Zauber gesprochen haben, nicht er.

Ich fragte ihn immer wieder, wo seine Eltern seien. Ich fragte ihn immer wieder, wo er wohnte. Er sagte: »Small Talk, Small Talk« und winkte ab. Er sagte: »Warum stellst du nicht die echten Fragen, Laurel? Die Fragen mit Feuer. Die wichtigen Fragen.«

Also fragte ich ihn: »Wohin gehst du mit Ash, wenn sie mitten in der Nacht rausschleicht, um dich zu treffen? Was tut ihr?«

Ashs Wangen flammten in der Farbe ihrer Haare auf. Hollys Augen wurden riesig im Schatten des Waldes. Sie drehten sich so vorwurfsvoll zu mir um, aber ich hatte nur die Frage gestellt.

Jude seinerseits lachte. »Das ist schon besser«, sagte er entzückt. »Das ist das Feuer, das ich suche.« Aber er antwortete nicht und ich fragte nicht noch mal.

Ich wollte etwas zu Holly sagen, und sogar zu Ash. Ich wollte mich entschuldigen oder sie vielleicht vor ihm warnen, ihnen vielleicht sagen, sie verdienten viel mehr und Besseres. Vielleicht verdienten sie auch eine bessere Freundin als mich. Aber wir sind in letzter Zeit so selten ohne ihn. Sogar wenn wir allein in Hollys Zimmer auf dem Bett sitzen, ihre Patchwork-Decke bis zum Kinn hochgezogen, ist es, als wäre er bei uns. Im Unterricht stecken wir die Köpfe zusammen, aber irgendwie ist er auch da. Unsere Haare verschlingen sich nicht mehr ineinander. Die einzigen Strähnen, die ich abends auskämme, sind meine eigenen.

Wir waren ein enger Kreis; wir waren eine Clique. Wir waren ein Wald; wir waren ein dreiköpfiger Hund. Jetzt möchte ich nur noch mal wieder eine Minute mit den beiden allein sein, ohne seinen Atem im Nacken zu spüren.

Holly hat Gewicht verloren. Ich kann es an den Knochen an ihren Handgelenken und Schulterknochen erkennen, obwohl sie ihr Shirt nicht mehr verknotet, die Kniestrümpfe nicht mehr auszieht oder beim Klettern den Rock in die Unterhose stopft. Sie trägt jetzt die ganze Zeit ihren Schal, so oft um ihren weißen Hals gewickelt, dass er wie eine Decke wirkt. Ich weiß nicht, wie sie das in der Hitze aushält.

Holly hat ihre Stimme verloren. Sie spricht nur noch flüsternd.

Holly hat ihr Herz verloren, aber haben wir das nicht alle? Ashs Hand in der hinteren Hosentasche von Judes Jeans, ihr lautes Lachen, jedes Mal, wenn er etwas sagt. Und sogar ich. Es ist, als wüssten meine Augen immer, wo er zu finden ist. Ich widerspreche und verdrehe die Augen über seine Großspurigkeit, aber ich möchte, dass er eine hohe Meinung von mir hat. Ich möchte, dass er mein Rückgrat sieht, meine scharfen Zähne, und ich will, dass er meinen Biss fürchtet, aber ersehnt.

Ich sollte diese Seite herausreißen. Ich werde es tun. Sie zusammenknüllen, begraben, sichergehen, dass sie nicht wieder auftaucht.

Ash und Holly können es nicht wissen: Gestern Nacht habe ich gewartet, bis alle meine Schwestern im Bett waren und schlich hinaus – die jüngste der Prinzessinnen mit den zertanzten Schuhen, allein und ohne einen Ball. Ich band eine Taschenlampe an meine Lenkstange und radelte zu der Eiche. Der Regen hatte die Welt ausgewaschen und der Wind die Wolken unter den Teppich gekehrt und der Himmel bestand aus Sternenpunkten und dem leuchtenden Mond. Am Ende brauchte ich die Taschenlampe gar nicht.

Jude war da und wartete auf mich.

Unten im dichteren Wald küsste er mich, an einen Baumstamm gepresst. Ich grub die Finger in die Rinde, um ihm nicht die Kleider vom Leib zu reißen. Als ich die Hände löste, lagen Scrabble-Steine darin. Ich zeigte sie ihm auf den offenen Handflächen und er suchte zwei Buchstaben heraus: L und J. Er steckte sie in die weiche Rinde des Baumes und nahm meine Handgelenke, drehte sie so, dass die restlichen Buchstaben auf den moosigen Boden regneten. Falls sie Worte bildeten, gingen sie in der Dunkelheit verloren.

Meine Hände, jetzt leer, sehnten sich danach, gefüllt zu werden. Sie packten aus eigenem Antrieb sein T-Shirt und zogen es ihm über den Kopf. Er küsste mich fester. Meine Hände griffen nach seinen Haaren, krallten sich hinunter zu seinem Rücken, hakten sich in seinen Hosenbund und zogen ihn an mich. Ich konnte seinen Puls wie meinen eigenen spüren. *Brenn, brenn, brenn.*

Dann war irgendwie mein T-Shirt auch weg, mein BH offen, mein Rücken so fest an den Baumstamm gepresst, dass man die Spuren auch jetzt noch sehen kann. Seine Hände hielten mein Gesicht, die Handflächen links und rechts an meinem Hals, seine Daumen zogen Spuren an meinem Brustbein hinab, die Finger über meine Brüste gebreitet. Seine Lippen verließen meine und folgten seinen Händen, nach unten, nach unten, eine Kette von Küssen, Küsse wie Perlen, wie Tränen.

Mein Mund stand offen, die Augen geschlossen, mein Atmen schwer in der Stille.

Ich öffnete die Augen erst, als ich seine Hände an den Knöpfen meiner Jeans fühlte, und als ich hinunterschaute, sah ich, dass er nackt war. Es war nicht wie damals, als wir im See schwammen, lachend, die Blicke abgewendet, aber trotzdem voneinander angezogen, Bierflaschen in der Hand und Wasser überall um uns herum. So war es gar nicht. Es war dunkel, aber ich sah alles, spürte alles. Das Mondlicht schien durch die Blätter und beleuchtete unsere Haut und die Scrabble-Steine auf dem Boden um uns herum. Als er mir die restlichen Sachen auszog, konnte ich die Buchstaben sehen: das L, das von dort wieder herausgefallen war, wo er es hingesteckt hatte, ein A, ein H. Er nahm meine Hand und führte sie nach unten, dorthin, wo er sich hart an mich drückte, und ich schaute nach oben an den Baum, um zu sehen, ob das J immer noch da war, mit Baumsaft festgeklebt. Er zog mich von dem Baum weg, um mich auf die Buchstaben und Blätter zu legen, doch die Initialen meiner Freundinnen starrten zu mir herauf, und plötzlich wollte ich überall sein, nur nicht hier, überall, nur nicht hier mit ihm.

Plötzlich war mir kalt und der Wald fühlte sich schmutzig an. Plötzlich wollte ich nicht mehr nackt sein. Ohne etwas zu sagen, zog ich die Kleider wieder an und er küsste mich trotzdem weiter. Auch oberhalb der Kleider strich er mit den Händen über mich. Er ließ Bissspuren an meinem T-Shirt zurück. Ich küsste ihn, bis ich den Mut hatte, mich wegzudrehen. Zitternd radelte ich nach Hause. Er blieb im Wald. Jetzt wird mir bewusst, dass ich ihn nie außerhalb gesehen habe.

Auf dem Weg nach Hause bemerkte ich die Hunde. Große, braune Labradorhunde, alle paar Meilen einer, gingen in Richtung Wald. Sie waren alt und langsam. Etwas an ihnen ließ mich schaudern.

Dann sagte mir Mam heute nach ihrem samstagmorgendlichen Bridge-Club, dass Leute in der ganzen Stadt Dinge gefunden haben. Die verlorenen Dinge bleiben nicht mehr innerhalb des Waldes. Sie schwappen ins Seewasser über, Modeschmuck klimpert auf Felsen und Haarnadeln klemmen Froschbeine zusammen. Angler fangen schwere, braune Forellen, in denen mehr ist als nur ihre Gräten; als sie versuchen, sie auszunehmen, finden sie Autoschlüssel und Kleingeld in ihren Bäuchen. Auf den Wiesen der Umgebung reißen Pferde Ringe und Ohrringverschlüsse mit den Grasbüscheln heraus. Einzelne Socken und die Glühbirnen von Weihnachtsbeleuchtung tauchen in Kuhfladen auf.

Dann ist heute Morgen eine Ansammlung von Milchzähnen auf der Lichtung aufgetaucht. Jude und Ash lachten, als sie sie sahen, sprachen von der Zahnfee und von Münzen unter Kissen, aber Holly und ich schauderten. Wir vergruben die Zähne. Die Hände tief im Waldboden, beschlossen wir, uns vom Wald fernzuhalten.

Da wusste ich es. Ich wusste: Das war unsere Schuld. Wir hatten kein Opfer gebracht. Wir hatten für etwas, was wir finden wollten, nichts eingetauscht, was wir nicht verlieren wollten. Wir bekamen unsere Tagebücher wegen der Opfer anderer Menschen wieder. Dinge, die sie nicht verlieren wollten. Dinge, von denen ihnen nicht klar war, dass sie verschwinden würden. Klimbim, Schätze, Erinnerungen, Überzeugungen. Wir stahlen sie, ohne es zu wissen, und jetzt tauchten sie überall um uns herum auf.

In der Stadt fragen sich die Leute, ob Diebe auf dem Fest waren, ob etwas im Bier war, woher die Verschmutzung im

See kommt und der Müll, der mit dem Regen auf die Wiesen gespült wird. Doch das waren wir. Es war der Zauber. Es waren drei Mädchen, die mit etwas herumspielten, das sie nicht verstanden.

Immer wieder spiele ich die letzten Worte des Zaubers in meinem Kopf ab. *Pass auf, was du dir wünschst: Nicht alles Verlorene soll gefunden werden.*

Ich kann nicht damit aufhören, Listen von verlorenen Dingen zu machen, die nicht wiedergefunden werden sollten. Verlorene Haare. Verlorenes Blut.

Verlorene Seelen.

Ich erinnere mich daran, wie Jude, nachdem wir den Zauber gesprochen hatten, einfach auf diesem Baum auftauchte. *Nein*, ermahne ich mich. *Sei nicht albern. Das kann nicht sein.*

Olive

Samstag, 13. Mai

Verloren: Verschlüsse von drei Ohrringen,
eine Freundschaft

Am Samstagmorgen weckt uns Dad mit einem Gedicht, das ich nicht kenne. Die ersten paar Verse werden von Emilys Geschrei übertönt: »Es ist VOR SIEBEN UHR an einem SAMSTAG, Herrgott noch mal! LASS UNS SCHLAFEN!«

Dad öffnet meine Tür und ich blinzle ins Flurlicht.

»Verlier was jeden Tag«, dröhnt die Stimme meines Dads durchs Haus. *»Kein Wort verschwende / an Geldverlust, vertane Zeit allein.«*

»DAS IST KINDESMISSHANDLUNG!«, schreit Emily, aber ein bisschen Geschrei hat unseren Vater noch nie davon abgehalten, Gedichte zu zitieren.

»Verlust ist nichts, worin man sich nicht fände.« Er wird nur lauter, mit Lungenvolumen aus Jahrzehnten der Vorlesungen vor müden Studenten.

»DU BIST VERHALTENSGESTÖRT!«, kreischt Emily.

»ÜBE DANN, MEHR VERLIEREN, IN KÜRZREN ABSTÄNDEN«, brüllt Dad.

Mein Blick trifft den von Mum. Trotz des Lärms wird alles irgendwie still. »Du glaubst, du kennst ihn«, sagt sie leise; plötzlich ist sie neben mir. »Du kennst ihn überhaupt nicht.«

»Was?« Ich bin kurz verwirrt, weil ich glaube, sie spricht über Dad, und dann noch verwirrter, als mir klar wird, dass sie nicht ihn meint.

»Wir müssen heute Morgen früh los«, sagt Mum, als wiederholte sie sich. »Emily hat Tanzen und Max Fußball.«

Ich schaue ihr direkt ins Gesicht, in ihre Augen mit den Lachfältchen, die kurzen Haare kräuseln sich um die sieben Silberringe in jedem Ohr, und erkenne sie fast nicht. Vielleicht werde ich ein bisschen wahnsinnig.

Schließlich habe ich vor, eine Gruppe tätowierter jugendlicher Ausreißer in einem leer stehenden Haus zu besuchen, um mit meiner besten Freundin einen Zauber durchzuführen. Ich bin deswegen merkwürdig nervös. Vielleicht, weil ich das Gefühl habe, Rose und ich sollten wegen Cathal zur Polizei gehen, nicht Zaubersprüche sprechen. Vielleicht weil Zauber eigentlich nicht helfen. Und außerdem vielleicht, weil das alles bedeutet, dass ich Rowan wiedersehe.

Das alles habe ich im Hinterkopf, deshalb dauert es eine Weile, bis ich fertig bin. Ich suche mir ein Sommerkleid heraus, das lang genug ist, um nicht nach Aufmerksamkeit zu schreien, weit genug, um meinen Bauch zu verstecken und tief ausgeschnitten genug, um den Blick anzuziehen. Ich versuche, ein Paar Ohrringe zu finden, die noch Verschlüsse haben, und ziehe meine silbernen Ballerinas an.

Als ich nach unten komme, sitzt Emily über ihr Handy gebeugt am Küchentisch und isst dicke Scheiben selbst gebackenes Brot von meiner Nana, während Mum die Zeitung liest. Max kleckert beim Essen mit seinen Frühstücksflocken herum.

Mum hebt den Blick. »Du siehst hübsch aus«, kommentiert sie.

»Danke. Ich gehe zu Rose. Du hast gesagt, ich darf, weißt du noch? Ich hab keinen Hausarrest mehr?«

»Klar«, sagt Mum, den Blick wieder fest auf die Zeitung geheftet. »Spring nur nicht in den See rein.«

»Wie bitte?«

»Komm nur nicht allzu spät heim«, sagt Mum.

Auf dem Weg zum Kühlschrank stolpere ich beinahe über Emilys Tanztasche und bemerke, dass Chloe, die sonst alles bis hin zu Jazz-Hands mit ihr gemeinsam macht, nicht auf ihrem üblichen Platz neben ihr sitzt und darauf wartet, mit ihr von meiner Mum zum Unterricht gefahren zu werden.

»Wo ist Chloe?«, frage ich Emily.

Emily beißt mit finsterem Blick in ihr Brot. »Geht mir am Arsch vorbei«, sagt sie mit vollem Mund.

»Emily!« Mum klatscht die Zeitung auf den Tisch. Max bricht in haltloses Gekicher aus und klatscht in seiner Begeisterung so fest auf den Tisch, dass er die Hälfte seiner Honey Nut Loops auf den Boden verschüttet. Die Hunde stürzen sich auf die Sauerei.

»Entschuldige, Mum«, sagt Emily. »Geht mir am Hintern vorbei.«

Mum wirft Emily einen bedächtigen Blick zu, dann zuckt sie die Achseln und nimmt die Zeitung wieder auf. »Etwas besser«, sagt sie.

Emily grinst gequält. Ich mache mir eine Tasse Tee und hole eine Packung Kekse aus dem Schrank. Max macht sich auf die Suche nach Dad, und Emily starrt finster auf ihr Handy.

»Dann nehme ich an, ihr habt gestritten?«, frage ich und biete ihr einen Keks an.

Emily verdreht die Augen, aber zu meiner Überraschung antwortet sie tatsächlich. »Sie benimmt sich unvernünftig«, sagt sie.

»Weswegen?«

Emily nimmt den Keks und fragt mich mit dem Mund voller Krümel: »Wenn ich dir sagen würde, dass jemand, der dir nahesteht, etwas Schlimmes getan hat, würdest du es wissen wollen?«

In Emilys Welt bedeutet »etwas Schlimmes« höchstwahrscheinlich, dass eine ihrer Freundinnen das gleiche Top gekauft hat wie eine andere oder sie auf einem unschmeichelhaften Foto taggt oder überlegt, einen Jungen zu küssen, den eine andere Freundin mochte. »Klar«, antworte ich.

»Selbst, wenn du es dann hinterher nicht mehr aus dem Kopf bekommst?«

»Natürlich.«

»Und du würdest nicht, sagen wir, den Überbringer der schlechten Nachricht erschießen?«

»Ich schätze, Chloe hat den Überbringer der schlechten Nachricht erschossen«, sage ich.

»Schusswunde. Direkt ins Herz.« Mit ernstem Nicken greift sich Emily an die Brust. »Ich dachte, sie wäre meine beste Freundin«, sagt sie mit einem wütenden Achselzucken.

»Manchmal bauen auch beste Freundinnen Scheiße«, erkläre ich ihr. »Gib ihr Zeit. Ich bin sicher, sie beruhigt sich wieder.«

In diesem Moment taucht Rose an der Hintertür auf, rot im Gesicht von der Hitze und atemlos vom Fahrradfahren. Die Hunde springen auf sie zu. Meine Mum, die unser Gespräch wahrscheinlich auf Anzeichen von schwesterlicher Verbundenheit abgeklopft hat, während sie so tat, als wäre sie ganz in die Morgennachrichten versunken, blickt vorsichtig zu Rose auf. Wie kommt es, dass es Mums immer instinktiv zu wissen scheinen, wenn etwas nicht stimmt? Es ist fast, als wüsste Emily es auch; sie beginnt sofort, angeregt – und untypisch – mit Rose zu plaudern, die ihrerseits ein bisschen verunsichert wirkt, dass Emily ihr so viel Aufmerksamkeit schenkt.

»Und dann habe ich einfach zu Chloe gesagt: Du bist das beste Beispiel dafür, dass man sich die Haare nicht die ganze Zeit glätten muss, aber wenn ich versuchen würde, mir solche Haare zu machen wie du, dann wären sie einfach nur ein riesiger Krauskopf«, sagt Emily gerade.

Rose wirft mir einen Blick zu. Ich zucke die Achseln und nehme meine Tasche vom Stuhl neben mir.

Emily plappert immer noch. »Und ich hab zu Chloe gesagt, weil ich ständig online was drüber lese, aber ist es nicht echt rassistisch, dass wir finden, glatte Haare seien die besten Haare? Weil, wenn wir schwarze Frauen und, sagen wir, indische Frauen zwingen, ihre Haare zu glätten, erklären wir dann nicht ihr Erbgut für unwürdig?«

»Ähm, ja, vielleicht?«, sagt Rose.

»Wir gehen jetzt«, erkläre ich.

»Oh, okay, cool, na ja, ähm, falls du Tipps für krause Haare hast …«

Ich schalte Emily auf stumm und nehme Roses Hand. »Okaaay«, sage ich. »Wir sind dann mal weg.« Ich winke kurz und schiebe Rose zur Tür hinaus.

Doch sie bleibt direkt vor der Tür stehen und dreht sich noch einmal zu Emily um. »Kokosnussöl«, sagt sie. »Nach dem Duschen auf die feuchten Haare. Nicht kämmen oder föhnen. Wenn du sie über Nacht geflochten lässt, sind sie am Morgen wellig und das Öl verhindert das Kräuseln.«

»Danke!«, flötet Emily, und ich schließe die Hintertür, bevor uns die Hunde folgen können oder der Rest meiner Familie noch mehr seltsame Dinge tun oder sagen kann.

»Was war das denn jetzt?«, frage ich Rose, während wir auf die Straße hinausfahren.

»Frag mich nicht«, sagt sie. »Sie ist deine Schwester.«

Vor letzter Woche hätte ich so etwas gesagt wie dass Emily und ich das komplette Gegenteil voneinander sind, aber nachdem ich erfahren habe, dass sie tatsächlich eine Meinung zu rassistischen Schönheitsnormen hat, zucke ich nur die Achseln und sage: »Ach, für eine Schwester ist sie ganz okay.«

Auf Roses Vorschlag hin nehmen wir eine etwas längere Route aus der Stadt, auf der wir am Maguire's vorbeikommen, damit wir nachsehen können, ob Rowan und Hazel heute arbeiten, was unsere Zauber-Pläne ein klein wenig zum Scheitern bringen würde. Wir fahren über den Parkplatz zur Hintertür.

»Du gehst rein«, sagt Rose. »Ich pass auf die Räder auf.« Sie holt ihre Seifenblasen heraus und pustet ein paar, während ich vom Rad steige.

In dem Moment öffnet sich die Hintertür. Wir blicken beide auf, aber es ist keiner der Zwillinge, der aus den dampfenden Eingeweiden des Pubs auftaucht; es ist Mags selbst. Sie wird begleitet von Lucky, die sich, wackliger auf den Beinen als am Mittwoch, als sie mich fröhlich vollgesabbert hat, schwer auf die Stufe fallen und die lange Zunge heraushängen lässt.

Mags nickt mir grüßend zu (Luckys Schwanz klopft als Hallo schwach auf die Stufe), zieht eine Zigarette heraus und macht, nachdem sie sie angezündet hat, eine Geste zu Rose hinüber. »Hätte in eurem Alter mit den Seifenblasen anfangen sollen«, sagt sie ruppig. »Jetzt ist es längst zu spät für mich.«

Mir Mags Maguire mit siebzehn vorzustellen ist eine Übung in Aussetzung der Ungläubigkeit. Manche Leute sehen aus, als wären sie mit fünfundsechzig geboren worden.

Rose lacht und bietet Mags ihren Seifenblasenstab an. »Na, kommen Sie«, sagt sie. »Man ist nie zu alt für Seifenblasen.«

Mags zieht die Augenbrauen hoch, nimmt den Stab aber an und pustet ein Seifenblasengestöber in den trüben, spinnwebbehangenen Flur des Pubs.

Rose lehnt sich lässig an den Türrahmen und sagt: »Ähm, wir haben uns gefragt ...«

»Freier Tag«, unterbricht Mags sie.

»Wie bitte?«

»Die Zwillinge. Heute ist ihr freier Tag. Das wolltest du doch fragen, oder?«

»Oh«, sagt Rose. Sie sieht ungefähr so verblüfft aus, wie ich mich fühle. »Also, ja, schon.«

»Um genau zu sein«, sage ich, »haben wir uns noch etwas anderes gefragt.«

»Natürlich.« Mags gibt Rose die Seifenblasen zurück und nimmt einen tiefen Zug von ihrer Zigarette.

»Haben wir?«, fragt Rose.

»Laurel?«, erinnere ich sie. Ich frage Mags: »Sie kennen nicht zufällig drei Teenager-Mädchen mit Spitznamen, die vor dem Sommerfest letztes Wochenende vielleicht etwas von Ihrem *Poteen* genommen haben?«

Rose wirft mir einen Blick zu. Wahrscheinlich hätte ich es besser ausdrücken können.

Mags sieht ein bisschen verstimmt aus (obwohl das auch ihr normales Gesicht sein könnte) und schenkt uns zum Dank nichts weiter als ein: »Steckt eure Nase nicht in die Angelegenheiten anderer Leute.« Sie tritt ihre Zigarette auf der

Hintertreppe aus und zieht sich ins Pub zurück; Lucky folgt ihr hinkend.

»So viel dazu«, sagt Rose, und wir springen wieder auf unsere Fahrräder und steuern in Richtung Oak Road.

Als wir beim Supermarkt am Stadtrand vorbeikommen, fahren wir langsamer. Rowan steht vor dem Eingang und streitet mit jemandem. Es wird viel gestikuliert und die Körpersprache ist aggressiv, und es sammelt sich schon eine kleine Gruppe Zuschauer. Ich stelle mich auf die Pedale, damit ich besser sehen kann.

»Was sagen sie?«, frage ich.

»Ich höre es nicht richtig«, antwortet Rose. Ohne Worte steuern wir langsam in Richtung Straßenrand.

Der Typ bei Rowan lässt ihn stehen und kommt direkt auf uns zu. Er ist in den Zwanzigern, hat rotblonde Haare und breite Schultern. Als er nur noch ein paar Meter weg ist, dreht er sich zurück und ruft etwas, das ich nicht richtig hören kann – und plötzlich rennt Rowan auf ihn zu und boxt ihm in die Magengrube.

In Filmen geht es bei Prügeleien hauptsächlich um die Choreografie, aber das hier sieht eher wie eine Umarmung aus. Innerhalb von Sekunden klammern sie sich aneinander, ringen und halten sich, die Beine kreisen auf dem Betonboden, und der Sicherheitsmensch aus dem Supermarkt kommt herbeigeeilt und trennt sie.

»Ganz ruhig, Cian, ganz ruhig«, sagt der Wachmann zu dem anderen Mann und hält Rowans Arm so fest, dass ich das Kneifen beinahe spüren kann.

Rowan atmet schwer, seine Sommersprossen heben sich deutlich von seinen geröteten Wangen ab. Allein bei seinem Anblick wird mein eigenes Gesicht auch warm.

»Er ist auf mich losgegangen«, sagt Cian. »Das haben Sie gesehen – ich habe mich nur verteidigt.«

Rowans Kiefer ist rot und schwillt an. Seine Brust hebt sich schnell.

Aus dem Supermarkt kommt Tante Gillian, die offensichtlich gerade ihren Wocheneinkauf beendet hat. Sie sieht den Streit, dann runzelt sie die Stirn, als sie mich und Rose entdeckt.

»Was ist hier los?«, fragt sie mit ihrer offiziellen Polizistinnenstimme.

»Cian sagt, dieser junge Kerl hätte im Laden geklaut«, sagt der Sicherheitsmann.

»Er hat bei der Arbeit geklaut ...«, beginnt Cian. »Ich meine, von Leuten, mit denen ich arbeite.« Cian weiß, wenn er zugibt, dass er mit Rowan zusammenarbeitet, bekommt Mags Ärger; sie darf legal niemanden unter achtzehn einstellen, und wenn die Gerüchte über ihren Selbstgebrannten wahr sind, ist das nicht das einzig Illegale in ihrem Laden. »Ich würde ihm keinen Meter über den Weg trauen.«

»Tja, ich weiß nicht«, überrascht mich Rose. »Sie sind ein großer Kerl. Und er ist ein Minderjähriger. Sie haben ihn provoziert – wir haben es gesehen.«

»Was zum Henker redest du da, Pocahontas?«, fragt Cian, und ich muss Rose zurückhalten, damit sie nicht selbst auf ihn losgeht.

»*Wie* haben Sie mich genannt?« In ihren Augen steht die reine Wut.

Dem Wachmann ist sichtlich unwohl. »Äh, na, na«, sagt er.

Tante Gillian wirft Cian einen missbilligenden Blick zu. »Ist dieser Junge ein Freund von euch?«, fragt sie uns mit einer Handbewegung zu Rowan. Als Antwort quetsche ich mich zwischen Rowan und den Sicherheitsmann.

»Wir wollten eigentlich gerade gehen«, sage ich. »Ist das okay?«

Tante Gillian sieht aus, als würde sie am liebsten möglichst schnell zurück zu ihrem Einkaufswagen kommen.

»Also schön«, sagt sie, dann zeigt sie auf Rowan. »Dreh aber vorher deine Taschen um.«

Rowan wird wieder rot. »Ich habe nichts gestohlen …«, sagt er hitzig.

»Wenn du nicht willst, dass ich euch beide wegen Tätlichkeit festnehme, schlage ich vor, du leerst deine Taschen«, sagt Tante Gillian. Ich sehe, wie Cian sich bei *euch beide* aufplustert, aber er sagt nichts, und Rowan holt einen Streifen Kaugummi aus der Brusttasche seines T-Shirts. Er hält es vor sich: Beweisstück A. Er wickelt ihn aus und steckt ihn in den Mund, bevor er Beweisstück B zückt: sein Handy und seine Geldbörse aus den hinteren Jeanstaschen und Beweisstück C: einen Schlüsselbund und sein silbernes Feuerzeug aus seinen Vordertaschen. Wenn man ihn nach seinem Tascheninhalt beurteilt, scheint Rowan ein Musterbürger zu sein.

»Sehen sie?«, sagt er mit ausgebreiteten Armen, die Hände voll von seinen Besitztümern, das Kinn trotzig gereckt und laut Kaugummi kauend. »Wollen Sie mich auch noch abtasten?«

Wenn man danach geht, wie er sich gibt, bedeutet er Ärger.

»Also gut«, sage ich schnell, nehme Rowan an der Armbeuge und drehe ihn zur Straße um. »Wir gehen jetzt einfach! Wir sehen uns morgen, Tante Gill!«

Ich schiebe Rowan in Richtung Straße, Rose folgt mit unseren Fahrrädern. Als wir außer Sicht sind, fängt sie an zu kichern.

»Ich mag dich«, erklärt sie Rowan. »Und wie immer bin ich

froh, dass *du*« – sie schubst mich mit der Hüfte an – »Beziehungen zur Polizei hast«.

Ich wende mich Rowan zu. »Und worum ging es da nun?«, frage ich im Plauderton. Wir warten auf unseren Fahrrädern, während er seines von der Straßenlaterne ein Stück weiter losbindet.

»Nichts«, sagt er und schüttelt sich die Haare aus den Augen. »Er ist ein Arschloch. Seit wir hier sind, sucht er nur nach einem Grund, um Streit anzufangen.«

»Also dachtest du dir, du lieferst ihm einen, indem du zuerst zuschlägst?«

Rowan grinst. »So ähnlich.«

Wir radeln hintereinander die Hauptstraße entlang, umfahren die Stadt und ihren Samstagsverkehr und werden schneller, als die Straße wieder breiter wird. Als wir in die kleineren, holprigen Straßen abbiegen, fahren wir wieder langsamer und keuchen in der drückenden Hitze. Rowan lässt sich zurückfallen und fährt neben uns her.

»Danke, dass ihr mir da vorhin geholfen habt«, sagt er. »Ich weiß das zu schätzen.«

»Kein Problem, Rowan«, sagt Rose. »Wir dachten uns schon, dass du wahrscheinlich nicht willst, dass Gillian herumschnüffelt, nach deiner Adresse fragt oder wo deine Eltern sind.«

Rowan grinst wieder und sieht nicht im Mindesten überrascht aus. »Du musst Rose sein. Oder möchtest du lieber Pocahontas genannt werden?«

Rose knurrt. »Ich hätte ihm am liebsten selbst eine geknallt«, sagt sie.

»Schon komisch«, sagt Rowan. »Ich wollte eigentlich gerade zu euch, als ich mal wieder mit der Polizei aneinandergeraten bin.«

Mal wieder? »Ach ja?«, frage ich. »Warte, wie wolltest du uns finden? Du weißt nicht, wo wir wohnen.«

Rowan zuckt die Achseln. »Die Stadt ist klein, ich dachte mir, ich würde euch schon irgendwann über den Weg laufen. Mir ist erst, nachdem du weg warst, aufgefallen, dass ich vergessen hatte, dich nach deiner Nummer zu fragen.«

Ich werde rot. Rose bemerkt es und wirft mir einen skeptischen Blick zu.

»Warum wolltest du zu uns?«, fragt sie Rowan.

»Hazel wollte … Ich meine, wir wollten euch bitten, uns bei dem Zauber zu helfen.«

Rose bleibt leicht der Mund offen stehen. Sie sieht mich an, dann sagt sie zu Rowan: »Deshalb wollten wir gerade zu euch kommen.«

»Tja«, sagt Rowan mit einem Blick, in dem mehr Resignation als Überraschung liegt. »Dann soll es wohl so sein.«

Wir biegen in den schmalen Feldweg ein, der zum Wald führt. Kaninchen flitzen über Wiesen, und wir überraschen vier Damhirsche, die direkt vor uns über einen Zaun springen und dann in den Wald; die weißen Unterseiten ihrer Schwänze tanzen in den Schatten.

»Wir haben die anderen gefunden, die das Zauberbuch vor uns hatten«, sagt Rowan. »Drei Mädchen. Na ja, die Mädchen selbst haben wir nicht gefunden – wir haben ein paar Seiten aus einem ihrer Tagebücher gefunden. Wir dachten, ihr könntet uns vielleicht sagen, wer sie sind, weil ihr ja mehr Leute in der Stadt kennt als wir. Und wo das Zauberbuch ist, vielleicht auch – wir haben es nicht wiedergefunden, seit du bei uns warst.«

»Ich habe es am nächsten Tag in meiner Tasche gefunden. Ich dachte, es wäre zufällig da reingefallen«, erkläre ich ihm, noch bevor mir bewusst wird, was er gerade über die Mädchen gesagt hat. »Warte, ihr habt auch Seiten aus Laurels Tagebuch gefunden?«

»Auch?«, wiederholt er.

Ich tausche einen Blick mit Rose.

»Rose und ich haben auch Seiten gefunden. Meine lagen in meinem Fahrradkorb, und Rose hat ihre auf dem Weg zur Schule gefunden«, erkläre ich.

»Das ist ein merkwürdiger Zufall«, sagt Rose.

»Also kennt ihr die Mädchen?«, fragt er. Rose und ich schütteln die Köpfe.

»Gibt es nicht nur eine Schule in Balmallen?«, fragt Rowan.

»Doch, schon«, gebe ich zu. »Aber wir kennen ihre echten Namen nicht, oder? Also könnten sie in unserer Klasse sein, aber wir würden sie trotzdem nicht als Laurel, Ash und Holly kennen. Oder sie gehen vielleicht an eine Schule in der nächsten Stadt. Sie erwähnen einen Mr Murphy, aber einen Mr Murphy gibt es wahrscheinlich an jeder Schule im Land.«

»An meiner gab es auch einen.« Rowan nickt.

»Und sie erwähnen ein Mädchen namens Trina McEown, aber über sie haben wir auch nichts herausgefunden. Wir wissen nicht einmal, wie alt sie sind – sie könnten in unserer Klassenstufe sein, aber auch eine drüber oder drunter. Eigentlich ist es ein ungelöstes Rätsel.«

Als wir zu dem Grundstück kommen, stellen Rose und ich unsere Räder hinter der Mauer an der Straße ab, wo wir sie normalerweise lassen, aber Rowan schiebt seines ins Haus.

»Kann nicht riskieren, dass es jemand wiedererkennt«, sagt er.

»Hier kommt nie jemand her«, widerspricht Rose. »Also, gar nie. Es ist so eine Art Nimmerland.«

»Ihr aber schon.«

»Das ist was anderes«, fängt Rose an, aber ich übertöne sie.

»Vor wem genau versteckt ihr euch eigentlich?«, frage ich.

Rowan entgleisen nur ganz kurz die Gesichtszüge, aber ich bemerke es. Sein anschließendes Lächeln ist so unbefangen, so sorglos, und wüsste ich es nicht besser, ich würde denken, ich hätte mir sein kurzes Zögern nur eingebildet.

»Captain Hook«, sagt er locker und öffnet die Tür zu dem vernagelten Haus. Er wirft einen Blick zurück zu Rose und sagt frech: »Vielleicht hätte Cian dich lieber Tiger Lily nennen sollen.«

Rose verdreht die Augen. »Bis eben mochte ich dich noch, soll ich es mir anders überlegen?«

Hazel erscheint in der Küchentür, wieder einmal nicht im Mindesten überrascht, uns zu sehen. »Du magst Rowan?«, fragt sie Rose mit gespieltem Entsetzen. »Niemand mag Rowan!«

Rowan zeigt seiner Schwester den Mittelfinger und wir alle drängen uns durch die Küchentür. Hier drin ist es heute hell; seit die Bretter fehlen, hat jemand die Terrassentüren aufgerissen. Es ist erfrischend kühl, das Sonnenlicht fällt schräg auf die Fliesen, aber weil das restliche Haus dunkel und leer ist, konnte sich die Hitze noch nicht setzen.

Ivy sitzt auf der Hintertreppe, blickt überrascht auf und sagt: »Also, *ich* mag Rowan«, als hätte Hazel es ernst gemeint.

Wie ich das darauffolgende kurze unbehagliche Schweigen interpretieren soll, weiß ich nicht so recht. Mag Ivy Rowan wirklich? Sind sie zusammen? Rowans errötende Wangen, Hazels abgewandter Blick, Ivy, die sich auf die Unterlippe beißt, als hätte sie das vielleicht nicht sagen sollen. Neben mir beobachtet Rose jedes einzelne Gesicht. Sie kneift die Augen halb zusammen, und ich bin mir sicher, sie fragt sich wie ich, ob Rowan und Hazel beide in Ivy verliebt sind.

Es ist etwas an der Art, wie sie sich in ihrer Gegenwart bewegen, als wären sie sich ihrer jederzeit bewusst. Wenn ich an das letzte Mal denke, als ich hier war, passt das auch. Rowans Röte verschwindet langsam wieder und mir wird das Herz ein bisschen schwer. Ich drehe mich weg und ertappe Rose dabei, wie sie Hazel beobachtet: Sie sieht ein bisschen aus wie ich mich fühle. Mir fällt wieder ein, wie sie mir Hazel beschrieben hat: *selbstbewusst, bildschön*. Vernarrtheit ist etwas Schreckliches.

»Ja, na ja«, sagt Hazel übermütig zu Ivy, als wollte sie Schönwetter machen. »Bei Freunden hattest du ja schon immer einen beschissenen Geschmack.« Sie wendet sich an ihren Bruder und fügt hinzu: »Apropos, was ist mit deinem Gesicht passiert?«

Rowan reibt sich nachdenklich das Kinn. Das Rot wird langsam zu Lila und es ist immer noch geschwollen. »Ich hab ein bisschen was abbekommen«, gibt er zu.

»Ein bisschen?«, fragt Ivy. Sie klingt leicht verwirrt.

»Hattest du es verdient?«, fragt Hazel. Sie klingt, als wüsste sie genau, was los ist.

»Wahrscheinlich«, sagt Rowan, und ich sage gleichzeitig: »Auf jeden Fall.«

Als er lacht, bekommt er leichte Lachfältchen in den Augenwinkeln. »Okay«, gibt er zu. »Auf jeden Fall.«

»Dein Bruder ist ziemlich unbeherrscht«, erklärt Rose. »Deshalb habe ich beschlossen, dass ich ihn mag.«

»Das haben sie gemeinsam«, erläutere ich Hazel.

Hazel lächelt Rose direkt an. »Darauf wette ich«, sagt sie.

»Die Beherrschung ist auch etwas, was man verlieren kann«, sagt Ivy leise von der Hintertür aus ins Leere hinein.

»Abgesehen davon«, füge ich hinzu, »ist dieser Cian nicht gerade der freundlichste Typ der Welt.«

»Oder der am wenigsten rassistische«, ergänzt Rose.

Hazel lächelt nicht mehr.

»*Cian* hat dich geschlagen?«, fragt sie Rowan.

»Ist schon in Ordnung«, sagt er. Er holt eine billige Flasche Bier aus dem winzigen Kühlschrank und öffnet sie an der Kante der Arbeitsplatte.

»Cian, mit dem wir fast jeden Tag arbeiten, hat dich geschlagen?«, fragt Hazel jetzt mit erhobener Stimme.

Rowan zuckt die Achseln und reicht die restlichen Flaschen aus dem Sixpack aus dem Kühlschrank herum. »Ich hab doch gesagt, es ist okay, Hazel – lass einfach gut sein.«

Hazel setzt sich an den Tisch und schüttelt den Kopf. »Ich wusste, es war eine blöde Idee, dort zu arbeiten«, sagt sie wütend.

»Es ist in Ordnung«, sagt Rowan noch einmal. Er schaut mich und Rose an, als sollten wir bei dieser Art von Gespräch nicht anwesend sein. »Es ist kein Problem.«

»Ist es doch, falls Cian beschließt, herumzuschnüffeln«, widerspricht ihm Hazel.

»Wo herumschnüffeln?«, beginne ich, aber Ivy springt von der Treppe auf und ruft aus: »Schaut!«

Unwillkürlich laufe ich mit den anderen zu der offenen Tür. Der leichte Wind, der in den Bäumen gerauscht hat, muss irgendwo einen Mülleimer umgeworfen haben, denn ein kleiner Wirbel von Bonbonpapierchen, Quittungen, Keksschachteln und Papierfetzen wird über die Büsche geweht.

Ivy schießt los und schnappt nach den Papieren. Das kann nicht sein. Das ist unmöglich. Aber sie kommt mit einer weiteren Seite von Laurels Tagebuch zurück.

Es ist unten quer abgerissen. Viel steht nicht darauf: Sie finden wahllos Gegenstände im Wald. Es sieht aus, als würde Laurel langsam an den Zauber glauben. Als ich das erwähne, zeigt mir Hazel die Tagebuchseiten, die sie gestern gefunden hat. Nacktbaden und gefundene Dinge. Ein verschwundener Junge.

Rose, die über meine Schulter mitliest, sagt: »Davon habe ich nichts gehört. Du?«

Ich schüttle den Kopf. »Nein. Was komisch ist, weil meine Nana die größte Klatschtante der Stadt ist.«

Rowan liest Ashs Beschreibung des Jungen vor: *»Wenn du ihn siehst, weißt du, wen ich meine. Er ist ungepflegt und blond und hat ein Augenbrauenpiercing.«*

»Nö.« Rose schüttelt den Kopf. »Da klingelt nichts.«

Aber bei mir klingelt etwas. Laut und deutlich, ein großer Gong. *Krieg ich noch 'n Kuss, bevor du gehst?*

Offensichtlich kann man mir meine Gedanken ansehen, denn Hazel fragt: »Kennst du ihn?«

»Nicht direkt«, antworte ich. »Aber ich glaube, ich habe ihn gesehen. Auf dem Sommerfest. Ich glaube, wir haben irgendwann mit ihm getanzt. Keine Ahnung, ich war ziemlich betrunken. Er war blond und schon irgendwie ziemlich zerzaust. Und er hatte ein Augenbrauenpiercing. Ich weiß nicht. Vielleicht war es auch nicht derselbe.«

Rose wirft mir einen eigenartigen Blick zu.

Laurel ist nicht die Einzige, die langsam an den Zauber glaubt.

Hazel

Samstag, 13. Mai

Verloren: ein paar Bierflaschen (Billigmarke), eine ganze Menge Geschmacksknospen

Wir haben alle hier, die wir für den Zauber brauchen. Ich habe Rowan losgeschickt, um Olive und Rose zu suchen, aber sie waren schon von selbst auf dem Weg hierher. Das muss etwas bedeuten.

Ich öffne das Zauberbuch und sehe mir die Zutatenliste an. Olive hatte es die ganze Zeit, sagt sie. Als wäre es von selbst in ihre Tasche gerutscht.

»Was haben wir schon?«, fragt Rose. »Und was brauchen wir noch?«

Wir schauen uns in die Augen. In meiner Magengrube flattert es nervös. Wir stecken gemeinsam hier drin. Wir brauchen das – wir beide. Ich wünsche mir fast, ich könnte ihr sagen, warum.

Ich nehme die Rosen auf dem Tisch aus ihrer Vase. »Rosendornen«, sage ich. Rose lächelt. Ivy holt drüben aus dem Schrank eine Flasche Olivenöl. Dann angelt sie unter der Spüle nach der Limonadenflasche mit dem *Poteen*, den wir Mags geklaut haben.

Rowan öffnet die Flasche, riecht an dem Zeug und hustet. »Oh Mann«, murmelt er. »Riecht wie Farbverdünner.«

»Was sonst noch?«, fragt Rose.

Rote Tinte, Silberfaden. Ich laufe nach oben und wühle in meinen Malsachen, bis ich rote Stifte finde. Unten hat Ivy inzwischen eine Spule silbernes Geschenkband aufgetrieben.

»Wir brauchen eine Haselrute«, sage ich. »Vogelbeeren, eine Efeuranke. Wir brauchen Moos vom Fuß einer Eiche. Und wir brauchen einen Talisman.«

Ich reiche Bier herum, Ivy holt ein kleines Einmachglas und Rose leert ihre Tasche aus, damit wir die Zutaten für den Zauber hineintun können. Rowan schüttelt den Kopf. »Ich sag's euch«, sagt er zum hundertsten Mal, »ich halte das für keine gute Idee.«

Wir stapfen durch den Wald und suchen nach den Pflanzen, die wir brauchen. Unsere Handys haben kaum Empfang, deshalb können wir nicht nachschauen, was das hier für Bäume sind, aber Ivy hat ein kleines Buch über einheimische irische Pflanzen und Bäume, das sie aus irgendeinem Grund von zu Hause mitgenommen hat. Laurel schrieb in ihrem Tagebuch, sie seien sich wie kleine Kinder beim Matschkuchenbacken vorgekommen, aber ich bin todernst. Rose versucht, mit Olive und Rowan herumzuwitzeln, aber ich weiß, sie meint es auch ernst.

Schließlich kommen wir an den pockennarbigen Felsen am See an, Roses Tasche beult sich. Wir haben fast alles, was wir brauchen. Einen Moment lang setzen wir uns hin, atmen durch und trinken unser Bier. Wir sprechen über Laurel, Ash und Holly und ihre verlorenen Sachen.

»Wahrscheinlich ist es nur Zeug, das vom Wunschbaum weggeweht wurde«, sagt Olive. Mit einem Klirren stellt sie ihre leere Bierflasche neben sich auf den Stein und Rowan bietet ihr eine neue an. »Oder Müll, der vom Campingplatz auf der anderen Seeseite herübergespült wurde.«

»Apropos«, sagt Rose und deutet aufs Wasser. Nicht weit von uns, neben einem Felsen, der aus dem See ragt, schaukelt eine Flasche auf den Wellen.

Olive zieht die Schuhe aus. »Die sollten wir rausholen«, sagt sie. »Müll im See bringt die Fische um, ganz zu schweigen von den armen Enten und Schwänen.« Dann hält sie mit einem merkwürdigen Gesichtsausdruck inne. »Meine Mum hat gesagt, ich soll nicht in den See springen«, sagt sie langsam. »Vielleicht habe ich sie falsch verstanden – oder sie hat sich versprochen und meinte eigentlich, ich soll nicht zu spät nach Hause kommen, aber …« Sie blickt übers Wasser, ihr Satz verhallt.

»Also dann«, sagt Rowan. Er leert seine Flasche und stellt sie neben die vollen auf den Boden. »Eltern nicht gehorchen war schon immer unsere Stärke, oder, Hazel?« Er tritt die Schuhe von den Füßen, zieht die Jeans aus und springt in T-Shirt und Boxershorts ins Wasser. Olive versucht, nicht hinzustarren.

Rowan bringt die Flasche zitternd ans Ufer. »Scheiße, ist das kalt«, sagt er. »Hier.« Er reicht sie Olive. »Sieht aus, als wäre was drin.«

»Ehrlich?« Ich beuge mich vor.

Da ist wirklich etwas drin. Es sieht aus wie eine Botschaft. Eine Flaschenpost.

»Das ist irgendwie cool«, sagt Rose.

Olive versucht, das Papier herauszuangeln, aber nur Ivys kleiner Finger ist schmal genug, um es zu fassen zu bekommen.

Der Zettel ist an zwei Stellen abgerissen: oben und unten. Es ist ein Schnipsel, eine Momentaufnahme, ein Nachsatz.

Er ist von Laurel.

Wir lesen jeder ein paar Sätze, und unsere Stimmen werden immer leiser.

»Ich sollte diese Seite herausreißen. Ich werde es tun. Sie zusammenknüllen, begraben, sichergehen, dass sie nicht wieder auftaucht.«

Laurel und Jude an einen Baum gelehnt. Tagebuchseiten und Scrabble-Steine. Eine Reihe von Hunden, die in Richtung Wald gehen.

»Ich wusste: Das war unsere Schuld. Wir hatten kein Opfer gebracht. Wir hatten für etwas, was wir finden wollten, nichts eingetauscht, was wir nicht verlieren wollten. Wir bekamen unsere Tagebücher wegen der Opfer anderer Menschen wieder. Dinge, die sie nicht verlieren wollten. Dinge, von denen ihnen nicht klar war, dass sie verschwinden würden. Klimbim, Schätze, Erinnerungen, Überzeugungen. Wir stahlen sie, ohne es zu wissen, und jetzt tauchten sie überall um uns herum auf.«

Rowan runzelt die Stirn, als hätte er genau das befürchtet. Olives Wangen sind gerötet. Ivy starrt fragend auf die Bierflasche. Dann nimmt sie sie wieder in die Hand und dreht sie um. Ein paar Tropfen Bier mit Seewasser gemischt fließen auf ihre Hand, dann fällt mit einem leisen Klimpern noch etwas aus der Flasche. Ivy hebt es zwischen Daumen und Zeigefinger auf.

Es ist eine Medaille des Heiligen Antonius.

»Hazel, das ist deine Medaille«, sagt Olive zu mir.

»*Meine* Medaille?« Ich schaue genauer hin. In der Ecke hat sie einen rostroten Fleck, der aussieht wie getrocknetes Blut. Es *ist* dieselbe Medaille.

Olive runzelt die Stirn. »Ich habe sie in der Tasche von deiner Jeansjacke gefunden«, erklärt sie. »Nach dem Fest.«

»Sie ist letzte Woche im Maguire's von der Kasse abgefallen, als ich sauber gemacht habe«, erzähle ich ihr, und mich schaudert ein bisschen. »Sie taucht einfach immer wieder auf.«

Roses Mund steht weit offen. »Ich habe sie *verloren*«, sagt sie zu Olive. »Ich hatte sie am Montag in der Tasche, nachdem du sie mir gezeigt hattest. Sie muss auf dem Weg zurück zur Schule herausgefallen sein …«

»Wer's findet, darf es behalten«, sagt Rowan wie im Spaß, aber er hat die Augenbrauen zusammengezogen und sieht aus, als hätte er ziemliche Angst.

»Warte mal«, sagt Rose. »Die Medaille.« Sie schaut mich aufgeregt an. »Das ist der Talisman. Eine Medaille des Heiligen Antonius. Das ist das Einzige, was uns noch für den Zauber fehlt.«

»Wir haben alles.« Ich atme durch. »Wir können es tun.«

Rowans Gesicht verdüstert sich. Olive sieht unsicher aus. Sie nimmt die Medaille und schnippt sie in die Luft wie eine Münze. Sie dreht sich sirrend. »Kopf oder Zahl?«

Sie bleibt länger in der Luft, als möglich ist. »Bei Kopf sprechen wir den Zauber«, sagt Rowan langsam, nervös. »Bei Zahl vergessen wir es. Wir trinken einfach unser Bier und schwimmen im See und spielen nicht mit Dingen herum, von denen wir nichts verstehen. Das könnte gefährlich sein.«

Das Wasser liegt klar und funkelnd vor uns, spiegelt die Wolken wider, die langsam über uns hinwegziehen. Wir schauen zu, wie sich die Metallscheibe dreht. Es ist seltsam, dass sie das einfach so weiter tut. Kopf, Zahl, Zahl, Kopf. Schließlich fängt Rose sie aus der Luft und klatscht sie sich auf den Handrücken.

»Kopf«, sagt sie.

Kopf. Wir sprechen den Zauber.

Das Metall glitzert auf Roses Hand, und plötzlich ziehen

die Wolken schnell heran, der Wind weht stärker, es fängt an zu regnen.

»Nein!«, sagt Rose. »Gerade eben war es noch so schön!«

»Von hier aus gesehen ist es immer noch so schön«, sage ich leise. Ich weiß, Rose hat mich gehört, denn sie lächelt leicht.

Bis wir über die Felsen geklettert sind und im Wald ankommen, hat sich der Regen zu einem Sturm ausgewachsen.

»Bei dem Wetter können wir nicht draußen bleiben«, ruft Olive.

»Wir sollten reingehen«, stimmt ihr Rowan zu. Das Unwetter übertönt ihn fast. »Wir können das ein andermal noch mal machen.«

»Auf keinen Fall«, sage ich, und Rose nimmt meine Hand.

»Ist okay«, sagt Ivy plötzlich. »Ich weiß, wohin wir gehen können. Und dort sind wir auch vorm Regen geschützt.«

Laurel

Samstag, 13. Mai

Gefunden: Blechmedaillon (Heiliger Antonius), Fingernägel (regenbogenfarbig, aus Acryl), menschliche Haare, Blutpfützen

Etwas zog auf, und es war nicht der Sturm.

Der Morgen begann bewölkt. Ich ging vor der Schule zu Holly hinüber. Wir hatten zwei Stunden freiwilligen Wiederholungskurs am Samstagnachmittag, und obwohl wir alle mit dem Lernen hinterher waren, fuhr sie nicht mit mir hin.

»Wir sehen uns dort«, sagte sie.

Ich wollte ihr erzählen, was am Abend davor mit Jude passiert war, wollte gestehen. Vielleicht wollte ich sie vor ihm warnen. Aber ich verlor den Mut.

Sie saß mitten auf ihrem Bett, umgeben von einigen Dingen, die wir im Wald gefunden hatten. Weihnachtsbeleuchtung, Lesebrille, einzelne Socken. Haarnadeln, aufgereiht wie ein Gartenzaun. Und Flaschen mit rotem Nagellack, halb leere Haarsprayflaschen, Fotos von uns dreien. Es gab keine Fotos von Jude.

»Er redet von Ikarus«, flüsterte sie durch den unvermeidlichen Schal um ihren Hals. »Aber er ist eher wie Orpheus.

Ich glaube, seine Stimme könnte mich von den Toten zurückbringen.«

Ich wollte sie am liebsten schütteln. »Du bist nicht tot«, sagte ich. »Du bist nur verknallt. Er ist nur ein Junge, Herrgott noch mal.«

»O nein.« Sie zog den Schal enger um den Hals. »Er ist sehr viel mehr.«

Wäre ich eins von den Mädchen, die an Vampire glauben, hätte ich ihr den Schal weggerissen, aber Holly war schon immer blass, und egal, was die anderen sagen: Jude ist nur ein Junge wie alle anderen Jungen in der Schule, in der Stadt, in unseren Familien. Er ist nicht anders als wir drei.

Als ich Holly das erste Mal fragte, was sie von ihm hielt, bevor er sie oder Ash oder mich küsste, bevor er unsere Freundschaft zerriss wie die Seiten eines Tagebuchs, sagte sie: »Ich glaube, ich liebe ihn.«

Ich wollte gemein sein, wollte sagen: *Du dachtest letztes Jahr auch, du liebst John Calhoun, du dachtest, du liebst Seamus aus* Salthill, *du dachtest, du liebst den neuen Freund deiner Tante. Du verliebst dich ständig in irgendwen.*

Ich wollte grausam ehrlich sein, wollte sagen: *Ich glaube, ich auch. Und Ash. Wir haben nur nicht den Mumm, es dir zu sagen.*

Ich wollte ihr sagen, was ich schon die ganze Zeit dachte: *Und er weiß es, unser schöner Jude – er weiß sehr gut, was wir für ihn empfinden. Merkst du das nicht? Siehst du nicht, wie er uns alle abwechselnd anschaut, wie er unsere Zuneigung frisst und nur die auf den Waldboden gespuckten Kerne übrig lässt?*

Stattdessen ließ ich sie auf ihrem Bett voller Funde sitzen und radelte zur Schule.

Ein Sturm zog auf. Das Radio im Lehrerzimmer nebenan

rauschte; die Wettervorhersage knackste. *West-Südwest, zwölf Knoten, langsam fallend*. In der Zeitung, die meine Schwestern am Morgen gelesen haben, stand es weniger poetisch: *Höchsttemperaturen zwanzig bis dreiundzwanzig Grad. Orkanböen an allen irischen Küstengewässern und auf der Irischen See*. Nach der Hälfte des Wiederholungskurses begann der Wind zu wehen und Holly war immer noch nicht da.

»Sie taucht schon noch auf«, sagte Ash, aber ich glaubte es nicht.

»Ich würde sagen, sie rennt mit Jude durch den Wald.«

»Also, ich würde auch nicht wiederkommen.«

Meine Klamotten kratzten, klebten am Blusenkragen, wo sich mein Schweiß gesammelt hatte. Der Wind vor der Schule klang komisch.

»Hast du das gehört?«, flüsterte ich Ash zu. Mr Murphy sprach weiter mit der Tafel und schrieb Gleichungen, dass es sich anhörte wie ein Kreide-Stakkato.

»Was soll ich gehört haben?«

»Einen Hund oder so?« Aber ich war mir nicht sicher.

Lorraine Donnoghue hinter uns belauschte uns. »Ich wette, das ist nur das Keuchen von eurer Freundin«, sagte sie boshaft. »Was hat sie in das Tagebuch geschrieben? *Nach solchen Träumen streichle ich mich mit zwei Fingern unten zwischen den Beinen und kann mich kaum bremsen, ins Kissen zu beißen*. Das ist einfach *ekelhaft*.«

»Und *ich* höre kaum was wegen der ganzen Kuhscheiße hinter uns«, sagte Ash, so laut sie es wagte, zu mir. Lorraine wollte noch etwas nachsetzen, aber jedes Mal, wenn sie den Mund öffnete, muhte Ash.

Ich lachte, aber ich hätte schwören können, ich hörte ein Heulen. Und noch etwas, wie einen Kinderkreisel.

Ash klatschte mit der Hand auf etwas auf dem Tisch, und das Geräusch hörte auf.

»Was ist das?«

Sie hob die Hand, um es mir zu zeigen: eine Heiligenmedaille. Meine Mam hat Dutzende.

»Ich habe sie heute Morgen am Straßenrand gefunden«, sagte Ash. Sie ließ sie wieder kreiseln. »Hat bestimmt was damit zu tun, dass die Pilgerstätte in Knock so nahe ist. Die Leute verlieren wundertätige Medaillen, wo sie gehen und stehen.«

»Das ist keine wundertätige Medaille«, erklärte ich ihr. »Auf denen ist Maria. Das hier ist Sankt Antonius.« Auf der Medaille, hinten auf der Rose, war ein verkrusteter Fleck. Ich kratzte mit dem Daumennagel ein bisschen davon ab. Es hatte genau die rostbraune Farbe von getrocknetem Blut.

»Kann ich sie haben?«, fragte ich Ash. Ich sagte ihr nicht, dass ich mir sicher war, dass das die Medaille war, die wir für den Zauber benutzt hatten. Ich erkannte den Fleck. Es gab keinen logischen Grund, warum sie hier war; wir hatten das Zauberbuch in dem Loch in der Eiche zurückgelassen, wo wir es gefunden hatten, zum Teil, damit derjenige, der es geschrieben hatte, nicht merkte, dass es weg war, wenn er wiederkam, und zum Teil, weil keine von uns es behalten wollte.

»Wenn du willst.«

Ich hängte sie an das goldene Bettelarmband, direkt neben den kleinen goldenen Olivenbaum.

Irgendetwas würde gleich umfallen, und es waren nicht die Bäume.

Ich wollte nach dem, was gestern mit Jude passiert war, nicht einmal in die Nähe des Waldes kommen – als würden die Bäume irgendwie unsere Geheimnisse verraten, Holly verraten, dass ich mit ihm dort war –, aber Ash bestand darauf, und ich wusste, dort würden wir Holly finden. Die Wolken zogen schnell heran, drohten mit Regen. Der Wind klang wie ein Heulen.

Holly und Jude küssten sich auf der Eiche. Lange Haare und Holzperlen, die im richtigen Licht fast wie Zähne aussahen; Hollys Kleider voller Blätter. Sie sahen aus wie etwas aus einem Kinderbuch, und Ash und ich starrten von unseren Fahrrädern aus hungrig hinauf. Ein paar zögernde Regentropfen fielen zwischen den Ästen hindurch auf den Boden, und in mehreren Pfützen glitzerte Kleingeld. Ich stand neben einem Häufchen Acrylnägeln in allen Farben des Regenbogens.

Ash zitterte in ihrem leichten roten Sommerkleid und Jude warf sein Hemd herunter, damit sie es überziehen konnte. Als sie herunterkletterten, kletterte ich selbst in die Eiche, um das Zauberbuch zu suchen. Ich wollte sichergehen, dass die Medaille des Heiligen Antonius noch da war, zusammen mit dem Gebet um verlorene Dinge hineingeklemmt. Ich wollte sichergehen, dass das an meinem Handgelenk nicht das war, das wir für den Zauber benutzt hatten, mit unserem Blut befleckt, und dass es uns nicht verfolgte. Aber als ich in den Hohlraum griff, war das Notizbuch nicht da. Nur die letzten zwei Biere, die wir neulich nicht getrunken hatten.

Holly wurde blass. »Glaubst du, jemand hat es gestohlen?«, fragte sie. Sie sagte es nur zu mir, leise, während Ash eines der Biere öffnete und Jude erzählte, was Lorraine vorhin gesagt hatte.

»Was für eine Kuh«, pflichtete Jude ihr bei. »Vielleicht gibt es irgendwo einen Zauber, mit dem wir sie wirklich in eine verwandeln könnten.«

»Wer sonst sollte wissen, dass er hier danach suchen muss?«, flüsterte ich zurück.

»Ich weiß es nicht«, sagte Holly. »Was, wenn es einfach verschwunden ist?«

Jude zog unbekümmert einen silbernen Flachmann aus seiner hinteren Hosentasche. Er schraubte ihn auf und setzte ihn an die Lippen. Ich schaute zu, wie sein Adamsapfel hüpfte, als er schluckte. Er reichte den Flachmann herum.

»Was ist das?«, fragte ich, bevor ich probierte.

»Was du willst«, erwiderte er.

Die Wasser der Lethe, dachte ich, während ich beobachtete, wie Ash und Holly tranken. *Etwas, das uns vergessen lässt, dass das alles hier je passiert ist.* Ich drehte die Medaille zwischen den Fingern. Als niemand hinschaute, steckte ich sie in eine der leeren Bierflaschen. Keiner von uns würde den Zauber noch einmal versuchen.

Im Nieselregen, der schnell zu starkem Regen wurde, folgte ich den anderen hinunter zum Fluss. Ash stieg über einen Felsen, der voller Haarbüschel war. Holly platschte durch eine Pfütze aus Blut. Aus dem Augenwinkel meinte ich, Gestalten zwischen den Bäumen ausmachen zu können. Gesichter, die mich anschauten. Das Heulen, das ich hörte, konnte nicht der Sturm sein. Eines der Gesichter öffnete einen großen roten Mund und schrie. Ich rannte, um die anderen einzuholen, aber die Gesichter kamen näher. Das Heulen wurde lauter. Die verlorenen Seelen folgten uns hinunter zum Wasser.

Jude hob die Arme und heulte mit ihnen.

Hunde im Wald, sagte ich mir. *Wild, das nach schreienden Kindern klingt. Bellende Füchse. Mehr ist es nicht.*

Holly riss den Mund auf und stimmte ein. Ash jubelte und

jauchzte, als würden alle Bäume der Welt um uns herum gefällt.

Bumm, machte der Donner. *Wimmer*, machte der Regen. *Brenn, brenn, brenn*, machte der Blitz. Der Himmel war ein Wasserfall, der See stieg an und kam ihm entgegen, und in seinen bewegten Wellen sah ich noch mehr Leichen, noch mehr Rot, offene Münder, Hände wie Krallen, die uns herunterziehen wollten. Mein Herz folgte dem Rhythmus des Donners.

»Heirate mich«, sagte Jude zu Holly. »Auf diesem Felsen, diesem Altar, im Regen.« Sie stellte sich mit ihm darauf, Ash und ich standen unter ihnen am Ufer, zitternd und bis auf die Haut durchnässt, aber gefühllos. Er küsste sie, er schlug sie, er brach ihr den dünnen Hals. Sie ging zurück in den Wald und kletterte ein letztes Mal auf den Baum, nur um sich mit einem Seil um den Hals herunterfallen zu lassen. Sie baumelte zwischen den Ästen.

Woher weiß man, dass man den Verstand verloren hat? Ich blinzelte, und sie war wieder da, stand mit dem Jungen, den sie liebt, lächelnd auf einem Stein. Das Bild, das ich gerade gesehen hatte, war wie ein Blitz aus der Zukunft. Plötzlich spürte ich ein kleines bisschen Angst.

Ash kletterte auch auf den Felsen, die Hand um Hollys Knöchel, dann um ihr Handgelenk, das sie ihr anbot, und die drei heulten und lachten.

»Stell dir nur mal vor«, sagte Ash manisch, die langen, wirren, roten Haare im Gesicht und Feuer im Blick. »Wenn ich eure Tagebücher nicht geklaut hätte, hätten wir Jude nie kennengelernt. Nichts von alledem wäre je passiert.«

Ich konnte kaum sprechen, so groß war plötzlich der Kloß in meinem Hals.

»Was?«, krächzte ich.

»Wir würden immer noch gemeinsam in unseren Zimmern sitzen, du und Holly, ihr würdet eure dicken Bücher lesen und eure kleinen Geheimnisse hüten, und ich würde euch hinterherrennen, um mit euch Schritt zu halten.«

»Ash«, flüsterte ich mit erstickter Stimme über diesen Verrat. »Das hast du nicht wirklich getan.«

Der Wind zerrte an unseren Haaren und Kleidern. Der Regen peitschte unsere Haut.

»Wir würden uns immer noch Sorgen über die Prüfungen und Schularbeiten machen, wegen der Jungs, die außer Wichsen und dem nächsten Fußballspiel nichts interessiert. Wir würden uns immer noch wünschen, wir wären wie Trina McEown, aber sie wird nie mehr sein als eine dumme Kuh, die in dieser dummen, nichtssagenden Stadt festhängt. Sie wird nie weggehen und ihre Kinder werden sie dafür hassen.«

Donner. Blitz. Ich verstand es nicht. Als ich Holly anschaute, war ihr Gesicht leer. Jude drückte sie an seine Brust. Sie wandte das Gesicht von Ash ab. Sie wandte das Gesicht von mir ab.

»Holly«, sagte Ash. »Laurel. Kommt schon.« Sie musste schreien, damit wir sie im Sturm hörten. »Sie sind gar nichts. Sie sind unbedeutend und gewöhnlich. Wir sind magisch geworden.«

Ich hatte Angst, wenn ich ging, würde ich mich im Wald verirren. Ich hatte Angst, ich würde nie wieder zurückfinden.

»Alles nur wegen der Tagebücher«, schrie Ash lauter. Ich schüttelte den Kopf, denn ich konnte nichts anderes tun. »Alles nur meinetwegen.«

»Wie konntest du das tun?«, fragte ich sie. »Hast du die

Tagebücher Trina gegeben? Wie konntest du das Holly, wie konntest du mir das antun?«

Ash lachte so sehr, dass sie husten musste. »Wie konnte *ich*?«, kreischte sie. »Erzähl deiner geliebten Holly, was du mit Jude im Wald gemacht hast. Erzähl ihr alles darüber.«

Holly hatte immer noch das Gesicht abgewandt, aber ich glaube, sie weinte. Jude hatte schützend seine starken Arme um sie gelegt. Ihre Haare waren dunkel vom Regen.

»Das ist etwas anderes«, flüsterte ich. »Es tut mir leid. Ich wusste nicht, was ich tat. Ich habe nur den Kopf verloren.«

Köpfe, die ins Wasser kugeln, hängende Zungen, Augen, die leer zu mir herausstarren. Ich spürte, wie mir die Galle hochkam. Der Wind zerrte an unseren Haaren, unseren Kleidern, unseren zarten Gliedmaßen und zerbrechlichen Herzen.

»Gehen wir«, flehte ich. »Gehen wir einfach. Es regnet und ich will nach Hause.«

Aber Ash sagte: »Nein.«

Jude stieg mit Holly in den Armen von dem Felsen. Er ging durch den Wald davon, ihr Kopf ruhte an seiner Schulter, und ich wollte ihnen folgen, bevor ich sie zwischen den Bäumen verlor. Ich schaute zu Ash zurück.

»Du kannst mich nicht hassen«, sagte sie. »Stell dir nur vor, wo wir wären, wenn wir Jude nie getroffen hätten. Wenn wir nie die verlorenen Dinge beschworen hätten.«

Ich zuckte die Achseln. Irgendwo in der Nähe heulte wieder ein Hund. Nur ein Hund. »Das ist nur Müll«, erklärte ich ihr. »Umgefallene Mülltonnen, die der Sturm verteilt hat. Und Jude ist nur ein Junge.«

»Er liebt mich«, sagte sie. »Das sagt er mir, wenn Holly nicht in der Nähe ist.«

»*Wir* haben dich geliebt. Wir waren deine besten Freundinnen.«

Ash schüttelte den Kopf. Ich streckte die Hand aus – es war, wie das Ende eines Wasserfalls zu berühren –, aber Ash lachte mich aus. Sie drehte sich um und rannte davon, den Abhang hinauf und weg vom See, nur noch ein Schatten zwischen den Bäumen.

Hazel

Samstag, 13. Mai

Verloren: Blut

Sobald wir aus dem Wald kommen, peitscht der Regen auf unsere Haut. Ivy sagt etwas, aber keiner von uns kann sie hören. Nur das Heulen des Windes und das Rauschen des Regens und das fette, graue Donnergrollen in der Ferne.

Ivy macht uns ein Zeichen und wir folgen ihr zum Rand des Grundstücks. Zum Regenkanal.

Wir schlittern in die Rinne hinunter; im Matsch verlieren wir den Halt. Wir könnten eine Rotte hungriger Trolle sein, die auf einen Reisenden wartet. Der Tunnel ist niedrig und dunkel. Er riecht nach nassem Zement und Brackwasser, aber er ist trocken. Wir kauern in der Hocke und benutzen unsere Handys als Taschenlampen.

Rowan reicht die Limonadenflasche mit dem *Poteen* herum und ich nehme einen brennenden Schluck, von dem ich husten und prusten muss. Ivys Augen tränen. Rose stößt ein heiseres »Fuck!« aus.

Rowan drückt sich röchelnd die Faust an die Brust. »Davon kriegt man Locken«, sagt er, und alle lachen, denn seine

Frisur besteht aus braunen Korkenziehern, genau wie meine. Mit unseren Haaren könnten wir harten Alkohol getrunken haben, seit wir zwölf waren. Oder wir werden einfach wie unsere Mutter.

Ich schiebe den Gedanken von mir. Ich tue das alles hier, um sie zurückzuholen, auch wenn sie eine ziemlich beschissene Mum war. Ich nehme einen großen Schluck von dem Schnaps und mein Hals steht in Flammen.

Olive verzieht das Gesicht. »Ich glaube, ich werde nie wieder irgendwas schmecken können.«

Rowan lacht. Nicht nur der Geschmack brennt: die Welt fühlt sich auch schon ein bisschen weicher an.

Rose blickt von dem Zauberbuch auf, über das sie sich gebeugt hat. »Es gibt nur ein Problem mit diesem Tunnel«, sagt sie. »Keine Äste, auf die wir unsere Worte schreiben können.«

Aber ich weiß, wie ein Baum geht. Ich springe auf, nehme mir einen Filzstift und fange an zu zeichnen.

Große Rosskastanien, dünne Weiden, weiße Birken. Breite Haselsträucher und hohe Vogelbeeren, dornige Rosenbüsche, knorrige Olivenstämme und rankender Efeu – *Hazel, Rowan, Rose, Olive und Ivy*. Sie heben sich wie ein schwarzer Wald von den blassgrauen Tunnelwänden ab. Silhouetten. Geisterbäume auf Beton. Einmal erzählte mir Grandpa, dass Irland vor vierhundert Jahren hauptsächlich aus Wald bestand. Man konnte von Küste zu Küste wandern, ohne den Schatten der Bäume zu verlassen. Ich frage mich, ob die Geister verlorener Bäume in Städten und auf Feldern zurückbleiben, auf Straßen und in Wohnsiedlungen. Mags sagt, diese Siedlung war einmal ein Wald. Oak Road. Sie haben sie nach den Bäumen benannt, die sie gefällt haben, um sie zu bauen, und jetzt wohnt hier niemand außer Ratten.

Und uns.

Als ich einen ganzen Wald gezeichnet habe, bin ich außer Atem und setze mich. Mein Herz hämmert an meine Rippen.

»Was machen wir als Nächstes?«, flüstert Rose.

»Wir schreiben unsere Verluste an die Äste«, erkläre ich ihr. Schaue ihr in die Augen. Dunkel und groß.

Ich gebe ihr einen roten Filzstift und sie geht zur anderen Seite des Tunnels, zu dem großen Rosenbusch, den ich gezeichnet habe. Wir anderen bleiben schweigend sitzen und schauen ihr zu. Olive sagt nicht, das sei Unsinn. Rowan warnt uns nicht, es könnte gefährlich sein. Wir sitzen alle einfach da, von Mags' Schnaps von innen brennend, und wir schauen zu, wie Rose die Kappe von dem Stift abnimmt und uns den Rücken zuwendet und ihre Verluste auf die Äste des Rosenbusches schreibt. Ihre Schultern bewegen sich, vielleicht weint sie, aber als sie sich wieder umdreht, sieht sie wütend aus.

Hinter ihr, mit roter Tinte in die schwarzen Äste der Betonwände eingegraben, stehen die Worte, die Rose geschrieben hat. *Meine Jungfräulichkeit. Meine Erinnerung. Meinen Verstand. Mein Selbstbewusstsein. Meine Fröhlichkeit. Mich selbst.*

»Oh, Rose«, flüstert Olive, und sie nimmt ihre beste Freundin in die Arme und fängt an zu weinen.

Und plötzlich, einfach so, das merke ich, haben wir uns alle entschieden. Olive, obwohl sie es eigentlich nicht glaubt. Rowan, obwohl er es für gefährlich hält. Ivy, obwohl sie unsicher wirkte. Rose. Ich.

Ich ziehe das alte Taschenmesser von meinem Grandpa heraus und klappe die Klinge aus. Rose nimmt es.

»Wir müssen bluten«, flüstert sie.

»Was?«, fragt Olive scharf. Entweder sie hat den Zauber

nicht ganz durchgelesen, oder sie dachte nicht, wir würden das mit dem Blut wirklich machen.

Ivy blickt zu ihr auf und sagt: »Du kannst keinen Blutzauber wirken ohne ein bisschen Blut.«

»Ja, aber …«, setzt Olive an, doch bevor sie etwas tun kann, hat Rose das Messer schon durch den Handballen gezogen und macht eine Faust, sodass das Blut heruntertropft. Ivy hält das Glas mit dem Moos und Rose schüttelt die Faust. Das Moos trinkt das Blut schnell.

Ich nehme Rose das Messer ab und schneide mich auch in die Hand, um auf das Moos zu bluten. Der Schnitt brennt. Nach mir nimmt Ivy das Messer. Dann Rowan, auch wenn er nicht glücklich darüber aussieht. Als er Olive das Messer hinhält, schüttelt sie den Kopf.

»Nichts für ungut«, sagt sie, »aber das kommt mir nicht ganz ungefährlich vor.«

»Na klar«, gibt Ivy zurück. »Nichts daran ist ungefährlich.«

Aber Olive schaut Rose an, die den Saum ihres Kleides in der Hand knüllt, um die Blutung zu stoppen, und sie reckt die Schultern.

»Also gut«, sagt sie. »Gib her.« Sie zieht sich die Klinge über den Handballen und gibt auch ihr Blut auf das röter werdende Moos.

Bei dem Anblick wird mir schwummrig, obwohl ich gar nicht so viel Blut verloren habe. Aber der Schnaps ist stark und das Messer scharf und zwischen den Ästen entstehen Schatten.

Ich erinnere mich daran, warum ich das tue. Für Rose, aber auch für mich. Während also Rowan mit den Fingern die Beeren in das Moos quetscht und Olive das Öl aufschraubt und über das blutige Durcheinander in dem Glas gießt und Rose die Haselrute entzweibricht und das klebrige, rote Moos in die

Mitte drückt und Ivy die Efeuranke darumbindet, schreibe ich meine eigenen Worte an die Wand.

Ich schreibe sie klein, damit keiner sie bemerkt, aber Rowan kommt herüber und sieht es. Ich weiß nicht, was ich ihm sagen soll. Ich weiß nicht, wie ich es ihm erklären soll. Auf den Ast des Haselstrauches vor mir habe ich ihren Namen geschrieben: *Amy Aisling Kennedy.* Unsere Mum.

»Nicht Dad?«, fragt Rowan. Ich sage nichts. Ich nehme die Schnapsflasche und trinke einen großen Schluck.

»Was ist mit dir?«, frage ich meinen Bruder. Ich halte ihm den roten Filzstift hin. Er geht zu der Vogelbeere hinüber, schaut mich direkt an und schreibt dasselbe auf seine Äste. Auch er schreibt Dads Namen nicht an die Tunnelwand.

Amy Aisling Kennedy.

Er will sie auch wiederhaben. Vielleicht will er auch nur das, was wir uns manchmal vorgemacht haben: die echte Mum. Die richtige Mum. Die Mum, die eher so ist wie die von Ivy, die sie bei sich behielt, die sie zu Hause unterrichtete, die backte und Baumhäuser baute und im Regen Obst pflückte. Nicht die Mum, die unsere in Wirklichkeit war. Die nie da war. Die völlig kaputt war. Die, zu der ich mich gerade entwickle, Stück für beschissenes Stück.

Vielleicht war das doch keine gute Idee.

Aber die Worte sind jetzt geschrieben und Ivy kritzelt mit dem roten Stift Dinge an ihre eigenen Äste. *Meine Freunde. Dieses Abenteuer.* Und Olive tröstet Rose, indem sie trockene Witze über verlorene Dinge macht, und Rose gibt ihr einen Stift, und sie schreibt Dinge an die knorrigen Olivenäste, als würde sie an all das glauben. *Mein Bettelarmband. Meine Haarspange. Meine beste Freundin.* Und Rose sieht aus, als wollte sie etwas sagen, also schreibt Olive ein paar Worte, nur damit sie lächeln muss. *Die Zeichnung von einem Stinktier, die Eoin Kavanagh Rose geschenkt hat, als wir acht Jahre alt waren. Mehrere echt gute Ideen für Englisch-Aufsätze. Meine erste Barbie.*

Rose muss wider Willen lachen. Sie sagt: »Deine Mum hat sie wahrscheinlich einfach im Sozialkaufhaus abgegeben.« Und sie nimmt noch einen Schluck Schnaps aus der Limonadenflasche.

»Trotzdem«, erwidert Olive. »Sie ist weg, und ich will, dass sie wiedergefunden wird, also will ich hoffen, dass dieser Zauberspruch funktioniert.«

Aber so, wie sie Rose dabei ansieht, weiß ich, dass sie keine Witze macht.

Dieser Zauber sollte besser funktionieren.

Danach werden wir irgendwie hektisch, als wäre das unsere letzte Chance, als müssten wir die Magie zusammentrommeln, damit wir es alle glauben, damit alles wahr wird. Wir schreiben noch mehr Worte an den Ästen der Bäume entlang. Dinge, die wir verloren haben. Dinge, die wir zu verlieren fürchten. Klimbim, Schätze, Erinnerungen, Überzeugungen. Eines unserer Handys geht aus und wir verschreiben uns in der Dunkelheit. Geschrieben. Verschrieben. Das Schreiben wird zum Zauber.

Selbst gebraute Geister schwappen durch den Hals einer Flasche, über unsere Lippen und Zungen. Ich stolpere betrunken an die Tunnelwand und schürfe mir die Handfläche auf. Das Blut ist rot wie der Filzstift. Wie unsere Worte an den Wänden. Wir haben heute Nacht alle Blut verloren. Ivy wickelt die Silberschnur ab, die von dem Haselkreuz baumelt, und bildet damit Spinnweben zwischen den gemalten Ästen. Sie schlingt die Schnur um die Rosendornen, die sie in die Mitte aller verlorenen Dinge gesteckt hat wie Reißzwecken durch Papier, nicht wie Dornen in eine Tunnelwand aus Beton. Ich weiß nicht, wie sie überhaupt dort halten.

Draußen heult wieder ein Hund.

Wenn die Lichter ausgehen, weißt du, dass das, was du verloren hast, dir zuhört.

Wenn du Hunde bellen hörst, weißt du, was du verloren hast, hat deinen Ruf gehört.

Wenn du das Heulen hörst, weißt du, dass das, was du verloren hast, geantwortet hat.

Und plötzlich ist der Sturm gruslig. Blaues, metallisches Licht an Betonwänden voller Schattenbäume. Das Heulen des Windes und der Hunde. Silberschnüre wie die Netze von fetten Spinnen. Rosenblütenblätter – woher hatten wir Rosenblütenblätter? – am Tunneleingang. Unser Blut auf einem Klumpen Moos. Wir haben alle aufgehört, an die Wände zu schreiben. Wir atmen tief. Lange sagt niemand von uns ein Wort. Der Regen fällt auf das Dach unseres Tunnels, der Wind wirbelt das tote Laub und die Chipstüten auf. Unsere Handys werden dunkel und wir schalten sie nicht wieder ein.

Dann hören wir ein Geräusch. Das unverkennbare Geräusch von Schritten auf dem Tunneldach. In der Dunkelheit sind unsere Augen groß. Die Schritte überqueren das Dach über uns und bleiben direkt über dem Eingang stehen. Unsere fünf Köpfe drehen sich gleichzeitig. Wir starren auf die Öffnung, aber niemand erscheint.

Bevor ich weiß, was ich tue, packe ich die Glas-Limoflasche am Hals und laufe geduckt zum Tunneleingang. Ich höre Ivy hinter mir etwas rufen.

Draußen sind das Grau und der Regen. Meine Brille wird

vom Wasser verschleiert und ich wische mit der freien Hand darüber. Ich schaue mich langsam um. Da ist nichts. Niemand. Ich ducke mich wieder in den Tunneleingang und schüttle den Kopf.

»Da ist keiner.«

Olive

Samstag, 13. Mai

Verloren: Schuh (weißes Leinen, schlammig und zerrissen), jemanden im Wald aus den Augen

Ohne etwas ausgesprochen zu beschließen, gehen wir schnell zum Haus zurück. Wir schließen die brettervernagelte Tür und tropfen in den dunklen Flur.

»Also, das war unheimlich«, sage ich, denn ich habe das Gefühl, irgendwer muss es sagen.

Rowan geht nach oben und kommt mit ein paar abgewetzten Handtüchern zurück, die wir herumreichen, bis sie halb durchweicht sind und wir nur noch feucht. Dann holt Hazel für mich und Rose zwei von ihren Pyjamas und wir setzen uns alle im einzigen bewohnbaren Raum des Hauses um den klapprigen alten Campingtisch herum. Ivy gibt uns Pflaster, die wir auf die Schnitte in unseren Händen kleben.

Rowan zieht die schweren Holzbretter wieder vor die Schiebetür, sodass wir nicht mehr hinausschauen können. Das Holz dämpft das Geräusch des Sturms. Innen summt der Generator, lädt unsere Handys auf, macht den Kühlschrank kalt, erhellt die drei hässlichen Schreibtischlampen auf den Arbeitsplatten. Das Licht flackert. Unsere Augen sind wild. Es ist, als wäre der Sturm in unseren Knochen.

»Wer ist sie?«, frage ich, um das Schweigen zu brechen.

»Amy Aisling Kennedy.«

Ich bin mir ziemlich sicher, die Antwort zu kennen, aber Rowan verrät es mir ohnehin.

»Sie ist unsere Mum.«

Genau in diesem Moment hören wir alle ein Klopfen an der Tür.

Hazel wird blass.

Das Klopfen wird lauter. Niemand macht Anstalten, die Tür zu öffnen.

»Will nicht mal einer von euch nachschauen gehen?«, frage ich.

Ivy nestelt an den Ärmeln ihres Tops herum. »Bringt Unglück, bei Sturm die Tür zu öffnen«, sagt sie. Ihre Stimme klingt schleppend. Ich denke mal, dass harter Alkohol stärker wirkt, wenn man kaum mehr wiegt als ein kleiner Teekessel. Ich dagegen habe eine robustere Konstitution. Ich stehe – nur ganz leicht schwankend – auf und öffne die Küchentür.

Im Flur ist das Klopfen lauter zu hören. Ich kann gerade so ein kleines »Warte!« hinter mir ausmachen, aber ich öffne die Haustür trotzdem und ziehe die Bretter davor zur Seite.

Am Anfang von *Die Prinzessin auf der Erbse* taucht eines Abends während eines Sturms ein rätselhaftes Mädchen vor dem Königspalast auf. Sie ist halb ertrunken und durchnässt bis auf die Haut und sagt, sie sei eine Prinzessin, aber ihre Haare sind wirr und ihr Kleid abgetragen und ihr Mantel mehrere Größen zu groß. Wenn ich nach dem Sommerfest Cinderella war, die auf einem silbernen Schuh nach Hause gehüpft ist, dann ist das Mädchen auf der Türschwelle die Prinzessin auf der Erbse.

Hinter mir kommen die anderen aus der Küche. Das Licht von drinnen ergießt sich in den Flur, und obwohl es immer noch finster ist, kann ich sie sehen.

Sie ist blass wie der Blitz – aschfahl und sommersprossig – mit dicken, lockigen roten Haaren, die ihr der Sturm an den Kopf geklatscht hat. Sie trägt ein Männerhemd über einem roten Sommerkleid. Ihre Füße sind nackt und schlammig. Ihre Augen wild und weit aufgerissen.

Wir starren einander lange an, bis sich mein Mund bewegen kann. Ich habe sie noch nie zuvor gesehen, aber ich habe das Gefühl, ich kenne sie. Rote Haare, nackte Beine.

Ich flüstere: »Ash?«

»Du bist nicht Laurel«, sagt sie – zumindest glaube ich, sie sagt es; in meinem Kopf heult alles und der Türrahmen dreht sich. Vielleicht habe ich doch keine so robuste Konstitution. Ich rudere mit dem Arm, um mich zu stabilisieren, und sie schreckt vor mir zurück. Bevor ich etwas zu ihrer Beruhigung sagen kann, dreht sie sich um und läuft in den Wald, wieselt über den Schutt wie eine Ratte.

»Hey, warte!« Hazel schiebt mich zur Seite und rennt in den Regen, die Füße genauso nackt wie die von Ash. Ihr Pyjama ist innerhalb von Sekunden klatschnass.

»Was tut sie?«, fragt Rowan hinter mir. Ich weiß nicht, ob er Hazel oder Ash meint.

Hinter der Mauer dreht sich Ash zu uns um, ihr Gesicht liegt komplett im Schatten und Donner erschüttert die Welt. Dann läuft sie wieder los und wird vom Wald verschluckt.

»Halt!«, ruft Hazel und kraxelt über den Schutt zur Mauer.

»Hazel, komm zurück!«

Aber wir sehen nur noch Regen und Bäume. Neben mir zieht Rowan seine klatschnassen Schuhe an. Ich schnappe mir meine, die neben seinen stehen, und Rose und Ivy tun es uns nach. Mit schlenkernden Schnürsenkeln läuft Rowan in den Sturm hinaus. Rose und ich folgen, unsicher auf den Beinen, die Hinterseite meiner Schuhe habe ich heruntergetreten, die Sohlen klatschen in die Pfützen. Wir schalten die Taschenlampen-Apps ein und richten die Strahlen auf den Schutt unter uns. Wir klettern über die Mauer, die Ziegel sind glitschig unter unseren Händen. Auf dem Boden eine Pampe aus Laub und Matsch.

Blitz. Noch ein Donner. So einen Sturm habe ich noch nie erlebt. Ich war bei so einem Regen noch nie draußen. Es ist wie eine Dusche. Flüsse. Seen und Meere.

Beim nächsten Blitz sehe ich zwei Mädchen laufen. Als es wieder dunkel ist, sehe ich Gesichter zwischen den Bäumen. Ich halte schlitternd an und balanciere mich mit der Hand am Stamm einer Birke aus. Weiter vorn ruft Hazel: »Sie ist den Abhang runter weiter im Wald.«

Hinter mir brüllt Rose: »Wo will sie denn hin, verdammt?«

Rowan ruft: »Wir brechen uns den Hals, wenn wir so den Abhang runterrennen!«, und er hat recht.

»Sie könnte überall sein«, höre ich Ivys ruhige Stimme direkt hinter meinem guten Ohr.

»Scheiße!« Ich recke den Hals und schaue den Abhang hinunter, doch alles ist Dunkelheit.

Hazel taucht wieder auf. »Ich hab sie verloren«, sagt sie, dann fällt ihr ihre Wortwahl auf und sie blickt grimmig.

»Sie weiß, wo wir sind«, sagt Rose, und Hazel nickt.

Hazel führt uns zum Haus zurück und wir alle tragen Schlamm-Schuhabdrücke in den schmutzigen Flur.

Hazel

Samstag, 13. Mai

Verloren: ein bisschen Haut von meinen Fußsohlen

Ich erinnere mich nicht, dass ich eingeschlafen bin.

Der Regen klatscht an mein Zimmerfenster. Das hat mich wahrscheinlich geweckt. Der Wind klingt wie Geheul.

Ich erinnere mich nicht, ins Bett gegangen zu sein. Das Letzte, was ich noch weiß, ist, wie Rose mir Pflaster auf die Füße geklebt hat. Ich brauche einen Moment, bis ich wieder weiß, wie ich mich geschnitten habe. Ich bin Ash durch den Wald nachgelaufen. Ich setze mich auf und die Welt schwappt. Der Wind heult in meinem Schädel.

Blind taste ich nach meinem Handy, um mir ein bisschen Licht zu machen, aber ich habe es zum Aufladen unten gelassen. Ich habe keine Ahnung, wie spät es ist. Ich zünde ein paar Kerzen an, und wie als Antwort scheint Licht unter meiner Zimmertür durch.

»Wer ist da?« Meine Stimme ist ein Krächzen.

Die Tür öffnet sich quietschend und Rose kommt herein. Ich setze die Brille auf und schaue zu, wie sie herüberkommt, wie sie in einer flüssigen Bewegung die langen Beine unter sich verschränkt und sich auf den Rand meiner Matratze setzt. Die Schatten unter ihren Augen sind im Kerzenlicht schwarz.

»Bin ich unten eingeschlafen?«, fragt sie mich. »Ich kann mich nicht erinnern, dass ich heraufgekommen bin.«

Ich schüttle den Kopf. »Ich erinnere mich auch nicht.«

Rose verschränkt die Hände im Schoß. »So ist es Laurel und den anderen auch gegangen. Ash und Holly. In dem Tagebuch, nachdem sie den Zauber gesprochen hatten. Sie sagte, sie seien bei der Eiche gewesen und wahrscheinlich eingeschlafen, und als sie aufwachten, lagen ihre Tagebuchseiten um sie herum.«

Ich nicke langsam. Mein Kopf ist schwer. »Du glaubst, uns ist dasselbe passiert«, sage ich. »Du glaubst, das bedeutet, der Zauber hat gewirkt.« Weil es keine Frage ist, antwortet sie auch nicht.

»Fühlst du dich anders?«, fragt sie.

»Ein bisschen, ja.« Mir ist schwindlig und meine Kehle ist eng, aber das Feuer, das ich in meinen Adern gespürt habe, ist abgekühlt, ruhiger. Ich fühle mich nicht mehr unbedingt, als würde ich explodieren. »Und du?«

»Eindeutig anders.«

Wieder ein Heulen. Diesmal klingt es weiter entfernt.

»Das ist kein Hund, oder?«, fragt Rose. In meinem Nacken kribbelt es. »Bei dem Fest habe ich es auch gehört«, sagt sie. »So wie heute Abend. Im Zauberbuch steht, man weiß, dass die Magie funktioniert hat, wenn man das Heulen hört, aber da steht nicht, was heult. Es klingt wie ein Mensch, oder?«

Es klingt wie ein Geist. Verlorene Leben, verlorene Seelen. Einen Augenblick lang frage ich mich, ob Rowan vielleicht recht hat und wir die Finger davon lassen hätten sollen, aber dann schaue ich Rose an und bin froh, dass wir es nicht getan haben.

»Alles okay?«, frage ich sie.

Ihr Gesicht ist angespannt, aber sie nickt.

»Auf dem Fest letzten Samstag«, sagt sie. »Als ich … als es passiert ist. Ich habe mich am nächsten Tag nicht daran erinnert, aber seitdem kommen immer wieder Ausschnitte zurück. Ich weiß noch, dass ich irgendwie im Halbschlaf war. Ich konnte mich nicht bewegen. Ich wollte aufstehen und weglaufen, aber er war zu schwer. Ich war zu müde. Ich habe es nicht geschafft, mich aufzuraffen. Alles, worauf ich mich konzentrieren konnte, war diese Hecke hinter mir. Direkt hinter meinem Kopf. Und ich weiß noch, dass ich dachte …, wenn ich mich in eine Rose verwandeln würde, wäre ich nicht da.«

Sie schaut mir direkt in die Augen und ich kann den Blick nicht abwenden.

»Ich habe es mir so sehr gewünscht. Ich wünschte, ich könnte ein Rosenbusch werden, damit er mich nicht festhalten könnte. Weil ihn meine Dornen stechen würden.«

»Rose …«

»Ich bin nicht hergekommen, weil ich an Magie glaube, weil ich dachte, der Zauber könnte wirklich funktionieren. Ich dachte mir, falls es wirklich Magie gäbe, hätte ich mich in diesen Rosenbusch verwandelt. Ich habe es mir *so sehr* gewünscht.« Ihre Stimme bricht. »Was man auch noch verlieren kann: den Verstand«, fährt sie dann fort. »Weißt du das? Er kam neulich im Unterricht zu mir. Er warf mir ein bisschen Geld hin und sagte etwas, das seine Freunde zum Lachen brachte. Ich wurde so sauer, dass ich mir den Geldschein einfach in den Mund stopfte. Vielleicht wollte ich ihm Angst machen. Vielleicht werde ich auch einfach nur verrückt.«

»Du wirst nicht verrückt, Rose«, flüstere ich und lege meine Hand auf ihren Handrücken.

»Glaubst du, es wird funktionieren?«

»Der Zauber? Du glaubst jetzt daran.« Das ist auch keine Frage.

»Falls ja, glaubst du, deine Mum wird kommen und dich suchen? Deshalb hast du ihren Namen geschrieben, oder?«

Unsere Hände, dicht beieinander, gemeinsame Wärme. »Keine Ahnung«, sage ich langsam. »Meine Mum, sie ist … Sie ist tot. Ich glaube, sie ist tot.«

»Was?«

Ich hole zitternd Luft. »Es hat gebrannt. Ich glaube, ich habe ein Feuer gesehen, als wir gegangen sind. Als wir weggelaufen sind. Rowan ging mit unseren Taschen voraus, um uns ein Busticket zu kaufen, und als ich ging, sah ich einen Funken. Eine Flamme. Rauch unter der Tür. Ich dachte, es wäre nur ihre Zigarette, weißt du, also habe ich mir keine großen Gedanken gemacht. Aber dann haben wir wochenlang nichts von ihr gehört.«

Roses Stimme ist leise. »Also glaubst du … es hat gebrannt?«

Flammen hinter meinen geschlossenen Augenlidern. »Ich weiß nicht. Zuerst dachte ich: *Hey, ich hatte recht, wir sind davongelaufen und sie hat sich immer noch nicht bei uns gemeldet, und es ist ja nicht so, als hätte sie unsere Nummern nicht. Sie ist einfach wieder mit Dad weggegangen, wie immer*. Rowan war derjenige, der den Gedanken zugelassen hat, es könnte diesmal anders sein. Ich habe ihm immer wieder gesagt, dass sie doch schon immer so war – warum sollte sie sich jetzt ändern?«

»Weil ihr jetzt ganz allein seid«, flüstert Rose. »Weil ihr sonst niemanden habt.«

Mein Hals wird eng. Früher war es nicht so schlimm. Wir hatten Granny, wir hatten Grandpa. Es war nicht wichtig.

»Es tut mir leid«, sagt Rose leise. »Es tut mir so leid.«

Zwei Tränen kommen aus meinen Augen, und ich habe keine Ahnung, wie sie überhaupt dort hingeraten sind. »Zuerst dachte ich: *Na und? Selbst wenn sie tot sind? Es ist ja schließlich kein großer Verlust.*«

»Ach, Hazel.«

»Aber dann stand im Kreuzworträtsel – keine Ahnung – da stand, dass wir Gäste bekommen würden. Und ich dachte: *Vielleicht. Nur vielleicht.* Was, wenn sie es ist? Wenn sie hier wäre. Und wenn es ihr wirklich wichtig wäre.«

Roses Finger zeichnen kleine Kreise auf meine Handfläche.

»Aber dann war es nicht so. Verstehst du?«

»Ich weiß«, flüstert sie. »Ich weiß.«

Der Raum dreht sich wie ein schnelles Karussell, und ich habe seit dem Morgen nichts mehr gegessen und war keinen Tag nüchtern, seit wir hergekommen sind. Keine zwölf Stunden. Keine zehn. Ich bin genauso kaputt wie meine Mutter.

Ich darf nicht darüber nachdenken. Ich muss glauben, dass ich anders bin. Dass ich kein Monster bin.

»Vielleicht hatte sie ihre Gründe«, sagt Rose.

Ich habe noch nie jemandem davon erzählt, und hier sitzt dieses schöne, kaputte Mädchen in meinem kaputten Leben, als sollte es so sein.

Sie sitzt sehr viel näher bei mir als vorher. Ihre Schulter an meiner. Ihre Haare ein schwarzer Tintenfleck an meinem Arm entlang.

Ich frage Rose: »Warum bist du dann wirklich hergekommen? Wenn es nicht um den Zauber ging?«

»Hauptsächlich, um dich zu sehen.«

Ich lege die Hand auf ihre und sie dreht ihre und verschränkt die Finger mit meinen. Sie zeichnet das Schlüsselloch auf meinem Arm mit der Daumenspitze der anderen Hand nach. Es kitzelt. Ich neige den Kopf, um zu lesen, was dort – wie es aussieht, mit Filzstift – geschrieben steht: *Alle haben etwas verloren.*

»Das haben alle ständig gesagt«, erklärt Rose. »Und es stand auch in Laurels Tagebuch. Das ist so eine Sache zwischen Olive und mir, wir schreiben uns Dinge, die wir uns merken wollen, auf die Haut. Ich weiß nicht. Ich schätze mal, die extreme Version davon ist, sich tätowieren zu lassen.«

Ich lache.

»Wie viele hast du?«, fragt Rose.

»Tattoos?«

»Ja.«

»Nur drei.«

Rose prustet. »*Nur* drei«, sagt sie. »Was ist das dritte?«

Ich grinse und ziehe mir das T-Shirt über den Kopf. Ich lasse es auf den Boden fallen. Dann lehne ich mich auf der Matratze nach hinten, damit sie es lesen kann. Sie fährt mit dem Finger direkt unter den Worten entlang und mein ganzer Körper fängt bei ihrer Berührung Feuer. Gänsehaut von Kopf bis Fuß.

»Kill your darlings?«, fragt sie. »Düster.«

»Eigentlich nicht. Es stammt von William Faulkner. Er hat *The Sound and the Fury* geschrieben …?«

Rose zuckt nur die Achseln.

»Mein Grandpa mochte seine Bücher«, sage ich. »Jedenfalls sagte er, wenn man schreibt, muss man seine Lieblinge töten. Alles loswerden, woran man einfach nur festhält, weil es da ist, weil es sicher ist, weil man es am liebsten hat.«

»Also lässt du alles fallen und läufst weg, um am Ende der Welt in einem verlassenen Haus zu wohnen?«

»Hm.« Das Schlafzimmer ist kerzenbeleuchtet und hallt.

Das Bett unter mir ist wacklig. »Ich denke, ich arbeite immer noch daran, diesen Rat anzunehmen.«

Rose nimmt die Hand weg, obwohl ich im Moment nichts anderes will, als dass sie sie für immer dalässt. Doch dann nimmt sie mein Gesicht zwischen die Hände und küsst mich.

Ihr Kuss ist sanft, dann wild, dann irgendwie atemlos, die Hände hat sie in meinem Nacken. Sie packt meine Locken mit vollen Händen und drückt sich an mich, und ihre Lippen sind auf meinen Lippen, ihre Hände in meinen Haaren, meine Hände unter ihrem T-Shirt an ihrem Rücken, dann streichen ihre Hände an meinen nackten Beinen entlang. Wir haben die Augen geschlossen und die Körper dicht aneinander, ich schmecke ihre Zunge, ihre elektrisch aufgeladenen Haare sind wie ein Vorhang, der uns vom Rest der Welt abschirmt, ihre elektrische Haut lässt überall, wo sie mich berührt, Funken sprühen.

»Kann ich heute Nacht hier schlafen?«, fragt sie, und mein ganzer Körper steht in Flammen wie ein verdammter Weihnachtsbaum.

»Ja«, sage ich einfach, und dann sind ihre Hände an meinen Pyjama-Shorts, meine ziehen ihr das T-Shirt aus, das ich ihr geliehen habe. Es verheddert sich in ihren Haaren und wir verlieren das Gleichgewicht – ich kippe rückwärts auf das Bettzeug und sie wird mitgezogen und fällt auf mich. Sie schüttelt den Kopf, um ihre Haare zu befreien, und ihr Gesicht schwebt direkt über meinem; sie stützt sich auf die Ellbogen und ihr Körper ist nur eine Haaresbreite über mir. Ein Zentimeter Luft zwischen unserer Haut. Sie lacht leise, und ich hebe den Kopf an, um sie zu küssen, und endlich senkt sie den Körper ab, die Knie links und rechts von meinen Beinen, ihre Hüften an meinen, ihr Rücken unter meinen Händen wölbt sich nach oben, unsere Brüste drücken fest aneinander, sodass ich vor lauter Verlangen, das durch meinen Körper rast, keine Luft mehr bekomme.

Nackte Körper haben so viel Haut. Ich kann jeden Zentimeter von ihr an jedem Zentimeter von mir spüren und könnte zubeißen, so sehr will ich sie.

Also mache ich langsam. Ich habe das Gefühl, ich sollte aufhören. Ich möchte nicht, dass sie wieder daran denken muss, aber ich muss fragen.

»Ist das okay?«, murmle ich in ihre Haare.

»Das ist gut«, flüstert sie. »Und das.« Ihr Daumen streicht über meine Lippen. »Und das.« Ihre Handfläche auf meiner Brust. »Und das.« Ihre Hand an meiner Hüfte.

Als sie mich wieder küsst, drehe ich mich um, sodass sie unter mir liegt, und streiche mit den Händen an ihrem ganzen Körper entlang. Ich möchte jeden Millimeter ihrer Haut küssen. Also fange ich beim Hals an, bei den Brüsten, ihrem Bauch. Ich küsse sie zwischen den Beinen und ihr ganzer Körper bebt. Sie wickelt die Finger in meine Locken. Ich lecke sie, bis sie feucht ist und keucht. Dann lasse ich die Finger folgen, bis sie zittert und sich in meine Haare krallt. Sie zieht mich wieder zu sich herauf und küsst mich heftig; sie schiebt die Hand zwischen meine Beine und ich küsse ihren Hals, bis ich alles außer diesem Gefühl vergesse, und ehrlich gesagt ist es sehr viel weniger mein Herz verlieren und sehr viel mehr endlich gefunden werden.

Olive

Samstag, 13. Mai

Verloren: eine Gelegenheit

Ich wache mitten in der Nacht von einem Heulen auf, das nicht nach dem Wind klingt. Einen Moment lang weiß ich nicht so recht, wo ich bin, doch dann stellt sich der Raum um mich langsam scharf. Ich befinde mich im dritten Schlafzimmer des Hauses in Oak Road, liege auf einer Matratze auf dem Boden, die normalerweise Ivys Bett ist. Aber Rose liegt nicht mehr neben mir auf der Matratze. Auf dem leeren Bettzeug ist noch ihr Abdruck zu sehen, doch die Seite des Bettes ist kalt.

Alle Türen, die vom Flur abgehen, sind geschlossen, aber von unten höre ich leise Musik, also tappe ich die nackten Stufen der Treppe zur Küche hinunter. Als ich das flackernde Kerzenlicht auf den Arbeitsplatten sehe, wird mir klar, dass ich nicht die Einzige bin, die in diesem Sturm wach ist.

Rowan sitzt allein am Kopf des Küchentisches wie ein alter König in seinem Speisesaal. Vor ihm stehen eine offene Flasche Whiskey und ein halb volles Glas. Er trägt kein Oberteil, seine Brust ist blass und breit. Über die ganze linke Seite des Brustkorbs zieht sich das Tattoo irgendeines Sagenwesens, und ein zweites – eine Zeile aus Wörtern, die ich von hier aus nicht erkennen kann – über den rechten Arm. Ich kenne niemand in meinem Alter, der echte Tattoos hat, bis auf die beiden hier.

Ein Phönix. Plötzlich taucht der Name der Kreatur in meinem Kopf auf. Ich stehe vielleicht länger, als ich sollte, im Luftzug an der Tür, dann senke ich eilig den Blick, als mir bewusst wird, dass ich ihn anstarre. Meine Wangen brennen.

Rowan zieht lächelnd die Augenbrauen hoch. Ich wünsche mir, ich würde nicht so leicht rot. Ich wünsche mir, ich könnte glauben, dass ich tief genug im Schatten auf dieser Küchenseite stehe, dass er es nicht bemerkt. Aber er bemerkt es. Natürlich bemerkt er es.

Ich recke die Schultern. »Bin heruntergekommen, weil ich ein Glas Wasser holen wollte«, sage ich, und ein weiteres langes, mattes Heulen von draußen unterbricht mich. Meine Muskeln verkrampfen. Rowan kippt mit seinem Stuhl nach hinten und schwingt die pyjamabekleideten Beine auf den Tisch. Er hat Haare auf seinen nackten Zehen. Ich hole zittrig Luft. Rowan scheint das Geräusch kein bisschen zu stören, oder zumindest scheint es, als wolle er mich das glauben lassen. Aber ich kann sehen, dass seine Hand leicht zittert, als er nach seinem Glas greift.

Ich mache mit dem Kinn eine Bewegung zu dem Whiskey. »Kann ich was davon haben?« Der Wind pfeift wieder ums Haus. In der Ferne grollt Donner.

»Zehn Jahre alter *Single Malt*«, sagt Rowan genüsslich und neigt die Flasche, damit ich das Etikett sehen kann. Er deutet auf den Stuhl neben sich und schiebt sein Glas über den Tisch zu mir herüber. »Das Letzte, wofür wir die Kreditkarte unserer Eltern benutzt haben. Er ist superlecker. Schmeckt nach Torffeuer-Rauch.«

Ich setze mich langsam hin. Ich weiß nicht recht, wie Alkohol nach Kaminrauch schmecken soll, aber mir ist es zu peinlich, ihn zu fragen. Mit geschmacksneutralem Cider in Dosen und billigem Wodka mit irgendetwas Süßem gemischt kenne ich mich besser aus als mit edlem Whiskey. Ein kleiner Teil von mir ärgert sich, dass ich diejenige bin, die sich unwohl fühlt, obwohl Rowan nur eine abgetragene Flanell-Schlafanzughose trägt, aber auch so, allein in der leeren Küche trinkend, ist er selbstbeherrschter, als ich es je sein werde. Ich stelle mir vor, wie ich Rose am Morgen davon erzähle. *Flanellpyjama und Single-Malt-Whiskey?*, wird sie sagen. *Was für ein Hipster.* Aber das Problem ist, Rowan wirkt nie, als gäbe er sich zu viel Mühe oder als müsse er sich überhaupt Mühe geben.

Ich nehme einen kleinen Schluck von dem Whiskey. Wahrscheinlich bin ich nicht kultiviert genug, um Noten von Torffeuer zu entdecken. »Mmm«, sage ich trotzdem und schnalze ernst mit den Lippen. Innerlich ziehe ich eine Grimasse. Er schmeckt nicht viel besser als der Selbstgebrannte.

»Ja, oder?«, sagt Rowan beinahe euphorisch. »Nektar der Götter.« Er steht auf, um mir ein eigenes Glas zu holen. Heimlich nehme ich noch einen Schluck, um festzustellen, ob mir das hilft, mich daran zu gewöhnen. Ein bisschen Cola Light würde helfen, vielleicht ein bisschen Cranberrysaft.

Aber ich bin mir sicher, das ist einer von diesen Drinks, die man pur trinken muss. Ich unterdrücke ein Husten.

Nach dem vierten kleinen Schluck fühle ich langsam, wie sich dieses warme Dreieck irgendwo zwischen meinen Rippen ausbreitet. Mein Körper erkennt das Gefühl von vorhin, auch wenn ich glaube, dass ich weniger von Mags Maguires *Poteen* getrunken habe als einige von den anderen. Meine Gliedmaßen lockern sich langsam ein bisschen. Das einzige Heulen von draußen ist jetzt das Geräusch des Windes. Zum Teil ist es der Whiskey und zum Teil der Wind, die mich sagen lassen: »Ich habe noch nie jemanden wie euch kennengelernt.«

»Jemanden wie uns?«, fragt Rowan.

»Du weißt schon.« Vielleicht löst der Whiskey meine Zunge. »Furchtbar cool? Leicht tragisch? Tätowierte Hipster-Kids mit traurigen Augen, ohne elterliche Aufsicht und mit Faible für harten Alkohol? Im Moment sitzt du mit nacktem Oberkörper während eines Gewitters allein in der Küche eines leer stehenden Hauses mitten im Wald und trinkst Single-Malt-Whiskey. Komm schon.«

Rowan sieht ein bisschen überrascht von alledem aus, aber er lächelt trotzdem. »Ich bin ja im Moment nicht allein«, betont er.

»Touché.« Ich nippe noch einmal. Es ist deutlich weniger Whiskey im Glas als vorhin. »Ihr seid eher wie Leute in einer Geschichte, nicht wie echte Menschen.« Ich klinge verträumter, als ich wollte, aber ich merke, dass es mich nicht weiter stört, außerdem bin ich mir diesmal nicht sicher, ob Rowan es bemerkt hat. Er sieht fast ein bisschen traurig aus.

»Eigentlich nicht«, sagt er.

»Doch, schon.«

Rowan und ich bleiben eine Zeit lang schweigend nebeneinander sitzen.

»Und«, breche ich das Schweigen. »Warum sitzt du hier unten?« Ich frage mich, ob ihn auch das Heulen geweckt hat. Vor meinem inneren Auge blitzt das Bild eines rothaarigen Mädchens auf, das durch den Sturm läuft. Ich hoffe, sie hat einen Unterschlupf gefunden. Ich hoffe, sie hat es nach Hause geschafft.

»Ich …« Rowan räuspert sich. »Ich glaube, ich warte.«

»Worauf?« Ich schaue mich in der schlecht beleuchteten Küche um.

»Ob der Zauber gewirkt hat.«

»Oh.«

Er hat es so sachlich gesagt. Er hat es gesagt, als würde er daran glauben. Ich klopfe leicht meine eigenen Gefühle ab. Glaube ich es? Vor gestern Nacht hätte ich ganz klar Nein gesagt. Aber jetzt bin ich mir nicht mehr so sicher.

»Du siehst ...«, beginne ich vorsichtig. »Du siehst ein bisschen traurig aus.«

Rowan verzieht den Mund. »Nicht unbedingt traurig«, sagt er, aber ich bin mir sicher, er lügt. »Eher ... ängstlich.« Er lächelt trocken und versucht, es mit einem Lachen abzutun.

»Wovor hast du Angst?«, frage ich. Der heulende Wind. Die Dunkelheit des leeren Grundstücks. Schritte auf dem Tunneldach.

»Ich weiß es nicht«, antwortet er. Der Whiskey wirbelt in seinem beinahe leeren Glas. »Ich habe einfach das Gefühl, als hätten wir Laurels Tagebuch als eine Warnung gefunden. Verstehst du? Diese ganzen abgefahrenen Sachen haben angefangen, nachdem wir den Zauber gesprochen hatten. Ein Junge verschwindet. Sie haben diesen Jude gefunden. Wissen nichts über ihn. Unheimliche verirrte Hunde. Blut und Milchzähne.«

»Das gehört wahrscheinlich einfach zu den Dingen, die wir im Lauf unseres Lebens verlieren?«

»Willst du mir sagen, du findest die Vorstellung, im Wald Zähne zu finden, nicht auch scheißgruslig?«

Unwillkürlich schüttle ich mich. »Okay«, sage ich. »Ich geb es zu.«

Wir nehmen beide einen Schluck.

»Ich mache mir nur Sorgen«, sagt er langsam, bedächtig, als

versuchte er, nicht zu lallen. »Dass wir mit allen Dingen, die wir finden wollten – große Dinge, zum Beispiel alles, was Rose verloren hat, oder meine Mum, oder … ich weiß nicht mal mehr, was Ivy geschrieben hat – vielleicht andere Dinge beschworen haben, die gar nicht gefunden werden sollten. Und weißt du noch, der Teil mit dem Opfer? Das macht mir Angst. Im Moment könnte ich nicht gerade auf viel verzichten.«

Von den Kerzen tropft Wachs. Die Flammen flackern.

»Ich habe nur das hier, mehr nicht. Das Dach über dem Kopf, mein Bargeld vom Maguire's, Hazel und Ivy. Mehr ist mir nicht geblieben.«

Ich möchte sagen, dass er auch noch mich und Rose hat, aber ich weiß, das ist nicht dasselbe.

Mir ist ehrlich nicht klar, dass ich dabei bin, es zu sagen, bis es schon halb heraus ist. Ich frage: »Warst du je … du weißt schon … mit Ivy?« Ich meine *warst du je mit ihr aus* oder *zusammen*, aber so wie ich es gesagt habe, weiß ich, es klingt wie *im Bett*. Ich will es klarstellen, aber Rowan ist schneller.

»War ich je was? Um zwei Uhr morgens mit nacktem Oberkörper und Whiskey mit ihr in der Küche?«

Ich versuche, nicht noch röter zu werden, als ich sowieso schon bin. »Das … ich meinte nicht …«

Rowan fährt fort, als hätte ich nichts gesagt. »Ob wir uns geküsst haben? Ja.«

»Oh.« Meine Stimme stockt bei jeder Silbe. »Ich meine, das ist eigentlich klar. Ich meine, ihr wirkt wirklich, als gäbe es da … eine Vorgeschichte.« Während ich weiterrede, verfluche ich mich selbst. Ich kann nichts richtig sagen. Meine Wangen fühlen sich an, als würden sie in Flammen stehen.

»Die Art von Vorgeschichte eigentlich nicht.« Er blickt auf seine Hände.

»Oh.« Ich schiebe das leere Whiskeyglas von mir. Nach dem Schnaps von vorhin und den Bieren davor habe ich langsam das Gefühl, das war keine gute Idee.

»Ob wir Sex hatten? Nein.« Er sagt es, als spräche er mit sich selbst, mit seinen sommersprossigen Händen um sein Glas. Mir wird klar, dass er viel betrunkener ist, als ich dachte. Jetzt komme ich mir nicht mehr ganz so doof vor, weil ich mich so linkisch benommen habe.

»Nein?« Mehr bringe ich nicht heraus.

»Nein.«

Auf eine gewisse Art – ein klein wenig und auf sehr seltsame Art – erinnert mich dieses Gespräch an das mit Rose nach dem Fest. Geständnisse, Geheimnisse und Flüstern mit gesenktem Kopf. Plötzlich befinde ich mich auf etwas vertrauterem Terrain und das fasziniert mich. Denn eigentlich ist er gar nicht nur ein unergründlicher, kultivierter Mensch, der in der Küche eines besetzten Hauses Single Malt Whiskey trinkt. Er ist auch ein Junge. Und ich bin ein Mädchen. Und wir können miteinander reden.

»Hattest du überhaupt schon Sex?«, frage ich, als ich das Ende dieses Gedankenganges erreicht habe. Rowan wirkt überrascht von dieser Frage und lächelt, als er zu mir aufblickt. Ich bin so erleichtert, dass ich kichern muss – *kichern, echt jetzt, Olive?* – und sage: »Ich komme mir vor, als müssten wir *Wahrheit oder Pflicht* oder so was spielen.«

Davon grinst er noch breiter. »Nicht so wirklich«, sagt er. Ich bin kurz verwirrt, bevor er klarstellt: »Sex gehabt, meine ich.«

In meiner Magengrube flattert ein komisches Gefühl. Ich räuspere mich, bevor ich sage: »Nicht so wirklich?«

»Mehr als küssen, weniger als Sex?«, erklärt er.

Das klingt wie eine mathematische Gleichung. Wenn $x = k^2$, aber $k^2 < Se(x)$, welchen Wert hat »nicht so wirklich« Se(x)?

Und dann dämmert es mir. »*Oh.* Du … ach so.« Mehr als küssen, weniger als Sex. Warum habe ich das nicht vorher verstanden? Es hätte mit Ivy sein können. Ich werde rot, wie noch nie jemand rot geworden ist. Wie soll ich ihr am Morgen in die Augen schauen? Wie soll ich ihre sanfte Stimme hören, wenn sie über Frühstücksflocken spricht, wenn sie vielleicht »mehr als küssen« gemacht haben? Was ist »mehr als küssen« überhaupt? Ein Teil von mir möchte – nein, *muss* – jedes einzelne Detail erfahren, damit ich aufhören kann, die Lücken im Kopf selbst zu füllen. *War* es mit Ivy? Wie viel ist überhaupt »weniger als Sex«? Nur ein bisschen fummeln? Haben sie einander nackt gesehen? Gab es Orgasmen? Hat er es ihr mit dem Mund gemacht? Hat *sie* es *ihm* mit dem Mund gemacht? *Warum werde ich diese Gedanken nicht los?*

»Und was ist mit dir?«

Mein Gedankengang wird abrupt gestoppt. »Häh?«

Rowan schenkt mir noch mehr Whiskey ein, dann sich selbst. »Was ist mit dir?«, fragt er noch einmal.

»Oh. Ja.« *Mehr als küssen, weniger als Sex.* »Auch so. Glaube ich.«

Rowan neigt das Glas so, dass sich das Kerzenlicht darin fängt und goldene Strahlen auf den klapprigen Campingtisch malt. Mit jedem Schluck schmeckt der Whiskey ein bisschen erdiger, ein bisschen wärmer, ein bisschen mehr wie Torffeuer-Rauch. *Nektar der Götter.*

»Jungfräulichkeit«, sagt Rowan plötzlich, als wäre es die Antwort auf eine Frage.

»Jungfräulichkeit?«

»Die kann man verlieren.«

»Ach!«, rufe ich. »Warum sagen das alle ständig?«

»Was sagen alle?«

Aber ich bin schon gereizt. »Warum versteht keiner, dass allein die Vorstellung der Jungfräulichkeit ein hetero-patriarchales Konzept ist, das erfunden wurde, damit Frauen wegen Sex ein schlechtes Gewissen haben?«

Rowan stammelt: »Ein hetero ... was?«

Ich ignoriere ihn. »Als wäre eine Frau mehr wert, wenn sie keinen penetrativen Verkehr hatte, denn das gilt für Männer natürlich nicht, und wer zum Henker entscheidet überhaupt, was die Grenze der Jungfräulichkeit ist?«

Rowan verschluckt sich fast an seinem Whiskey. »Soll ich dir eine Zeichnung machen?«

Ich werfe ihm einen finsteren Blick zu. »Ich weiß, wie es funktioniert, danke. Aber frag dich mal: Was, wenn du ein Mädchen bist, das immer nur mit Mädchen zusammen war? Wer entscheidet es dann?«

»Das Hetero-Patriarchat«, antwortet Rowan mit fast ganz ernster Miene.

Also hat er zugehört. »Genau.«

»Okay«, sagt er. »Ich weiß, was du meinst. Aber findest du nicht, es braucht etwas? Also, damit das Ereignis klar ist? Ich meine, nicht du persönlich. Man. Allgemein. Man braucht etwas.« Er runzelt die Stirn über sich selbst und trinkt mehr Whiskey.

Ich denke an Rose. Ich versuche, nicht an Rose zu denken. Ich denke stattdessen an all die herrliche, sommersprossige Haut, die Rowan im Moment zur Schau stellt.

»Vielleicht geht es mehr um erste Male«, sage ich langsam, auch wenn ich das noch zu Ende denken muss. »Vielleicht ist jedes erste Mal ein Verlust.«

Rowan beugt sich auf seinem Stuhl vor. Plötzlich betrachtet er mich mit so einem unglaublich eindringlichen Blick, als tränke er mich wie Whiskey. Ich frage mich, ob ich erdig schmecken würde, wie Torffeuer-Rauch. »Jedes erste Mal ist ein Verlust«, haucht er bedeutsam. »Das gefällt mir.«

Er nimmt einen Filzstift und stellt sich vor mich. Er hat wirklich nicht viel an. Ich nehme den Stift, den er mir hinhält. Er kauert sich auf die Fliesen neben mich und hält mir seinen linken Arm hin, den, der noch nicht tätowiert ist. Bevor ich die Kappe des Stifts abziehe, nehme ich seinen anderen Arm und drehe ihn, damit ich sehen kann, was darauf tätowiert ist. Die Schrift ist perfekt kursiv und da steht: *Not all those who wander are lost.*

»Du bist also Tolkien-Fan?«, frage ich, und er sieht angenehm überrascht aus. *»Nicht alles, was Gold ist, funkelt«*, zitiere ich. *»Nicht jeder, der wandert, verlor'n.«*

»Das habe ich mir als Erinnerung machen lassen, dass ich nicht verloren gehen muss, egal, wie weit weg von zu Hause ich bin; ich kann immer noch ich selbst sein. Natürlich hat es jetzt noch viel mehr Bedeutung«, sagt er. »Überall verlorene Dinge.« Sein Gesicht ist weiter unten als meines, nach oben geneigt, damit er mich sehen kann. So viele Sommersprossen. Die Kerzen auf dem Tisch spiegeln sich in den Rändern seiner Brille. Ich möchte seine Wange berühren. Ich möchte mit den Händen durch seine Haare fahren. Eigentlich möchte ich ihn wohl einfach nur küssen.

Stattdessen öffne ich den Stift und nehme seinen nackten Arm in meine andere Hand. Ich drehe den Stuhl so, dass ich ruhig schreiben kann. Er legt den Arm auf meine Knie. Ich fange in der Armbeuge an, stelle mir vor, dass dort sein Herz schlägt, und schreibe so sorgfältig wie die Schrift auf meinem eigenen linken Unterarm: *Jedes erste Mal ist ein Verlust.* Bis jetzt fand ich meine Handschrift nie besonders hübsch. Irgendwie passt sie aber zu der Kursivschrift seines Tattoos.

»Heißt das, jeder erste Kuss mit einem neuen Menschen ist auch ein Verlust?«, fragt er beinahe flüsternd, den Arm auf meinen Knien, das Gesicht direkt unter meinem.

»Wahrscheinlich schon«, erkläre ich.

»Dann sind nicht alle Verluste schlecht.«

»Wahrscheinlich nicht«, sage ich leise. Sein Gesicht ist zu mir nach oben geneigt. Er hebt sich ganz leicht auf den Knien an, und unsere Lippen sind auf einer Höhe. Seine Augen sind nicht ganz geschlossen; er starrt auf meinen Mund. Ich auf seinen. Ganz langsam nähern wir uns, und die Küchentür wird aufgerissen. Wir zucken auseinander. Zwei Kerzen werden ausgepustet und eine Schüssel mit irgendwas darin auf der Arbeitsplatte fällt um und verschüttet kleine Sachen überall auf dem Boden. Als ich mich umdrehe, sehe ich Ivy.

»Oh«, sagt sie kaum hörbar. »Tut mir leid.« Der Wind heult durchs Haus; wahrscheinlich hat ein Luftzug die Tür aufgerissen. Ich kann mir irgendwie nicht vorstellen, wie die kleine, ruhige Ivy mit Türen knallt. »Ich wollte nur eine Schmerztablette.« Am Ende jedes Satzes verweht ihre Stimme. Selbst mit meinem Hörgerät verstehe ich nur die Hälfte.

»Whiskey?«, bietet Rowan an, während er sich wieder auf seinen Platz am Kopf des Tisches setzt. »Nektar der Götter.«

»Oh, nein«, sagt Ivy traurig und schlurft zum Spülbecken. »Ich glaube, ich hatte für heute genug heftiges Zeug.«

Meine ungeküssten Lippen kribbeln. Ivy lässt das Wasser laufen und trinkt direkt vom Hahn wie eine Katze, schluckt zwei Schmerztabletten und winkt uns mit traurigem Blick zum Abschied, bevor sie wieder nach oben verschwindet. Sie ist so blass und dünn und ihre Lippen sind so weich und ihre Augen so groß; sie sieht aus wie Goldkäppchen oder Dornweißchen. Ich kann mir vorstellen, wie Rowan sie küsst. Ich kann mir seine Hände um ihre schmale Taille vorstellen. Ich blicke auf meine entschieden nicht schmale Taille und meinen weichen Bauch hinunter, verschränke die Arme und rutsche mit dem Stuhl nach hinten.

»Ich sollte mal schlafen gehen«, sage ich zu Rowan, der immer noch zur Küchentür starrt, auf den unsichtbaren Abdruck, den Ivy hinterlassen hat. »Das wird lustig, wenn ich das alles morgen meinen Eltern erklären muss.«

»Wir sehen uns morgen früh«, sagt Rowan wie von weit her. Er kippt die Whiskeyflasche und füllt sein Glas neu. Die Kerzen sind fast ganz heruntergebrannt und flackern um ihn herum.

Laurel

Samstag, 13. Mai

Gefunden: zwei verlorene Freundinnen

Ash tauchte mitten in der Nacht wieder auf. Ich konnte nicht schlafen. Meine Schwestern hatten mich hereingeschmuggelt und meine nassen Klamotten versteckt. Sie hatten mir Tee gemacht und Decken gebracht und mich mit meinem Tagebuch allein gelassen. Auf dem Sofa zusammengerollt, starrte ich durchs Fenster in den Sturm hinaus.

Ich schrieb einen Teil dessen nieder, was wir gefunden hatten, und es war, als verbände uns ein Stück Silberschnur mit den Leuten, für die das eine Liste der verlorenen Dinge war. Eine silberne Haarspange in Sternform, ein Schminktäschchen (groß, rot, goldener Reißverschluss), ein Autoschlüssel (mit Anhänger in Hundeform), eine Lesebrille (lila), Haarnadeln (ungefähr fünfzehn), ein zartes goldenes Bettelarmband mit winzigen Anhängern, zwei angelaufene Teelöffel, eine Zigarettenpackung, ein blaues Plastikfeuerzeug, drei Ohrring-Verschlüsse, menschliches Blut.

Wir haben diese Leute in unseren Zauber hineingezogen. Wir haben sie gezwungen, diese Dinge aufzugeben, damit wir unsere Tagebücher finden konnten. Und Jude. Ich kann nicht vergessen, dass wir ihn auch gefunden haben. Innerhalb der Liste versteckte ich vier Herzen. Laurel, Ash, Holly, Jude. Ich weiß nicht immer, welches Herz wem gehört.

Gerade als der Himmel sich ausgeregnet hatte, kam Ash. Sie warf Steine ans Wohnzimmerfenster wie in einem Film und ich ließ sie herein. Sie tropfte Regenwasser auf den Teppich und setzte sich zu mir auf die Couch.

»Ich habe die Zukunft gesehen«, erklärte sie mir mit wildem Blick. »Ich habe an ihre Tür geklopft und sie hat aufgemacht, und ich sah, was sein würde.«

Ich seufzte. »Hast du was genommen, Ash? Hast du noch mehr von dem Zeug getrunken, das er uns gegeben hat?«

»Es war mir nicht klar«, sagte sie. »Ich war dumm. Ich dachte, ich liebe ihn, aber er ist nicht so, wie wir dachten. Ich habe die Zukunft gesehen. Ich weiß, wie es läuft. Und ich werde es stoppen.«

Ashs Knie wippten. Sie umklammerte sie mit den Fäusten und ihr ganzer Körper zitterte.

Fast hätte ich den Kopf geschüttelt. Fast hätte ich ihr gesagt, ich glaubte ihr nicht. Stattdessen sagte ich: »Was war in dem Zeug, das er uns zu trinken gegeben hat?«

»Er ist eine verlorene Seele, verstehst du? Wir haben ihn gerufen. Mit dem Zauberspruch.«

Ich bekomme Gänsehaut. »Er ist nur ein Junge, Ash.«

Sie schüttelte den Kopf, wie ihr Körper zitterte. »Nein«, sagte sie. »Er ist viel mehr.«

Das erinnerte mich daran, wie Holly Jude am Morgen mit Orpheus verglichen hatte. Wie konnte ein einfacher Junge so eine Wirkung auf meine besten Freundinnen haben?

»Vergiss ihn«, sagte ich. Ich schauderte und schüttelte den

Kopf. »Er bringt nur Ärger. Er hat viel verloren, und dir wird es genauso gehen. Halte dich von ihm fern«, fügte ich hinzu. »Sonst verlierst du alles.«

Die Szene vor mir flackerte und änderte sich. Wie in einem Traum. Wie in einer Vision. Ash lag mit ihrer brennenden Zigarette auf der Couch und schlief, und das Haus ging in Flammen auf. Ich blinzelte und sie saß wieder, und natürlich war da keine Zigarette in ihrer Hand auf dem Polstersofa meiner Mam mit den hässlichen, bestickten Kissen. *Was war in dem Getränk?*

»Laurel«, sagte Ash leise und schaute mir in die Augen. »Merkst du es nicht? Verstehst du nicht, was er ist?«

»Nur ein Junge«, sagte ich wieder, aber ich war mir nicht mehr ganz sicher. Ich hielt Ash für leicht verrückt – weil sie dachte, sie liebe ihn, weil sie dachte, er sei magisch. Vorhin war sie außer sich vor Freude gewesen, weil wir ihn gefunden hatten, und jetzt nannte sie ihn – was – einen Dämon?

»Er war es«, sagte Ash. »Es war die ganze Zeit er. Er hat uns gegeneinander aufgebracht, er hat uns alle verzaubert, er hat seine Lügen geflüstert und uns dazu gebracht, ihm zu glauben.«

Die letzten Regentropfen klatschten an die Fenster. Der letzte Rest des Windes heulte aus dem Wald herüber. Ash kam näher.

»Und wo ist er hergekommen?«, fragte sie. »Wo wohnt er? Wer ist er wirklich?«

Ich hätte darauf hinweisen sollen, dass nicht Jude unsere Tagebücher gestohlen hatte. Nicht Jude hatte sie Leuten gegeben, die sie vor der ganzen Klasse vorlasen. Nicht Jude hatte seine besten Freundinnen betrogen. Aber weil Ash mit diesem wilden Blick vor mir saß, sagte ich nichts dergleichen. Ich sagte langsam: »Wir haben ihn nie außerhalb des Waldes gesehen.«

Ash lehnte sich zurück und seufzte, als hätte sie gerade in großen Schlucken ein kühles Getränk getrunken. »Er ist einer der Verlorenen«, sagte sie. »Eine verlorene Seele, die wir, ohne es zu wissen, gerufen haben. Wie sonst sollte er so viel über verlorene Dinge wissen, über Magie, über Licht und Dunkelheit?« Mit eindringlichem Blick beugte sie sich wieder vor und sagte sehr schnell: »Er besteht aus Dunkelheit. Wir müssen Holly beschützen. Er hat schon zu viel Macht über uns. Es wird nur noch schlimmer. Wir müssen ihn aufhalten.« Es war nicht so, als glaubte ich Ash. Es war nicht so, als hätte ich ihr verziehen, was sie getan hatte. Es war das Bild von Hollys Leiche, die an einem Baum hing, als wäre es echt. Es war das Bild von Ash, wie sie in Flammen aufging, als passierte es direkt vor meinen Augen. Es war das Wissen, dass Jude in alledem irgendwie eine Rolle spielte und wir ihm nicht vertrauen konnten.

Wir müssen ihn aufhalten.

Wir warfen Steinchen an Hollys Zimmerfenster, bis sie an ihrer Haustür auftauchte, die Haare zerrauft und die Augen halb geschlossen. Es dauerte nicht lange, sie zu überzeugen. Wir saßen gemeinsam auf ihrem Bett und sie schüttelte unaufhörlich den Kopf.

»Ich wusste es«, flüsterte sie. Hob die dürren Hände besorgt zu dem Schal um ihren Hals. »Wie konnte ich nur so blind sein?«

Irgendwo draußen in der Dunkelheit bellte ein Hund.

Wir holten unsere Fahrräder und fuhren in den Wald.

Vielleicht sah er uns kommen. Vielleicht hat er schon immer in diesem Wald existiert. Vielleicht braucht er uns, wenn er je den Schatten der Bäume verlassen möchte.

Wir führten ihn tiefer in den Wald, den Abhang hinunter und dicht an den See. Der Himmel wurde etwas heller, ein Anflug von Rosa am Horizont, ein Streifen Blau über den Bäumen.

Wir hielten gemeinsam an und packten ihn. Wir banden ihn mit Silberschnur an einen Baum. In unseren Adern kreisten noch die Geister, aber wir vergaßen nicht; wir erinnerten uns an alles.

Wir tanzten um ihn herum wie Waldnymphen, wie in Ekstase. Wir stießen Laute aus, die keine Worte waren, sondern eine Anrufung: Wir riefen das Gefundene an, verloren zu bleiben.

Anfangs fragte er: »Was tut ihr da?« Aber Holly band ihm den Schal um den Mund, und danach fragte er nichts mehr. Kein Small Talk, kein Kerouac, keine Fragen mit Feuer.

Wir wirbelten herum wie die Furien; wir hüpften und sprangen. Wir umrundeten den Baum auf Händen und Knien, schlugen die Finger in die Erde wie Wölfe. Wir füllten unsere Fäuste mit Laub und Moos und warfen alles nach ihm. Murmeln und Schlüsselringe, Knöpfe und Armbänder trafen seine Haut.

Ash holte ihr silbernes Feuerzeug heraus und ließ es aufschnappen. Die Flamme war sehr hell, spiegelte sich in der Silberschnur. Sie ließ sie an den Blättern zu seinen Füßen lecken, und als sich der Rauch am Baumstamm emporkräuselte, befreite er sich.

Er riss sich den Schal vom Mund. Die Flammen leckten an dem Laub, aber er trat es beiseite. Er kam mit ausgestreckten Armen auf uns zu. Er stürzte sich auf unsere Kehlen.

Wir drei hielten uns an den Händen, drehten uns um und rannten davon.

Olive

Sonntag, 14. Mai

Verloren: sämtliche Kontrolle, Appetit auf Frühstück

Als ich wieder aufwache, ist es noch nicht ganz Morgen. Mein Mund ist eine Wüste, die Haare kleben mir im Gesicht und der Raum dreht sich immer noch. Die andere Seite der Matratze ist leer.

Schwaches Licht dringt durch die Spalten zwischen den Sperrholzplatten und den Fenstern. Mein Handy sagt, es ist Viertel vor fünf.

Unten ist niemand. In der Küche sind die Kerzen auf dem Campingtisch zu Wachspfützen zusammengeschmolzen. Zwei angeschlagene Gläser stehen immer noch da, auf den Glasböden kleine Pfützen aus den letzten Whiskeytropfen, die Geister unserer Lippen an den Rändern. Überall nasse Kleider und feuchte Handtücher, Schüsseln mit Krümeln darin und leere Gläser. Es ist keine Menschenseele zu sehen.

Oben im Bad ist auch keiner, bleiben zwei Zimmer, um vier Leute zu finden. Leise drücke ich zuerst die Klinke zu dem von Hazel.

Es sieht aus, als hätte eine Bombe eingeschlagen, lange

genug her, dass der Schutt von Dosen, Tassen, Make-up-Flaschen und Dreckwäsche zu kleinen, gezackten Bergen versteinern konnte. Ich hätte gedacht, Ausreißer reisen mit leichtem Gepäck, aber bei diesen speziellen Ausreißern ist kaum etwas so, wie ich es erwarte.

Zum Beispiel: Als das Licht meines Handys in den Raum fällt, wird mir schnell klar, dass Rose in Hazels Bett liegt. Sie haben sich gemeinsam zusammengerollt, nackt und schlafzerzaust, Roses Haare fallen als langer, schwarzer Fluss über Hazels Schulter. Ich gehe rückwärts wieder aus dem Zimmer und schließe lautlos die Tür.

Der Flur ist von meinem Atmen erfüllt. Mein Handy geht aus, und ich versuche, meine Augen an die Dunkelheit zu gewöhnen. Irgendwo in diesem Haus sind noch zwei Leute. Und ein Raum, in dem ich suchen kann. Ich sollte es sein lassen, aber ich kann nicht anders.

Als ich die Tür zu Rowans Zimmer einen Spalt öffne, hebt ein Schatten auf der Matratze den Lockenkopf aus den Laken. Ich kann gerade so Rowans Hand erkennen, die auf dem Boden neben der Matratze zwischen den schwarzen Schemen seiner Sachen und seiner Gitarre herumtastet und schließlich seine Brille findet. Er reibt sich mit beiden Händen das Gesicht und setzt die Brille auf. Als er mich sieht, lächelt er.

Ivy ist nicht da.

»Kannst du nicht schlafen?«, fragt er heiser. Er räuspert sich und winkt mich herein. Die Tür schließt sich hinter mir und es wird dunkler. Er schaltet eine große Camping-Taschenlampe auf dem Boden neben der Matratze ein und alles glüht. Sanftes Licht, sanftes Lächeln, sanftes Rascheln auf der Matratze, als ich mich Rowan gegenüber im Schneidersitz auf die Decke setze. Wir sind uns so nahe, dass unsere Knie sich berühren, meine über der Decke und seine drunter; ich sehe seine weggeworfene Flanell-Pyjamahose auf dem Boden, und mir wird klar, dass er in Boxershorts geschlafen hat. Oder nackt. Ich werde rot.

»Tut mir leid, dass ich dich geweckt habe«, flüstere ich. »Ich habe Rose gesucht.«

Rowan glättet eine Strähne meines Ponys und meine ganze Haut kribbelt.

»Sie ist bei Hazel«, füge ich hinzu und frage mich unwillkürlich, was es für Rowan und Ivy bedeuten wird, dass Hazel keine Spitze ihres Dreiecks mehr ist.

Rowan grinst. »Nach allem, was ich über Rose gehört habe, könnte das bedeuten, dass Hazel endlich jemanden gefunden hat, der zu ihr passt«, sagt er.

Ich ziehe die Augenbraue hoch. »Rose ist eine ziemliche Naturgewalt.«

»Gut«, erwidert Rowan und lehnt sich mit dem Rücken an die Wand. »Denn Hazel hat die Tendenz, die Mädchen zu verbrennen. Sie verliebt sich jede zweite Woche.«

Ich lache. »Rose auch.«

»Sie haben viel gemeinsam.«

»Groß, bildschön, geradeheraus, lassen sich von keinem was erzählen ...«, sage ich, ohne zu erwähnen, was sie noch gemeinsam haben: sie sind beide Teil unserer ganzen Welt. Eine Schwester, eine beste Freundin. Andererseits, wenn Rose und ich immer noch an der Hüfte zusammengewachsen wären, wäre ich jetzt nicht hier.

Rowan grinst. »Definitiv«, sagt er. »Ich mag Rose.«

»Sie mag dich auch.«

»Schön zu hören«, sagt Rowan. »Und du?«

»Und ich, was?«

»Magst du mich?«

Ich weiß nicht genau, was ich darauf antworten soll – bestimmt nicht das, was ich denke, nämlich dass ich ihn mit seinen weichen Lippen und seiner nackten Brust direkt vor mir nicht so sehr *mag* – als mich viel lieber einfach auf ihn stürzen würde. Ich atme ein bisschen schneller. Wenn Rowan atmet, scheint sich der Phönix auf seiner Brust im schwachen Licht der Taschenlampe zu bewegen.

Ich lasse den Blick auf seinem Tattoo ruhen. Vorhin wollte ich nicht so hinstarren, aber die Dunkelheit und die Bettlaken machen mich irgendwie mutiger. Und ich bemerke etwas, was ich vorher nicht gesehen habe.

Die Haut unter seiner Tätowierung ist vernarbt. Als ich genauer hinschaue, sehe ich Wellen – Knoten, Höcker und Dellen werden zu den Flügeln des Vogels. Ich strecke die Hand aus, um sie zu berühren, ganz langsam, erwarte, dass Rowan zurückweicht, aber das tut er nicht. Ich streiche mit den Fingern darüber und Rowan wird ganz still.

»Was ist passiert?«, frage ich; meine Stimme ist kaum ein Flüstern.

»Es hat gebrannt«, sagt er und schüttelt den Kopf. »Es ist keine gute Geschichte, um ehrlich zu sein.«

Gestern habe ich gefragt, wovor er sich versteckt, hier in diesem Haus. Ich nahm an, es sei nur die Polizei, aber es ist offensichtlich mehr als das. Ich möchte ihn nicht drängen, es mir zu erzählen, aber ich war nie besonders gut darin, keine Fragen zu stellen.

»Wann ist es passiert?«, frage ich. Es muss Jahre gebraucht haben, bis die Verbrennung verheilt genug war, um darüber zu tätowieren.

»Gebrannt hat es, als ich vierzehn war«, erzählt er mir.

»Aber das Tattoo habe ich seit letzten Monat. Es war ein … Ausreißergeschenk.«

»Ein Phönix aus dem Feuer? Sehr passend.«

Rowan grinst. »Ich bin ein ziemlich wörtlicher Typ.«

»Er ist schön«, sage ich, dann werde ich rot. Schon wieder. Schnell stelle ich noch eine Frage. »Hat es wehgetan?«

Er grinst breiter. »Das Tattoo oder die Verbrennung?«

»O Gott. Das Tattoo natürlich. Entschuldige.«

Rowan lacht. »Na klar. Ich wäre fast ohnmächtig geworden.«

»Und wie ist die Verbrennung …?«, frage ich zögernd.

»Okay. Aber sag nicht, ich hätte dich nicht gewarnt.« Er lächelt leicht, sorglos, als machte es ihm nichts aus, es mir zu erzählen. »Also. Du weißt ja, dass Hazel und ich erzählt haben, unsere Eltern waren fast nie da?«

»Ja?« Plötzlich habe ich ein ganz ungutes Gefühl, worauf diese Geschichte hinausläuft.

»Meine Mum … sie ist kein schlechter Mensch, sie ist nur irgendwie …« Er sucht nach einem Wort. »Verloren. Das ist es wahrscheinlich. Dad ist ziemlich kaputt und manipulativ, und sie folgt ihm einfach überallhin, deshalb hat sie uns bei unseren Großeltern zurückgelassen. Ab und zu kam sie aber allein nach Dublin und schleppte uns zu Ivy nach Hause, wohl damit ihre Mum unserer, keine Ahnung, helfen konnte, sich von Dad fernzuhalten. Trocken zu bleiben. Bei uns zu bleiben. Es hat nie länger als eine Woche geklappt. Meine Eltern … na ja, hauptsächlich trinken und verschwinden sie. Das ist im Grunde ihr einziges Talent.«

Ich zwinge mich, den Mund zu halten. Ich kann mir nicht vorstellen, solche Eltern zu haben.

»Jedenfalls«, fährt Rowan fort, »waren Ivy und ihre Mum

letztes Mal – das war vor drei Jahren –, irgendwo weg, also standen wir vor ihrer Tür und sie machten nicht auf. Wir haben dann eine Wohnung in Easkey gemietet, nicht weit von dort, wo Ivy wohnt. Und mein Dad fand uns. Er versuchte, so zu tun, als wäre das eine Art Familienurlaub, aber das war es natürlich nicht, und meine Eltern haben die ganze Zeit gestritten, darin sind sie auch echt gut. Hazel und ich hatten die Schnauze voll, also rannte Hazel raus, aber ich habe mich deshalb mit Dad gestritten und er schloss mich wie ein kleines Kind in meinem Zimmer ein. Dann sind sie beide ausgegangen. Ich glaube, sie haben vergessen, dass ich überhaupt da war.«

Er behält mich aufmerksam im Auge, wie um meine Reaktion einzuschätzen. »Mum hat eine brennende Zigarette auf dem Sofa liegen lassen. Das hat sie so ungefähr jeden Abend gemacht. Hazel und ich kamen dann heim und sie lag mehr oder weniger ohnmächtig auf der Couch und Dad war weg und Mum hatte eine brennende Zigarette viel zu dicht an ihrem Getränk, und wir mussten sie ausdrücken, damit die Wohnung nicht in Flammen aufging. Aber damals war niemand da, um sie auszudrücken.«

»O Gott.« Vor Entsetzen kribbelt meine Haut.

»Ja«, sagt Rowan. »Am Ende hab ich die Tür aufgebrochen, aber da hatten meine Kleider schon Feuer gefangen.«

»O Gott«, sage ich noch einmal. Kein Wunder, dass sie davongelaufen sind.

»Hab's ja gesagt, ist keine schöne Geschichte.«

Ich spüre seinen Puls in der Handfläche. Seine Augen sehen im Licht der Lampe dunkel aus. Er leckt sich über die Lippen.

»Aber es ist jetzt alles verheilt«, sagt er leichthin.

Es ist ein großes Tattoo. Viel vernarbte Haut zu überdecken.

Und.

Das ist eine ganze Menge nackter Haut da vor mir; meine Finger liegen an seiner Brust. Langsam, bedächtig, zeichne ich den Umriss der Tätowierung vom Phönix-Schnabel über seinem Rippenbogen entlang bis zu den Schwanzfedern direkt über seinem Hüftknochen nach. Sein Atem stockt.

»Ja«, sage ich als Antwort auf seine Frage von vorhin. Ich schaue ihm in die Augen, die Hand auf dem Tattoo auf seiner Brust ausgebreitet, die Spitze meines kleinen Fingers berührt gerade so den Bund seiner Boxershorts. »Ich mag dich.«

Er beugt sich vor und sagt flüsternd: »Ich mag dich auch.«

Ich brauche nicht einmal einen Augenblick, um die Lücke zwischen unseren Mündern zu schließen und ihn zu küssen. Er nimmt mein Gesicht in die Hände und küsst mich leidenschaftlicher. Ich berühre seine Zunge mit meiner und greife ihm mit den Fingern in die Haare. Wir küssen uns wild und ernst, immer tiefer, immer drängender, bis ich vollends die Kontrolle verliere und mich rittlings auf ihn ziehe, wo ich ihn hart an mir spüren kann.

Er wirft seine Brille weg, schiebt die Hände unter mein Top und umfasst meine Brüste, deshalb ziehe ich es mir über den Kopf und werfe meine Unsicherheiten genauso schnell wieder über Bord, wie sie mir in den Sinn kommen. Ich drücke mich noch fester an ihn und er stößt seinen angehaltenen Atem aus.

Wir küssen uns, als würden wir den Verstand verlieren, wenn wir es nicht täten, und als er meine Unterlippe zwischen die Zähne nimmt, graben sich meine Fingernägel von selbst in seinen Rücken. Er lächelt und senkt mich nach hinten ab, streicht mit den Händen an meinem Körper herunter und streift mir die Shorts ab, die Hazel mir geliehen hat, nachdem mein geborgter Pyjama im Unwetter klatschnass geworden ist.

Ich ziehe ihm die Boxershorts herunter und wir verwickeln uns in Hosenbeinen.

Er lacht in meine Haare. »Ich mag dich sehr«, sagt er. »Olive wie der Olivenbaum.«

Ich zeichne die Sommersprossen auf seinen Wangen nach, seitlich den Hals hinunter, über seine Schultern, seinen Bauch und dann die schmale Linie aus Haaren von seinem Bauchnabel bis nach unten. Er bebt mit geschlossenen Augen. Als ich die Hand um ihn lege, flucht er leise und sagt meinen Namen.

Als er mich berührt, mache ich mir kurz Sorgen – dass ich nicht so hübsch bin wie Ivy, nicht so dünn, dass ich den Bauch einziehen oder meine Oberschenkel verstecken sollte –, aber bald sind seine Hände überall auf mir, seine Zunge an meinen Brüsten, seine Finger tauchen zwischen meine offenen Beine, und jetzt kann ich an gar nichts mehr denken, wahrscheinlich nie wieder.

Geweckt werde ich ein paar Stunden später – das merke ich an dem helleren Licht, das durch die Lücken zwischen den Brettern vor dem Fenster hereinfällt –, als Rose die Zimmertür öffnet. Sie blinzelt zu mir herein. Rowan schläft weiter. Ich entwirre mich aus seinen Armen und seinem Bettzeug und gehe zu Rose in den Flur hinaus. Unterwegs ziehe ich mir die Klamotten über.

Unter dem Oberlicht, das den Treppenabsatz erhellt, scheint Rose nur aus braunen Beinen in einem kurzen, geliehenen Kleid zu bestehen, aus wirren Haaren und dem Make-up von gestern. Sie mustert mich von oben bis unten.

»Tja«, sagt sie.

»Tja.«

Wir werfen Blicke zu den Türen der getrennten Zimmer, in denen wir geschlafen haben, dann schauen wir uns wieder an.

»Du hast einen Knutschfleck am Hals«, informiere ich sie.

Auf das Gesicht meiner besten Freundin stiehlt sich ein Lächeln. »Ich könnte echt eine Zigarette brauchen.«

»Du hast aufgehört«, erinnere ich sie zuvorkommend. »Du kannst ein paar Seifenblasen machen und eine Tasse Tee trinken.«

Rose legt mir den Arm um die Schultern. »Das klingt sehr gut«, sagt sie, und wir gehen gemeinsam nach unten.

In der Küche sitzt Ivy und schaut durch die Terrassentür in die schimmernde Welt hinaus. Das wuchernde Gras und die Büsche sind nass vom Gewitter letzte Nacht, aber die Sonne scheint und spiegelt sich in den Regentropfen.

Als sie uns hereinkommen hört, ergreift Ivy das Wort, ohne sich umzudrehen. »Wart ihr … seid ihr gestern Nacht rausgegangen?«

»Wir alle, ja«, erinnere ich sie. »Wir sind Ash nachgelaufen. Weißt du noch?«

»Danach«, sagt Ivy langsam, ohne den Blick vom Garten abzuwenden.

Rose und ich tauschen einen Blick.

»Nein«, sagt Rose genauso vorsichtig wie Ivy. »Warum?«

Ivy winkt uns zu sich. Wir treten an die Terrassentür heran. Die Bretter hängen lose herunter. Ich dachte, Ivy hätte sie abgemacht, aber sie hängen schief und die Kanten sind schartig, wie von Krallen.

»Was zum …?«, sagt Rose.

Die ganze Hintertreppe ist voller schlammiger Fußspuren. Ein Sohlenabdruck an der Glasscheibe, als hätte jemand versucht, die Tür einzutreten.

»Ash?«, frage ich unsicher. Aber der Stiefelabdruck ist viel zu groß.

»Nicht Ash«, flüstert Rose. Mich schaudert.

»Ivy«, sage ich. »Bist du sicher, dass es nicht gefährlich ist, wenn ihr hierbleibt? Es ist furchtbar … abgeschieden.«

»Vielleicht hat Rowan recht«, flüstert Ivy. »Vielleicht hätten wir den Zauber nicht ausführen dürfen.«

»Es geht nicht um den Zauber«, erkläre ich ihr sanft. »Es geht darum, dass ihr in einem leer stehenden Gebäude haust. Ich meine, es ist romantisch und Bohemien-chic und alles, aber na ja, vielleicht ist es nicht mehr die allerbeste Idee?«

Rose hat die Augenbrauen zusammengezogen. »Was ist mit dem Haus deiner Mum?«, fragt sie. »Hazel sagte, sie hätten schon öfter bei euch gewohnt.«

Ivys Blick ist auf den Boden außerhalb des Fensters gerichtet. Stiefelabdrücke im Matsch. »Meine Mum ist eine Freundin besuchen gefahren. Sie ist nicht zu Hause. Ich dachte, wir wären hier sicher. Wie ein Abenteuer.«

»Weiß deine Mum, wo du bist?«, fragt Rose.

Ivy schüttelt den Kopf. »Sie glaubt, ich übernachte bei Mags.«

»Wie wäre es, wenn du sie anrufst …?«, schlage ich vor, doch Ivy erstarrt plötzlich und sagt: »Riecht ihr auch Rauch?«

»Rauch?«

Auf der Treppe sind Schritte zu hören. Hazel platzt in die Küche: »Ich dachte, ich hätte von meinem Zimmerfenster aus Rauch gesehen – brennt etwas?«

Rowan ist ihr direkt auf den Fersen, er zieht sich im Türrahmen die Schuhe an. »Es sah aus, als käme es aus dem Wald«, sagt er.

Plötzlich stehen wir alle. Gehen nach draußen. Aus dem Wald steigt eine graue Rauchwolke auf.

»Kommt es von unten am See?«, fragt Rose, und ich denke an die nassen Kleider des rothaarigen Mädchens letzte Nacht, an ihre nackten Füße.

Das Gras unter unseren Füßen ist voller Tautropfen und Spinnweben, und Frösche fliehen hüpfend in alle Richtungen. Wir rutschen den schlammigen Abhang hinunter, halten uns an nassen Ästen fest, um nicht den Halt zu verlieren, und als wir unten ankommen, teilen wir uns auf, jeder in die Richtung, aus der er den Rauch kommen sah.

Ich trete aus dem Wald heraus ans Ufer. Nach dem Gewitter steht das Wasser hoch; der kleine Strand, an dem wir gestern die Bierflasche gefunden haben, ist verschwunden, das Wasser hat unsere Fußabdrücke überspült. Ich bleibe kurz stehen, um zu verschnaufen.

Über dem See hängt drei Handbreit der Nebel wie ein Schleier. Ich kann kaum die anderen hören, die hinter mir den Wald durchsuchen. Die Stille wird nur ab und zu von den Forellen durchbrochen, die aus dem Wasser springen. Als ein Windstoß kommt, wirbelt der Nebel, wie ich es bisher nur aus Büchern kannte. Eine Nebelwolke steigt in der Ferne auf wie Rauch. Alles ist vom Gewitter letzte Nacht so nass, dass eigentlich nichts Feuer fangen kann. Es sei denn, jemand wollte es.

Mir fällt wieder der Phönix auf Rowans Brust ein, brennend an meiner nackten Haut. Küsse wie kleine Flammen.

Der See vor meinen Füßen ist klar und flach. Unter meinem gekräuselten Spiegelbild sehe ich Steine und Kies, Moos und winzige Fische, die zwischen versunkenen Grashalmen hin und her flitzen. Etwas platscht im Wasser und ich erschrecke, aber es ist nur ein Frosch, der ein paar Meter von mir entfernt am Ufer von einem schleimigen Stein zum anderen springt. Er stößt sich vom letzten Stein ab und verschwindet im Wasser, und unter der gekräuselten Oberfläche, wo er verschwunden ist, glitzert etwas. Ich beuge mich hinunter, um es aufzuheben.

Es ist ein silbernes Feuerzeug. Ein Zippo, graviert und teuer aussehend. So eins wie das von Rowan, das er ständig auf- und zuschnappen lässt. Ich drehe es um und lese die Gravur, erwarte Rowans Initialen, aber es sind die seiner Schwester. HK. Sie muss es gestern verloren haben. Ich schüttle das Wasser ab und trockne es, so gut ich kann, an meinem Top ab. Dann lasse ich es aufschnappen und drehe versuchsweise das Rad. Das Feuerzeug erwacht mit einem Funken zum Leben, und eine fröhliche Flamme steigt auf, als hätte es niemals die ganze Nacht unter Wasser verbracht.

»Solche gibt's heute gar nicht mehr«, murmle ich vor mich hin, während die anderen durch den Wald auf mich zukommen.

Rowan geht rückwärts und schaut zu den Baumwipfeln hinauf. »Wo ist der Rauch hin?«, fragt er. Aber hier sind nur die Nebelwolken, die vor dem Schein der Sonne auseinanderdriften und sich wiederfinden.

»Hast du jemanden gefunden?«, frage ich ihn. Rowan dreht sich um und schüttelt langsam den Kopf.

»Da ist keiner«, sagt Rose. »Kein Feuer. Im Wald liegt nur überall ganz schön viel Müll herum.«

»Müll?«

Ivy öffnet die Fäuste und zeigt mir drei Murmeln, zwei Haarspangen, eine halbe Wäscheklammer, einen großen, roten Knopf und einen ganzen Haufen Scrabble-Spielsteine. »Da ist noch mehr«, sagt sie. »Es gibt noch viel mehr.«

»Was ist das alles?«, flüstert Hazel.

»Die verlorenen Dinge«, erwidert Ivy, aber das kann nicht sein. Egal, was die anderen anscheinend glauben – so etwas wie Magie gibt es nicht.

»Das Zeug stammt sicher vom Campingplatz«, sage ich. »Oder von der Müllkippe. Oder die Sachen wurden vom Wunschbaum weggeweht.«

»Und wo ist dann der Rauch hin, als wir danach suchen kamen?«, fragt Ivy uncharakteristisch heftig. »Was haben wir gestern Nacht draußen im Sturm gehört? Wisst ihr noch, die Schritte und das Heulen?«

Ich reibe mir die Augen. »Ein Fuchs«, sage ich müde. »Auf dem Tunneldach. Ein heulender Hund im Wald.« Ich blicke zum Wald zurück. »Kaminrauch aus einem Häuschen irgendwo, der aussah, als käme er aus dem Wald.« Ich deute auf die Dinge, die Ivy aus dem Wald mitgebracht hat. »Ein Haufen Müll, der ins Wasser gefallen ist.«

»Nur Müll«, wiederholt Rose, aber in ihrer zitternden Stimme liegt eine Frage.

Ich halte Hazel das Feuerzeug hin. »Das hab ich gefunden«, sage ich. »Ich glaube, es gehört dir.«

Neben mir wird Rowan ganz still.

Hazel macht keine Anstalten, das Feuerzeug anzunehmen.

»Es muss dir aus der Tasche gefallen sein«, füge ich hinzu.

»Wo hast du das gefunden?« Hazels Stimme klingt sehr eigenartig.

»Direkt hier.« Ich zeige hin. »Gerade eben.«

»Nein«, sagt sie.

»Na ja«, widerspreche ich ihr, »doch, schon.« Ich werfe ihr das Feuerzeug zu, sie fängt es automatisch und sieht es dann an, als würde es sie gleich verbrennen.

Ihre Hände zittern. Ihr ganzer Körper zittert. Sie atmet zu schnell. Rose streckt die Hand nach ihr aus, aber Hazel umklammert das Feuerzeug, dreht sich abrupt um und marschiert den Abhang hinauf in den Wald, als suchte sie etwas. Oder jemanden. Wir anderen schauen uns an und folgen ihr, müssen fast rennen, um sie einzuholen.

Als wir über die Felsen und den Abhang hinaufgekraxelt sind, bleiben wir so plötzlich stehen, dass wir Rutschspuren im Matsch hinterlassen.

Überall im Wald liegen Dinge. Auf jedem Blatt und in jedem Baum alle möglichen Gegenstände. Unter Wurzeln gerollte Murmeln, auf Zweige gewehte Winterhandschuhe. Spielzeug auf dem Weg. Schmuck im Unterholz. Um die Stämme von Bäumen geschlungen etwas, das sehr nach menschlichen Haaren aussieht.

Wir rühren uns nicht. Wir starren.

Ich beuge mich hinunter und hebe ein Stück Papier auf. Es ist eine grobe Zeichnung eines Stinktiers, so wie das, das Eoin Kavanagh Rose am Valentinstag geschenkt hat, als wir acht waren.

Meine Gedanken rasen. Vielleicht ist das alles ein ausgeklügelter Streich. Vielleicht ist jemand mit großen, schwarzen Mülltüten voller verlorener Dinge gekommen und hat sie hier verteilt, damit wir sie finden. Aber ich muss zugeben, dass die Vorstellung ziemlich weit hergeholt ist. Fast so weit hergeholt wie die Vorstellung, dass unser Zauber gewirkt haben könnte.

Unser Zauber hat vielleicht gewirkt.

»Aber«, sage ich langsam, denn es will mir immer noch nicht in den Kopf. »Warum dieses Zeug? Warum *so viel* Zeug?«

»Ausgleich«, sagt Ivy, das Wortende nach oben gebogen wie eine Frage. »Wie es in dem Zauberbuch stand. *Jeder verlorene*

Gegenstand erfordert ein Opfer – für jeden Fund geht etwas anderes verloren.«

»Nein«, sagt Rowan mit düsterer Stimme. »Es passiert, wie es Laurel passiert ist. Wie sie es in ihrem Tagebuch geschrieben hat. Wir haben kein Opfer gebracht. Jedenfalls nicht genug. Nicht für alle Dinge, die wir finden wollten.«

Ivys Mund formt ein O, als hätte sie verstanden. Ich weiß allerdings nicht so genau, ob *ich* es ganz verstanden habe.

»Also wie, wir haben diese Dinge sozusagen auf magische Weise gestohlen?«

»Eher so: Wir haben andere Leute auf magische Art gezwungen, Dinge zu verlieren«, erklärt Rowan. »Damit wir selbst wiederum Dinge finden konnten.«

Ich zeige Rose die Stinktier-Zeichnung und sie reißt die Augen auf. Sie entreißt sie mir und dreht sie immer wieder, als würde irgendwo ein Hinweis draufstehen. Verwundert schaut sie sich im Wald um. »Also heißt das, wir müssen dafür selbst nichts verlieren?«, fragt sie.

»Ich weiß nicht«, sagt Ivy. »Ich weiß nicht. Vielleicht hängt es von den Dingen ab, die wir finden möchten. Vielleicht hängt es von den Dingen ab, die wir verlieren. Je größer das ist, worum wir bitten, desto mehr verlieren wir. Desto mehr verlieren andere Leute.« Sie zitiert wieder das Zauberbuch: *»Was willst du loslassen? Was kannst du dir nicht leisten zu verlieren? Denk sorgfältig nach, bevor du die Anrufung sprichst: Es könnte sein, dass die Wahl nicht bei dir liegt.«*

Ich kann mir Zitate auch leicht merken. Ich erinnere mich noch an die Stelle, die danach kam: *Pass auf, was du dir wünschst: Nicht alles Verlorene soll gefunden werden.*

Wann kommt der Punkt, an dem du aufhörst, alles infrage zu stellen, und anfängst zu glauben?

»Wir sollten das alles nicht hier liegen lassen«, sage ich vorsichtig. »Oder? Ich meine, das ist Umweltverschmutzung.« Aber niemand möchte die verlorenen Dinge anfassen. Stattdessen schauen wir zu, wie Hazel sich schüttelt und suchend von Baum zu Baum marschiert.

»Wonach suchst du?«, fragt Rose, aber Hazel antwortet nicht, geht nur weiter von Stein zu Stein, von Baum zu Baum, immer fieberhafter. Wir folgen ihr, weichen kleinen Spielsachen und Handyladekabeln aus, zerknüllten Strickjacken und zusammengefalteten Regenschirmen, Stiften und Schlüsseln und Portemonnaies.

Hazel ist wie ein Gewitter, wie ein Wirbelsturm. Sie fängt an zu laufen, folgt – das erkenne ich jetzt – den Schleifspuren von Stiefelabdrücken im Matsch. Sie führt uns wieder zurück zum Haus, dann hinüber zum Rand des Grundstücks, zu dem Tunnel.

Der Regenkanal ist immer noch trocken, aber heller. Nacheinander schlüpfen wir hinein. Auf dem Boden liegen neben dem Müll auch die Stifte, die wir gestern Nacht dagelassen haben, und es gibt matschige Fußabdrücke. Man kann unmöglich erkennen, ob es nur unsere Fußabdrücke sind oder ob noch jemand anderes hier war. Die Tunnelwände sind jetzt voller schwarzer Bäume, roter Wörter und Silberschnur, aber als ich näher komme, sehe ich Wörter, die wir nicht geschrieben haben. Ich bleibe stehen und schaue mich schnell um, obwohl ich weiß, dass nur wir fünf uns hier hereingequetscht haben. Ich berühre Rose am Handrücken.

»Schau!«, flüstere ich.

Es ist eine Liste. Eine Liste wie unsere, aber am Stück ausgeschrieben, die Buchstaben ziehen sich in die Länge wie ein Seil, wie eine Silberschnur. Sie fängt an der Tunnelmündung an und klettert die Wände hinauf wie Efeu, bis sie die andere Seite erreicht. Ich zeige auf die Wörter, die sich an den spindeldürren Ästen des Rosenbusches entlangziehen, an den knorrigen Olivenbaumzweigen, an den Vogelbeeren, dem kräftigen Haselstamm, den Efeuranken, die sich um all die anderen Bäume winden.

Ich lese: *»Silberne Haarspange in Sternform, Schminktäschchen (groß, rot, goldener Reißverschluss), Autoschlüssel (Schlüsselanhänger in Hundeform), Lesebrille (lila), Haarnadeln (ca. fünfzehn), zartes Goldarmband mit winzigen Anhängern«.*

Roses Schminktäschchen. Die Schlüssel meiner Nana. Mums Lesebrille.

Ich reibe mir das nackte Handgelenk, an dem ich immer noch schwer den Geist meines Armbands spüren kann.

Als ich stocke, liest Hazel weiter: *»Zwei angelaufene Teelöffel, Zigarettenpackung, blaues Plastikfeuerzeug, drei Ohrring-Verschlüsse, menschliches Blut, vier Herzen.«*

Im Tunnel ist es hell, aber uns schaudert trotzdem. Ich weiß, wir erkennen darin all die Dinge, die wir verloren haben. Dinge, die wir geopfert haben, um zu finden, was wir brauchten. Aber war das genug?

Mein Blick wird wieder vom letzten Punkt auf der Liste angezogen, den Hazel vorgelesen hat. *Vier Herzen.* Rose und Hazel, Rowan und ich. Habe ich mein Herz verloren?, frage ich mich. *Nicht alle Verluste sind schlecht*, hat Rowan gestern Nacht gesagt. Wie groß ist ein Opfer, wenn man sein Herz freiwillig verliert?

Und dann dämmert es mir: In ihrem Tagebuch schrieb Laurel, dass sie einige von diesen Dingen gefunden hat. Roses rotes Schminktäschchen. Die beiden angelaufenen Teelöffel aus dem Haus an der Oak Road. Mein Bettelarmband. Es wurde zweimal niedergeschrieben: einmal in meiner Handschrift als etwas Verlorenes an den Tunnelwänden, einmal auf den Seiten des Tagebuchs einer Fremden als etwas Gefundenes. Ich wünschte, ich verstünde das – wie wir mit diesen drei Mädchen verbunden sind, mit ihrem Zauber und ihren Verlusten und ihren Funden. Ich wünschte, ich würde nicht langsam anfangen, das alles zu glauben.

Hazel hält ganz kurz inne, bevor sie das Ende der Liste der verlorenen Dinge erreicht, und als sie weiterliest, tut sie es mit einer anderen Stimme, angespannt und ängstlich.

»Jack Kyle«, liest sie, als bekäme sie die Worte kaum heraus.

»Wer?«, frage ich.

»Oh«, sagt Ivy sehr leise.

Ich schaue Rowan an, aber sein Gesicht zeigt keine Regung. Er starrt die Wörter an der Wand stumm und reglos an. »So heißt unser Dad«, sagt er dann ausdruckslos.

»Hazel«, warnt Ivy, aber Hazels Gesicht ist die reine Wut.

»Wo ist sie?«, schreit sie. »Ash. Wo ist sie? Laurel und Holly. *Wo sind sie?«* Sie stürmt zum Tunnelausgang. »Woher verdammt noch mal kennen sie seinen Namen? Warum tun sie uns das an?«, schreit sie noch lauter. »WO IST SIE?«

Sie stürmt aus dem Tunnel und ruft uns zu, wir sollen ihr folgen. »Sie muss in einem von diesen Häusern sein«, sagt sie, ihre Beine bewegen sich aus unserem Sichtfeld. »Warum sind wir nicht früher darauf gekommen?«

»Warte, Hazel!«, ruft Rose, und sie und Ivy eilen ihr nach.

In der Stille ihrer Abwesenheit wende ich mich Rowan zu. Sein Blick klebt immer noch an der Wand.

»Was …?« Ich mache eine hilflose Geste. »Was glaubst du, was das zu bedeuten hat? Diese Liste, der Name eures Dads?«

»Ich weiß es nicht.« Er blinzelt kaum. »Jeder gefundene Gegenstand fordert ein Opfer, hat Ivy das nicht gesagt?«

Eine Liste der verlorenen Dinge als Ausgleich für das, was wir finden wollten. Und der Name seines Vaters steht an ihrem Ende.

Mein Blick findet die Worte, die er gestern Nacht geschrieben hat. Sie stehen auf Augenhöhe, rote Tinte auf schwarzen Ästen. *Amy Aisling Kennedy*. Ich habe nicht ganz verstanden, warum er ihren Namen schrieb, warum er sie finden wollte, wo doch er und Hazel vor ihr davongelaufen sind. Bis er mir von dem Feuer erzählt hat. Jetzt kapiere ich es fast. *Sie ist kein schlechter Mensch, sie ist nur … verloren*. Er möchte, dass sie sich selbst findet – dass sie der Mensch wird, der sie immer hätte sein sollen.

»Sie streiten oft«, sagt er, den Blick immer noch auf die Tunnelwand gerichtet. »Früher dachte ich, so ist Liebe eben. Ich dachte, sie hätten uns bei unseren Großeltern gelassen, damit sie verliebt sein konnten und keine zwei anhänglichen Kinder ihnen alles versauten. Aber manchmal frage ich mich, ob sie vielleicht ständig unterwegs war, um ihn von uns fernzuhalten.«

Ich weiß nicht, was ich sagen soll.

Rowan reckt die Schultern. Er hebt den Kopf. »Du hast gefragt, was das meiner Meinung nach bedeutet. Sein Name auf der Liste der verlorenen Dinge.«

Ich nicke langsam. Ich glaube, ich weiß, was er sagen wird.

»Meiner Meinung nach ist das eine Liste von allem, was wir opfern mussten. Ich glaube, es bedeutet, wenn wir Mum wiederhaben wollen, müssen wir das aufgeben. Auge um Auge. Ich glaube, das bedeutet, unser Dad ist tot.«

Hazel

Sonntag, 14. Mai

Verloren: den Überblick über die Vergangenheit

Auf Irisch bedeutet *aisling* Traum. Nicht der Traum, den man nachts hat, in dem man nackt zur Arbeit geht oder einem die Zähne ausfallen. Ein *aisling* ist eine Vision, ein Fiebertraum. Die Art, die Haut in Stoff verwandelt und wieder zurück, ein Traum, der Geister ruft.

Mein Feuerzeug im See. Dads Name an der Tunnelwand. Vielleicht ist Mum doch nicht verloren.

Und falls Mum lebt, heißt das vielleicht, ich bin doch nicht so ein Monster.

Mein Herz ist ein Hammer. Meine Füße zerstampfen das Unkraut. Ich versuche, die Bretter von den Türen der anderen Häuser zu stemmen, um zu sehen, ob welche lose sind, ob es noch andere Hausbesetzer im Viertel gibt. Sie sind alle festgenagelt. Am letzten Haus, am anderen Ende der Siedlung, bleibe ich stehen. Ich bilde mir ein, auf der Wiese vor mir zu sehen, wie sich etwas auf dem Boden bewegt.

Was zuerst wie ein Haufen Lumpen aussah, wird plötzlich erschreckend deutlich.

Es ist ein Mädchen. Mit dem Gesicht nach unten im flachen, sumpfigen Wasser der vom Sturm überschwemmten Wiese, die roten Locken um den Kopf ausgebreitet. Als ich näher komme, sehe ich, dass ihre Haare an den Enden angekohlt sind.

Ich weiß nicht, wie lange ich da stehe. Es fühlt sich an, als wartete ich auf etwas. Auf ein Zeichen. Darauf, dass mir jemand sagt, was ich tun soll. Die anderen sind da hinten im Tunnel, versteckt hinter den Häusern. Wenn ich nicht rufe, kommt niemand.

Ihr Kleid ist schwarz wie Asche und ihre Haut verkohlt. Sie kann unmöglich noch leben.

Als ich durch die Siedlung zurücklaufe, um Rose zu suchen, stoße ich beinahe mit ihr zusammen.

»Gleich da drüben liegt ein Mädchen mit dem Gesicht nach unten auf der Wiese«, höre ich mich sagen. Dann füge ich hinzu: »Ich glaube, sie ist tot«, falls das nicht sowieso klar war.

Rose zieht mich zurück, folgt meinen Laufschritten, wird aber langsamer, als wir uns der Mauer nähern.

»Da.« Ich zeige hin.

Rose geht langsam an der Mauer entlang, den Blick zu Boden gerichtet. Ich höre das Quatschen jedes nassen Schrittes, den sie macht. Ich lasse meinen Blick nicht weiter wandern als bis zu ihrem Gesicht, warte auf ihre Reaktion, warte darauf, dass sie mir sagt, wer das tote Mädchen ist, warum sie hier gestorben ist, was zu tun ist.

Rote Haare, nackte Beine.

Rose geht weiter. Als sie am anderen Ende der Mauer ankommt, dreht sie sich zu mir um und sagt: »Bist du sicher, dass sie hier lag?«

Zuerst verstehe ich sie nicht. Dann suche ich mit Blicken die sumpfige Wiese ab. Da ist kein totes Mädchen. Ich renne praktisch zu der Stelle, wo ich sie gesehen habe, aber da gibt es nur Matsch und Pfützen, den grasigen Boden.

»Sie war da«, sage ich. »Sie lag genau hier.« Ich möchte sagen: *Ich bin nicht verrückt.* Ich möchte wiederholen: *Sie war da, sie lag genau hier*, bis die Worte fest werden und das tote Mädchen heraufbeschwören, mit Brandflecken und allem. Aber ich kann nicht. Denn ich bin mir nicht sicher genug, um darauf zu schwören. Wegen des Nebels von letzter Nacht und aus den Nächten davor. Weil die letzten Reste des selbst gebrannten *Magic Moonshine* den Abstand zwischen den Bäumen zur Spiegelung der Bäume machen.

In den dürren Ästen der Bäume am Rand der Wiese hat sich ein alter Plastikregenmantel verfangen. Sein Flattern klingt wie Flügelschläge im Wind. »Das muss es gewesen sein«, sage ich zu Rose und deute auf den leeren Regenmantel. »Der wurde bestimmt vom Boden hochgeweht. Lumpen, Stöcke und Regentropfen. Mehr habe ich nicht gesehen.«

Rose nimmt mich in die Arme und küsst mich auf die Haare.

»Ist schon okay, Hazel«, sagt sie, aber das ist es nicht.

Vom anderen Ende der Siedlung hören wir ein Rufen. Rowan, der unsere Namen ruft. Rose und ich laufen hin und sehen, worauf er deutet: Mags' Auto fährt in die Oak Road.

Mags steigt aus, hinter ihr springt ein brauner Labradorwelpe heraus. »*Platz*, Lucky«, sagt sie und marschiert auf uns zu. »Was für Probleme habt ihr euch diesmal eingehandelt?«

»Was, warum?«, frage ich. Ich höre mich ganz defensiv an.

»Die *Guards* kommen«, sagt sie.

»Geht die Bretter wieder vor die Terrassentür hängen!«

»Scheiße«, sagt Rowan. Er stellt keine Fragen. Er läuft nur zum Haus.

Mags knurrt und hebt den Welpen hoch. *Wo ist die normale Lucky?*, frage ich mich.

Olive muss sich dasselbe gefragt haben, denn sie fragt Mags: »Wo ist Lucky?«

Mags schürzt die Lippen. »Weggelaufen«, sagt sie knapp. »Vielleicht überfahren. Vielleicht unter eine Brücke gekrochen, um sich vor dem Gewitter zu verstecken. Hunde machen so was.«

»Oh«, sagt Olive. »Das tut mir leid.«

Ich lenke das Thema wieder auf die Polizei, die anscheinend gleich hier sein wird und uns in einem besetzten Haus findet. »Mags? Die *Guards*?«

Mags nickt einmal kurz. »So ein junger Kerl ist verschwunden«, sagt sie. »Aus der Stadt. Liegt wahrscheinlich betrunken in einem Hauseingang in Galway, aber sie durchsuchen trotzdem die Gegend.«

»Ein Junge ist verschwunden?«, fragt Olive zaghaft. Ich schätze mal, sie haben den Jungen, von dem Laurel sprach, nicht gefunden.

»Komm schon«, schnauzt Mags, als Rowan wiederkommt, die Gitarre zur Sicherheit über den Rücken gehängt. »Rein ins Auto! Wenn euch die *Guards* hier finden, ist die Hölle los.«

Rowan stopft die Gitarre in den Kofferraum, aber jetzt fährt ein weiteres Auto aufs Grundstück.

»Ach, Mist«, sagt Mags unwirsch. Ein Mann steigt aus und kommt auf uns zu. Er ist mittleren Alters, trägt Jeans und ein grün kariertes Hemd, auf dem Kopf eine grüne Baseballkappe. Er sieht überrascht aus, als er uns sieht. Er ist nicht die Polizei. Rowan neben mir entspannt sich ein bisschen.

»Mags Maguire«, sagt der Mann, während sie sich die Hände

schütteln. »Es ist eine ganze Weile her. Du meine Güte, du bist keinen Tag älter geworden.«

Rose kann ein Prusten gerade noch so unterdrücken.

»Wie geht's, Dave?«, sagt Mags brüsk.

»Sehr gut, sehr gut«, antwortet Dave unbestimmt, aber er sieht nicht gut aus. Er sieht blass und kaltschweißig aus, unruhig und hektisch. Sein Blick wandert über das ganze Grundstück. »Du hast meinen Ältesten auch nicht gesehen, oder?«, fragt er Mags. »Wir glauben, er ist verschwunden. Die *Guards* suchen in der Stadt, aber ich dachte, ich schau mich mal hier um, du weißt schon – manchmal kommen Jugendliche zum Trinken hierher. Ich hoffe immer noch, er schläft nur seinen Rausch aus.«

»Hab hier keinen gesehen«, sagt Mags. »Bin nur mit dem Hund draußen.« Die neueste Lucky streckt ihre kleine rosa Zunge heraus. Rose rührt sich neben mir und wirft Olive einen Blick zu, die aussieht, als hätte sie einen Geist gesehen. Sie ist fast so blass wie Dave. Als er sie bemerkt, zuckt sie leicht zusammen.

»Olive«, sagt Dave.

Olive kennt den Dad des verschwundenen Jungen?

Olive lächelt gezwungen. »Hi, Mr Murdock«, sagt sie.

Ich fühle, wie Rose erstarrt. Als hätte sie aufgehört zu atmen.

»Ihr Mädchen habt Cathal nicht zufällig irgendwo gesehen, oder?«, fragt Dave, und da verstehe ich es. Ich höre selbst mehr oder weniger auf zu atmen. Meine Hand findet die von Rose und ich drücke sie fest. Ich erkenne seinen Namen aus den SMS, die sie mir gezeigt hat. Cathal Murdock.

»Nein, gar nicht«, sagt Olive mit einem ziemlich überzeugenden unschuldigen Blick. »Ich meine, Sie haben sicher recht und er ist nur irgendwo bei einem Freund zu Hause und sein Handy ist aus. Ich verstehe, dass Sie sich Sorgen machen, aber ich bin mir sicher, ihm geht's gut.«

Dave nickt abwesend. »Ich schaue mich kurz um, nur zur Sicherheit. Schönen Spaziergang noch. Hat mich gefreut, dich zu sehen, Mags.« Und er geht auf die Häuser zu.

»Wir sollten von hier verschwinden«, sagt Olive unterdrückt. »Für den Fall, dass er sich länger hier rumtreibt.«

»Das Haus ist komplett abgeschlossen, oder?«, frage ich Rowan.

»Als wären wir nie hier gewesen.«

»Alles klar«, sagt Mags und hebt den Welpen hoch. »Zurück an die Arbeit. Und ihr schaut, dass ihr keinen Ärger mehr macht.«

Rowan, der Roses und Olives aschfahle Gesichter nicht bemerkt hat, grinst Mags an. »Hast du je erlebt, dass wir Ärger gemacht hätten, Mags?«

Mags knurrt. »Vielleicht würde das seltener vorkommen, wenn ihr ab und zu mal auf mich hören würdet. Ruft euren Grandpa an. Er sagt, er hätte von Amy gehört.«

»Was?«

Ich fühle mich, als hätte mich jemand auf den Kopf gestellt, sodass der Himmel unten ist und ich nach oben falle. Die Worte dringen in meine Ohren ein, erreichen mein Gehirn aber nicht.

»Das kann nicht sein«, sage ich.

»Ruft ihn trotzdem an«, erwidert Mags. »Nur weil ihr traurig seid, heißt das nicht, dass es ihm nicht auch schlecht geht. Sie mag eure Mutter sein, aber sie ist auch seine Tochter.«

Rowan sträubt sich. »Wir haben ihn gestern angerufen, Mags. Wir rufen ihn so ungefähr zweimal die Woche an, aber es nützt nichts. Er kann kaum sprechen. Er hat keine Ahnung mehr, wer wir sind.«

Mags schaut uns durchdringend an. »Und, wisst *ihr* es?«, fragt sie. Dann steigt sie mit dem Welpen ins Auto und sie verschwinden in einer Abgaswolke und glucksendem Matsch.

»Übergeschnappte alte Hexe«, sagt Rowan boshaft.

Sie muss sich irren. Es kann nicht stimmen, dass Grandpa von Mum gehört hat. Oder Grandpa irrt sich.

Hoffnung steigt aus dem Wald auf wie Rauch. Ich schaffe es noch nicht, ihr zu folgen.

Als wir außer Sicht des Viertels sind, bleibt Olive stehen und fasst Rose sanft an der Schulter.

»Alles okay?«, fragt sie.

Rose starrt auf ihre Hände. »Das waren wir«, sagt sie. »Oder? Das war ich.«

»Was warst du?«, fragt Rowan, aber ich weiß, was Rose denkt. Cathal. Der Zauber. Ausgleich und Opfer.

»Ich habe meine Jungfräulichkeit verloren«, sagt Rose langsam. »Ich habe es an die Tunnelwand geschrieben. Aber ich habe nicht erwartet, sie zurückzubekommen. Man kann sie verlieren, aber man kann sie doch nicht wiederfinden wie einen Schlüssel oder ein Armband.«

»Rose«, sagt Olive.

»Was ist also, wenn der Zauber Cathal verschwinden lassen hat, statt mir meine Jungfräulichkeit zurückzugeben?«, fragt Rose. »Was, wenn ich mir so dringend gewünscht habe, dass er verschwindet, dass es wirklich passiert ist?«

»Das hat nichts damit zu tun«, sagt Olive. Sie versucht immer, die Stimme der Vernunft zu sein. »Und Dave hat es ja gesagt: Wahrscheinlich ist er einfach nur ohne sein Handy irgendwo und hat nicht daran gedacht, seine Eltern anzurufen.«

»Ich wollte, dass er verschwindet.« Rose starrt geradeaus. »Vielleicht wusste der Zauber das. Vielleicht weiß er, was wir denken.«

»Zauber wissen gar nichts«, beharrt Olive. »Komm, wir rufen Tante Gillian an.«

Rose scheint mit einem Ruck ins Hier und Jetzt zurückzukehren. »Wir können sie unmöglich *jetzt* anrufen. Nicht, solange er verschwunden ist«, sagt sie, und sie sieht ziemlich ängstlich aus. »Was, wenn die *Guards* denken, ich hätte etwas damit zu tun? Was, wenn sie von dem Zauber erfahren?«

»Der Zauber ist nicht ...« Olive zögert. Als würde ihr klar, dass sie den Zauber vielleicht doch für echt hält. Echt – und mächtig.

»Ich muss nach Hause«, sagt sie schließlich bedauernd. »Sonst geben mir meine Eltern schon wieder Hausarrest. Sie glauben, ich wäre bei dir, weißt du noch? Mum ist sowieso schon nicht allzu glücklich darüber.«

Rose nickt, dann sieht sie mich an. »Okay«, sagt sie. »Aber ich bleibe vielleicht noch ein bisschen hier.«

Olive sieht kurz enttäuscht aus, bis Rowan sagt: »Ich bring dich nach Hause.« Ich schnaube und versuche, es als Husten zu tarnen, was mir aber keiner abnimmt. Rowan wirft mir einen finsteren Blick zu und Rose lacht kurz auf.

Als Rowan und Olive davonradeln und wir sicher sind, dass Cathals Dad weg ist und die *Guards* nicht kommen, nehme ich Rose bei der Hand und wir folgen Ivy zurück ins Haus.

Kurz bevor wir es erreichen, hören wir ein Knacken und einen dumpfen Schlag. Den Rest des Weges laufen wir alle drei. Auf der unkrautüberwucherten Einfahrt vor dem Haus liegt ein flaches Holzbrett, noch mit Nägeln darin; sie stehen in die Luft wie Dornen. Ich habe diese Nägel selbst hineingehämmert, gestern Morgen, oben auf Mags' Leiter. Wahrscheinlich habe ich sie nicht tief genug hineingehämmert, oder das Gewitter letzte Nacht hat das Holz aufgeweicht. Ich schaue zu meinem halb freigelegten Zimmerfenster hinauf und erstarre.

Da drin ist jemand.

Ein dunkler Schatten am Fenster. Groß und breit. Ich packe Rose am Arm, greife nach Ivys Ärmel. Ich sage: »Stopp!« Sie schauen nach oben und sehen ihn auch. Es. Etwas.

Ivy weicht zurück und Rose stößt einen erstickten Schrei aus. Ich renne, ohne nachzudenken, um das Haus herum nach hinten. Dort reiße ich die Bretter von der Terrassentür und poltere die Treppe hinauf.

»WER IST HIER DRIN?«, brülle ich. Ich höre Rose und Ivy von unten nach mir rufen.

Ich reiße die Tür zu meinem Zimmer auf.

Endlich ist es einmal hell. Die Matratze sieht schmuddelig aus, die Taschen mit meinen Sachen überschwemmen den Boden.

Der Raum ist leer.

Ich wirble herum und platze in die anderen beiden Zimmer. Das Bad. Den Wäscheschrank. Ich stürze die Treppe hinunter und schaue im Vorzimmer nach. Im Wohnzimmer. In der unteren Toilette. Im Schrank unter der Treppe. Alles leer.

Rose und Ivy stehen zögernd an der Küchentür.

»Ihr habt es auch gesehen, oder?«, bedränge ich sie. Sie nicken langsam, mit angespannten Gesichtern.

»Glaubst du …?«, beginnt Ivy. »Glaubst du, das war vielleicht wieder Ash?«

Ich nicke, aber nur, um ihr keine Angst zu machen. Dieser Schatten hatte nicht die Form eines Mädchens. Ich versuche, mir den Jungen vorzustellen, den ich Freitagnacht gesehen habe, als die Bretter zum ersten Mal vom Fenster abfielen. Ich erinnere mich an seine länglichen Haare, seine Kette, die vielleicht aus Perlen oder aus Zähnen bestand. Sein gepfiffenes »Hey Jude«. Er könnte groß gewesen sein, aber er war eindeutig in meinem Alter. Der Schatten oben sah eher wie ein Mann aus.

Ich weiß nicht so genau, warum ich an Dad denke. Vielleicht, weil er groß und breit ist. Vielleicht, weil er mit Mum in der Wohnung war, als Rowan und ich davonliefen. Vielleicht, weil er auch gestorben ist, wenn sie gestorben ist.

Vielleicht haben wir es geschafft, Mum mit unserem Zauber von den Toten zurückzuholen. Aber wir haben Dads Namen nicht neben ihren an die Wand geschrieben. Als sein Name erschien, da erschien er auf der Liste der verlorenen Dinge. Vielleicht heißt das, wir haben ihn auf ewig verdammt.

Olive

Sonntag, 14. Mai

Verloren: Autoschlüssel (Anhänger in Form eines Hundes), großer, brauner Teddy (ramponiert und abgewetzt, hört auf den Namen Bunny)

Schweigend verlassen wir auf unseren Fahrrädern das Viertel. Die Straßen sind immer noch nass. Die Sonne hat den ganzen Nebel aufgelöst und der Tag wird hell, das Licht spiegelt sich im Wasser und im glänzenden Schwarz der nassen Straße. Unsere Reifen spritzen uns Matsch hinten an den nackten Beinen hinauf. Die Welt wird wärmer.

»Also«, frage ich, nachdem wir die Siedlung verlassen haben. »Was war das mit dem Feuerzeug?«

»Welches Feuerzeug?«, fragt Rowan zurück. Als würde ich ihm glauben, er wüsste nicht, wovon ich spreche.

»Komm schon«, antworte ich. »Hazel ist fast durchgedreht, als ich es gefunden habe. Hat sie es absichtlich ins Wasser geworfen?«

Rowan fährt ein Stückchen weiter hinter mir, ich muss den Kopf drehen, um ihn anzuschauen. Ich kann seinen Gesichtsausdruck nicht deuten.

»Ich kann nicht …«, fängt er an, dann unterbricht er sich und beißt sich auf die Lippe. »Keine Ahnung«, antwortet er schließlich. »Ich dachte, sie hätte es vor Ewigkeiten verloren. Aber vielleicht hatte sie es die ganze Zeit noch.«

Ich werde langsamer, damit wir reden können. »Es ist das gleiche wie deins.«

»Wir haben sie von unseren Eltern geschenkt bekommen. Sie haben ihnen gehört, als sie jung waren. Als sie sie uns geschenkt haben, haben sie unsere Initialen eingravieren lassen.« Er lacht trocken auf. »Geschenke, Bestechung, wo ist der Unterschied? Was war mit dem Typ, den die Polizei sucht?«

»Er ist ein … er ist … er …« Ich fahre einen Schlenker, um einer Pfütze auszuweichen. »Er ist in unserer Klassenstufe. Er hat Rose belästigt und gestalkt. Er ist eine menschliche Null.«

»Und jetzt ist er verschwunden.«

»Vielleicht ist er verschwunden, vielleicht auch nicht«, sage ich zu Rowan.

»Die Polizei sucht ihn, Olive.«

»Das heißt gar nichts«, beharre ich. Ich fahre voraus um eine Kurve.

Rowan wird schneller und fährt wieder neben mir her. »Hazel hat mir erzählt, was passiert ist«, sagt er. »Mit Rose. Das ist schon ein ganz schöner Zufall, wenn er es war, der … der sie dazu gebracht hat, den Zauber zu sprechen.«

»Wenn du sagen willst, er ist derjenige, der sie sexuell genötigt hat, dann ja.«

»Ja. Ich meine nur, vielleicht hat sie recht. Vielleicht waren wir es wirklich. Vielleicht war es der Zauber.«

In mir lodert heiße Wut auf. »Tja, ich muss sagen, falls er wirklich verschwunden ist, bin ich deswegen nicht todunglücklich.« Mir ist egal, wenn Rowan mich für einen schlechten

Menschen hält, weil ich das gesagt habe. Aber er wirft mir nur einen ernsten Blick zu und nickt. Ich denke an die Namen seiner Eltern an der Tunnelwand zurück; der Name seiner Mutter, geschrieben in der Hoffnung, dass sie gefunden wird; und der seines Vaters, der irgendwie auf einer Liste verlorener Dinge aufgetaucht ist. Würdest du einen Menschen für einen anderen opfern, wenn du könntest?

Bis wir zu meiner Straße kommen, bleibe ich still. Ich möchte das unausgesprochene Thema so gern wechseln, aber ich weiß nicht recht, wie. Schließlich denke ich daran, was für ein Glück es war, dass Mags bis zur Oak Road herausgefahren kam, um uns davor zu warnen, dass die Siedlung durchsucht wird.

»Hat Mags den kleinen Hund wirklich Lucky genannt?«, frage ich Rowan plötzlich.

Er sieht kurz überrascht aus, als hätte er gerade an etwas ganz anderes gedacht. »Ja«, sagt er dann und wirft mir einen mitfühlenden Blick zu. »Mags hat wirklich Pech mit Haustieren. Sie haben so eine Tendenz zu sterben oder zu verschwinden. Dann holt sie sich einen neuen braunen Labrador und nennt ihn auch Lucky.«

»Sie ist wirklich ein seltsamer Mensch.«

Rowan lacht. »Das kannst du laut sagen.«

Wir bleiben ein paar Häuser vor meinem stehen. Rowan lenkt sein Rad neben meins und beugt sich herüber, um mir einen sanften Kuss auf die Lippen zu geben. Mein Gehirn setzt aus.

»Willst du meine Nummer?«, frage ich. »Wo wir es ja letztes Mal beide vergessen haben?«

Er speichert meine Nummer und ruft sie an, um mir seine zu geben.

»Tschüss«, sagt Rowan, bevor er davonradelt, »Olive wie der Olivenbaum.«

Ich blicke ihm nach. Letzte Woche hat Rose mir gesagt, es sei typisch, dass ich mich in irgend so einen zwielichtigen Hausbesetzer verliebe, und ich habe darüber gelacht, aber jetzt wird mir klar, sie hatte recht. Vier verlorene Herzen, und es sieht aus, als wäre meins eines davon. Weniger an einen zwielichtigen Hausbesetzer, aber an jemand Eigenartigen, Traurigen und ganz leicht Magischen. Rowan, wie der Vogelbeerbaum. Als ich unsere Haustür öffne, kann ich mir das Lächeln nicht verkneifen.

Drinnen macht Dad gerade die Küche für unser monatliches Großfamilien-Sonntagsmittagessen sauber und versucht erfolglos, den frickeligen Jazz im Radio mitzusingen. Ich schnappe mir einen Schokoriegel aus dem Schrank, und er bedeutet mir mit einer Handbewegung, ihm auch einen zu geben.

»Du verdirbst dir den Appetit«, teilt er mir, den Mund voller Schokolade, mit.

Mum kommt mit gerunzelter Stirn in die Küche. Ich bekomme kurz Panik, dass Roses Mutter aus irgendeinem Grund gestern Abend angerufen hat, aber Mum tätschelt mir abwesend die Schulter.

»Wo ist Emily?«, fragt sie.

»Wahrscheinlich in ihrem Zimmer. Ich bin gerade erst heimgekommen. War bei Rose.«

»Kannst du sie anrufen?«, fragt Mum.

»Rose?«

»Nein, Emily. Sie ist nicht in ihrem Zimmer und ich hab mein Handy irgendwo hingelegt und …« Sie schaut sich unbestimmt in der Küche um und schüttelt den Kopf.

Ich klemme mein Handy zwischen Ohr und Schulter und warte, bis es klingelt. Emilys Mailbox springt an.

»Emily, ruf Mum an«, sage ich laut. »Sonst sieht es zur Abwechslung mal so aus, als würdest du den Ärger kriegen. Wenn ich es mir recht überlege: Ruf nicht an, denn auf das Gespräch warte ich schon seit Jahren.«

Mum wirft mir einen strengen Blick zu, doch dann lächelt sie leicht und verdreht die Augen. »Womit habe ich es nur verdient, dass ich mich mit zwei Teenagern herumschlagen muss?«, murmelt sie.

»Habt ihr mal darüber nachgedacht, Boy-Bands statt experimentellen Jazz zu hören?«, frage ich meine Eltern. »Vielleicht funktioniert das als Sirenengesang.«

»Hmm«, erwidert Mum. »Könnte einen Versuch wert sein.«

»In dem Fall«, sagt Dad, »muss ich noch Aufsätze korrigieren. Olive, viel Spaß beim Spülen.«

Meine Nana und die Tanten fallen gegen zwei Uhr zum Sonntagsessen ein. Sie ergießen sich in einer Duftwolke aus Parfüm und Kuchenbergen, die sie mit Frischhaltefolie abgedeckt haben, ins Haus. »Wie bei einer Beerdigung«, sagt Emily immer. »Niemand sollte so viel Essen machen, wenn nicht jemand gestorben ist.«

Normalerweise verschwindet Emily nach dem Mittagessen mit den Cousins und Cousinen in ihrem Alter in ihr Zimmer. Sie setzen sich aufs Bett und schauen sich dumme Videos im Internet an und drehen die Musik auf, um den Lärm der Kleinen zu übertönen, die mit Max als Anführer und den Hunden durchs Haus toben, bis eine Tante die Geistesgegenwart besitzt, die Küchentür zu öffnen und sie alle in den Garten zu schicken. Doch als alle ihre letzte Nachtisch-Portion aufgegessen haben, ist Emily immer noch nicht zu Hause. Die anderen drängen sich stattdessen ins Wohnzimmer.

Als die Älteste muss ich jeden Sonntag nach dem Mittagessen mit Mum in der Küche bleiben – »Du bist mein Schutzschild gegen den ganzen Wahnsinn«, sagt sie immer zu mir, »wage es ja nicht, von meiner Seite zu weichen!« – und zuhören, wie Nana alle herumkommandiert und Klatsch und Tratsch austauscht.

Nana eröffnet mit: »Ich habe gehört, Pattie Murdocks Junge ist verschwunden« und wirft Tante Gill einen fragenden Blick zu.

»Es ist keine offizielle Anzeige«, erklärt ihr Tante Gill. »Jungen im Teenageralter verschwinden andauernd für ein paar Tage. Wir halten nur die Augen offen.«

»Ist nicht letzte Woche auch schon ein Junge verschwunden?«, frage ich, weil ich an Laurels Tagebuch denken muss. »Aus der Zwölften?«

Tante Gill blickt überrascht drein. »Nicht, dass ich wüsste«, sagt sie. »Bist du sicher, dass du nicht Patties Jungen meinst?«

»Nein, wahrscheinlich nur ein Typ, der mal eine Nacht nicht nach Hause gekommen ist, und die Eltern haben sich Sorgen gemacht.«

Nana grummelt: »Hat wahrscheinlich Gott weiß was angestellt.« Es soll ein Murmeln sein, aber man kann es wahrscheinlich bis in die Stadt hören. »Solche Kerle kenne ich, kein Respekt, grüßen einen nicht mal …«

»Ist nicht ein Junge verschwunden, als wir in der Schule waren?«, fragt Tante Lucy während Nanas Schimpftirade. Sie ist Mum vom Alter her am nächsten und kannte deshalb wahrscheinlich dieselben Leute. »So einer, der dann nie wieder aufgetaucht ist.«

Mum nickt. »Schlimme Sache«, sagt sie. »Ich kann mich nicht mal an seinen Namen erinnern.«

»… mit ihren Hippie-Frisuren und Drogen; in ihrem Alter war ich verheiratet und hatte zwei Kinder …«, sagt Nana. Dann geht ihr endlich der Schwung aus und sie fügt hinzu: »Ich bin nur froh, dass unsere Olive ein braves Mädchen ist.«

Ich schaue alle an, nur nicht Mum und Nana. Die Tanten verbergen ihr Grinsen, so gut sie können.

»Olive ist ein Engel. Sie ist genau wie ihre Mutter in dem Alter«, sagt Tante Lucy mit halbwegs ernstem Gesicht.

»Laura war braver als du, Lucy.« Nana wirft Tante Lucy einen finsteren Blick zu, dann deutet sie mit ihrer Teetasse auf Mum. »Nein, ihre Freundin war die Wilde, die immer Ärger gemacht hat. Wie hieß sie noch mal, Laura? Die, die mit dem Protestanten durchgebrannt ist.«

»Das musst du genauer eingrenzen, Mam«, sagt Mum, während die Tanten lachen. Nana hält jeden, dessen Nachname nicht mit einem »O« oder »Mc« anfängt, für einen Protestanten. Mein Dad mit seinem Bart, dem Tweed und seinem Doktortitel vom Trinity College ist für sie definitiv ein Protestant. Wahrscheinlich würde sie auch meine Bisexualität als Beweis für Protestantismus werten, wenn sie mich nicht bei meiner Taufe auf dem Arm gehalten hätte; außerdem fühle ich mich nicht so besonders wohl dabei, meine sexuellen Vorlieben mit meiner Großmutter zu besprechen.

»Ach, es war also Mums Freundin, die Ärger gemacht hat«, necke ich sie. »Na *klaaar*.«

»Von *meinen* Freundinnen hat jedenfalls keine ins Auto meiner Mutter gekotzt«, gibt Mum gelassen zurück. Rose hat meinen Ruf für immer zerstört.

»Ach, ich bin mir ziemlich sicher, Amy Kennedy hätte ganz gut mit Rose mithalten können«, sagt Tante Gill mit hochgezogener Augenbraue zu Mum. Die schüttelt nur den Kopf.

»Was macht Amy eigentlich jetzt so?«, fragt Tante Lucy. »Abgesehen davon, dass sie mit einem Protestanten durchgebrannt ist«, fügt sie mit einem Seitenblick auf Nana hinzu.

»Kyle, das war's«, murmelt Nana. »Ich wusste doch, es war ein protestantischer Name.«

Mum sagt: »Ich weiß nicht …«, aber Nana unterbricht sie, um Gill etwas zu fragen. Mein Mund bleibt offen stehen.

Amy Kennedy. Ich wusste doch, ich kenne den Namen. Ich habe ihn an diesem Morgen gesehen, an die Tunnelwand geschrieben. *Amy Aisling Kennedy*. Es könnte einfach irgendein anderer Mensch mit demselben Namen sein, aber Nana sagte, sie sei mit einem Kerl namens Kyle durchgebrannt.

Jack Kyle. Noch ein Name an der Tunnelwand.

Mum kennt die Mum der Zwillinge.

»Mum«, murmle ich so leise, dass Nana es nicht hört. »Deine Freundin aus der Schule, Amy Kennedy. Hat sie Zwillinge in meinem Alter?«

Mum schaut mich mit zusammengekniffenen Augen an. »Woher weißt du das?«

»Ich habe sie neulich kennengelernt. Sie … wohnen momentan in der Stadt.«

»Ach ja?«

»Ja. Ich meine, ich wusste, dass ihre Großeltern früher hier gewohnt haben, aber ich wusste nicht, dass du ihre Mum kennst.«

Wenn Mum die Augen noch mehr zusammenkneift, blinzelt sie. »Ich kenne sie nicht«, sagt sie. »Nicht gut. Nicht mehr. Wir sind zusammen zur Schule gegangen, aber wir haben den Kontakt verloren, als ich weggezogen bin. Ich bin gereist, dann an die Uni … Ich habe seit Jahren nichts mehr von ihr gehört.«

»Oh. Mich hätte nur interessiert, wie sie so war.«

»Ich fasse es nicht, dass sie wieder in der Stadt ist«, sagt Mum langsam.

»Ach so, nein, ist sie nicht«, erkläre ich ihr. »Die Zwillinge sind … sie wohnen bei Freunden.«

»Und wo sind ihre Großeltern? Vielleicht sollte ich versuchen, mich mal wieder bei Amy zu melden.«

»Ähm.« Ich überlege, ob ich lügen soll, entscheide mich aber dagegen. »Das haben sie nicht gesagt. Sie wohnen eigentlich bei ihren Großeltern. Hazel und Rowan, meine ich. In Dublin.«

»Hazel und Rowan«, sagt Mum. »Stimmt.« Sie blickt einen Moment lang in die Ferne, dann kommt sie mit einem Ruck wieder in die Realität zurück und sagt: »Kannst du bitte deine Schwester noch mal anrufen, Olive? Sie ist wegen der Sache mit ihrem Bruder wahrscheinlich bei Chloe, aber ich wüsste es zu schätzen, wenn sie anruft, bevor sie beim Sonntagstreffen fehlt.«

Ich gehe in den Garten hinterm Haus hinaus, wo es wunderbar ruhig ist, und rufe Emily an, die immer noch nicht rangeht. Ich schreibe ihr und schicke auch Chloe eine kurze Nachricht, dass Mum nach Emily sucht. Dann schreibe ich Rowan, um ihm zu erzählen, was ich gerade von Mum erfahren habe.

Ich *WUSSTE*, ich hab dich schon mal gesehen, antwortet er sofort. Auf unserem Kaminsims stand ein Foto von Mum mit ihren Schulfreundinnen. Du siehst genauso aus wie deine Mum mit siebzehn.

Mir wird ständig gesagt, ich sähe aus wie meine Mutter. Es ist ein komischer Gedanke, dass ich an ihr vielleicht genau sehen kann, wie ich aussehen werde, wenn ich älter bin.

Als ich wieder hereinkomme, steckt Nana gerade mitten in einer ihrer Lieblingstiraden – der Preis eines Pint, dass man heutzutage einfach kein gutes Guinness mehr bekommt und der Niedergang der ländlichen Pubs.

»Und das Maguire's«, sagt sie. »Wie hieß sie noch gleich, die das Pub hatte, als ich ein junges Mädchen war – Mags – hat damals noch auf die altmodische Art selbst gebrannt. Heute macht keiner mehr guten *Poteen*.«

»Nein, Mam«, sagt Tante Lucy. »Mags kann nicht älter sein als sechzig – sie kann das Pub nicht gehabt haben, als du jung warst.«

Nana schaut mir in die Augen und sagt: »Es ist schon mal passiert und es wird wieder passieren.« Als könnten ihre Augen direkt durch mich durchschauen. »Du kannst es nicht aufhalten.«

»Was?« Ich starre Nana an, dann schaue ich mich zwischen Mum und den Tanten um. Außer mir scheint sie niemand gehört zu haben. »Nana, alles in Ordnung? Was hast du gerade gesagt?«

Nana blinzelt, dann gähnt sie und winkt ab. »Ich sagte, kann mal jemand in meine Manteltaschen schauen? Ständig verliere ich diesen verdammten Autoschlüssel.«

Ich schüttle den Kopf. Jetzt verliere ich wirklich den Verstand. Nana fängt an, mit den Tanten darüber zu streiten, wer sie nach Haus fährt. Der Autoschlüsselstreit wird mindestens eine halbe Stunde dauern und höchstwahrscheinlich darin münden, dass Nana herausfindet, wer ihren Schlüssel versteckt hat und droht, die jeweilige Tochter aus ihrem Testament zu streichen. Das passiert unweigerlich jeden Sonntag.

Ich stehe auf und bereite meinen Abgang vor. Mum bemerkt es und packt mich am Arm.

»Lass mich bloß nicht mit diesen Spinnern allein!«, zischt sie aus dem Mundwinkel.

»Ich muss nur echt dringend mal wohin«, lüge ich. Zum Glück erscheint eine Ablenkung in Form meines Vaters, der genau in diesem Moment mit einem sehr schlammverschmierten Max hereinkommt. Max hat Tränenspuren auf den Wangen und Risse an den Knien seiner Jeans.

»Hat jemand Bunny gesehen?«, fragt Dad die versammelten Tanten. Alle schütteln den Kopf. Max schnieft.

»Komm her.« Ich strecke meinem Bruder die Hand hin. »Ich helfe dir suchen.« Ich stoße einen kurzen Pfiff aus und die Hunde versammeln sich um uns. »Wir brauchen einen guten Jagdhund, um ihn zu finden«, erkläre ich Max.

Der wischt sich die Nase am Ärmel ab. »Nicht Fruit Loops«, sagt er. »Der findet nicht mal seinen eigenen Schwanz, wenn er ihn jagt.«

»Eine präzise Beobachtung«, sage ich. »Also wird es Weetabix.«

Nachdem Max, Weetabix und ich das Haus nach dem verschwundenen Teddy durchkämmt haben, ist der Autoschlüsselstreit vorbei und Nana und die Tanten sind nach Hause gegangen. Bunny ist nirgends zu finden.

»Komm, wir versuchen es im Garten«, sage ich zu Max.

In der Küche haben meine Eltern beide ihre Handys in der Hand und identische Sorgenfalten auf der Stirn.

Mum winkt mich heran, bevor ich hinausgehe. »Kannst du es noch mal auf dem Handy deiner Schwester versuchen?«, fragt sie mich. »Sie geht immer noch nicht ran.«

»Versuch es bei Chloe«, sage ich, als wieder Emilys Mailbox anspringt. »Sie sind wahrscheinlich im Kino in Castlebar oder so.«

Max und ich beschließen, uns aufzuteilen, um ein größeres Gebiet absuchen zu können. Er durchsucht die Blumenbeete und die Baumgruppe auf der anderen Seite des Hauses, während ich den Hühnerstall und das Fahrradhäuschen umrunde. Die Garagentür ist offen und ein paar der an der Wand aufgereihten Kisten sind umgekippt. Ich stopfe ein paar Gartengeräte und Autozubehör in eine davon zurück und trete fast auf eine Plastikpuppe, die offenbar aus einer anderen gefallen ist. Ich halte die Puppe ins Licht. Es ist eine Barbie. Eine alte mit abgeschnittenen Haaren und Filzstiftspuren an Armen, Fingern und um den Hals. Ich erinnere mich noch lebhaft, wie ich sie aufgemalt habe. Sie sollten Schmuck darstellen, aber nach zehn Jahren in einer Garage sehen sie gruslig aus. Eher wie Narben.

Meine erste Barbie. Ich war mir sicher, Mum hätte sie weggegeben.

Max kommt mit bedrücktem Blick zur Garagentür.

»Kein Bunny?«, frage ich.

»Kein Bunny.«

Ich umarme meinen kleinen Bruder. »Er taucht wieder auf«, versichere ich ihm. »Wahrscheinlich ist er nur unterwegs und erlebt Abenteuer und erzählt dir alles darüber, wenn er wiederkommt.« Max schnieft. »Jedenfalls bin ich mir ziemlich sicher, dass im Gefrierschrank noch Eis übrig ist. Ich lenke Mum und Dad ab und du schnappst es dir.«

Das muntert Max ein bisschen auf. Er plündert den Gefrierschrank, während ich noch einmal versuche, meine Eltern davon zu überzeugen, dass Emily wahrscheinlich mit ihrer besten Freundin unterwegs ist und ganz normale, wenn auch vielleicht irgendwie rebellische Dinge tut und zweifellos vor dem Abendessen wieder zu Hause sein wird.

Dann nehme ich meine eigene Schale Eis mit in mein Zimmer und lehne mich kurz an die Tür. In Gedanken mache ich eine Liste der verschwundenen Dinge, angefangen mit den Eltern der Zwillinge über Cathal und Lucky, den Hund, Max' Bunny, Roses Schminktäschchen bis hin zu Nanas Autoschlüssel, der diesmal offenbar tatsächlich verschwunden war, weil eine der Tanten sie am Ende nach Hause gefahren hat.

Ich rufe Emily noch einmal an, aber sie geht nicht ran. Wahrscheinlich ist es nichts. Wahrscheinlich ist alles gut. Ich habe wahrscheinlich nur zu viel Zeit mit problembeladenen Ausreißern in leer stehenden Häusern verbracht und Emily wird vor dem Abendessen wieder da sein. Sie wird ihr Handy finden und uns eine SMS schreiben. Sie wird sich ein Telefon leihen und uns anrufen. Jeden Moment.

Um zehn Uhr abends rufen meine Eltern die Polizei an.

Hazel

Sonntag, 14. Mai

Verloren: Hund (brauner Labrador, hört auf den Namen Lucky)

Wir durchsuchen das Grundstück noch einmal. Nach Dad oder dem Jungen, der »Hey Jude« gepfiffen hat, nach einer verlorenen Seele oder was auch immer da geheult hat. Ich schreibe Rowan, er soll auf dem Heimweg die Augen offen halten, und er ruft mich an, um mir zu sagen, ich soll weg aus Oak Road.

»Gehen wir einfach ins *Maguire's*«, sagt er. »Für ein paar Stunden verschwinden.«

Aber ich möchte ihn finden. Sie finden. Dad, falls er das hinter meinem Zimmerfenster war. Mum, falls sie es war, die das Feuerzeug dagelassen hat. Ash, falls sie diejenige ist, die die Worte an die Tunnelwand geschrieben hat.

Ivy radelt Rowan entgegen, um die Straßen nach jemandem abzusuchen, der vielleicht eingebrochen haben könnte. Rose kommt mit mir in Richtung Wald. Wir klettern über den Schutt zur Mauer.

»Hazel«, sagt Rose. »Wen suchen wir? Was hast du gesucht, nachdem Olive das Feuerzeug gefunden hatte?«

»Ich dachte, vielleicht ... Ich dachte, es könnte vielleicht meine Mum sein. Dass der Zauber gewirkt hat und sie ... aufgetaucht ist. Das Feuerzeug. Das gehört mir, aber ich habe es nicht mit hierhergebracht. Nach Oak Road. Ich habe es bei Mum gelassen, als Rowan und ich weggelaufen sind.«

Rose sieht verblüfft aus. Sie schaut sich um, als könnte Mum einfach am Waldrand auftauchen. Als sie plötzlich in den Wald deutet, denke ich für eine halbe Sekunde, es könnte stimmen. Doch dann sagt Rose: »Hey, ist das nicht Mags' Hund?« Sie deutet auf einen Schemen, der sich langsam zwischen den Bäumen bewegt.

»Lucky?«, rufe ich. Ich pfeife. Die Hündin dreht den großen, braunen Kopf, geht dann aber weiter.

»Ja«, sage ich stirnrunzelnd zu Rose. »Ich glaube, das ist sie. Ich meine, das ist die *alte* Lucky. Mags hatte heute Morgen einen Welpen dabei.«

Wir sehen einander an. Dann klettern wir von dem Schutthaufen und springen über die Mauer in den Wald, um dem Hund zu folgen.

Lucky führt uns zwischen Birken hindurch, zwischen fetten Walnussbäumen und knorrigen Eichen, den Abhang hinunter, wo die Bäume älter sind, dicker, enger zusammen. Sie geht nicht weit vor uns, aber wir verlieren sie ständig zwischen den Bäumen.

Als wir fast am See sind, bleibt Rose stehen und nimmt meinen Arm.

»Hazel«, sagt sie sehr langsam, so wie man mit einem Tier redet, das man nicht verängstigen will. Jetzt möchte ich mich auf keinen Fall umdrehen.

»Ja?«

»Da war vorher nichts auf dem Weg, oder?«, fragt sie mit

derselben Stimme. »Das Zeug lag alles am Hang zum Grundstück hinauf?«

Spielzeugteile und Klimbim, Socken und Regenschirme, Schlüsselringe und Kabel.

Ich nicke. »Ja?«

»Schau«, sagt sie und ich muss mich umdrehen. Als Erstes bemerke ich die Schnur. Silbern und glänzend, so eine hat Ivy benutzt, um die verlorenen Worte, die wir geschrieben haben, an die Tunnelwand zu binden. Sie ist überall: auf dem Moos (gesprenkelt mit etwas Rotem wie Blut), in den Büschen, um runde Äste gewickelt und zwischen den Bäumen gespannt. Sie schlingt sich um ein Paar Männerwanderschuhe mit Reißverschlüssen an den Seiten.

Ich schließe die Augen und fühle, wie mein Herz durch die Brust nach unten fällt, von jeder Rippe abprallt wie an Leitersprossen, in meinem Bauch Rad schlägt und mit einem Klatschen in der Mulde meiner linken Hüfte landet. Mit Tipp-Ex steht Schrift hinten auf den Stiefeln – ich weiß es, ohne überhaupt hinzusehen. *Nichts hinter mir, alles vor mir*. Das Motto meines Dads. Irgendwann einmal habe ich es nachgeschaut. Es ist von Jack Kerouac. *Nichts hinter mir, alles vor mir, wie das auf der Straße immer ist*. Ich habe dieses Zitat immer gehasst.

Ständig meine ich, ihn zu sehen, und jetzt stehen hier mitten in diesem blöden Wald seine Stiefel.

Weiter den Weg entlang sehe ich gerade noch etwas, was aussieht wie eine Reihe kleiner Zähne. Eine Reihe von Tagebuchschlüsseln. Fingernägel. Hundeknochen. Gelbe Augen in einem Hundegesicht blinzeln mich zwischen den Bäumen an, dann verschwinden sie. Auf der anderen Seite des Wegs steht reglos ein anderer Hund. Roses Hand umklammert schmerzhaft meinen Arm.

»Hazel …«

Aber ich habe Lucky wiederentdeckt, nur ein paar Meter vor uns. Sie tappt langsam zum Seeufer. In meinem Kopf taucht die verrückte Vorstellung auf, sie wolle uns zu meinem Dad führen. Seine leeren Stiefel sind Geister hinter meinen Augenlidern. Ich mache ein paar Schritte auf den Hund zu, aber Rose hält mich zurück.

»Hazel«, sagt sie wieder.

»Es ist Lucky«, erwidere ich, und etwas an meinem Gesichtsausdruck muss sie überzeugt haben, denn sie folgt mir zwischen den letzten Bäumen hindurch zum Wasser, die Hand immer noch um meinen Arm geschlossen.

Lucky führt uns zum See hinunter, wo sie ins Wasser steigt und hinauswatet. Beim Gehen sind ihre Schritte schwerfällig, aber als sie zu schwimmen beginnt, gleitet sie elegant. Dann steckt sie die Nase ins Wasser und taucht. Rose und ich stehen am Ufer und schauen zu, wie sie abtaucht. Wir warten darauf, dass sie wieder auftaucht, aber sie kommt nicht wieder hoch.

Der See ist von Bäumen gesäumt. Wir können überall das Ufer sehen. Sie kann nicht herausgeklettert sein, ohne dass wir es gemerkt hätten.

Ich halte nicht inne, um nachzudenken – ich renne einfach über die Felsen und platsche ins Wasser. Meine Schuhe an meinen bandagierten Füßen sind schwer und das Wasser kalt um die Beine. Ich rutsche auf unter Wasser liegenden Steinen aus und rudere mit den Armen, um nicht das Gleichgewicht zu verlieren. Ich wate hinaus und verfluche das Wasser, weil es mich langsam macht, aber ich weiß, selbst wenn ich schnell wie ein Fisch wäre, würde ich sie niemals finden. Man kann nichts finden, was nicht da ist.

»Hazel!«, ruft Rose.

Ich drehe Kreise im Wasser. »Lucky?«

»Hazel, komm *zurück*!«

»Sie war *genau hier*!«

»Sie ist *weg*, Hazel!«, sagt Rose wütend. »Und das ist scheißunheimlich und ich will nach Hause!«

Ich pfeife noch ein letztes Mal ohne viel Hoffnung.

»Wenn du glaubst, ich komme rein und ziehe dich raus, dann träum weiter, verdammt«, warnt Rose. »Komm wieder raus oder ich gehe ohne dich!«

Ich wate zurück. Ich stehe tropfend vor ihr und sie zittert fast so sehr wie ich. Sie ist groß, aber ich bin größer. Wir sind fast auf Augenhöhe.

»Ich weiß nicht, was ich hier tue«, flüstert sie.

Ich winke halbherzig zum See hinter mir. »Wir sind dem Hund gefolgt ...«

»Nein, ich meine, ich weiß nicht, was ich tue. Hier.« Sie zeigt auf ihre Füße direkt vor meinen. Ich tropfe aufs Ufer. Ich weiß nicht, was sie meint, und dann irgendwie doch.

»Mit mir«, sage ich wie eine Frage.

Rose seufzt. »Das alles«, antwortet sie. Sie schaut zum Wald zurück, mit seinen verlorenen Dingen, seinen Funden, seiner Schnur. Mit seinem Geruch nach Rauch und seinen gelben Augen, die uns ruhig zwischen den Bäumen beobachten. »Ich weiß nicht, ob es noch das ist, was wir da gestern Nacht getrunken haben, oder ...« Ihre Stimme verhallt. »Es ist einfach alles irgendwie krank.«

Ich tropfe Wasser auf die Felsen und gestehe ihr: »Ich glaube, ich verliebe mich gerade in dich.«

Rose lacht hilflos auf. »Du kennst mich doch kaum«, sagt sie.

»Klar tu ich das.«

»Ich kenne *dich* kaum.«

»Ich will es aber«, sage ich. »Dass du mich kennst. Aber ich habe Angst, dir wird nicht gefallen, was du siehst.«

Ich möchte ihr sagen: *Mit dir zusammen habe ich das Gefühl, ich verdiene es, geliebt zu werden. Als wäre ich gar nicht so ein Monster. Als würde es bedeuten, ich kann mir selbst vertrauen, wenn du mir vertraust.*

Rose schüttelt den Kopf. Ich weiß nicht, wie ich sie überzeugen soll, wenn ich mich nicht selbst überzeugen kann. Vertrauen. Akzeptanz. Da beschließe ich, ihr die Wahrheit zu sagen. Kalte Furcht fegt durch meinen Körper. Dieses Gefühl, das sich langsam aufgebaut hat. Ich habe das Gefühl, es hat hierhergeführt. *»Nichts hinter mir, alles vor mir«,* sage ich leise.

»Nichts für ungut«, gibt Rose zurück, »aber das ist ein echt blödes Lebensmotto.«

»Nicht, wenn man ein Monster ist.«

Rose lacht trocken auf. »Ich habe so ungefähr jeden Zentimeter deines Körpers gesehen, Hazel«, sagt sie. »Ich glaube, ich hätte die Stacheln und Schuppen gesehen.«

»Ich habe meine Eltern umgebracht«, erzähle ich ihr. Fünf Worte. Meine Stimme ist so dünn, sie würde durch ein Nadelöhr passen. Zittrig wie ein dürres Blatt. Kälter als kalt.

Ich fühle nichts. Ich fühle meine Haut nicht.

»Was?«, fragt sie. Ich ziehe die Hände aus den Taschen. Der halbe See ergießt sich auf die Felsen. Der Schlüssel sieht aus wie ein Teil eines Schiffswracks. Das Feuerzeug sprüht immer noch Funken. Die Wörter kommen heraus, als würden sie sich von selbst über die Felsen ergießen.

»Nachdem unsere Granny gestorben war und unser Grandpa ins Hospiz ging, mussten Rowan und ich wieder bei Mum und Dad wohnen. Wir wohnten in einer Mietwohnung am Rand von Wexford. Meine Eltern stritten, also packte ich unsere Sachen, nur das, was wir nicht zurücklassen konnten. Dad schlief im Schlafzimmer – sie hatten beide getrunken. Seine Sachen waren auch gepackt, aber ich glaube nicht, dass Mum das wusste. Sie hätte es aber wissen müssen. Er blieb nirgends sehr lang.

Sie war völlig betrunken. Schlief mit einer Zigarette im Mund auf der Couch. Wir waren drei Wochen dort, und ich hatte aufgehört zu zählen, wie oft ich ihr eine brennende Zigarette aus der Hand nehmen musste, wenn sie besoffen auf der Couch eingeschlafen war. Es war, als hätte sie komplett vergessen, was Rowan passiert ist. Sie sagte, es täte ihr leid, aber sie änderte sich nie.«

Der Anflug einer Frage blitzt auf Roses Gesicht auf, und ich erzähle ihr von dem abgeschlossenen Zimmer, der brennenden Zigarette, dem Wohnungsbrand, Rowans Narbe. Roses Augen sind weit aufgerissen.

»Ich glaube, ich wollte ihr einfach nur eine Lektion erteilen«, sage ich. »Ich glaube, ich wollte ihr nur zeigen, was sie getan hatte. Damit sie sieht, wie es ist. Rowan hat wegen ihr für immer Narben. Wegen ihnen beiden. Wegen Dad. Keine Ahnung. Sie hatten die Tür abgeschlossen und er hatte deshalb Brandwunden abbekommen, und jetzt lag sie schon wieder so da und ich war einfach so sauer.

Ich habe ihre Zigarette angezündet. Ich habe sie ihr abgenommen und mit meinem Feuerzeug angezündet und das Feuerzeug offen liegen lassen und die Flamme nicht ausgemacht. Auf dem Tisch war eine Flasche umgekippt und ausgelaufen. Es war nicht viel, aber ich hab es gesehen. Neben ihr lag eine aufgeschlagene Zeitschrift. Die Fransen ihres billigen Überwurfs auf der Couch. Es war alles so nah beieinander. Es brauchte nur einen kleinen Funken.

Ich habe die Zigarette angezündet. Ich habe das Feuerzeug dagelassen. Rowan war schon mit unseren Taschen draußen. Ich dachte, ich hätte ein Licht gesehen. Einen Funken. Fallende heiße Asche. Hell genug, um zu brennen. Aber ich bin trotzdem gegangen.

Und als ich ging, habe ich die Tür abgeschlossen.«

Olive

Montag, 15. Mai

Verloren: eine Schwester

Letzte Nacht hat keiner von uns lang geschlafen. Am Morgen wache ich langsam auf und brauche einen Moment, bis ich weiß, warum ich nicht von Dads Stimme mit einem Gedicht geweckt werde. Mum hat einen Zettel auf den Küchentisch gelegt.

Sind mit Gillian bei der Polizei, um bei der Suche nach Emily zu helfen. Max ist bei Nana. Ruf uns an, wenn du wach bist.

Ich schreibe ihnen, dass ich wach bin und mit Rose die Stadt nach Emily durchkämmen werde. Ihren Zettel stecke ich in die Hosentasche.

Rose kommt herüber und umarmt mich fest. Sie sieht aus, als hätte sie auch nicht gut geschlafen, aber als ich sie frage, ob alles in Ordnung ist, tut sie die Frage mit einem Schulterzucken ab und sagt, sie sei hier, um bei der Suche nach Emily zu helfen.

Wir rufen alle Freunde von Emily an. Niemand hat sie

gesehen, aber bei Chloe kommen wir nicht durch, also denke ich mir, sie sind zusammen, das ist immerhin etwas. Es heißt, sie kann nicht weit sein. Oder aber, dass Chloe noch schläft oder selbst nach ihrem vermissten Bruder sucht. Mein Herz zieht sich zusammen.

Wir scrollen uns durch alles, was wir an Emilys Online-Aktivitäten der letzten Tage finden können. Fotos von ihrem Nagellack, ihren geschminkten Augen, ihren Schuhen. Posts darüber, dass sie Prüfungen hasst, und klebrigsüße Selbsthilfe-Zitate auf floralen Hintergründen. Wir gehen an allen Orten vorbei, an denen wir in ihrem Alter abhingen. Der Parkplatz bei der alten Tankstelle. Der leere Spielplatz. Die niedrigen Mauern um einige Häuser ihrer Freundinnen.

»Es ist nichts Schlimmes«, sage ich immer wieder und versuche meine Stimme ruhig zu halten. »Sie hat mit ein paar Freundinnen die ganze Nacht schlechte romantische Komödien angeschaut und hat ihr Handy nicht aufgeladen. Oder sie hat nur ihr erstes Bier probiert und spuckt irgendwo in einem Badezimmer.« Wenn ich das oft genug sage, hoffe ich, dass ich es irgendwann glaube. Ich hoffe, dadurch wird es wahr. Dass es Emily von dort herbeizaubert, wo sie sich versteckt. Aber im Lauf des Vormittags wird meine Angst immer schlimmer.

Der Spielplatz ist verwaist, als wir hinkommen, also bleiben wir kurz und setzen uns auf die Schaukeln.

Rose wickelt die Arme um die Ketten und fragt: »Glaubst du, wir können ihnen vertrauen?«

Ich muss nicht fragen, wen sie meint. Geheimnisse an Tunnelwänden, tätowierte Haut, Küsse über Lenkstangen.

»Warum fragst du das?«

»Eigentlich nur so.« Sie lehnt den Kopf an die Kette,

schwingt seitlich und rempelt mich sanft an. »Es ist nur, weil … sie sind einfach so … na ja, unergründlich vielleicht. Als hätten sie Geheimnisse vor uns.«

»Ja«, sage ich. »Aber ich glaube, sie sind okay. Nicht ohne Probleme, ja, aber ich glaube, sie machen gerade viel durch. Tote Großeltern, pflichtvergessene Eltern.«

Rose sieht mich scharf an.

»Was hat Rowan dir erzählt?«, fragt sie. »Über ihre Eltern.«

»Abgesehen davon, was wir schon wissen, nämlich dass sie ihre Kinder bei den Großeltern abstellen und allgemein beschissene Eltern sind?«, frage ich zurück.

Rose nickt. Also erzähle ich ihr, was Rowan mir von dem Feuer erzählt hat, von seiner verbrannten Haut.

»Hazel hat mir auch davon erzählt«, sagt Rose leise.

»Aber er hält seine Mum nicht für einen schlechten Menschen«, spreche ich weiter. »Nur kaputt durch ihre Beziehung. Er sagte, ihr Dad sei … kontrollsüchtig. Vielleicht gewalttätig. Er glaubt, dass ihre Mutter deshalb trinkt.«

Ich sage nicht: *Ich glaube, dass auch sie deshalb trinken.*

»Meine Mum hat sie früher gekannt«, sage ich stattdessen. »Amy Kennedy. Ihre Mum. Nana sagte, sie hätte immer Ärger gemacht.«

»Und was hat deine Mum gesagt?«

»Sie haben den Kontakt verloren, als Mum auf ihre Weltreise ging, um sich selbst zu finden. Sie sagt, seither hätten sie sich nicht mehr gesprochen.«

»Als wir uns kennengelernt haben, habe ich Hazel die Nachrichten gezeigt, die ich von Cathal bekommen hatte, und sie sagte, ihr Dad sei so ähnlich. Mit ihrer Mum. Kontrollsüchtig, wie du gesagt hast. Gewalttätig. Aber Hazel scheint vor allem ihrer Mum die Schuld zu geben.« Roses Stimme klingt merkwürdig abwesend, als wäre da noch etwas, was sie mir verschweigt.

Meine Gedanken schweifen zu meinen eigenen Eltern ab: die Gedichte und der Kaffeeduft, der Hausarrest, die Hunde. Max' und Emilys aufgedrehte Musik von zwei Enden des Flurs im Wettstreit um die Lautstärke.

Leise denke ich: *Emily, wo verdammt noch mal steckst du?*

Es ist fast Mittag, als die Zwillinge und Ivy zu uns stoßen.

»Immer noch keine Spur?«, fragt Rowan, als sie auf ihren Rädern neben uns anhalten. Rose und ich schütteln den Kopf.

»Falls sie bei einer Freundin übernachtet hat, ist sie vielleicht noch nicht einmal wach«, sagt Hazel. »Deshalb hat sie vermutlich nicht angerufen.«

Rose legt mir die Hand auf die Schulter. »Das ist es wahrscheinlich«, sagt sie. »In ein paar Stunden wacht sie mit ihrem ersten Kater auf und ruft deine Mum an, damit sie sie abholt.«

»Ich weiß.« Meine Stimme ist ein bisschen zittrig. Das habe ich nur allzu oft getan in dem Alter.

Rowan streicht mir sachte über die Haare, bevor er vorschlägt, dass wir uns aufteilen, damit wir ein größeres Gebiet abdecken können. Rose, Hazel und Ivy fahren in die eine Richtung los, Rowan und ich in die andere.

Wir landen im *Maguire's*, wo Mags hinter der Bar Gläser stapelt.

»Haben Sie meine Schwester hier gesehen?«, frage ich Mags. »Sie heißt Emily? Sie ist dreizehn? Dürr, eher groß, blonde, schulterlange Haare?« Ich ziehe mein Handy heraus und zeige ihr ein Foto.

»Ich verkaufe nicht an Minderjährige«, sagt Mags, und ich ziehe skeptisch eine Augenbraue unter meinen Pony hoch. Sie schaut das Foto an. »Tut mir leid, Süße«, sagt sie. »Ich habe deine Schwester nicht gesehen. Ich bin mir aber sicher, sie taucht wieder auf.«

»Ich weiß«, erkläre ich ihr. »Mir wäre es nur lieber, sie würde auftauchen, *bevor* meine Eltern einen Herzinfarkt bekommen.«

»Sie taucht ganz bestimmt wieder auf, Süße«, sagt Mags mit ihrer sanftesten Stimme, wie ich annehme, bevor sie sich zu Rowan umdreht und in ihrem üblichen ruppigen Ton sagt: »Wenn du deine Scheiß-Gitarre nicht aus meinem Lagerraum holst, verbrenn ich das verdammte Ding.«

Rowan salutiert sarkastisch vor ihr und führt mich einen engen Flur neben der Bar entlang zum Lagerraum (der kaum mehr als eine Besenkammer ist), schnappt sich seine Gitarre und stopft sie in die Hülle.

»Warte«, sage ich. »Stopp.«

Ich ziehe den Reißverschluss auf und hole die Gitarre wieder heraus. Zwischen den Saiten steckt ein Stück Papier. Es ist wahrscheinlich ein Notenblatt oder Akkorde oder so etwas, aber ich ziehe es trotzdem heraus.

Es ist kein Notenblatt. Es ist eine Seite aus einem Notizbuch. Ein Tagebuch. Ich nehme es hoch und reiche es Rowan. Inzwischen kenne ich Laurels Handschrift gut genug. Ich weiß nicht, wie es hier hereingeraten sein kann, aber als Rowan es mir vorliest, bin ich nicht einmal überrascht.

»Etwas zog auf, und es war nicht der Sturm.«

Es geht um Samstagabend. Vor zwei Tagen. Der Abend, an dem wir den Zauber sprachen, der Abend des Sturms. Der Abend, an dem Ash an die Tür klopfte und wir sie im Wald verloren haben.

Während Rowan liest, umwölkt sich mein Gesicht. Es ist die

Vorgeschichte zu diesem Abend. Das Gewitter zieht auf; Ash und Laurel gehen in den Wald und finden Holly, die Jude auf dem Baum küsst. Sie trinken etwas, was er ihnen gibt, und es klingt, als wäre etwas drin.

Ash gesteht Laurel, dass sie es war, die ihre Tagebücher genommen hat. *So* sind sie also verloren gegangen.

Ash, die im Regen durch den Wald läuft. Ash mit zerrissenen Tagebuchseiten in den Händen. Ash, wie sie über den Schutt läuft.

Rowan wird still und starrt auf das Blatt Papier. Dann nimmt er meine Hand.

»Wir müssen es Hazel sagen«, sagt er.

»Was sagen?«, frage ich, aber er läuft schon los und zieht mich mit, über die Straße und eine Seitenstraße entlang zu Emilys Lieblingscafé, wo Rose und die anderen als Nächstes nachschauen wollten. Rose kommt gerade aus dem Café. Hazel wartet draußen mit Ivy.

Rowan stampft direkt auf seine Schwester zu und sagt: »Der zweite Vorname unserer Mutter ist Aisling. *Ash*-ling.«

»Und?«, fragt Hazel.

»Und es war die ganze Zeit direkt vor unserer Nase.«

»Was?«, fragt Rose.

»Sie sagte immer, wir hätten sie gehasst, wenn sie in dieser nichtssagenden Stadt geblieben wäre«, sagt Rowan. Ruckartig hält er Hazel den neuesten Tagebucheintrag hin. *»Diese nichtssagende Stadt.«*

Rose fragt: »Was meinst du damit? Was ist los?«

Aber ich spüre, wie der Groschen fällt. Er klatscht auf meinen Handrücken wie eine winzige Blechmedaille. *Kopf oder Zahl?*

»Deshalb kennen wir sie nicht.« Beinahe möchte ich lachen.

»Ash, Laurel und Holly. Sie waren nicht auf dem Sommerfest – zumindest nicht auf dem vom letzten Samstag. Sie haben ihre Tagebücher nicht letzte Woche verloren.«

Rowan nickt. »Sie haben die Tagebücher schon vor Jahren verloren.«

»Natürlich.« Ivys Augen leuchten. »Natürlich.«

»Ach du Scheiße«, sagt Hazel eloquent und lässt sich schwer auf die Schaufensterbank des Cafés fallen. »Ash ist unsere Mutter.«

Laurel

29. Juli 1997, 30. Juli 1999, 21. Oktober 2006

Gefunden: drei verlorene Briefe (der dritte unabgeschickt), ein halber Gedanke auf einem Fetzen Papier

29. Juli 1997

Liebe Holly,

ich dachte, wenn ich die Stadt verlasse, könnte ich alles vergessen, aber das Reisen macht die Erinnerungen nur schärfer. Dinge rücken neu ins Blickfeld. Vor ein paar Monaten war ich in Griechenland bei einem Vortrag über die Musen, aber der Sprecher fand es viel interessanter, über ihre Mutter zu reden, die Titanengöttin Mnemosyne, die ihren Namen einem Fluss im Hades gab, dem neben dem Fluss Lethe. Verlorene Seelen tranken aus der Mnemosyne, um sich zu erinnern, wie sie aus der Lethe tranken, um zu vergessen. Erinnerst du dich an ihren Namen in dem Zauberbuch? Ich könnte heute noch die Liste der Opfergaben zitieren. Sogar so weit in der Ferne läuft alles wieder auf zu Hause hinaus.

Letzten Monat in Paris wohnte ich bei ein paar

Kunststudenten und trank Absinth, der Mags Maguire grün vor Neid gemacht hätte. Ist es die Magie, die sie mit dem Zucker der Gerste destilliert, die Visionen heraufbeschwört, oder kommen die Visionen, weil wir sie erwarten? So oder so fühle ich mich in letzter Zeit, als hätte ich aus dem Fluss der Göttin der Erinnerung getrunken, nicht von den Wassern des Vergessens.

Ich denke manchmal an Jude, wie er uns die Geschichte von Ikarus erzählen wollte, als brächte er uns etwas Neues bei.

Ich erzähle in meinen Briefen ziemlich viel wirres Zeug, nicht? Das liegt nur daran, dass ich dich vermisse. Ich komme noch eine ganze Weile nicht nach Hause, auch wenn ich nicht so weit weg sein werde wie im Moment – St. Petersburg ist schön, golden und kalt, du würdest es lieben. Im Oktober bin ich in Dublin und fange an, Altphilologie zu studieren. Warte, bis du Daniel kennenlernst, Holly. Du wirst ihn noch mehr lieben als St. Petersburg. Ich tu's schon.

Liebe Grüße an deine Mum, und falls Ash mal zufällig vorbekommt, sag ihr, ich denke oft an sie.

Viele liebe Grüße,
Laurel

30. Juli 1999

Liebe Laurel,

ich habe heute einen Brief gefunden, den du mir vor zwei Jahren geschickt hast. Ständig verschwinden Dinge und tauchen wieder auf, auch wenn ich annehme, du wirst mir erzählen, das läge an meiner Schusseligkeit. Vielleicht bin ich ja auch schusselig. Oder aber unser Zauber wirkt noch Jahre später nach. Darin – in dem Brief – hast du von der Göttin Mnemosyne geschrieben. Ja, ich erinnere mich noch an die Liste der Opfergaben in dem Zauberbuch. Ausgefallene Wimpern, Seidenstreifen, reife Eicheln, kleine Flammen.

Du warst in St. Petersburg nach Paris, nach Athen, nach Marrakesch. Ich war kaum aus dem County raus. Manchmal mache ich mir Sorgen, ich könnte verschwinden. Jetzt, wo Mum nicht mehr da ist, ist alles so still. Ich ertappe mich dabei, wie ich durchs Haus geistere.

Ash hast du in dem Brief auch erwähnt. Die Briefe, in denen du Ash erwähnst, kann ich an einer Hand abzählen. Sie kam letzten Monat in die Stadt. Sie und Jude.

Sie hat sich in den letzten – kann das sein? – vier Jahren so verändert. Und doch hat sie sich kein bisschen verändert. Ich habe ihr gesagt, du dächtest oft an sie, denn ich gehe nicht davon aus, dass sich das geändert hat. Ich habe ihr erzählt, dass du schwanger bist. Das habt ihr gemeinsam. Sie bekommt Zwillinge. Ihr Bauch ist schon doppelt so dick wie deiner.

Weißt du noch, dass wir alle unsere erste Periode gemeinsam bekommen haben? Es war dieselbe Woche. Von da an haben wir jeden Monat zur selben Zeit geblutet. Jetzt haben wir alle drei für eine Weile aufgehört. Mein Bauch wächst langsam. Falls ich eine Tochter bekomme, nenne ich sie Ivy. Sie ist eine zähe kleine Kletterpflanze.

In Liebe,
Holly

21. Oktober 2006

Liebe Holly und Laurel,

ich möchte euch so viel schreiben, aber ich schaffe es nicht. Ich könnte es euch unmöglich verständlich machen.

Ich habe euch einmal gesagt, ich hätte die Zukunft gesehen. Dass ich an ihre Tür geklopft habe und sie mir aufgemacht hat und ich sah, was sein würde. Es war der Abend des Gewitters. Als ich vor euch davonlief, habe ich mich verlaufen. Ich kam an einem Haus vorbei, das nicht da war. Ich dachte, ich wäre in die falsche Richtung gelaufen. Die Eiche, wo wir das Zauberbuch fanden, wo wir Jude fanden, war verschwunden. Und mit ihm der halbe Wald. Bis ganz zu meinem Haus. Die Bäume, die sie für die Straße gefällt haben – ich weiß jetzt, dass diese Straße direkt dorthin führte.

Es gab keine Eiche. Nur diese Häuser – eine ganze Siedlung, groß, aber verlassen. In einem davon hörte ich Stimmen. Ich klopfte an die Tür. Ich sah die Zukunft. Ich sah seine Kinder. Die von Jude. Sie sahen genauso aus wie er. Zwillinge. Ein Junge und ein Mädchen – groß, mit braunen Locken und Tausenden Sommersprossen. Das gleiche Kinn, die gleiche Nase. Der Junge sah ihm so ähnlich, dass ich fast glaubte, er sei Jude. Aber sie waren verletzt und gebrochen. Schnitte in seinem Gesicht und beide mit Dreck auf der Haut.

Ich weiß nicht, woher ich wusste, dass das, was ich sah, tatsächlich einmal so sein würde, aber ich wusste es. Ich dachte, sie wären deine Kinder, Holly – von dir und Jude. Ich dachte, wenn du mit ihm zusammenbleiben würdest, würde das passieren. Dich habe ich nicht gesehen. Ich sah nur das verlassene Haus, die verlassenen Kinder, und ich wusste, dass er Ärger bedeutet.

Du hast es einmal gesagt, Laurel, vor langer Zeit: *Er bringt nur Ärger. Halte dich von ihm fern, sonst verlierst du alles.*

Ich wusste, ich musste dich warnen. Ich wusste, ich musste ihn aufhalten. Erst jetzt, Jahre später – fünf Jahre, nachdem du, Laurel, aufgehört hast, mit mir zu reden – wird mir bewusst, dass es nicht Hollys Kinder waren. Es waren meine. Meine und seine. Sie sehen ihm jetzt schon so ähnlich.

Deshalb konnte ich nicht bei ihnen bleiben. Deshalb habe ich sie bei Mam und Dad gelassen. Ich wusste, du hast das nie verstanden, Laurel, aber ich muss ihn von ihnen fernhalten. Es ist meine Schuld, dass er in unser Leben kam. Wenn ich die Tagebücher nicht genommen hätte, hätten wir das Zauberbuch nicht gebraucht. Wenn wir den Zauber nicht gesprochen hätten, hätten wir die verlorenen Dinge nicht herbeigerufen. Die verlorenen Seelen. Den Jungen mit dem bösen Herzen. Ich bereue nicht, was ich getan habe, aber ich bereue, wie ich es getan habe. So oder so ist es zu spät, um jetzt zurückzukehren, und den Zwillingen geht es bei Mam und Dad besser.

Wisst ihr noch, dieser Junge aus der Schule, der damals nach dem Sommerfest verschwunden war? Ich kann mich nicht an seinen Namen erinnern, aber ich erinnere mich an sein Gesicht. Blonde Haare, gepiercte Augenbraue. Er wurde nie gefunden. Glaubt ihr, das waren wir? Mit unserer Magie? So viele Dinge können verloren gehen. Eines davon ist ein Leben.

Mam und Dad haben für mich und Jude eine Anzahlung für eines der Häuser gemacht. Könnt ihr euch das vorstellen? Oak Road. Wo früher unsere alte Eiche stand. Nummer fünf.

Das Haus, an dem ich geklopft habe. Das ich, lange bevor es gebaut wurde, gesehen habe. Lange, bevor der Wald gefällt wurde. Lange, bevor die Eiche umgehauen wurde. Sie haben den Bau fast zwanzig Jahre verzögert – Probleme mit der Baugenehmigung, sagt Mam – und bauen jetzt endlich wieder weiter. In einem Jahr sind sie fertig.

Manchmal erlaube ich mir den Gedanken, dass unsere Kinder auf dem Rasen davor zusammen spielen könnten, dass sie im Sommer im See schwimmen und wie Wölfe durch den Wald laufen könnten. Ich weiß, das wird nie passieren, aber ich möchte euch beiden nur sagen, dass ich es mir wünsche.

Du hattest recht, Laurel. Er bedeutet Ärger.

Er bedeutet Ärger – aber ich auch.

In Liebe,
Ash

Ein Fetzen Papier mit einem Satz, leicht abgeschabt, leicht schief. Da steht nur:

Wie alt ist Mags Maguire und wie lange hat sie dieses Pub schon?

Hazel

Montag, 15. Mai

Verloren: Blut, Nerven, Glauben

Rowan hält uns die letzte Tagebuchseite hin und Rose und ich lesen sie, Ivy späht uns über die Schultern.

»Mein Bettelarmband«, sagt Olive und lässt sich neben Rowan fallen. »Ich habe es verloren, und als ich in dem Tagebuch gelesen habe, dass Laurel es gefunden hat, dachte ich, sie hätte es einfach dort aufgelesen, wo ich es verloren hatte, aber … Es gehörte meiner Mum, als sie in meinem Alter war. Sie heißt Laura.« Olives Stimme klingt ein bisschen komisch. »Sie war in der Schulzeit mit euren Eltern befreundet«, sagt sie zu mir.

Rowan nickt. »Du kennst das Foto …«, fängt er an.

»Auf dem Kaminsims zu Hause«, beende ich seinen Satz. Mum mit zwei ihrer Schulfreundinnen. Noelle, Ivys Mum, und noch eine, die wir nicht kannten. Eine, die fast genauso aussieht wie Olive. Ich weiß nicht, wie ich das übersehen konnte.

Rose pfeift durch die Zähne. »Deine *Mum* hat das geschrieben?«, fragt sie Olive. Ungläubig schüttelt sie den Kopf. »Das ist … ganz schön irre.«

»Irgendwie schon«, sagt Olive schwach. »Ich glaube, ich bin fassungslos. Ich glaube, so fühlt sich Fassungslosigkeit an.«

»Aber«, schaltet sich Rose ein, »Ash kam vorgestern Abend zu unserem Haus. Während des Gewitters. Sie klopfte an die Tür. Wir haben sie doch alle gesehen, oder?«

Olive atmet hörbar aus. »Ein Zufall«, sagt sie. »Ein rothaariges Mädchen aus der Stadt draußen im Unwetter. Oder es war Mags' verfluchter *Poteen*. Sucht euch was aus.«

»Oder ein Geist«, sage ich leise, genau gleichzeitig mit Rowan.

Rose pustet. »Ihr zwei könnt manchmal ganz schön gruslig sein.«

Ich ziehe den Schlüssel aus der Tasche und lege ihn auf die Schaufensterbank des Cafés. Der Griff ist fast herzförmig, das Metall bildet Wirbel und Windungen. Sein Bart ist scharf und schimmert. Rowan schaut ihn nur an.

»Er lag in dem Zauberbuch«, sage ich zu ihm. »Das erste Mal, als ich es fand. Er war zwischen den Seiten gepresst wie ein Schmetterlingsflügel.«

Rowan starrt darauf hinab.

»Er sieht aus wie dein Tattoo«, sagt Rose zu mir.

»Woher stammt er?«, fragt Olive. »Welche Tür kann man damit öffnen?«

»Eher welche Tür kann man damit abschließen«, sagt Rowan langsam.

»Nachdem Rowan den Brandunfall hatte, habe ich mir den Schlüssel tätowieren lassen. Ich hatte ihn nicht bei mir – den Schlüssel zu dem Zimmer, in dem sie ihn eingeschlossen hatten –, weil wir nach dem Brand nicht in die Wohnung zurückgingen. Es gab nichts mehr, wohin wir hätten zurückgehen können, und als Rowan aus dem Krankenhaus kam, zogen wir direkt zu unseren Großeltern. Aber ich erinnerte mich gut daran. Also habe ich ihn aus dem Gedächtnis gezeichnet und ließ ihn mir tätowieren. Als Erinnerung. Als Versprechen.«

Wenn sie so etwas noch mal machen, bringe ich sie um. Lege einen Brand und schließe die Tür ab.

»Was für ein Versprechen?«, fängt Olive an, wird aber vom Klingeln ihres Handys unterbrochen.

»Ist Emily wieder da?«, fragt Rose Olive, als sie den Anruf beendet.

Olive schüttelt den Kopf, ihr Mund ist eine schmale Linie. »Mum war den ganzen Morgen bei Pattie und Dave Murdock«, sagt sie. »Chloe ist auch verschwunden.«

»Murdock?«, frage ich. »Heißt so nicht der …«

»Chloe ist seine Schwester«, sagt Rose mit hartem Blick. »Sie ist Emilys beste Freundin.«

»Sie haben gestritten …«, murmelt Olive vor sich hin. »Wo sind sie?«

»Na ja«, erwidere ich, »wir wissen genau, wie wir sie zurückbekommen. Ich hab keine Ahnung, warum es sonst keiner vorschlägt, aber wir haben immer noch alles, was wir für den Zauber brauchen.«

»Noch mal?«, fragt Rowan. »Ich halte das wirklich für keine …«

»Also, wenn du mich fragst«, erkläre ich ihm, ohne mir die Mühe zu machen, die Stimme zu senken, »ist das alles unsere Schuld. Meine und deine und die von Ivy. Wir haben Olive und Rose in den Tunnel mitgenommen, wir haben ihnen den *Poteen* gegeben, wir haben den Zauber mit ihnen gesprochen. Wir müssen ihnen helfen, es wieder in Ordnung zu bringen.«

»Das ist nicht …«, sagt Rose.

Aber Ivy zieht das Zauberbuch aus ihrer Tasche und sagt: »Aller guten Dinge sind drei?«

Rowan wirft ihr einen finsteren Blick zu.

Aller guten Dinge sind *drei*? In meinem Kopf taucht eine Erinnerung auf. Verwackelt und verschwommen, vom Sommerfest letzten Samstag. Ivy, die mitten in der Nacht verschwand. Ein rotes Notizbuch, das aus ihrer Tasche schaute.

Das ergibt keinen Sinn. Ich schüttle den Kopf. Ich versuche, mich darauf zu konzentrieren, was jetzt gerade passiert. »Vielleicht …«, sage ich. »Vielleicht brauchen wir ein größeres Opfer. Etwas Gefundenes für jemanden, der verloren gegangen ist?«

»Letztes Mal konnten wir nicht selbst entscheiden, was wir verlieren«, wendet Rose ein.

»Wir haben nicht wirklich *geglaubt*, dass wir etwas verlieren würden«, sagt Olive.

Ivy nickt langsam. »Bei Magie geht es so viel um Glauben«, sagt sie. »Wenn wir uns für ein Opfer entscheiden – vielleicht funktioniert das.«

»Aber wie sollen wir das *wissen*?«, beharrt Rose.

»Instinkt?«, schlägt Ivy vor.

»So oder so«, sage ich, »ist es nicht einen Versuch wert?«

Rowan kaut immer noch auf seiner Unterlippe. »Ich glaube«, sagt er langsam, »das ist keine gute Idee. Vielleicht war es noch nie eine gute Idee. Wir wissen nicht, wer diese Zaubersprüche geschrieben hat. Wir verstehen sie nicht. Vielleicht pfuschen wir nur mit Dingen herum, mit denen man nicht herumpfuschen sollte.«

»Noch ein Grund mehr, es wieder in Ordnung zu bringen«, sage ich.

Olive verdreht seufzend die Augen. »Ich sage es nicht gern, aber ich gebe Hazel recht. Wenn die geringste Chance besteht, dass dieses ganze Zauberspruchzeug auch nur ansatzweise echt ist, dann *ist* es einen Versuch wert.«

Wir gehen zurück nach Oak Road. Wir holen die Limonadenflasche mit dem letzten Rest *Poteen* aus dem Haus. Draußen in der Siedlung ist es heller Sommernachmittag, aber im Tunnel ist es Nacht. Unsere Worte stehen an den Wänden. Die Silberschnur. Die Äste und Beeren, die Stifte und das Taschenmesser, das blutige Moos. Niemand sagt etwas, niemand lacht. Alle Gesichter sind ernst. Wir befeuchten unsere Lippen mit dem restlichen *Poteen* und Olive nimmt das Messer.

Sie schneidet sich tief in die andere Hand. Blut strömt heraus. Innerhalb von Sekunden tränkt es das Moos. Statt sich die Hand in den Mund zu stecken, um die Blutung zu stillen, schreibt sie den Namen ihrer Schwester mit ihrem Blut an die Tunnelwand. Ich bekomme Gänsehaut, meine Haut fühlt sich kalt an.

»Du hast gesagt, es ginge um Wechselseitigkeit«, sagt sie zu Ivy. »Geben und Nehmen. Gleichgewicht. Bezahlung.«

»Das stimmt«, flüstert Ivy. »Das steht im Zauberbuch.«

Olive schnappt sich einen unserer roten Filzstifte und streicht sämtliche Wörter aus, die sie geschrieben hat. Das stand nicht im Zauberbuch, aber sie verhält sich, als wüssten ihre Hände genau, was sie tun. Sie nimmt die Silberschnur, die um das Glas mit dem blutigen Moos gebunden ist, und bildet einen Kreis um den Namen ihrer Schwester. Am anderen Ende der Schnur baumelt die Medaille des Heiligen Antonius.

»Okay«, sagt Olive keuchend und mit wirren Haaren. »Okay.«

Rose nimmt das Messer, das Olive abgelegt hat, und fügt

ihr Blut dem Moos hinzu, obwohl Olive protestiert. Mit Filzstift schreibt sie Emilys Namen an die Wand. Dann beißt sie sich auf die Unterlippe und streicht ihre Worte durch. *Meine Jungfräulichkeit. Meine Erinnerung. Meinen Verstand. Mein Selbstbewusstsein. Meine Fröhlichkeit. Mich selbst.*

»Nein, Rose«, flüstert Olive.

In der Ferne hören wir ein Heulen. Es klingt nicht nach einem Hund. Ich weiß nicht, wie wir je der Meinung sein konnten, es klänge wie ein Hund.

Als wir aus dem Tunnel kommen, hält Rose mich zurück. Die anderen holen ihre Fahrräder hinter der Mauer, um in die Stadt zurückzufahren. Rose und ich schauen ihnen zu.

»Ich weiß nicht, ob ich es war«, sagt Rose leise. »Mit dem Zauber. Ich weiß nicht, ob Emily bei ihm ist. Ich weiß nur, dass ich wollte, dass er weggeht. Das dachte ich, als wir den Zauber gewirkt haben. Alles das habe ich mir gewünscht. Ich wollte, dass alles weggeht, damit ich nicht mehr daran denken muss. Als wäre es nie passiert.«

»Rose«, sage ich. »Es ist nicht deine Schuld, dass Emily verschwunden ist.«

»Das weiß ich«, erwidert sie. »Aber falls die Chance besteht, dass es hilft …« Sie schüttelt den Kopf, und wir gehen mit langsamen Bewegungen, als würden wir schlafwandeln, zu den anderen. »Und vielleicht habe ich meine Jungfräulichkeit in dieser Nacht sowieso nicht verloren«, sagt sie. »Vielleicht habe ich sie am Samstag mit dir verloren.«

Ich nehme ihre Hand. Ich weiß nicht, was das alles bedeutet, aber ich weiß, ich möchte sie behalten, mehr als ich seit langer Zeit je etwas wollte.

»Ich bin froh, dass ich dich kennengelernt habe, weißt du das?«, fragt Rose.

»Ich bin auch froh, dass ich dich kennengelernt habe.«

Wir steigen auf die Räder und fahren wieder los.

»Vielleicht ist sie schon da.« Olive dreht sich zu uns um. »Vielleicht kommen wir nach Hause und sie haben sie gefunden. Wie von Zauberhand.«

Wir fahren hintereinander, um ein Auto vorbeizulassen, radeln aber wieder nebeneinander, als wir auf die größere Straße kommen. Wir bewegen uns so schnell auf Olives Haus zu, als wollten wir ein Wettrennen machen, um herauszufinden, ob die Magie gewirkt hat. Wir radeln so schnell, dass Olives Tasche, als sie über ein Schlagloch rumpelt, aus dem Fahrradkorb geschleudert wird und an der Mauer neben uns landet.

»Ach, *Shit*«, sagt Olive laut und macht einen plötzlichen Schlenker an den Straßenrand. Wir alle bremsen und folgen ihr. Vor einem Wegschrein am Straßenrand halten wir an.

Heilige Quellen gibt es an irischen Landstraßen wie Sand am Meer, und diese hier ist nichts Besonderes. Es gibt eine Marienstatue, eine Tafel mit einem Gebet, ein paar vor sich hin welkende Blumen, immer noch in ihrer Plastikhülle mit einem gelben Preisaufkleber.

Plötzlich stößt Olive ein kleines, freudloses Lachen aus. Ich verstehe schnell, warum: In der Folie, zwischen den Rosen, stecken ein leeres Bonbonpapierchen und eine Tagebuchseite.

Wir sind nah genug an Olives Haus, dass das Papier aus ihrer Mülltonne hergeweht sein könnte; schließlich hat ihre Mutter es geschrieben. Vielleicht ist auch gar nicht mehr dran: Eine Frau blättert ihre alten Tagebücher durch, die vor langer Zeit verschwanden und wiedergefunden wurden, und wirft sie mit der Werbepost und den Karottenschalen in den Müll, nachdem sie sie noch mal gelesen hat.

Olive zieht die Seite aus dem Blumenstrauß und liest sie, während wir zu Fuß weitergehen und die Fahrräder schieben.

Es geht um die Nacht nach dem Gewitter. Ash – unsere Mutter – taucht bei Laurel zu Hause auf, tropfnass, barfuß, genau wie in Oak Road. Sie sprechen über Jude – über seine Macht.

Er bringt nur Ärger, sagt Laurel zu Ash. *Er hat viel verloren, und dir wird es genauso gehen. Halte dich von ihm fern, sonst verlierst du alles.*

Laurel sieht Ash mit einer brennenden Zigarette auf einem Sofa liegen. Sie sieht das Zimmer in Flammen aufgehen. Es ist, als wüsste sie – als hätte sie vor mehr als zwanzig Jahren gewusst –, was passieren würde. Visionen der Zukunft. *Halte dich von ihm fern, sonst verlierst du alles.* Meine Mutter hielt sich nicht fern. Und es sieht aus, als hätte sie am Ende wirklich alles verloren.

Olive, die sowieso schon blass vor Sorge war, sieht noch viel komischer aus. »Meine Mum«, sagt sie. »Das hat sie zu mir gesagt. Genau das, wörtlich. Es war, als wäre sie in Trance oder so was, sie hat mich überhaupt nicht gesehen. Ich dachte, ich hätte sie falsch verstanden. Ich meine, mein Hörgerät spinnt manchmal. Ich dachte, vielleicht stimmt so langsam was nicht mehr mit mir. Ich habe mir Sorgen gemacht, dass sie dich damit meint.« Ihr Blick schnellt kurz zu Rowan hinüber. »Aber das war es gar nicht. Sie sprach von Jude.«

»Er ist *auf sie losgegangen*«, sagt Rowan angeekelt, aber es war Ash, die ihre Freundinnen in den Wald gebracht hat. Es war Ash, die Jude an einen Baum gefesselt und ihr silbernes Feuerzeug aufschnappen lassen hat.

Als sich der Rauch am Baumstamm emporkräuselte, befreite er sich. Er riss sich den Schal vom Mund. Die Flammen leckten an dem Laub, aber er trat es beiseite. Er kam mit ausgestreckten Armen auf uns zu. Er stürzte sich auf unsere Kehlen.

Wir drei hielten uns an den Händen, drehten uns um und rannten davon.

Es ist unheimlich, obwohl die Vögel singen, die Kühe muhen und die Autos auf der sonnenbeschienenen Straße vorbeifahren. Und mit unserem jetzigen Wissen ist es noch unheimlicher.

»Das Buch über Bäume, mit dem wir die Blätter für den Zauber bestimmt haben«, sagt Ivy leise. »Das gehört meiner Mum. Ich dachte, deshalb hätte sie mich Ivy genannt. Sie hat mir früher jeden Abend daraus vorgelesen. Deshalb habe ich es mitgebracht. Ich kenne es fast auswendig.«

Ivys Mum, klein und blond, zart wie ihre Tochter, besessen von Sternbildern und den Namen der Bäume. Holly.

Ivy zitiert mit geschlossenen Augen: *»Die Esche, die Mächtige, ist der größte gewöhnliche Baum im Wald. Ihre Äste bilden Samen, die aussehen wie Schlüssel. Es gibt kein besseres Feuerholz als eine gefällte Esche. Sie ist nahe verwandt mit der Vogelbeere oder Eberesche, die aus der nordischen und irischen Mythologie nicht wegzudenken ist. Es heißt, wenn man den destillierten Geist der blutroten Beeren der Vogelbeere trinkt, könne man in die Zukunft blicken. Die Esche dagegen besitzt keine derartigen Eigenschaften. Dafür besitzt sie die Macht der Auferstehung: Wenn sie gefällt wurde, kann sie neu austreiben. Sie kann wieder wachsen.«*

Sie kann neu austreiben, sie kann wieder wachsen, sie kann zwei leichtgläubigen Mädchen einreden, der Junge, den sie lieben, sei eine Art Monster.

»Aber was, wenn er eins war?«, flüstert Ivy, als hätte sie meine Gedanken gelesen. »Was, wenn er ein Monster war?«

»Das einzige Monster in der Geschichte ist meine Mutter«, erkläre ich ihr. »Und vielleicht gilt: Wie das Monster, so die Tochter.«

Es gibt kein besseres Feuerholz als eine gefällte Esche.

»Deine Mutter war kein Monster«, sagt Olive scharf. »Sie hat ihren Freundinnen die Tagebücher gestohlen, weil sie unsicher war. Sie hat einen Jungen mit Silberschnur gefesselt und ihr Feuerzeug aufschnappen lassen, um ihm Angst zu machen. Das ist bedenklich und irgendwie krank, aber es ist wohl kaum monströs.«

»Und du bist auch kein Monster«, sagt Rose. »Es war nicht deine Schuld. Nichts davon war deine Schuld.«

»Du warst nicht dabei«, sage ich. »Ich aber schon. Ich habe meine Eltern ermordet. Also, wer ist jetzt das Monster?«

»Warte«, sagt Olive. »*Was* hast du?«

Wir stehen am Straßenrand und halten unsere Räder an den Lenkstangen. Autos fahren vorbei. Ich schaue meinem Bruder in die Augen und erzähle ihm alles. Er wendet den Blick nicht ab. Er blinzelt kaum. Er sagt kein Wort.

In der darauffolgenden Stille stößt Olive einen leisen Pfiff aus. »Okay«, sagt sie. »Okay. Das ist … das ist – es tut mir leid –, aber das ist, na ja …«

»Woher weißt du es?«, fragt Rose dann vorsichtig. »Dass sie … gestorben sind?«

Ivy blickt zu ihr auf. Ich weiß nicht so recht, was ich ihr antworten soll. Ich trage das schon so lange mit mir herum. »Ich hab's dir doch erzählt«, sage ich. »Ich habe einen Funken gesehen. Ich habe … ich habe den Brand ausbrechen sehen. Aber ich bin trotzdem gegangen. Ich habe trotzdem die Tür abgeschlossen.«

»Ich meine, sie können auch herausgekommen sein.« Olive

versucht, ruhig zu klingen. »Es gab wahrscheinlich noch einen anderen Schlüssel …«

Als ich den Kopf schüttle, macht sie ein langes Gesicht. Meine Stimme ist ein dürrer alter Geist. »Ich wollte sie nicht umbringen. Eigentlich nicht. Ich habe dir erzählt, ich habe geschworen, ich würde sie umbringen, falls es noch mal passierte. Aber ich … ich war einfach so wütend. Ich wollte ihnen eine Lektion erteilen. Ihnen vielleicht ein bisschen Angst machen. Mir war egal, ob sie Narben bekommen wie Rowan. Ich dachte, sie hätten sie verdient. Ich habe nicht klar gedacht. Ich schwöre, ich wollte nicht, dass sie sterben.«

Alle sind sehr still. Als ich blinzle, kann ich Flammen hinter meinen Augenlidern sehen. Die Flammen des Feuers, das Rowan verbrannt hat. Die Flammen des Feuers, das Ash unter Jude gelegt hat. Die Flammen in der Wohnung, entfacht von meinem silbernen Feuerzug. Die Vergangenheit wiederholt sich immer und immer wieder.

»Aber«, wendet Olive ein, die immer noch versucht, sich das alles zusammenzureimen, »hat Mags nicht gesagt, euer Grandpa hätte von Ash gehört – ich meine von Amy? Geister rufen nicht an.«

»Er ist nicht … ganz richtig im Kopf, unser Grandpa. Er weiß nicht mehr, wer wir sind.«

Rose nimmt meine Hand. Nach allem, was ich ihr erzählt habe, hält sie meine Hand.

Dann ergreift Rowan endlich das Wort. »Du hast sie nicht umgebracht, Hazel.« Etwas an der Art, wie er es sagt, lässt mich erstarren. Er schaut Ivy an, die ihm zunickt, damit er fortfährt. »Zumindest nicht mehr.«

»Nicht mehr?«

»Du hättest sie neulich mit dem Zauber nicht zurückrufen

müssen«, sagt Ivy. »Sie war gar nicht verloren. Sie war schon gefunden.«

»Was?«

Ivy und Rowan sehen sich an.

»Sie war schon gefunden«, wiederholt Ivy. »Weil wir den Zauber schon gesprochen hatten.«

»Was?«, frage ich noch einmal.

»O Gott«, sagt Rose plötzlich. »Das wart *ihr*. Nicht Laurel, Ash und Holly haben den ersten Zauber auf dem Fest gewirkt, denn das haben sie vor ungefähr fünfundzwanzig Jahren getan. Aber irgendwer muss es diesmal gemacht haben.«

»Du wolltest wissen, was ich mit Ivy auf dem Fest gemacht habe«, sagt Rowan zu mir. »*Das* haben wir gemacht. Wir wollten sie zurückbekommen. Sie wiederfinden. Aber dann sagte Mags' Kreuzworträtsel ständig was von Verlust und ich – *wir* hatten Angst, es hätte nicht geklappt. Wir dachten, wir hätten etwas falsch gemacht. Aber es muss funktioniert haben. Grandpa hat *wirklich* von ihr gehört. Es muss gewirkt haben.«

»Was?«, frage ich noch einmal, denn es dauert lange, bis die Tatsachen in meinem Gehirn ankommen. Das alles ergibt keinen Sinn. Nachdem wir alle den Zauber im Tunnel gemeinsam gesprochen hatten, sagte Mags, Grandpa hätte von Mum gehört. Wenn überhaupt kann das nur bedeuten, *unser* Zauber hat gewirkt, nicht ihrer.

Ihr Zauber. »Ihr habt den Zauber auf dem Fest gesprochen.« Ich wiederhole Roses Worte. Aber selbst als ich es laut sage, kommt es nicht in meinem Gehirn an.

»Ja«, bestätigt mein Bruder. Er schaut Ivy an. »Mags hatte eine kleine Flasche *Poteen* mitgebracht, den sie jemandem schenken wollte, und wir haben beide ein paar Schlucke genommen, als sie nicht hinsah. Es gibt ein kleines Wäldchen zwei Wiesen weiter. Dorthin gingen wir. Wir dachten ... Ivy dachte, falls – falls wir wirklich unsere Eltern verloren hatten, könnte uns der Zauber vielleicht helfen, sie wiederzufinden.«

»Warte. Warte. Ihr *wusstet* es? Ihr wusstet, was ich getan habe?« Ich habe versucht, damit zurechtzukommen, es zu verbergen, habe getrunken, um zu vergessen und hatte Scheiß-Halluzinationen, und er weiß, was ich getan habe?

Rowan sieht traurig aus. »Du hast es mir erzählt, ein paar Tage, nachdem wir weggelaufen waren. Ich weiß, du erinnerst dich nicht. Ich hatte dich noch nie so betrunken erlebt. Du hast ständig davon gesprochen, du hättest ein Geheimnis und dass es um Mum ginge ...«

»Warum hast du mir am nächsten Morgen, als ich wieder nüchtern war, nichts gesagt?«, frage ich mit schwacher Stimme.

Rowan schüttelt den Kopf. »Ich wusste nicht, wie«, sagt er. »Die ersten paar Tage. Dann kamen wir hierher, und ich erzählte Ivy, was du gesagt hattest, und Ivy meinte, sie hätte dieses Zauberbuch im Schutt eines alten Grundstücks gefunden. Sie sagte, sie hätte einen Zauber gefunden. Es war das Einzige, was mir einfiel. Ich dachte nicht, dass es wirklich funktionieren würde. Ich hätte nicht gedacht, wir würden dafür etwas verlieren. Ich wusste nicht, wie ich es dir sagen sollte. Ich wollte nur helfen können. Etwas tun. Irgendetwas.«

Meine Mum liegt mit meinem silbernen Feuerzeug und einer brennenden Zigarette auf der Couch. Ich gehe und schließe die Tür ab. Von der Zigarette fällt Glut in den verschütteten Wodka, den Mum getrunken hat. Der Teppich fängt Feuer. Es flammt schnell auf. Dad verschläft es. Als Mum aufwacht und die Tür öffnen will, ist es zu spät. Zurück bleiben nur verkohlte Haare und nackte Füße, Aschehaufen in leeren Räumen.

»Wir wollten es rückgängig machen«, flüstert Ivy. »Den Verlust ändern. Sie wiederfinden.«

Mum auf der Couch mit meinem silbernen Feuerzeug und einer brennenden Zigarette. Ich gehe und schließe die Tür ab. Und beim Klicken des Türschlosses öffnet meine Mutter die Augen.

Laurel

7. April 2017, 10. April 2017

Gefunden: zwei Briefe

Liebe Holly,

ich hab's verbockt. Ich weiß, das wird dich nicht überraschen. Ich habe seit dem Tag meiner Geburt alles verbockt.

Mam ist tot und Dad ist so gut wie fort und jetzt sind auch noch die Zwillinge weg. Sie hassen mich. Ich mache ihnen keinen Vorwurf.

Ich kann Jude die Schuld geben, so viel ich will, aber das macht nichts von dem besser, was ich getan habe. Es ändert nichts an der Tatsache, dass ich ihm immer gefolgt bin. Ich bin ihm mein ganzes Leben lang nachgelaufen. Habe ihn geliebt und gehasst. Habe ihn von euch und von den Zwillingen ferngehalten. Ich bin bereit, ihn loszulassen.

In der Wohnung hat es gebrannt. Es war wie ein Weckruf. Ich habe Judes Stiefel genommen und damit das Fenster eingeschlagen. Ich weiß nicht, ob er in der Wohnung war oder nicht, aber es verfolgt mich.

Seitdem trage ich seine Stiefel.

Holly, ich brauche deine Hilfe. Ich war nie stark, nur mit euch beiden. Ich weiß, das ist zu viel verlangt nach all der Zeit, nach allem, was ich getan habe. Aber ich brauche dich. Du musst mich von Jude fernhalten und Jude von mir. Du musst mich dazu zwingen, an diesem verdammten Ort zu bleiben, bis es mir besser geht. Bis ich trocken bin. Bis ich von ihm befreit bin. Hilfst du mir? Kommst du?

Mit aller Liebe und Hoffnung auf der Welt,
Ash

Liebe Ash,

die Zwillinge sind in Balmallen. Sie haben Ivy angerufen, damit sie sich dort mit ihnen trifft. Es ist seltsam, dass sie am Ende in unserer alten Heimatstadt gelandet sind, wo alles begann. Ich habe Mags gebeten, auf sie alle aufzupassen. Sie sagte, sie wird sich nicht einmischen – du weißt, wie Mags ist –, aber ich weiß, wir können ihr vertrauen. Du musst dir keine Sorgen machen, du musst nur wieder gesund werden.

Ich komme. Ich liebe dich.

Deine Freundin für immer,
Holly

Olive

Montag, 15. Mai

Verloren: ein Bruder

Der Zauber hat nicht gewirkt. Emily ist nicht zu Hause.

Mum sitzt mit dem Kopf in den Händen am Tisch. Dad hat ihr gerade ein Glas Wein eingeschenkt, seine Hände zittern. Sie sagen nichts. Sogar die Hunde sind still. Ich habe so lange versucht, mir einzureden, meine Schwester sei nur irgendwo mit Freundinnen unterwegs, dass es mich wie ein Hammer trifft, meine Eltern so zu sehen.

Die anderen stehen unbeholfen an der Tür, bis Rose sich auf einen Stuhl neben Mum fallen lässt. Mum schiebt ihr das Weinglas hinüber und Rose nimmt einen Schluck.

»Wir glauben, sie kuriert nur ihren ersten Kater aus«, sagt Rose sanft. »Und sie wird spät nach Hause kommen und nach Wodka stinken, weil sie nach ihrer großen Schwester kommt.«

Ich schaffe es nicht einmal, ihr einen finsteren Blick zuzuwerfen.

Mum nimmt ihr Weinglas zurück. »In dem Fall«, sagt sie mit schwacher Stimme zu mir, »sollte ich dir noch mal Hausarrest geben, weil du ein schlechtes Vorbild bist.« Sie leert ihr Glas und Dad schenkt ihr nach.

Zögernd kommen Hazel und Rowan in die Küche; Hazel setzt sich auf den Stuhl neben Rose und Rowan stellt sich zu mir ans Spülbecken und legt mir den Arm um den Rücken. Ivy bleibt an der Tür stehen.

Plötzlich schaut sie hinter sich und sagt mit ihrer immer überrascht klingenden Stimme: »Oh?« Sie tritt zur Seite und die Hintertür geht auf.

Emily kommt herein.

Alle stehen gleichzeitig auf.

Chloe folgt meiner Schwester in die Küche. Sie sind beide blass und zittern, ihre Haare – normalerweise glänzend und identisch geglättet – sind wirr. Ihre Kleider sind zerrissen, und sie haben Kratzer auf den Armen, die mich an Rosendornen erinnern. Hinter ihnen steht Mags Maguire auf der Schwelle: breit, stämmig und stabil, die Arme vor der Brust verschränkt.

»Emily!« Mum fliegt förmlich zu meiner Schwester und schließt sie in die Arme. Dad kommt auch herüber und legt Emily zärtlich die Hand auf den Kopf.

»Ist okay, Mum«, sagt Emily. »Uns geht's gut.«

Chloe hält schweigend den Blick gesenkt.

»Wo habt ihr bloß gesteckt?«, frage ich. Sorge, Ärger und Liebe purzeln in Form von Worten aus mir heraus. »Wir haben verdammt noch mal überall nach euch gesucht! Wir haben alle nach euch gefragt! Wir waren krank vor Sorge! Wir haben alles versucht! Ich habe mich *geschnitten*!« Ich halte die Hand hoch, um es ihr zu zeigen.

Mags sieht erst mich scharf an, dann den Schnitt in meiner Handfläche. Etwas sagt mir, sie weiß genau, was das heißt.

Mum nimmt Emilys Gesicht in ihre Hände. »Geht es dir gut?«, fragt sie sie.

»Uns geht es gut«, wiederholt Emily. »Wirklich.«

Mum schaut über Emilys Schulter zu Chloe. »Geht es dir auch gut, Chloe?«, fragt sie.

Chloe nickt, ohne den Kopf zu heben.

»Ich bringe sie nach Hause«, sagt Mags barsch, aber die Hand, die sie Chloe auf die Schulter legt, ist zärtlich.

»Warte«, sagt Mum, die Hände immer noch an Emilys Wangen. »Wo wart ihr?« Sie schaut zu Mags hinüber. »Wie hast du sie gefunden?«

»Glücklicher Zufall«, erwidert Mags und dreht Chloe entschieden zur Tür um.

Als sie weg sind, herrscht eine Weile Schweigen. Rose bricht es schließlich.

Sie fragt nicht: *Wo wart ihr?* Stattdessen sagt sie: »Was ist passiert?«

»Nicht, was ihr denkt«, sagt Emily, während ihre Hände unbewusst die Risse in ihrem T-Shirt befühlen, die Kratzer auf ihrer Haut.

»Du weißt nicht, was wir denken«, erkläre ich ihr; ein bisschen Wut züngelt in meiner Brust auf. Ich habe sie mir so oft verkatert auf einer Matratze in Chloes Zimmer vorgestellt, dass ich es langsam geglaubt habe. Sie sieht aus, als ginge es ihr gut, aber ihre Kratzer machen mir Angst.

»Wo wart ihr, Emily?«, fragt Dad und führt sie zum Tisch.

»Gankilty«, sagt Emily kaum hörbar.

»Was ist denn in *Gankilty*?«, frage ich im selben Moment, als Mum sagt: »Und was genau habt ihr in Gankilty gemacht?«

Das Dorf Gankilty, fünfhundert Einwohner, von uns aus gesehen auf der anderen Seite des Sees, besteht aus einem

Dorfladen, einer Postfiliale und ein paar Pubs, von denen keines so locker mit dem Mindestalter für Alkoholausschank umgeht wie das *Maguire's*. Ich kann mir einfach nicht vorstellen, was Emily und Chloe dort wollten.

»Na ja«, sagt Emily schnell. »Chloe sagte, dass ihre Mum sich Sorgen macht, weil Cathal nicht nach Hause gekommen ist, ja? Chloe wusste, wo er war, aber sie hatte Geheimhaltung geschworen. Sie wollte ihn dazu bringen, nach Hause zu kommen, weil ihre Mum solche Angst hatte, aber er ging nicht an sein Handy, wahrscheinlich wegen der Party.«

Dad hebt die Hände, um Emily zu bremsen. »Welche Party?«

»Oh. Sie … Cathal hat Chloe erzählt, er wollte eine Party am See machen. In Gankilty gibt es einen kleinen Steg, der total abgeschieden ist, deshalb kennt ihn keiner.«

Dann wird Emily ganz still und beißt sich auf die Lippe. Ich werfe Rose einen verstohlenen Blick zu. Sie rührt sich nicht und schaut Emily unverwandt an.

»Aber?«, hakt Mum nach. Plötzlich fällt mir zum ersten Mal, seit wir nach Hause gekommen sind, wieder ein, dass Mum Laurel ist. Sie hat das Tagebuch geschrieben. Sie hat den Zauber gewirkt. Es ist schwer zu glauben, wenn ich sie hier sehe, in unserer Küche, mit ihren kurzen, grau werdenden Haaren und den Ohren voller winziger Ringe, den dicken Silberringen an ihren Fingern, den bequemen Sandalen an den Füßen. Es gibt immer noch so viel, was ich nicht von ihr weiß.

»Aber«, sagt Emily mit einer leichten Grimasse, »als wir hinkamen … da war es … komisch. Ich weiß nicht so genau, wie ich es erklären soll.«

»Versuch es«, sagt Dad.

»Wir haben uns … verlaufen«, sagt Emily langsam. »Es war

stürmisch, und wir wussten, wir waren in der Nähe des Sees, aber da war so viel Rauch oder Nebel und so komische Geräusche …« Sie unterbricht sich und kaut wieder auf der Unterlippe.

»Geheul«, sagt Ivy leise. »Geheul und Schreie.«

Emily fährt fort wie im Halbschlaf, als wäre ein Teil von ihr immer noch dort und sähe es. »Wir hörten die Musik von der Straße, aber wir haben nicht hingefunden. Da waren … Sachen … überall an den Bäumen. Blut und … Dinge. Da waren auch Augen. Vielleicht Menschen.« Sie macht einen halbherzigen Versuch, sich zu schütteln. »Wahrscheinlich Leute von der Party, aber sie sahen aus wie …«

»Habt ihr etwas genommen, Emily?«, fragt Dad vorsichtig. »Etwas getrunken?«

Emily schüttelt den Kopf. »Ich hab's doch gesagt, wir sind gar nicht bis zu der Party gekommen. Wir haben uns nur im Wald verlaufen.«

Mums Augen werden schmal. Wir denken wahrscheinlich dasselbe: Auf der anderen Seeseite ist kein Wald. Nur Wiesen und das Ufer und die Häuser außerhalb des Dorfes, deren Boote an winzigen Stegen angebunden sind und im Wasser dümpeln.

»Die Leute«, sagt Emily. »Die … Ich weiß, das klingt verrückt, aber sie sahen nicht echt aus. Aber ich habe Chloe gesagt, das sind wahrscheinlich nur die Freunde von ihrem Bruder, also sind wir ihnen nach hinunter zum See.«

Dann schweigt sie so lange, dass Dad ihr Handgelenk berührt und fragt: »Emily?«, und mein Herz macht laute Geräusche in meiner Brust. Heulen, Rauch und Gesichter zwischen den Bäumen.

»Es war, als hätten die Äste nicht gewollt, dass wir da runtergehen«, sagt Emily, ihre Finger ziehen an den Rissen in ihren Kleidern. »Aber Chloe dachte, sie hätte ihren Bruder gesehen, also kämpften wir uns durch, und alles war laut und komisch, und wir dachten, wir hätten etwas gesehen … Aber das konnte nicht sein …«

»Was?«, flüstert Ivy.

Emily blinzelt. »Wir dachten, wir hätten ihn ins Wasser gehen und nicht wieder hochkommen sehen.« Sie schüttelt den Kopf. »Aber dann waren wir einfach wieder auf der Straße, wo wir vorher waren, und alles war normal, nur dass niemand mehr da war.« Emily runzelt die Stirn. »Und es war … viel später als wir dachten.«

»Und Cathal?«, fragt Hazel.

Emily schüttelt den Kopf. »Ich glaube, die Party hat gar nicht stattgefunden«, sagt sie. »Oder vielleicht doch und er ist danach nach Hause gegangen.«

»Er ist nicht nach Hause gegangen«, sage ich. Emily wird blass.

»Glaubst du …«

»Es klingt, als wärt du und Chloe eingeschlafen«, sagt Dad resolut. »Oder ihr seid gestolpert und habt euch den Kopf angeschlagen. Wir sollten dich zu Dr. Driscoll rüberbringen.«

Emilys Gesichtsausdruck erhellt sich ein wenig, als wäre sie erleichtert.

»Warum habt ihr uns nicht angerufen, damit wir euch abholen kommen?«, fragt Mum.

»Unsere Handys waren beide tot«, sagt Emily entschuldigend. »Und dann kam außerdem plötzlich Mags Maguire und hat uns nach Hause gefahren.«

Mum schaut abwesend aus dem Fenster in die Richtung, in die Mags' Auto verschwunden ist. »Wirklich ein glücklicher Zufall«, murmelt sie.

»Wir wollten nicht, dass sich jemand Sorgen macht«, sagt Emily flehend. »Wenn ich bei Chloe übernachte, rufe ich auch nicht immer an, und ich dachte, wir wären bis zum Abendessen wieder zu Hause, ich schwöre es.«

»Ist in Ordnung«, sagt Dad, denn Mum starrt immer noch aus dem Fenster, in Gedanken weit weg. »Wie wäre es, wenn du nach oben gehst und dir saubere Klamotten holst, und dann gehen wir kurz bei Dr. Driscoll vorbei, um sicherzugehen, dass es dir gut geht.«

Als Emily nach oben gegangen ist, um sich umzuziehen, geht Dad zu Mum hinüber und streicht ihr über die Haare. Sie bemerkt es nicht einmal.

»Da war ein Junge«, sagt sie mit seltsam abwesender Stimme. »Ich habe seinen Namen vergessen. Er war blond; ich glaube, er hatte ein Augenbrauenpiercing. Er ist in dem See ertrunken, vor vielleicht fünfundzwanzig Jahren. Mags Maguire hat ihn als Letzte gesehen. Sie sagte, es sei am See gewesen.«

Meine Haut kribbelt. *Wie alt ist Mags Maguire und wie lange hat sie dieses Pub schon?*

Woher kam dieser Gedanke jetzt?

»Sie dachten, es sei Selbstmord gewesen«, sagt Mum beinahe flüsternd. »Aber niemand wusste es sicher. Ich weiß nur, er ist verschwunden. Ging verloren.«

»Die Mädchen müssen hingefallen sein«, sagt Dad im selben behutsamen Tonfall, in dem er mit Emily gesprochen hat. »Sie haben sich bestimmt den Kopf angeschlagen und dann Kids auf einer Party gesehen, die am See herumalberten, und dachten, es sei etwas Düsteres. Es geht ihnen gut, Laura. Es geht ihnen gut.«

Mum nickt. Unter seiner Berührung scheint sie wieder zu sich zu kommen.

»Wir haben deine Tagebücher gefunden«, höre ich mich laut in die Stille sagen. »Von damals, als du so alt warst wie wir.«

Endlich wird Mum aus ihrer Trance gerissen und wendet sich mir zu.

»Ihr habt …« Sie sieht immer noch erschrocken aus. »Ich habe sie überall gesucht«, sagt sie. »Deshalb habe ich eingewilligt, die Kartons aus Nanas Haus zu holen. Ich habe die letzte Woche damit verbracht, zwanzig Jahre alte Sachen durchzusehen, und sie gesucht.«

Sie hat zwei ganze Vormittage lang Papiere auf der Arbeitsplatte durchsucht. Papiere, die sich auf dem Boden im Arbeitszimmer ausbreiteten. Papiere, die aus der Recyclingtonne flogen. Wer kann schon sagen, ob die Tagebuchseiten nicht einfach nur verloren gegangen sind? Mit den restlichen Rechnungen in die Tonne geworfen. In Wahrheit überhaupt keine Zaubersprüche.

»Für Teenager ist es immer so eine Überraschung«, sagt Dad mit einem kleinen Funkeln in den Augen, »dass ihre Eltern früher genauso aufregende Leben hatten wie sie selbst.«

Rose und ich tauschen einen Blick.

»Und was ist am Ende passiert?«, fragt Hazel. Nach allem, was wir gehört haben, klingt ihre Stimme seltsam. »Mit meiner Mum. Und Holly.«

Mum lächelt leicht, obwohl es aussieht, als verarbeitete sie immer noch die Vorstellung, dass wir ihre alten Tagebücher gelesen haben. »Hollys echter Name ist Noelle«, sagt sie, und Ivy nickt. »Sie hat sich ihren Spitznamen ausgesucht, weil es an Weihnachten Stechpalmen gibt. Holly und Ivy.« Sie nickt Ivy zu. »Mir war nicht einmal bewusst, dass wir euch allen Namen von Bäumen gegeben haben.«

Ich beschließe, nicht zu erwähnen, dass sie uns unbeabsichtigt auch noch nach den Zutaten in einem Zauberspruch benannt haben.

»Mich habt ihr eigentlich Olivia genannt«, erinnere ich sie. »Und Efeu ist eine Pflanze, kein Baum.«

»Stimmt.« Mum nimmt ihr Weinglas wieder hoch und hebt es in meine Richtung.

»Aber was ist mit Ihnen allen passiert?«, fragt Hazel, und ich weiß, sie will eigentlich wissen, was mit Ash passiert ist.

»Nach der Schule?«, fragt Mum. »Ich bin weggegangen. Ich wollte mich selbst finden, um die Welt reisen. Amy ist kurz darauf auch gegangen, mit Jude.«

Hazel schließt die Augen, als hätte sie Schmerzen.

»Ich meine Jack«, sagt Mum. »Jack Kyle. Oder *Caill*, hat er gesagt, glaube ich. Auch wenn ich nicht weiß, ob das ein echter Nachname ist. Das heißt auf Irisch *verlieren*. Er hat sich damals Jude nennen lassen.« Sie schüttelt den Kopf. »Der Schutzheilige der verlorenen Seelen und ein anmaßender junger Mann mit großen Vorstellungen und einem engen Geist.«

Mum schüttelt den Kopf. »Wir waren so jung«, sagt sie. »Wir wussten, er war …« Sie schaut Hazel und Rowan an, dann scheint sie ihre Worte sorgfältig zu wählen. »Wir wussten damals schon, dass er Ärger bedeutete. Er hat uns alle mühelos in seinen Bann geschlagen. Amy sagte, es sei die einzige Möglichkeit – dass sie mit ihm ging, meine ich. Noelle wirkte fast erleichtert.«

»Moment, wie bitte?«, sagt Rose. »Sie sagen also, der Junge, den Sie gemeinsam gefesselt und ihm gedroht haben, ihn anzuzünden – der Typ, der Ihnen an die Gurgel gehen wollte – hat am Ende Ash geheiratet? *Er* ist Hazels und Rowans Dad?«

Mum zuckt die Achseln. »Ich habe es selbst auch nie verstanden«, sagt sie mit der Aufrichtigkeit von jemandem, der in kurzer Folge drei Gläser Wein getrunken hat. »Aber Liebe ist Liebe in ihren unzähligen Formen.«

»Liebe, stark wie der Tod, ist tot«, zitiert Dad. *»Kommt! Unter Blumen rot / Lasst uns ein Bett bereiten.«*

Mum schaut in ihr Weinglas wie eine Wahrsagerin in ihre Teeblätter. Sie sagt leise: »Wer weiß, was passiert wäre, wenn Noelle mit ihm zusammengeblieben wäre? Sie war so viel zerbrechlicher als Amy; viel zarter …«

Was hat sie in ihrem Tagebuch geschrieben? *Er küsste sie, er schlug sie, er brach ihr den dünnen Hals. Sie ging zurück in den Wald und kletterte ein letztes Mal auf den Baum, nur um sich mit einem Seil um den Hals herunterfallen zu lassen. Sie baumelte zwischen den Ästen.*

Halte dich von ihm fern, sonst verlierst du alles.

Ich starre meine Mutter an. *Du wusstest, was passiert wäre, wenn er mit ihr zusammengeblieben wäre*, denke ich in ihre Richtung.

Und Ash wusste es auch.

»Wir müssen Holly beschützen«, sagte Ash.

Vielleicht hat Ash, indem sie ihm folgte, einfach nur Holly gerettet.

Hazel

Montag, 15. Mai

Verloren: altes, in rotes Leder gebundenes Notizbuch, zusammengehalten mit einem schwarzen Gummiband

Als wir von Olive wieder nach Hause kommen, ist das Haus verwüstet. Unsere Sachen liegen auf dem ganzen Küchenboden verstreut, als hätte jemand die Kartons von den Arbeitsplatten geworfen, um dahinterzuschauen, und sich nicht um die durchgebrochenen Spaghetti, zerbeulten Dosen, zerkrümelten Kekse, das zertrampelte Brot geschert. Fußspuren führen die Treppe hinauf in jedes Zimmer.

»Wie die von Dad«, sagt Rowan heiser, obwohl er nichts von den Stiefeln weiß, die ich im Wald gefunden habe.

»Wie die von Dad«, murmle ich.

Wir sind wieder nur noch zu dritt. Rose ist bald nach dem Wiederauftauchen von Olives Schwester gegangen, und wir dachten uns alle, dass Olive und ihre Mum sich einiges zu erzählen haben. Olive und Laurel.

Es fehlt nichts, zumindest sieht es nicht so aus. Nicht, dass es viel zu stehlen gegeben hätte. Wir durchsuchen trotzdem alles gründlich. Als wir wieder nach draußen gehen, finden wir

Stiefelabdrücke um alle Häuser herum. Bei allen wurden die Bretter abgerissen, Schrauben sind lose und Nägel verbogen. Das war ziemlich gründliche Arbeit.

»Also die Guards auf der Suche nach Cathal«, sagt Rowan, als wolle er sich selbst überzeugen. Ich schüttle den Kopf und erzähle ihm von den Stiefeln, die ich zusammen mit Rose gefunden habe.

»Bist du sicher, dass es seine waren?«, fragt er mich. Ich sehe ihn nur an.

»Zeig sie mir!«, fordert er.

Doch als wir in den Wald kommen – den Abhang hinunter und an den See, ich voraus, Rowan hinter mir, während uns Ivy mit gerunzelter Stirn folgt – ist da nichts.

Die Stiefel sind weg. Die Milchzähne. Die Tagebuchschlüssel. Die Blutflecken könnten die Schatten der Baumrinde sein.

»Ich hab's satt, dass das ständig passiert«, sage ich. »Ich hab's satt, dass ich nie weiß, was echt ist und was nur in meinem Kopf. Wie Olives Schwester gesagt hat. Ich hab's satt, dass ich es nicht weiß.«

Rowan lässt sich schwer auf einen Felsen sinken und stützt die Ellbogen auf die Knie, drückt die Hände vor dem Mund zusammen, als wollte er beten. »Ich weiß«, sagt er. »Aber ... Ich hab's satt, das ich nicht weiß, ob Mum noch lebt oder nicht. Ich hab das alles satt.«

»Aber ich weiß es«, sagt Ivy sehr leise aus ein paar Metern Entfernung. »Ich weiß es. Das von eurer Mum.«

Rowans Stimme ist schneidend, als er fragt: »Was? Was weißt du?«

Ivy sieht aus, als wollte sie eigentlich nicht antworten. Sie sieht aus, als wünschte sie sich, sie hätte gar nichts gesagt.

»Ivy?«, drängt Rowan.

Ivy lässt die Schultern hängen und mein Herz wird schwer.

»Hat Mags dir etwas gesagt?«, fragt er. Ich kann immer noch nicht sprechen.

»Das ist es nicht«, flüstert Ivy.

»Was *dann*?«

Ich öffne und schließe den Mund wie bei einem stummen Lied. Mein Herz schlägt einen anderen, unregelmäßigen Rhythmus.

Ivy schaut auf den Boden, dann mich an. »Der Zauber hat gewirkt«, sagt sie. »Beide Zauber haben gewirkt.«

Jedes einzelne Wort hallt laut in meinen Ohren.

Rowan fragt: »Woher weißt du das?«

»Meine Mum ist bei ihr«, sagt Ivy dann, und mein Herz ist ein komplettes Schlagzeug. »Bei eurer Mum. Sie ist in einer Klinik.«

»Sie ist auf *Entzug*?«, sagt Rowan, aber ich kann ihn über dem Hämmern des Schlagzeugs kaum hören.

»Ich wollte es euch nicht sagen, falls es nicht ... falls sie nicht ... falls hinterher wieder alles beim Alten ist.«

Herzschlag-Trommelrhythmus, so laut, dass mein ganzer Körper sich mitbewegt. Ich kann nicht in meiner Haut bleiben.

»Aber Ivy, sie lebt! Sie lässt sich helfen. Das ist *gigantisch*. Das *ist* doch schon eine Veränderung.« Rowans Augen leuchten, aber ich habe gehört, was hinter Ivys Worten verborgen liegt.

»Du hast es die ganze Zeit gewusst«, sage ich zu ihr, als ich endlich wieder sprechen kann. »Du hast es von Anfang an gewusst.«

Ivy sieht aus, als würde sie gleich anfangen zu weinen.

»Oder?« Meine Stimme ist rau.

»Es tut mir leid«, flüstert sie kaum hörbar.

»*Was* hast du?«, fragt Rowan ungläubig. Als wäre es noch nicht angekommen.

»Ich wollte nicht, dass ihr mich verlasst. Ich war immer mit Mum allein. Ich war so einsam. Ich liebe euch beide so sehr.« Ivys Augen füllen sich mit Tränen.

»Aber *warum*, Ivy?« Es ist, als würde ich sie anflehen, es zu erklären, weil ich nicht verstehe, wie sie uns das alles verheimlichen konnte. Während ich mich die ganze Zeit gequält habe.

Ivy sagt: »Als ich eure Nachricht bekommen habe, dass ihr weggelaufen seid, dass ihr überlegt, nach Balmallen zu kommen, habe ich es meiner Mum erzählt und sie … sie hatte gerade von eurer gehört. Ich habe ihr gesagt, ich würde auf euch aufpassen, und sie sagte, ich sollte euch ausrichten, eure Mum würde versuchen, gesund zu werden, dass sie noch keinen Kontakt zu euch haben könnte, und ich wollte das auch, ehrlich. Aber dann waren wir gemeinsam hier und es war so schön. Ihr müsst das verstehen: Mum lässt mich nicht aus den Augen. Als müsste sie mich vor der Welt beschützen. Aber ich liebe die Welt! Es war so schön hier mit euch. Es war ein tolles Abenteuer, und ich hatte das Gefühl, als hätte ich endlich eine richtige Familie, nicht nur Mum. Ich wollte es euch sagen. Ich … wollte nur, dass es so lange dauert, wie es nur ging. Ich hatte solche Angst, wenn ihr zu eurer Mum zurückgeht, wäre es wie jedes Mal, wenn ihr zu uns kamt, als wir klein waren. Alles war so großartig, und dann haben euch eure Eltern einfach wieder mitgenommen und ich war allein. Ich wollte euch nicht noch mal verlieren.«

Ich schüttle den Kopf. Rowan sieht irgendwie verstört aus.

»*Deshalb* wolltest du den Zauber noch mal sprechen?«, fragt er. »Nicht, weil du dachtest, der von dem Fest hätte nicht gewirkt. Du wusstest, dass es funktioniert hat. Du wusstest, dass sie lebt. Du wusstest genau, wo sie war. *Deshalb* hast du das gemacht? Damit wir bei dir bleiben? Damit wir hier – *hier* – bleiben? Das war kein netter Campingurlaub, Ivy!«

Ivys Tränen fließen über. »Das weiß ich«, sagt sie. »Ich weiß. Ich schwöre, ich habe es nicht deshalb gemacht, anfangs nicht. Ich habe den Zauber gesprochen, wie ich es dir gesagt habe – weil ich nicht wollte, dass ihr eure Mum für immer verliert. Ich habe es gemacht, damit es funktioniert. Die Behandlung. Der Entzug. Damit sie wieder zu sich kommt. Damit sie ihren Weg findet.«

»Aber du hast gelogen, damit wir hierbleiben.«

Tränen tropfen ihr vom Kinn. »Wo wärt ihr denn hingegangen?«, fragt sie. »Das Haus hier ... es gehört doch euch. Es gehört euch.«

»Es ist ein verlassenes Grundstück, Ivy; es gehört niemandem«, sagt Rowan wütend.

»Nein, ein paar von den Häusern wurden bezahlt, bevor die Bauarbeiten eingestellt wurden«, sagt sie. »Das, in dem wir wohnen – Nummer fünf – haben eure Großeltern gekauft. Für eure Eltern, als ihr klein wart, bevor es gebaut wurde.«

Rowan und ich schauen uns an, und ich weiß, wir haben denselben ungläubigen Gesichtsausdruck.

»*Warum*, Ivy?«, flehe ich wieder. »Warum hast du uns das alles nicht gesagt? Warum hast du uns glauben lassen, unsere Mum sei tot – dass ich sie *umgebracht* habe –, dass wir nirgendwo hinkönnen? Warum hast du das getan?«

Jetzt weint Ivy richtig. »Ich wollte ja«, schluchzt sie. »Ehrlich. Ich wollte euch nur keine falschen Hoffnungen machen.«

»Ivy«, sagt Rowan. »Wir hätten es ausgehalten. Wenn du es uns gesagt hättest. Es wäre okay gewesen. Selbst wenn Mum immer noch nicht ... falls sie immer noch so ist – wir halten das aus.« Er steht auf und winkt mich zu sich. Ich folge ihm den Weg zurück zum Haus.

»Könnt ihr mir verzeihen?«, fragt Ivy leise hinter uns.

Er sagt nichts, aber ich weiß, wir werden ihr verzeihen.

Ich folge meinem Bruder durch den Wald nach oben und Ivy bleibt bei den Felsen und den Bäumen, aber wir sind nicht weit entfernt, als sie sagt: »Aber es *hat* gebrannt.« Rowan und ich bleiben stehen und drehen uns um. Ivys Augen sind rot von all der Wahrheit, die sie uns endlich erzählt. »Die Stiefel, die du gefunden hast – die von eurem Dad – ... sie hat sie getragen.«

»Was?«

»Eure Mum hat es meiner in einem Brief geschrieben. Es gab ein Feuer. Sie hat mit den Stiefeln das Fenster eingeschlagen. Sie hat sie seitdem getragen.«

Rowan und ich schauen uns beide im Wald um, als würde unsere Mum plötzlich aus dem Nichts erscheinen, mit neuen grauen Strähnen in den roten Haaren, die großen Stiefel unseres Dads an den Füßen.

»Eine letzte Sache habe ich euch nicht erzählt«, sagt Ivy. »Euer Dad ist nicht ... ich weiß nicht, ob er ...« Sie holt kurz Luft. »Ich meine nur, meine Mum sagt, sie haben seitdem nichts mehr von ihm gehört.«

Heute Abend warte ich nur, dass meine Eltern erscheinen. Vor meinem Fenster in der Dunkelheit. Mit dem Gesicht nach unten auf einer Wiese. Tief im Wald, wie die Geister ihrer jüngeren Ichs. Ständig kommt es mir vor, als wären sie es, die in Teilen wiederkommen: ein silbernes Feuerzeug, ein Paar Stiefel. *Nichts hinter mir, alles vor mir.*

Ich schaue zu, wie die Welt in den Schlitzen zwischen den Brettern vor meinem Zimmerfenster dunkel wird, meinen Zeichenblock lose auf dem Schoß, Kohlenstaub in der Luft. Heute Abend habe ich Menschen gezeichnet, keine Gegenstände. Rose in der Ecke eines Parkplatzes, den Kopf auf den Knien. Rowan auf dem Schutthaufen. Ivy mit ihrem Kreuzworträtsel. Olive auf ihrem Fahrrad. Mum als Mädchen.

Eine Gestalt geht an der Wand des Grundstücks entlang. Ich beobachte sie erstarrt, denke an die Stiefelspuren, die verwüstete Küche. Als Ivy vorhin die Sachen über Mum gesagt hat, habe ich zu hoffen gewagt, es sei vielleicht sie gewesen. Dass sie aus Trauer oder Schuldgefühlen das Haus auseinandernahm. Auf der Suche nach uns. Aber was, wenn sie es nicht war? Würde sie wirklich aus Scham alles so verwüsten? Was, wenn ich nur glauben will, dass sie es war, damit ich nicht denken muss, dass es jemand anderes war?

Aber was, wenn es Dad war, mit seinen harten Händen, seiner wütenden Stimme? *Sie haben seitdem nichts mehr von ihm gehört*, hat Ivy gesagt. Als wäre er einfach genauso verschwunden wie er damals, als Mum sich Ash nannte, einfach aufgetaucht ist. Sie dachte, sie und ihre Freundinnen hätten ihn heraufbeschworen – seine verlorene Seele mitten im Wald gefunden und sich in ihn verliebt. Ihn gehasst. Vielleicht beides. Falls sie ihn für eine verlorene Seele hielt, dachte sie dann, Rowan und ich waren immer halb verloren?

Vielleicht haben wir ihn mit unserem Zauber auch gerufen. Vielleicht war er es, der da im Wald heulte, brennend. Vielleicht hat er das Viertel als Geist heimgesucht. Falls er wirklich in diesem Feuer sein Leben verloren hat, vielleicht haben wir dann seine verlorene Seele gerufen. Und falls das der Fall ist, schätze ich, Ash konnte Jude am Ende doch noch verbrennen.

Ich drücke mein Gesicht enger an den Schlitz zwischen den Brettern, um die Gestalt zu sehen, die auf das Haus zukommt. Bevor ich die Person deutlich erkennen kann, bewegt sie sich nicht mehr. Ich will gerade die anderen rufen, als im Dämmerlicht lautlos ein Strom Seifenblasen über das Grundstück weht.

Ich laufe die Treppe immer zwei Stufen auf einmal hinunter und falle fast hin. Ein paar Meter vor Rose, die nicht lächelt, bleibe ich stehen.

»Ich wusste nicht, ob du wiederkommen würdest«, sage ich. Sie kennt jetzt alle meine Geheimnisse.

»Ich auch nicht«, erwidert sie.

Ich möchte ihre Augenwinkel berühren, wo ihr Make-up verschmiert ist.

»Ich fand das alles … irgendwie zu viel«, sagt Rose. »Der Zauber, die … verrückte Magie. Dass Cathal verschwunden ist. Unseretwegen. Das ist … eine Menge. Zu wissen, dass wir dafür verantwortlich sind. Dass ich verantwortlich bin.«

Ich denke: *Gut, dass wir ihn los sind*. Ich denke: *Ich würde es jederzeit wieder tun*. Aber ich weiß nicht, ob sie das hören will. Stattdessen sage ich: »Du bist nicht dafür verantwortlich. Es ist nicht deine Schuld.«

»Du hättest Chloe sehen sollen.« Als sie noch einen Strom Seifenblasen über das Grundstück pustet, zittern Roses Hände. »Sie hat einen Schock, meine Mum behandelt sie. Du hättest sie und ihre Eltern reinkommen sehen sollen. Augen, als hätten sie alles verloren.«

»Rose«, sage ich. »Selbst wenn wir ihn verschwinden lassen haben – wofür es keinen Beweis gibt – ich meine, er war mit Freunden auf einer Party. Vielleicht ist er in den See gefallen. Vielleicht hat er eine Überdosis genommen. Vielleicht ist er als Mutprobe in einen Bus nach Dublin gestiegen und kommt nächste Woche pleite und verkatert wieder. Aber falls wir es doch waren, falls es der Zauber war, war trotzdem er es, der über dich hergefallen ist. Er ist derjenige, der dich dazu gebracht hat zu glauben, du hättest alles verloren. *Er* hat das getan. Nicht du.«

Roses Augen sind feucht. »Ich wollte, dass er weg ist, wollte ihm eine Lektion erteilen, wollte im Austausch etwas Großes finden.«

»Also sind wir vielleicht beide Monster. Aber sie waren schlimmere Monster als wir.«

»Und deshalb ist es okay?«

»Wir wussten nicht, was passieren würde. Scheiße, wir wussten nicht, dass wir zaubern können. Wir können das gar nicht *wirklich* gewollt haben, denn wir haben ursprünglich ja gar nicht geglaubt, dass es geht.«

»Ich weiß auch jetzt noch nicht, ob ich es ganz glaube.«

Ich zucke die Achseln. Ich selbst bin ziemlich überzeugt. Und ich würde wetten, sie ist es auch. »Was hast du vor, wenn er wiederkommt?«, frage ich.

Rose reckt die Schultern. »Ich habe mit meiner Mum geredet«, sagt sie. »Sie hat sofort Olives Tante Gill angerufen. Ich denke mir …« Sie schaut auf den Seifenblasenstab in ihrer Hand hinunter. »Es gibt mehr als nur magische Möglichkeiten, um jemanden bezahlen zu lassen.«

Vielleicht gilt das auch für meinen Dad. Vielleicht genügt es, dass wir unsere Mum jetzt auch von ihm fernhalten wollen. Vielleicht müssen die Leute in solchen Dingen zusammenarbeiten. Einander finden.

Ich lache halbherzig. »Es sieht so aus, als hätte der Zauber doch gewirkt«, sage ich zu ihr. »Denn es klingt, als hättest du deine Stärke gefunden.«

Rose lacht, als hätte ich etwas total Kitschiges gesagt. Sie pustet ein paar Blasen zu mir herüber. »Und was hast du gefunden?«, fragt sie.

»Meine Mum, hoffe ich.« Ich erkläre ihr, was Ivy gesagt hat. Ich erzähle ihr, dass jemand im Haus war. Falls es Mum war, ist sie vielleicht immer noch in der Stadt. Vielleicht wartet sie einfach bei Mags. Wartet dieses eine Mal auf uns. Dann lächle ich Rose an und füge hinzu: »Und ich habe dich gefunden.«

Rose lacht wieder. Und ich weiß, dass ich mich zu leicht verliebe. Ich habe Geheimnisse und ich erzähle Lügen. Ich trinke zu viel, und manchmal stehle ich Dinge.

Ich habe mein Herz verloren. Nicht alle Verluste sind schlecht.

»Wenn es wirklich deine Mum war und sie hier ist«, sagt Rose, »falls sie in der Stadt wohnt und darauf wartet, dass ihr nach Hause kommt oder dass Mags euch erzählt, wo sie ist – ich hoffe, dann bleibst du eine Weile.«

»Ich bleibe eine Weile.« Mein verlorenes Herz glüht.

Ihre Küsse sind ernst. Wir bestehen nur noch aus Lippen, Zungen und Händen in den Haaren, und es ist so einfach, alles aus dem Blick zu verlieren, was wir nicht sicher wissen. Wir beide sind Monster, deren Zaubersprüche das Leben anderer Menschen zerstören, weil sie unseres zerstört haben. Es wäre leicht, nicht daran zu glauben. Zu sagen, sie werden beide eines Tages wieder auftauchen – Cathal und Dad. Uns einzureden, dass es so etwas wie Magie nicht gibt.

Nur: Ich hatte das Zauberbuch in der Tasche. Ich konnte es die ganze Zeit spüren, als wir nach Hause fuhren. Es war da, als wir entdeckten, dass eingebrochen wurde. Es war da, als wir in den Wald gingen. Es war da, als ich aus dem Fenster schaute und Rose auf mich zukommen sah, und ich steckte die

Hand in die Tasche und berührte es, nur um sicherzugehen. Ich fühlte den Ledereinband und das ausgeleierte Gummiband. Ich spürte das Knittern der abgegriffenen Seiten. Meine Finger schlossen sich darum.

Ich konnte spüren, wie es verschwand.

Olive

Montag, 15. Mai

Verloren: uns selbst, immer wieder

Mum geht in der Küche hin und her, während sie darauf wartet, dass Emily in sauberen Klamotten und trockenen Schuhen wieder herunterkommt. Sie rückt die Vasen auf dem Fensterbrett gerade, zieht dabei mit dem Ärmel aber aus Versehen ein paar Blumen heraus, die neben der Vase landen. Sie ordnet alle ihre Gewürzdosen in eine Reihe. Sie befühlt die getrockneten Kräuter über dem Ofen.

»Ihr geht's gut, mach dir keine Sorgen«, sage ich, obwohl ich mir da selbst nicht ganz sicher bin.

»Als Eltern macht man sich immer Sorgen um seine Kinder«, sagt Mum. »Auch wenn man es ihnen nicht zeigt. Wenn sie nachts mit dem Fahrrad fahren. Wenn sie ausgehen und spät nach Hause kommen. Wenn sie betrunken nach Hause kommen.« Ich betrachte eingehend den Boden. »Gestern Nacht war der schlimmste Albtraum aller Eltern.«

»Aber ihr geht's gut«, sage ich, obwohl ich sie verstehe. Der ganze Tag war ein einziger, langer Albtraum. »Wir haben sie gefunden.«

Bei dem Wort *gefunden* zuckt Mum zusammen. Ich frage mich, ob sie einen Verdacht hat, dass wir den Zauber gesprochen haben, wie sie es lange vor unserer Geburt getan hat. Falls ja, sagt sie nichts.

Aber ich weiß, ihr geht das Zauberbuch – oder zumindest ihr altes Tagebuch – im Kopf herum, denn sie sagt: »Ich rufe Noelle später an. Besorge mir Amys Nummer. Sie sollte bei ihren Kindern sein.«

Ich erstarre. Hazels Worte kreisen in meinem Kopf: *Ich habe meine Eltern ermordet. Also, wer ist jetzt das Monster?* Falls der Zauber Emily zurückgebracht hat, heißt das, er kann auch Amy zurückbringen? Oder war Emily von vornherein überhaupt nicht verloren?

»Ist sie … Hat sie mit Ivys Mum Kontakt gehalten?«, frage ich. »Also, glaubst du, sie hat ihre Nummer?«

Mum nickt mit immer noch abwesendem Blick und in Gedanken woanders. »Sie haben so engen Kontakt gehalten, wie das mit Amy möglich ist«, erklärt sie mir. »Obwohl es auch immer Dinge gab, die Noelle zwar mir erzählte, aber nicht Amy.«

Ich finde es immer noch schwer zu glauben, dass meine Mum Laurel ist. Dass ihr alles passiert ist, was sie in diesem Tagebuch geschrieben hat.

»Was zum Beispiel?«, frage ich.

Mum schaut aus dem Fenster in den Garten. »Ich glaube nicht, dass sie Amy je erzählt hat, wer Ivys Vater ist.«

Mein Mund bleibt offen stehen.

»Sie muss einen Verdacht gehabt haben«, sagt Mum. »Für uns andere war es ziemlich offensichtlich.«

»Nein«, sage ich. »Das ist jetzt nicht wahr!«

»Aber Amy war manchmal gewollt ahnungslos.«

Ich muss mich tatsächlich setzen. Ich lasse mich auf einen Stuhl sinken und die Hunde kommen, um an meinem Schoß zu schnüffeln.

Jude. Natürlich war es Jude. Ivys Vater ist Jude.

Sie ist Rowans und Hazels Halbschwester.

»Sie hat das Kind immer eingesperrt«, sagt Mum gerade. »Als wollte sie sie beschützen. Ich rufe sie beide heute Abend an«, beschließt sie. »Das ist schon lange überfällig.«

Ich zucke innerlich zusammen und überlege, ihr zu sagen, was Hazel uns allen über ihre Mutter und das Feuer erzählt hat, aber in dem Moment leuchtet mein Handy auf dem Tisch auf. Es ist eine Nachricht von Rowan.

Ivy hat gelogen. Ihre Mum war die ganze Zeit bei meiner und Ivy wusste es. Mum war auf Entzug. Durch die Magie hat sie ihren Weg gefunden.

Direkt danach kommt eine zweite.

Als wir heute zurückkamen, war vorher jemand im Haus und hat uns gesucht. Wir haben Mags angerufen. Unsere Mum ist in der Stadt.

Mein Mund klappt auf. Das kann nicht der Zauber gewesen sein. Aber ich verstehe, warum Hazel und Rowan daran glauben.

In der Küchentür erscheint Emily in sauberen Klamotten, die Haare gebürstet und zu der Art *Messy Bun* hochgeschlungen, für den ich normalerweise mindestens fünf Stunden brauche.

»Dr. Driscoll glaubt, es gab wahrscheinlich so etwas wie ein

Leck in der Gasleitung unter der Straße«, sagt sie. »Sie läuft auf der Seite des Sees entlang. Aber sie sagt, ich soll trotzdem vorbeikommen.«

Dad folgt ihr in die Küche und Mum reicht ihr eine Packung Kekse – »Für die Fahrt«.

»Ich weiß, was passiert ist«, sagt Emily leise, als sie auf dem Weg zur Tür an mir vorbekommt. »Mit Rose.«

Ich spüre, wie sich meine Stirn runzelt. »Ja? Woher?«

»Ich habe mein Gehirn benutzt, Olive«, sagt Emily missbilligend. »Was Chloe erzählt hat, dass sie Rose und Cathal auf dem Fest zusammen gesehen hat, ergab keinen Sinn. Und dann war ich bei ihr zu Hause und sein Handy hing am Ladekabel und ich habe die ganzen Nachrichten gesehen …«

»Du hast sein *Handy* gecheckt?«

»Und sie waren furchtbar«, fährt sie fort. »Ich weiß nicht, was genau auf dem Fest passiert ist, aber ich weiß, er ist ein Arsch.« Sie wirft einen flüchtigen Blick zu Mum hinüber. »Ich meine, ein Hinterteil.«

Also weiß sie nicht genau, was passiert ist. Ich beschließe, noch zu warten, bevor ich es meiner kleinen Schwester erzähle. Ich beschließe, das Rose zu überlassen, falls sie es ihr erzählen möchte.

»Jedenfalls«, sagt Emily, »richte Rose aus, es tut mir leid, okay? Dass ich ihn nicht darauf ansprechen konnte.«

»*Deshalb* bist du mit Chloe mitgegangen?«, frage ich mit einigem Staunen in der Stimme. »Darüber habt ihr beide euch gestritten. Die Sache mit dem Boten-Töten.«

»Irgendwann hat sie es eingesehen«, sagt Emily. »Ich meine, sie war einverstanden, mit mir zu der Party zu kommen.«

»*Du* wolltest zu Cathals Party?«

»Ich wollte, dass er es zugibt. Dass ihm klar wird, was

er getan hat. Dass er vor Chloe sagt, dass er jeden umbringen wollen würde, der so etwas mit seiner kleinen Schwester macht.«

Völlig unerwartet merke ich, wie mir die Tränen kommen. »Oh, Emily!« Ich falle meiner Schwester um den Hals. »Ich bin so froh, dass es dir gut geht.«

Als Emily mit meinen Eltern das Haus verlässt, bleibt Mum an der Küchentür stehen und wirft mir einen eigenartigen Blick zu. Ich gehe davon aus, sie wird etwas davon sagen, dass sie und ihre Schwestern sich immer so nahestanden und wie froh sie ist, dass Emily und ich endlich auch gut miteinander auskommen, aber stattdessen sagt sie: »Ich nehme an, deine Freunde warten auf dich.«

»Kann ich gehen?«, frage ich.

Mum nickt. »Komm nicht zu spät nach Hause«, sagt sie, dann geht sie nach draußen, während aus der Einfahrt zu hören ist, wie Dad das Auto anlässt.

»Okay«, sage ich und winke kurz.

Mum schaut sich noch einmal zu mir um und sagt: »Olive?«

»Ja?«

»Verbrenn das Zauberbuch.«

Es wird schon langsam dunkel, als ich in das Viertel komme. *Komm nicht zu spät nach Hause* ist sowieso eine sehr vage Vorgabe. Was ist schon spät an einem milden Abend, wenn deine Schwester wieder da ist und ein bildschöner Junge mit seiner Gitarre auf einer niedrigen Mauer auf dich wartet?

Die ersten paar Töne wehen zu mir herüber, als ich am Rand des Grundstücks mit dem Regenkanal ankomme. Plötzlich halte ich verwirrt an. Der Tunnel ist weg. Stattdessen steht da eine Eiche.

Ich brauche eine ganze Weile, bis mir klar wird, was falsch daran ist. Normalerweise steht da keine Eiche. Das war damals, bevor das Viertel gebaut wurde. Der Baum, in dem Laurel, Ash und Holly das Zauberbuch fanden. Wo sie Jude fanden. Wo sie den Zauber wirkten und alles möglich machten. Das war hier. Das Viertel ist nach genau diesem Baum benannt. Ein Anflug von eigentümlichem Staunen überkommt mich.

Aber da steht sie. Eine große, alte Eiche, wo früher einmal eine Weggabelung war und sich jetzt ein hässlicher Regenkanal am Rand eines leer stehenden Wohnviertels befindet. Einen Moment lang meine ich, etwas zu sehen – jemanden –, da oben zwischen den Blättern, aber als ich stehen bleibe und hinschaue, ist da nichts. Keine Eiche, keine Weggabelung. Nur das leere Viertel, die festgetretene Erde unter meinen Füßen und darunter der Tunnel. Wahrscheinlich habe ich immer noch eine Art Schock. Ich reiße mich zusammen und setze mich wieder in Bewegung.

Zu Fuß gehe ich an der Mauer um das Grundstück entlang und stoße fast mit Rose zusammen, die auf den Regenkanal starrt, genau wie ich es eben auch noch getan habe.

»Rose?«

Sie schüttelt sich. »Ich dachte, ich sehe …«, sagt sie, dann verhallt ihre Stimme.

»Ja«, sage ich. »Ich auch.«

»Ich wollte dich gerade suchen gehen.« Sie umarmt mich kurz zur Begrüßung, obwohl wir uns erst vor ein paar Stunden gesehen haben. Es war ein langer Tag.

»Tja, du hast mich gefunden«, sage ich, und sie dreht sich um und geht neben mir weiter. Ich halte sie auf, indem ich ihren Ellbogen berühre.

»Was ist los?«

»Ich wollte nur …« Ich weiß nicht, wie ich es sagen soll. Es war ein sehr, sehr langer Tag. »Ich dachte eine Weile, ich hätte dich verloren. Ich glaube, ich will nur sagen – ich hoffe, es geht dir gut.«

Rose nimmt meine Hand. »Ich dachte auch, ich hätte mich verloren«, sagt sie. »Aber ich glaube … ich glaube, das wird schon wieder. Irgendwann. Wie geht's Emily?«

Ich erzähle Rose alles, was Emily mir erzählt hat. Roses Lächeln ist gleichzeitig liebevoll und traurig.

»Ich mag deine Schwester langsam immer mehr«, sagt sie.

»Ich auch«, gebe ich zu. Ich frage mich, ob ich Emily sowieso irgendwann besser verstanden hätte und wie sehr es daran liegen könnte, dass ich in der letzten Woche nicht so viel mit Rose zusammen war. Ohne sie bin ich ein bisschen anders. Ein bisschen offener für andere. Wie Emily. Wie Rowan. Vielleicht geht es Rose auch so. Vielleicht hätte sie Hazel nie kennengelernt, wenn wir diese Distanz nicht gehabt hätten.

Es ist, als hätte sie meine Gedanken gelesen. »Glaubst du, wir können ihnen vertrauen?«, fragt sie, wie heute Morgen. Aber die Frage ist diesmal weicher, als hätte sie die Antwort schon.

»Können wir überhaupt jemandem wirklich vertrauen?«, frage ich zurück und versuche, dabei unbekümmert zu klingen. »Können wir jemandem unser Herz anvertrauen?«

Rose sieht viel ernster aus, als ich es gewohnt bin, aber das bringt die Veränderung wohl mit sich. »Dir habe ich immer vertraut«, sagt sie.

Ich schlinge ihr den Arm um die Taille und gehe mit ihr auf das Haus zu.

»Ich zähle nicht«, erkläre ich. »Ich bin deine beste Freundin. Wir sind unsere einzigen Konstanten.« Ich denke an meine

Mum in der Küche zurück, an Emily an der Hintertür. »Abgesehen von unseren Familien.«

Rose lacht. »Ach, meine kleine Brustwarze«, sagt sie und zieht eine perfekte Augenbraue hoch. »Du *bist* meine Familie. Und jetzt geh mit dem Jungen reden, der dich schon seit zehn Minuten anstarrt.«

Sie schiebt mich auf Rowan zu und geht zum Eingang hinüber.

»Vergiss, was ich gesagt habe!«, rufe ich ihr hinterher. »Ich glaube, wir können ihnen vertrauen. Ich glaube, du kannst deinem verlorenen Herzen vertrauen.« Als Antwort winkt sie mit der Hand hinter ihrem Rücken.

Ich hüpfe neben Rowan auf die Mauer, der nicht aufhört zu spielen, als er sagt: »Ich habe beschlossen, dass ich hierbleibe.«

»Ach ja?« Ich versuche, beiläufig zu klingen, aber mein Herz hüpft herum.

»Ja.« Er nickt zum Haus hinüber. »Es hat sich herausgestellt, dass das Haus uns gehört. Also, unserer Mum.«

»Ehrlich?«

»Ja. Meine Großeltern haben es ihr gekauft, als wir noch Babys waren.«

Ich starre auf das Grundstück. »Wirklich? Woher weißt du das?«

»Ivy«, sagt Rowan knapp. Er schweigt kurz, bevor er fortfährt: »Sie hat es uns nicht gesagt«, endet er, nachdem er mir alles erklärt hat. »Sie wusste es die ganze Zeit und hat nichts gesagt.«

Ich muss eine Weile nachdenken, was ich sagen will. »Ist es falsch, dass ich ihr keinen Vorwurf machen kann?«, frage ich ihn. »Ich meine, ich kann gut verstehen, warum sie dich behalten wollte.« Ich werde puterrot. »Euch beide, meine ich. Ihr seid für sie … wie eine Familie.« Ich vertraue darauf, dass mein Gesicht meine Gedanken nicht verrät. Nicht enthüllt, was mir Mum gerade erzählt hat. »Ich meine nur, ich verstehe, warum sie bleiben wollte, solange sie konnte.«

»Wahrscheinlich«, sagt Rowan.

»Liebe lässt einen manchmal dumme Sachen machen«, sage ich leise. »Und wenn sie ihr ganzes Leben mehr oder weniger allein mit ihrer Mum verbracht hat, hat sie vielleicht nicht so ganz die … Sozialkompetenz, die wir anderen haben.«

»Hazel und ich sind auch nicht gerade die Umgänglichsten«, stimmt Rowan zu.

Wir schauen eine Weile über das Grundstück, Rowans Finger klimpern immer noch leise weiter.

»Also glaubt ihr, eure Mum ist wieder da?«, frage ich. »Dass sie in der Stadt ist?«

Rowan nickt einmal. »Das wird echt komisch«, sagt er. »Sie wiederzusehen.« Ich lege ihm die Hand auf die Schulter und er lehnt sich leicht an mich. »Ich will nicht … Hazel und ich glauben erst, dass sie sich geändert hat, wenn wir es sehen. Es reicht nicht, dass sie hier ist. Falls sie hier ist. Ich meine, wir kommen so oder so zurecht. Wir sind fast achtzehn, also müssen wir uns nicht ewig verstecken. Ich hoffe …« Er unterbricht sich. »Aber wir schaffen das so oder so.« Ich lasse die Hand auf seiner Schulter. »Ich glaube, die ganze Sache mit Hazel und dem Zauber hat es leichter gemacht, Leute gehen zu lassen.«

»Ja.« Ich denke an Rose. »Ich weiß.«

Irgendwann kommen Rose und Hazel dazu, rasch gefolgt von Ivy. Wir setzen uns alle in einer Reihe auf die Mauer und Hazel und Rose ziehen beide identische Seifenblasenflaschen heraus.

»Was ist mit deinen Zigaretten passiert?«, fragt Rowan seine Schwester.

Sie zuckt unbekümmert mit den Schultern. »Ich habe beschlossen, aufzuhören.« Sie schickt einen Strom Seifenblasen in die Luft, die zusammen mit Roses über das Viertel und in den Wald schweben.

Eine leichte Brise raschelt in den Bäumen. Dürres Laub und Abfall wehen zu unseren Füßen an der Mauer entlang. Ein kleiner Papierfetzen wird hochgeweht und ich fange ihn gedankenlos auf.

Ich erkenne den Zettel. Ich erkenne die Handschrift. Es ist das untere Ende eines Tagebucheintrags, abgerissen, windgepeitscht, abgeschabt und zerknittert.

Es ist nur ein Satz. *Wie alt ist Mags Maguire und wie lange hat sie dieses Pub schon?*

Rowan lehnt die Gitarre an die Mauer.

»Das ist wieder Laurels Tagebuch«, sagt er. »Das von deiner Mum, meine ich.«

Ich ziehe den Zettel, den mir Mum heute Morgen hingelegt hat, aus der hinteren Jeanstasche. Ich halte ihn hoch und wir alle vergleichen die Handschrift.

»Sie hat sich verändert, seit sie so alt war wie wir«, sage ich zu meiner Verteidigung. »Sie ist ähnlich, aber doch so anders, dass ich sie nicht erkannt habe.«

»Was heißt das?«, fragt Ivy. »*Wie alt ist Mags Maguire und wie lange hat sie dieses Pub schon?*«

»Na ja«, sage ich. »Wie alt *ist* sie? Wir lange *hat* sie das Pub? Meine Nana hat gestern gesagt, eine Frau namens Mags hätte es betrieben, als sie ein junges Mädchen war. Dass sie auf die altmodische Art selbst Whiskey gebrannt hat.«

Ivy wirkt verunsichert.

»Hat deine Mum je erzählt, was für eine Art Großtante sie ist?«, fragt Rowan Ivy.

»Oder wie entfernt?«, murmelt Rose.

»Ich weiß es nicht.« Ivy zuckt die Achseln. »Sie wusste es selbst nie genau.«

»Hm«, sagt Hazel.

»Ja, hm«, sage ich.

»Was, wenn sie den *Poteen* absichtlich draußen gelassen hat?«, fragt Rowan. »Für uns, für Laurel. Was, wenn sie von dem Zauberbuch wusste?«

Wie alt ist Mags Maguire und wie lange hat sie dieses Pub schon?

Was hat meine Nana gesagt? *Es ist schon mal passiert und es wird wieder passieren. Du kannst es nicht aufhalten.* Ein Gedanke taucht in meinem Kopf auf und kommt aus meinem Mund, bevor ich ihn aufhalten und vernünftig darüber nachdenken kann.

»Was, wenn Mags das Zauberbuch *geschrieben* hat?«

»Hm«, sagt Rowan. »Die Handschrift kam mir schon bekannt vor …«

Ivy hüpft von der Mauer und läuft ins Haus. Sie kommt mit einem gelben Post-it zurück. Die Schrift darauf ist altmodisch, schief und tief eingegraben. Da steht: *Achtzehn waagerecht, sieben senkrecht.*

Wir beugen uns alle über die Notiz.

»Ich weiß nicht«, sage ich. »Vielleicht? Zeig uns das Zauberbuch, dann können wir es vergleichen.«

»Es ist weg«, sagt Hazel.

»Was meinst du damit, es ist weg?«

»Ich meine, es ist weg. Verschwunden. Verloren.«

»Das ist unlogisch.«

»Stimmt«, sagt Rose. »Weil alles andere ja so logisch war.«

Wir müssen lachen.

»Es ist aber schon komisch«, sagt Rowan dann. »Dass Mags genau dann aufgetaucht ist, als Emily und Chloe sie brauchten.«

Oder dass sie zufällig in der Nähe war, als das mit Cathal war, was auch immer ihm passiert ist. Genau wie Mum sagte, Mags sei zufällig dabei gewesen, als der Junge verschwand, als sie in meinem Alter war. Es klang fast, als hätte sich Mum gefragt, ob Mags etwas damit zu tun hatte.

Erst dann bringe ich das, was Mum vorhin gesagt hat, mit dem in Verbindung, was sie als Laurel in ihr Tagebuch geschrieben hat. Ich muss mich ständig selbst erinnern, dass sie dieselbe Person sind. Meine Mum und Laurel. Eine Weile lang, als wir alle dachten, was in dem Tagebuch stand, sei jetzt passiert, dachte ich, der verschwundene Junge sei derjenige, neben dem ich nach dem Fest aufgewacht bin. Aber das kann nicht sein. Dieser Junge ist schon fünfundzwanzig Jahre tot. Ich bekomme Gänsehaut. Verlorene Leben, verlorene Seelen, die im Sturm heulen.

Als Rowan sanft mein Knie berührt, wird mir bewusst, dass ich ins Nichts gestarrt habe. »Olive?«, sagt er. Ich schüttle mich.

»Mags ist wahrscheinlich nur so rumgefahren«, sage ich. »Es war Glück.«

»Ja«, sagt er. »Eindeutig Glück.« Seine Hand fühlt sich warm an auf meinem Knie.

Ich weiß, wir sind alle der Meinung, dass Glück wahrscheinlich sehr wenig damit zu tun hat. Nur Mags, wer auch immer sie in Wirklichkeit ist.

»Wird Emily wieder?«, fragt Rowan.

Ich nicke. »Sie sind zu Doktor Driscoll gefahren, aber ihr fehlt nichts. Roses Mum – sie ist unsere Hausärztin – hat sie überzeugt, dass es ein Gasleck war oder so was in der Art. Sie kommt damit klar.«

Ein Gasleck oder Visionen von verlorenen Seelen in einem Wald, den es nicht gab. Eine Flamme oder ein Funke, bevor das Feuer ausbrach. Ein Zauber oder Dinge, die täglich verloren gehen und gefunden werden, ohne dass es uns bewusst ist, bis wir anfangen, es zu bemerken.

Vielleicht eine Mischung aus beidem.

Rowan nimmt die Gitarre wieder hoch und fängt an zu singen: *»Hey Jude … take a sad song and make it better.«*

Draußen im Viertel stehen still die Häuser. Drüben beim Schutthaufen wuseln die Ratten herum. Ein kleiner, dunkler Schatten kommt auf uns zugeschossen und wir erschrecken, dann entspannen wir uns, als wir sehen, dass es ein Kätzchen ist. Es ist winzig, schwarz-weiß, mit einer Kerbe in jedem Ohr. Ivy geht vorsichtig auf das Kätzchen zu und es lässt sich hochheben und streicheln.

»Also ist das Zauberbuch wirklich weg«, sage ich. »Das ist das Ende der Magie.«

»Was?«, fragt Ivy. »Sei nicht albern. Es ist nicht nur das Zauberbuch. Wir sind alle magisch. Magie ist überall um uns herum, die ganze Zeit.«

»Ach, komm schon«, wiederspreche ich. »Man stolpert nicht jeden Tag über ein altes Zauberbuch.«

»Das muss man nicht«, gibt Ivy zurück. »Zauber sind überall. Du kannst hundert die Woche sprechen, ohne dass du es merkst.«

»Ich versichere dir«, erkläre ich ihr, »ich tue nichts dergleichen.«

»Auf Holz klopfen«, sagt Ivy.

»Aberglaube«, gebe ich zurück.

Die anderen beobachten uns amüsiert wie die Zuschauer bei einer Sportveranstaltung.

»Es ist ein Zauber«, beharrt Ivy. »Du sagst *Gesundheit*, wenn jemand niest. Das ist ein Zauber.«

Ich verdrehe die Augen. »Das ist ganz normale Höflichkeit.«

»Du trinkst Ingwertee mit Zitrone und Honig, bevor du überhaupt eine Erkältung hast. Du badest, wenn du dich angespannt fühlst.«

»Ivy«, fange ich an, aber sie ist noch nicht fertig.

»Deine Eltern sind verheiratet, oder? *Ja, ich will* zu sagen ist ein Zauberspruch. Das sind nur Worte wie alle anderen, aber wenn man sie bei einem Ritual sagt und es ernst meint, ist es ein Zauber. *Etwas Altes, etwas Neues, etwas Geborgtes, etwas Blaues*. Als sie dir deinen Namen gegeben haben, war das ein Zauber. Wenn sie dich Blumen pflücken und trockene Blätter behalten lassen haben, war das ein Zauber. Deine Puppen sind wegen deiner Zauber zum Leben erwacht. Deine unsichtbare Freundin. Deine Träume. Wie du deine Initialen und die von jemand anderem überall in deine Hefte schreibst. Was ist das, wenn nicht ein Liebeszauber?«

Jetzt versuche ich nicht einmal mehr, sie zu unterbrechen, sondern stelle mir unwillkürlich Mums Claddagh-Ring vor, die Sammlung von Dingen wie Talismane über meinem Bett, die Worte, die wir uns mit Filzstift auf die Arme schreiben.

»Du zauberst jeden Tag. Dein Make-up ist ein Schönheitszauber. Überdecken und betonen. Die Klamotten, die du dir aussuchst, damit deine Beine länger aussehen, deine Taille schmaler. Das Rot, das du fürs Selbstbewusstsein trägst, das

Schwarz, wenn du traurig bist, das Blau für Klarheit. Dein Lieblings-BH. Deine Glückssocken. Dass du dir eine Stunde Zeit für deine Haare nimmst. Es ist ein Ritual. Es geht nie nur um Kleider, Make-up oder perfekte *Messy Buns*. Es geht um Magie.«

Verlegen fasse ich mir an die Haare. Die ganze Radfahrerei hat meinen Dutt von perfekt unperfekt zu einem Vogelnest herabgestuft.

Ich angle in meiner Tasche nach ein paar Haarnadeln, um zu versuchen, ihn zu zähmen, und fördere mein Bettelarmband zutage. Ich starre es an.

Was ist das, wenn nicht Magie?

»Akzeptiere, dass es Unerklärliches gibt, Olive«, sagt Rowan grinsend zu mir.

Rose lacht leise; sie hat die Hand in die von Hazel geschoben. »Akzeptiere, dass es Unsicherheit gibt«, fügt sie hinzu. Wir tauschen ein heimliches Lächeln.

»Akzeptiere, dass es Magie gibt«, haucht Ivy. Hazel zieht von wer weiß woher einen Filzstift hervor und schreibt uns die Worte auf die Arme.

Ich schließe mein Bettelarmband um mein anderes Handgelenk, über die Worte, die jetzt verblasst sind, fast nicht mehr lesbar: *nie gefunden*. Neben dem kleinen Olivenbaum-Anhänger hängt ein neuer, der noch nicht da war, als ich es verloren habe: eine Medaille des Heiligen Antonius.

Nicht alle Verluste sind schlecht, hat Rowan neulich zu mir gesagt. Vielleicht müssen wir manche Dinge verlieren, um Platz für andere zu schaffen. Die alltäglichen Dinge lassen wir los, damit wir mit leichterem Gepäck weitergehen können. Rose hatte recht: Du musst dich verlieren oder du wirst nie gefunden.

Meine Mutter hat es gesagt: Jeder hat etwas verloren. Man ist sich dessen womöglich nicht bewusst, aber jeder hat einen entscheidenden Verlust erlitten: einen Elternteil, ein Haustier, ein Schmuckstück, einen Schatz, eine Erinnerung, eine Überzeugung. Manche mehr als einen. Und wenn man nicht vorsichtig ist, kann man sein ganzes Leben lang suchen, was man verloren hat.

Aber in Wahrheit verlieren wir immer irgendetwas. Jeden Tag fallen uns einzelne Haare aus, wir werfen abgeknipste Fingernägel weg, verlieren Hautschuppen. Wir bestehen alle aus alldem: aus Sehnsucht, aus Zugehörigkeit und aus all den Dingen, die wir unterwegs verlieren.

Was habe ich verloren?

Neben mir lässt Rowan sein Feuerzeug aufschnappen, dann wieder zu. Als er merkt, dass ich ihn anschaue, lächelt er.

Was habe ich gefunden?

Ivy sitzt auf der Mauer wie ein kleiner, blauhaariger Vogel, der über uns wacht. Hazel fädelt ihren Schlüssel auf ein Stück Silberschnur. Er hängt sonderbar und hübsch um ihren Hals.

Was habe ich behalten?

Rose nimmt ihre Flasche und pustet einen Schwarm Seifenblasen in die Luft.

Sie zerplatzen nicht und schweben auch nicht davon. Sie bleiben einfach da hängen, reglos und glänzend, direkt über unseren Köpfen.

Dank

Einhundert Millionen Dankeschöns an:

Maman für den Rat und die Charakter-Psychologie-Sitzungen; Dad für die Kreuzworträtselhinweise und die geliehenen Bücher über irische Bäume; Kevin und Thomas für die Wortspiele und Zitate; Claire (circa 2003) für die Teenagermädchenzimmer-Ästhetik; Claire (circa 2016) fürs erste Durchlesen der Kapitel und konstruktive Kritik; meine ganze Familie, weil sie der perfekte Resonanzboden sind, und für die niemals endende Liste verlorener Dinge; Trish, Barry und Lorraine für Beratungen zu Heiligenmedaillen; so ziemlich alle meine Freunde fürs Beantworten sehr spezifischer Fragen auf Facebook; Elsa und Luna, die mich mit ihren Sammlungen wahlloser Gegenstände an die Bedeutung von Schmuckanhängern und Schreinen erinnern, Trish und Barry, *Maman* und Dad, Claire, Kevin, Thomas und Erin und natürlich Joan fürs Aufpassen auf die Mädchen; und schließlich Alan für die großartigen Ideen, fürs Ausgraben von Fehlern in der Handlung, für die richtigen Formulierungen, die etwas anderen Wege, die die Geschichte nehmen musste, den Rat zum Thema Fehlerbehebung bei

Hörgeräten, die Schulter, an der ich mich ausheulen konnte, die Imbissvorschläge, die Tassen Tee oder Gläser Whiskey, je nachdem, was seinem Gefühl nach nötig war – und für acht Jahre Liebe.

Vielen Dank außerdem an Etta Monahans Vater (vermutlich Mr Monahan), der seine Kinder jeden Morgen vor der Schule weckte, indem er laut Thomas Grays *»Elegy Written in a Country Churchyard«* rezitierte – eine Anekdote, die Etta einmal Alan erzählte und die ich mir dann für Olives Dad auslieh und anpasste.

Noch mal hundert Millionen Dankeschöns an:

Claire Wilson für die aufmunternden Reden vor der Deadline, das Mitgefühl bei Schlafmangel, den frischen Blick, die ständige Unterstützung; Rosie Price fürs Beantworten Tausender Fragen und Anliegen; Natalie Doherty und Kathy Dawson für das grandiose redaktionelle Feedback, die zweistündigen Telefongespräche zur Plot-Entwirrung, den Glauben an dieses Buch und hauptsächlich dafür, dass sie das Durcheinander von einem Manuskript, das ich ihnen geschickt habe, angenommen und mit großem Geschick und sorgsamer Magie herausgearbeitet haben, was ich eigentlich sagen wollte; Harriet Venn, weil sie die wundervollste Bahnsteige entlanglaufende, Kinderwägen schiebende, Kisten und Taschen schleppende, Lesereise mit Baby akzeptierende, unglaublich organisierte PR-Frau ist, die die Welt je gesehen hat; Wendy Shakespeare und Jane Tait für das geniale Lektorat und das Tolerieren der Inkonsequenz des irischen Englisch; Maeve Banham dafür, dass sie meine Bücher in die ganze Welt verschickt; Claire Evans, Julia McCarthy und das unglaubliche Team von Penguin Young Readers US; außerdem an das grandiose Team von Penguin Random

House Children's UK, weil sie ein Buch aus jeder Menge meiner Wörter gemacht haben.

Die Gedichte, Songs und zitierten Passagen in diesem Buch stammen aus: »The Stolen Child« von W. B. Yeats, »The Last Rose of Summer«, von Thomas Moore, »The Rime of the Ancient Mariner« von Samuel Taylor Coleridge, »A Hazel Stick for Catherine Ann« von Seamus Heaney, »Delta« von Adrienne Rich, »One Art« von Elisabeth Bishop, »All That Is Gold Does Not Glitter« von J. R. R. Tolkien, »An End« von Christina Rossetti, »Hey Jude« von den Beatles und *On the Road* von Jack Kerouac.

Der Zauber, mit dem man verlorene Dinge rufen kann, ist von echten Zaubersprüchen inspiriert, die ich in *The Element Encyclopaedia of 5000 Spells* von Judika Illes gefunden habe. Baumnamen und Folklore sind alle direkt aus zwei Büchern entnommen: *Into the Forest: An Anthology of Tree Poems*, herausgegeben von Mandy Haggith, und *Irish Trees: Myths, Legends and Folklore* von Niall Mac Coitir. Ivy irrt sich allerdings, wenn sie sagt, Eschen seien eng mit der Vogelbeere (oder Eberesche) verwandt. Sie teilen zwar den Namen, sind aber in Wirklichkeit überhaupt nicht miteinander verwandt. Außerdem irrt sich Hazel, wenn sie sagt, William Faulkner habe die Redensart *kill your darlings* geprägt. Das ist eine verbreitete Fehlzuschreibung, und auch wenn man nicht sicher weiß, von wem das Zitat stammt, wird es im Allgemeinen Sir Arthur Quiller-Couch zugeschrieben, der 1914 in Cambridge eine Vorlesung in Stil und Schreiben hielt, in der er anregte: *murder your darlings.* Was auch ein passendes Tattoo gewesen wäre.

Moïra Fowley-Doyle ist halb Französin, halb Irin und lebt mit ihrem Mann, ihren beiden Töchtern und einer alten Katze in Dublin. Moïras französische Hälfte mag Rotwein und düstere Bücher, in denen alle sterben. Ihre irische Hälfte mag Tee und Happy Ends.

Von Moïra Fowley-Doyle sind bei cbj erschienen:
Wenn der Sommer endet (16407)
Der Zauber der verlorenen Dinge (17522)

Moïra Fowley-Doyle

Wenn der Sommer endet

ca. 320 Seiten, ISBN 978-3-570-16407-5

Zeit der Dunkelheit, Zeit der Geheimnisse …

So lasst uns die Gläser erheben auf die dunkle Zeit … Die dunkle Zeit, wie die 17-jährige Cara, ihre Schwester Alice und ihre restliche Familie es nennen, scheint wie ein Fluch, der sie einmal im Jahr für ein paar Wochen heimsucht. In diesem Zeitraum passieren Unfälle, geliebte Menschen sind schon gestorben. Und dieses Jahr soll es eine der schlimmsten dunklen Zeiten werden, prophezeit Caras Freundin Bea. Mysteriöse Dinge geschehen und bald weiß Cara nicht mehr, was Traum und was Realität, was Magie und was echt ist. Die Grenzen verschwimmen, und als lange vergessene tragische Ereignisse ans Licht kommen, könnte es für Cara, ihre große Liebe Sam und ihre Schwester Alice schon zu spät sein …

20294

cbj

www.cbj-verlag.de